有爱的青春陪伴者

图书在版编目（CIP）数据

夏日浪漫指南 / 拉面土豆丝著. -- 南京：江苏凤凰文艺出版社, 2025.7. -- ISBN 978-7-5594-8712-4

Ⅰ.Ⅰ247.5

中国国家版本馆CIP数据核字第20258216SE号

夏日浪漫指南

拉面土豆丝　著

责任编辑	王昕宁
责任印制	杨　丹
特约编辑	周丽萍
出版发行	江苏凤凰文艺出版社
	南京市中央路165号，邮编：210009
网　　址	http://www.jswenyi.com
印　　刷	天津睿和印艺科技有限公司
开　　本	880mm×1230mm 1/32
印　　张	10
字　　数	358千字
版　　次	2025年7月第1版
印　　次	2025年7月第1次印刷
书　　号	ISBN 978-7-5594-8712-4
定　　价	45.80元

江苏凤凰文艺版图书凡印刷、装订错误，可向出版社调换，联系电话025-83280257

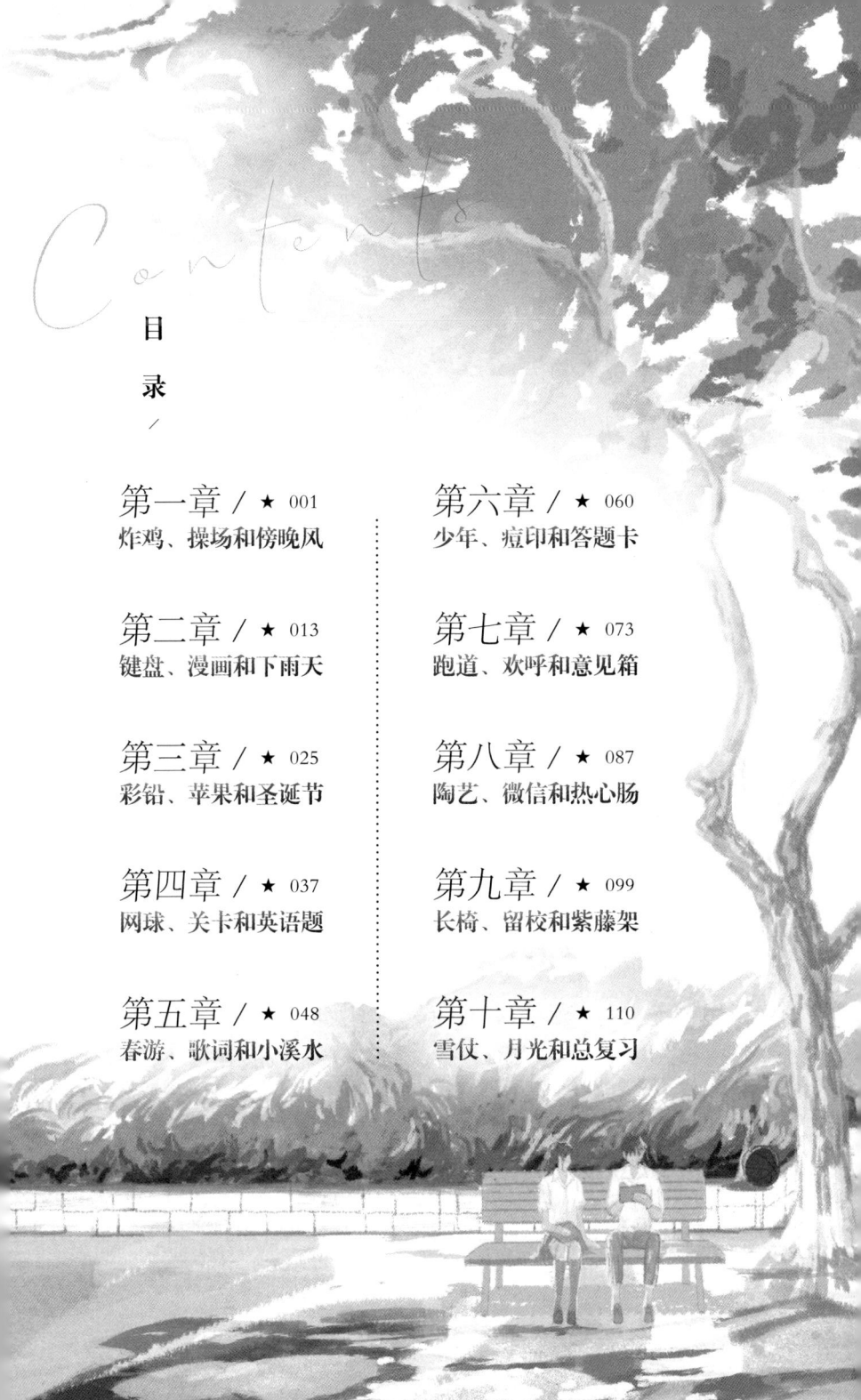

目录

第一章 / ★ 001
炸鸡、操场和傍晚风

第二章 / ★ 013
键盘、漫画和下雨天

第三章 / ★ 025
彩铅、苹果和圣诞节

第四章 / ★ 037
网球、关卡和英语题

第五章 / ★ 048
春游、歌词和小溪水

第六章 / ★ 060
少年、痘印和答题卡

第七章 / ★ 073
跑道、欢呼和意见箱

第八章 / ★ 087
陶艺、微信和热心肠

第九章 / ★ 099
长椅、留校和紫藤架

第十章 / ★ 110
雪仗、月光和总复习

目录

第十一章 ★ 121
高考、结局和成绩条

第十二章 ★ 150
夜雨、邀约和老照片

第十三章 ★ 171
帆船、巨浪和秋风起

第十四章 ★ 196
眼泪、缘分和指南针

第十五章 ★ 227
黎明、曙光和海平面

第十六章 ★ 247
宇宙、岛屿和彼得潘

第十七章 ★ 265
信笺、愿望和孔明灯

番外一 ★ 283
理想、热血和好奇心

番外二 ★ 291
试卷、火焰和命中人

番外三 ★ 298
婚礼、冒险和大西洋

番外四 ★ 311
初夏、校服和日不落

第一章 / ★
炸鸡、操场和傍晚风

广州一连发布几日高温预警。

原本是稀松平常的事,可米盈从没觉得哪年夏天有这样难熬。

闷、热、阳光毒。

大概是天气影响心情,米盈一连几天都焦躁难当,晚上睡不好,从头到脚像是被拗成了一面凹面镜的形状,稍有不慎,火苗就蹿起来。

邝嘉今天的航班去国外出差,早上起床,看见米盈脸上的痘痘和黑眼圈,以为她还在为了结婚纪念日的事生闷气,挤出个贱兮兮的笑来:"老婆,你等我忙完这一段,我给你补过,好不好?别气了,我错了我错了……"

提起这一茬,米盈更烦了,干脆把筷子一撂,早饭也吃不下去。

等邝嘉离开,她犹豫再三,还是给夏蔚打了个电话。

"夏夏,你在哪儿啊?我现在给你买机票,你来广州一趟好不好?"她语气弱弱的,带着闷声,"我真的好想你。"

夏蔚正在出差。

前一天刚结束一场漫展,这会儿正在酒店收拾行李打扫"战场",兵荒马乱的。行李箱有点卡顿,她一边使劲儿扯行李箱锁扣,一边用肩膀夹着手机问米盈:"出什么事?"

"……没事,就是心情不好。"米盈嘴角一撇。

她知道夏蔚不会拒绝的。

妈妈说过,世界上除了父母,无人能永远迁就她、包容她的小脾气,就算是邝嘉也不行。但她想了想,倒也不准确,她觉得起码还有夏蔚,可堪托付。

用哪些词形容她们的关系?

——高中同学、同桌、"狼狈为奸"的"狐朋狗友"。

当时被班主任严令禁止的化妆品和小言杂志,米盈买来,夏蔚帮忙藏。一起翘晚自习去看电影,米盈搬凳子,夏蔚翻墙。

每个女孩子的高中时代都有一个一起干"坏事"、一起分享少女心思的好朋友。

夏蔚就是那个好朋友。

这么多年,米盈信任夏蔚,也习惯了依赖夏蔚。大概谁和谁做朋友都是命中注定的,米盈有时也会感慨,自己心思细腻而敏感,眼泪泡饭是常事,伤春悲秋是天性，大概就需要夏蔚这样风风火火性子的人拉着往前跑。

她还没见过夏蔚跑不动的时候。

果然。

米盈先是听见话筒那边传来闷响，似乎是夏蔚往行李箱上狠狠踹了一脚，紧接着是"咔嗒"一声，行李箱总算搞定。夏蔚松了一口气，嘿嘿一乐，答应得毫不犹豫："看你这出息。等着，晚上就到。"

当晚，夏蔚一手一个行李箱，背上还背了个巨型登山包，额头布汗地迈进了米盈家门。

第一眼瞧见的是米盈憔悴的脸，她登时紧张起来，问："怎么了这是？邝嘉欺负你？"

她把行李箱往地上一撂："人在哪儿呢？我收拾他去。"

就这么神奇，一见到夏蔚，米盈觉得自己憋闷多日的心情忽然就开朗了。

见她没什么大事，夏蔚也笑起来，眼睛弯弯，抹了把汗："……真难找，差点累死在你家小区里。赶紧，给我倒杯水。"

米盈先给她拿拖鞋："你路痴怪谁？"

夏蔚不是第一次来米盈家了，从前出差或是路过广州，也在米盈家借宿过，但她天生不记路，从小到大不知道因为路痴吃了多少亏。

她先把气喘匀，然后挑重点问米盈："讲讲吧，到底烦心什么？"

米盈："……一句两句说不清楚。"

成年人的世界，烦恼就是很难说清的，不同于十几岁，一次模拟考没考好就好像天塌了，现在多的是难以言说、细细碎碎的委屈。

年龄焦虑、体检报告上出现的红箭头、家庭的琐事、公婆与爸妈的矛盾……读书时头疼成绩，现在头疼事业。天河这边开了几家网红面包店，米盈热血上头也加盟了一家，结果总公司跑路了，赔了个底掉。

哦，还有，前几天结婚纪念日，邝嘉正好投身于公司项目中，忙忘了，没准备礼物，急急忙忙找跑腿送了她一束花。黑色包装纸里裹着蔫巴的红玫瑰和白色满天星，土得掉渣。

米盈最注重仪式感，可邝嘉把她最喜欢什么花都给忘了！罪无可恕！

入夜，卧室里没开灯，米盈拉着夏蔚躺在床上，细数自己最近的桩桩委屈，就和从前上学时一样。夏蔚愣着听，时不时点头，可微表情出卖人，她显然是没懂。

"邝嘉送你花……怎么了呢？"

"那是最俗气的直男审美！证明他根本没有在这件事上用心！"米盈想起那束被自己扔出去的红玫瑰就气不打一处来，"男人都会变的，从用心，到随便，只是时间问题。爱你的人，怎么会忘记你喜欢什么花！"

夏蔚搓了搓发梢："啊？你喜欢什么花？"

"你也没良心！"米盈扑过去，就这么扭打在一起。

"我最近总做梦，梦见咱们高中的时候。"闹够了，米盈望着天花板，对夏蔚说，"你说小时候哪里知道生活这么难，遇到的烦心事这么多。"

人在万事顺遂的时候，是不会怀念从前的。

米盈越是被生活小事磋磨，越是抑制不住地悲伤。那时老师和爸妈揪着耳朵让孩子们听劝，说，珍惜吧，十几岁的年纪，心比天高，以后可再没这样的好时光。那时不懂，也不听，她只记得当时自己和夏蔚都想赶紧长大，觉得长大了，就能摆脱控制与烦恼。

现在可好，呵。

"以前我哪有这么爱哭？"

"想多了，你以前也这德行。"

一点情面都不留。

米盈翻了个白眼，还是挽住了夏蔚的胳膊，往她身边蹭了蹭，换了一个话题："哎，对了，你接到通知了吗？过段时间高中百年校庆，学校邀请往届校友回去参加，你回不回？"

荣城那么小，世界那么大。从前在荣城一高芝麻大点的校园里天天见面的人，如今散落在各地。

群里没人斗表情包开玩笑了，99+的群消息内容都是房车、婚姻和孩子……哦，对了，还有一个博士在读的男同学依然流连在校园里，只是论文没谱，毕业遥遥无期，天天在群里抱怨，看着精神状态堪忧。

"我的天，你是没看他朋友圈照片，"米盈抬手，环头一圈，"秃了，你敢信？成年人的世界啊，这还不到三十岁呢……"

于是闺蜜夜聊的主题变成了昔日男同学现状研讨。

米盈挑自己有印象的一一描述，最后归纳出结论——比起女生，男人的花期才是真的短。

许多遥远的、模糊的人名一个个重新跳跃到脑海里，讲到顾雨峥的时候，她停了下来，支起身子，推了推夏蔚："哎，你还记得顾雨峥吗？"

"谁？"

"顾雨峥，火箭班，学习很好的那个。"米盈说，"哎呀，我暗恋过他，记得吗？"

说是"暗恋"，其实也并非多么真情实感，只是少女心思天真烂漫，以为爱情也如做题，有公式可以套。

个子很高，皮肤很白，学习很好。

眉眼清隽，温柔谦逊，待人礼貌。

鞋子永远刷得干净，宽大的校服也能穿得合身好看。

……不止米盈，很多女孩子都如此认为，自己就是"应该"喜欢顾雨峥这样的男孩子。

这是《哈利·波特》的金色飞贼，是《暮光之城》的红苹果。

是暗恋这道题的正确答案。

米盈记得自己也是"殷勤"过一段时间的，后来渐渐发现，这位常居学年榜前几位的学霸只是表面和煦，其实骨子里高冷得要命，捂不热的那种。扪心自问，她还是更喜欢开朗热情点的男孩子，加上几次示好没得到任何回应，她很快就没了耐性。

再后来，上了高三，学习压力陡增，她一头扎进题海，更无心顾及其他了。

少女心事嘛，来得快去得快，遑论时隔十年，大家都差不多已经成家立业，再美好的暗恋，笑笑就过去了。

说真的，要不是因为在校友群里见到，米盈都想不起有这么个人。

她只是顺口感慨而已："上学的时候他太有光环了，不知道现在怎么样……救命，希望他没秃，不然真的幻灭。"

不知怎么，从讲起顾雨峥开始，身旁的夏蔚就再没说过话。米盈自顾自讲过瘾了，前几天挤压的情绪因为夏蔚的到来有了倾吐的出口，她有预感，自己今晚终于能睡个好觉，只是日有所思夜有所梦，再次坠入梦境，梦见了高中。

一会儿是上数学课，一会儿又是在晚自习偷偷跟夏蔚递纸条。

梦中场景几经变换，最后定格在了操场。

荣城一高是寄宿制高中，学校规定学生一日三餐只能吃食堂饭菜，可惜来来回回都是那些菜色，寡淡得要命，她和夏蔚就给附近的炸鸡店打电话，订超豪华炸鸡桶，偷偷从操场一侧的铁栏杆里运送进来，打打牙祭。

这么干了几回，有一次不小心被年级主任发现了，炸鸡倒是未被没收，只是她们被罚跑圈。

太热了，只跑几步就出了汗。

她一只手攥拳抠着掌心，另一只手捂着自己的刘海，防止被吹乱，把头低得死死的。

有些羞怯。

因为看见顾雨峥了。

第二天就是开学典礼，顾雨峥要当学生代表讲话，这会儿正一个人在操场角落背稿子，肩膀平直，落拓干净，夕阳的余晖就那么落在他身上，像是镀了一层柔软的光。

同样的校服，数他最显眼。

米盈想看，却又不敢看，只能时不时偷瞄一眼。

脚步越来越慢。

她一圈还没跑完，夏蔚第二圈都跑回来了，一巴掌打在她肩膀上："热死啦，快跑，跑起来就有风啦！"

米盈气死了,使劲使眼色,示意夏蔚:"你看我身后,顾雨峥,他有没有往我们这边看?"

夏蔚仗义,为朋友当斥候义不容辞,可距离太远,她只能用手抻着眼角往远处看。片刻后,她收回视线,压低声音,语气笃定:"他真的往这边看了!"

米盈心里打鼓:"啊?看我吗?"

"废话,难不成是看我?"夏蔚拉着她快跑,"顾雨峥天天都能看,炸鸡凉了就没法吃了!"

……那是八月末。

暑热正盛,夏日傍晚,一生最好的年华。

如今回头看,就连塑胶跑道臭烘烘的味道都令人愉悦。她依然记得那时的心境,也终于意识到,原来真正值得怀念的并非一草一木或一人,而是那时的自己。

真好啊。

回望的目光是一条细长的隧道,直指从前,贯穿年少之时,借着那日夕阳瞧一瞧,原来心头无闲事的日子如此难得,就好像是漫长人生里的小小桃源。

那是永不迁移的歇憩地。

米盈酒量丢人,一罐啤酒下肚倒头就睡,一觉到天亮。醒来时发现身边早没人了,一股清淡香气绕在鼻尖,床头柜上插了一束新鲜的小雏菊。

她最喜欢的小雏菊。

也不知道夏蔚什么时候买的。

窗外又是烈日当空,广州的夏天比荣城炎热太多。

夏蔚吐一口牙膏沫,非常无语:"早知道你失眠这么容易治,还叫我来干吗?白的、啤的换着来,你大概是这个世界上最快乐的人。"

米盈抱着小雏菊,本来都快感动得掉眼泪,被夏蔚这么一呛,又收回去了。

她顶着乱糟糟的头发坐在床边,看夏蔚往脸上瞎抹,迟钝半晌,指了指衣柜,里面有好几套没开封的昂贵护肤品:"打折,给你留的,记得拿走。"

"不要,别惯着我,由奢入俭难啊。"夏蔚说今天要运动,洗漱完就真的原地趴下,开始平板支撑,"现在环境不好,收入不稳定,我还是节省点。"

夏蔚高考发挥不错,大学专业也热门,不过之后的就业就完全跑偏了——她喜欢二次元,所以毕业后当了全职 Coser(角色扮演者),成了一个看上去很酷的自由职业者,在圈子里小有名气,工作日常在全国各个城市跑漫展、接商单。

任何"酷"和"自由"都是有代价的,别人不知,米盈知道。她见过夏蔚拎着巨型行李箱奔波在机场的样子,为了还原角色,三伏天也要穿戴着不透气的假发和道具服装,时刻保持镜头前的状态,脚肿成棒槌有过,中暑晕倒也有过。

可夏蔚不敢歇。

因为自由职业的坏处就是自负盈亏,这个月偷懒,下个月就要挨饿,况且

Cos（角色扮演）的金钱投入非常多，一套妆造动辄上千，要找一个平衡。

为此，米盈妈妈没少替夏蔚操心："靠……靠什么丝？好歹是个名牌大学毕业的姑娘，没个正经工作怎么行？吃青春饭能吃几年？这不是活在梦里吗？"

米盈则替夏蔚解释："不用管她，她高兴着呢。"

能把爱好当职业，夏蔚觉得，辛苦一点也值。

每个人年少时都曾热血过、中二过，但若能一辈子活在梦里、一辈子活在乌托邦，谁说不是一种幸运？

米盈觉得夏蔚如今的生活挺好的，唯一的硬伤大概是感情方面。她怀疑夏蔚是混二次元太过情实感了，以至于三次元的异性对她毫无吸引力。夏蔚今年二十七岁，恋爱史那叫一个一清二白。

她把昨晚的梦讲出来，然后问夏蔚："你没谈过恋爱，那连暗恋都没有吗？"

夏蔚沉默片刻："没有。"

"现在没有，上学时也没有？"

又是几秒沉默。

"没有。"

夏蔚是真诚的人，是直来直往的人，是坦坦荡荡的人，是一身江湖气的人。

这样的夏蔚在高中时人缘极好，和她打交道轻松愉快，谁不愿意和这样的人做朋友？

夏蔚别的不敢自夸，但她觉得自己能担得起"坦荡"两个字，面对朋友，她是绝对透明的，不藏秘密……除了这件事，她瞒了米盈。

她那时有过一段暗恋。

虽然无疾而终，但是记忆深刻。

没和任何人讲起过。

米盈顺口提起的话题，精准又恰到好处，将密封罐子开启，记忆好似绚丽彩条和缤纷宝石一般四散开来，夏蔚都来不及捡。

在广州陪米盈住了几天，下一站漫展活动在上海。

入住酒店，确认行程，换妆造，第二天一早打车去会展中心……夏蔚全程都在走神，以至于险些把拍摄道具落在车后备厢，又因为路痴，看错了地图，走了冤枉路，差点迟到。

她使劲儿敲了敲脑袋，试图把脑袋里那些不合时宜的回忆清出去。

今天的行程是 Realcompass 游戏的线下周年庆活动，夏蔚受邀来当嘉宾，扮其中一个角色。

衣服不算笨重，行动尚且方便，不过妆容略微夸张了些，以至于负责嘉宾对接的工作人员盯着她看了好久，最终凭借出入证才确认了她的身份。

"夏夏老师，对吧？"

叫出 cn（角色扮演者名字），就意味着工作开始。夏蔚在签到处"唰唰"两笔写下自己的名字，挺直腰："对，我是。"

活动规模不小，场馆里已经人满为患。这次没有安排签售，就意味着夏蔚几乎要一直活跃在拍照区，不出一会儿就一身汗。

她有些庆幸米盈没一时兴起跟来上海凑热闹，不然肯定会嫌弃这里太吵太闷。她自己倒不觉得有什么，因为早已习惯了这样的工作强度。

为了不OOC（角色做出不符合作品的行为），休息时只能躲到无人的走廊拐角，用吸管小口喝水。

走廊稍凉快些，两个高中生也来这里躲清闲。

她们在离夏蔚几步远的地方停下，两颗脑袋凑在一起叽叽喳喳，正在研究相机里的照片。

Realcompass作为现在国内首屈一指的火热游戏，曾经公布过玩家大致年龄分布，十八岁到三十二岁阶段密度最大。未成年人因为防沉迷只能在休息日登录一小时，尽管这样也并不妨碍其热情。这一点夏蔚有发言权，上学时老师和家长越是不让碰什么，什么就越有吸引力，以己度人，她再清楚不过。

七月暑假时节了，却还穿着校服裤子，夏蔚由此判断，这两位极有可能是从题海中忙里偷闲的高中生，于是一边小口抿水，一边悄悄听她们讲话。

话题果然都是自带青春期粉红泡泡的，其中一个女生正在给另一个出主意："我刚刚看见他了，你想和他拍合照，要联系方式，展子上集邮是最光明正大的方法了。"

另一个明显胆怯："啊，我不敢，会不会太刻意了？他是出来玩的，我不想打扰他……要不还是回到学校再找机会吧。"

"在这里你都不敢，回学校你就敢了？"出主意的女生急得跺脚，"你也太尿了。"

"算了，以后还有很多时间。我发誓，等高考结束，我一定主动跟他说话，或者……告白。我发誓。"

"服了你，行吧行吧。"

话题截止于此，夏蔚不知不觉听完全程，嘴角的姨母笑压不下去，脸都僵了。

好像不小心一脚踩进别人家的花园，满眼灵动旖旎，风把热烈的香气送进她的鼻腔。

她是个鲁莽无礼的路人，短暂停留，片刻欣赏，然后火速退出。

夏蔚想，谁还不曾拥有过这样一个隐秘的花园呢？

刚刚两个女孩子的交谈太让人有代入感了，只有一点，她不是很同意——十几岁时总觉得天地广阔，岁岁年年都漫长，还有大把时间可付出，给自己喜欢的事情、喜欢的人；然而事实是，你和绝大部分人，已经在不知不觉中见完此生的最后一面了。

那个穿着校服在你眼里无限闪光的男孩子，你以为自己总有机会去认识、去告白，但高考结束，你们的缘分会随高考卷子一起被收回，留在那个夏天。

以后大概率，你们再无交集。

夏蔚在心中盘算，属于她的那个夏天已经远走九年，她回头，隐秘的花园早已野草盖顶，她也再没有遇见过那个人。

……有脚步声由远及近。

"夏夏老师！"工作人员一路小跑过来，打断夏蔚的回忆，他的目光在夏蔚妆容夸张的脸上打量了很久，"呃，是夏夏老师吧？"

夏蔚从靴筒里拽出嘉宾出入证。

"……啊，实在不好意思啊夏夏老师，有个麻烦事，您看能不能帮个忙？"

夏蔚作为嘉宾，协议写明的出席时间是到下午四点，此时已经是三点半，但工作人员焦头烂额来找夏蔚求助，说是今天的场馆灯光和空调出了些问题，再加上人数远超预期，许多人反映体验不佳，主办方只能来和嘉宾们商量，能否延长出席时间。

夏蔚本能地想拒绝，这种错误不该由她负责，可是工作人员说："去年因为特殊情况，活动没有办成，今年算是 Realcompass 第一次周年庆，很多人都是提前两天就到了上海，还有一些刚期末考完就跑过来的大学生，也有趁着周末来玩一天再回去上班的社畜……"

夏蔚没有说话。

她透过走廊门缝，看向里面熙熙攘攘的主会场，沙丁鱼罐头似的，但大家看上去都挺开心，有个人扮演了游戏里的一个坐骑，被一群人围着拍照，傻死了，成功把夏蔚逗笑了。

一年只有一次。

能和同好一起，短暂逃离残酷的生活泥泞，这样的机会真的太珍贵。

她揪了揪衣服，让已经汗湿的后背透透气。

"行，那我多留一会儿。"

"太好了，谢谢你啊夏夏老师，我找了几位嘉宾，您最好说话。"

"场地问题是你们主办方的锅，不要道德绑架我。"夏蔚摆了一个停的手势，"我留下，也不是因为我好说话。"

"好好好。"

工作人员找到救星，塞了一个电动小风扇到夏蔚手里："空调已经在修了，夏夏老师您拿着。"

还有一张三折页，上面是场馆地图，有点复杂。工作人员指着纸页：

"我们的游戏策划团队正在二号厅接受媒体采访。"

"三号厅是新布置的拍照区，有一些道具，还有还原的游戏内场景，夏夏老师您一会儿就去那里。"

"嘉宾休息区右转,有茶歇。"

"卫生间的话……"

夏蔚再次喊停:"不必,我这衣服没法去卫生间。"

为了减少不必要的麻烦,她每次工作期间,只敢小口抿水喝。

"那您再休息一下,我先去做场内引导,然后去三号厅等您。"工作人员又匆匆跑走,还不忘嘱咐,"这里地形乱,可千万别走错了啊。"

走错?多大点地方,能走错?

事实证明,能。

夏蔚在原地站了一会儿,她手上有角色道具,有地图,还有那个派不上什么用场、仍在呜呜转着的电动小风扇。

这缕风把她本来就无几的方向感给吹丢了。夏蔚眼睛看着指向标,脚却往另一个方向迈。

科学研究表明,路痴人群往往有两种以上的细胞不发达,且视觉记忆能力可能不大好。

夏蔚占全了。

当她推开二号厅大门的时候丝毫没有感到任何不对劲,甚至还在疑惑,活动区域,搞这么严实干吗?

直到门开了又关。

严肃的气氛把她兜头罩住。

各家媒体记者排排就坐,长枪短炮枕戈待旦,而最晚入场的她,穿着奇装异服,像是迷失在另一个星系。

夏蔚一瞬间明白自己走错了地方,想趁没有多少人注意到她,迅速撤离,可手上的道具磕在了门上。

"砰"的一声响,吸引了所有人的目光。

包括正在台上接受采访的游戏策划团队。

夏蔚从小到大看过数不清的小说、美剧和动漫,玩过数不清的手游和电脑游戏,但她也知道,二次元里为了剧情服务的偶然性事件终归只是幻想。

那些浪漫的相遇,奇迹一般的久别重逢,真的很难在现实中发生。

饶是她"活在梦里",也不由得怀疑,这可能成真吗?

此时此刻的夏蔚实在无暇顾及工作了,她站在二号厅门外,透过小小的门缝,看向台上……

真就这么巧?米盈推来的高中校友群,她还没来得及进,就先遇见了群里的人。

圆桌对话,台上数把椅子,坐在正中的那个面容清隽的年轻男人正在回答记者的问题。

嗓音淡淡的,和从前好像没有分别。

他说 Realcompass 是他在大学时便开始着手的项目，虽然上线仅三个年头，但在那之前，一个团队已为此付出了六年心血。

他讲在 MMORPG（大型多人在线角色扮演游戏）几乎要退出游戏大环境的今天，Realcompass 的出现也并非刻舟求剑，而是无数玩家共同的愿望。

他讲 Realcompass 虽然扛起了大旗，但仍有许多问题需要解决，比如长期运营的成本、剧情创作和玩家追赶进度的矛盾、数值设定屡次更迭，尽管如此，策划团队仍对 Realcompass 充满信心。

……有点官方。从前那么寡言少语的人，竟也能讲这么多车轱辘话了。

夏蔚在门外悄悄腹诽。

她还是疑心自己今天美瞳带错度数，看错了，于是腾出一只手使劲儿抻眼皮，凝神去看……

……嗯，应该是他。

米盈的担忧多余了，没秃顶，曾经的蓝白校服变成了如今的白衬衫和西裤，人还是一样的高瘦挺拔，清隽得显眼。

"夏夏老师！"工作人员在三号厅等了个空，来寻夏蔚，"走错路了吧？"

夏蔚笑了笑，正想回答，门内忽然躁动起来，是采访结束了，所有媒体鱼贯而出。

夏蔚还是不死心。

她就在门口站定，誓要在近处看看那人——横竖他不认识自己，看看呗，看看又不要钱。

工作人员拉拉夏蔚："夏夏老师？"

夏蔚等到所有媒体都离开，记者四散而去，最后的最后，台上那群人彼此寒暄后，终于离场。

一行人从她身前路过，夏蔚本能地往后退了半步，也借由这半步，终于近距离地看清了男人的侧脸。他同高中相比并没有太大变化，只是成熟后，眉眼中更添冷寂了。

嗯，没错。

夏蔚这下终于可以肯定自己的判断，没有认错人。可谁知下一秒，出乎夏蔚意料地，男人的脚步停了下来。

他是一群人中唯一一个停下的。

再然后，便是四目相对。

这也是夏蔚从未设想过的剧情走向。

"呃，夏夏老师，"工作人员可感受不出这奇怪气氛，他看了看表，只一个劲地操心一会儿的大合照，"夏夏老师，那个……"

该介绍一下？

那就介绍一下。

"啊，这位是我们 Realcompass 策划负责人，这位是这次周年庆的嘉宾，和我们合作很多次了，夏……"

"你好，夏蔚。"男人率先开口。

夏蔚一开始没反应过来，等回过神，攥着乱七八糟杂物的手一紧。手里有写着她名字的出入证，可那上面写的是"夏夏"。

"你认识我？"夏蔚忽然觉得好热，是空调还没修好吗？

"是，我认识你。"他笑了一声。

清淡的嗓音是周遭几米之内唯一能为她降温的东西，他的声音不是没有听过，只是好像从未这样近。

你为什么会认识我？

你怎么可能会认识我？

我认识你，是因为我从前暗恋你。那么你呢？是为什么？

夏蔚在思考他有何理由记得她的本名，却忽略了另一件更值得推敲的事——她脸上有那样夸张的妆，为什么，还会被他一眼认出？

"好久不见。"男人脸上依旧挂着笑，偏冷的好看眉眼笑起来更显干净。

"需要帮忙吗？"他看了看夏蔚手上快要拿不下的杂物，然后视线慢慢移动，再次落在她的脸上。

夏蔚还是紧张，也从来没有这样胆怯过，像是做了坏事被当场抓包。

是不是所有暗恋都是见不得光的？夏蔚猜，是的，否则无法解释她这样一个同朋友从不藏私的人，竟把这个秘密藏在心底这么久。

从来自诩坦荡的人，却做了这么一件非常非常不坦荡的事。

暗恋者，就是无法坦荡的，不论过了多少年。

"重吗？"男人再次开口，"需要帮忙吗？"

夏蔚赶紧摇头。

电动小风扇还没关，也让她想起那年因一桶炸鸡被罚在操场上跑圈时，拂在脸上的晚风。

风声在耳边鼓动，作响，她一边跑一边回头望。

操场边有人在背稿子。

八月傍晚，太阳在坠落之际于天边映出最热烈的橘粉色，油画颜料一般融化，铺陈，缓缓披了少年满身。好巧不巧，少年也在画中抬头，隔着大半个操场，与她目光相接。

他们那时并不相识。夏蔚觉得他是对操场上被罚的两个女生好奇，也可能只是背稿子背累了，发发呆罢了，可是今天再回忆起来才恍然大悟，她可能错了。

他分明就是在看她。

他们在对视。

因为只有四目对视，她才有可能那么直接地，看到他眼睛里的色彩。

颜料落在他身上，也倾倒进他的眸子。干净，温柔，好看得不像话。

和此刻别无二致。

他说,是的,我认识你,夏蔚。

夏蔚彻底迷惑了,只能深深呼吸,努力将所有思绪收拢,最后轻轻回了一句:"好久不见,顾雨峥。"

他的名字不是什么讳莫如深的东西,只是这样面对面唤他,还是头一次。

夏蔚想,如果此时此刻,她再次回首,一定能重新看见那座属于她的隐秘的花园吧。

夏日再临,原来那里从未枯萎。

万花仍盛。

第二章 / ★
键盘、漫画和下雨天

搭建一个花园,需要哪些必备条件?

土壤,花籽,养料,园丁的耐心,普照的阳光。

当然,还要有适当的雨水,它们落地即无声消散,然后静待他日,万物起时,幻化成花瓣尖上点点露珠,至此,完成一场浪漫的生命轮回。

夏蔚上高中的那一年,荣城的雨水格外多,由夏连绵至秋,空气里总有湿意,不干爽。

荣城一高寄宿制规定,所有学生周五晚回家,再于周日晚回校,学生们亲切地称呼回校为"蹲大狱","服刑期"三年整,每一个短暂的周末,都是"狱中放风"。

夏蔚无比珍惜"放风"时间,每一个小时都要好好利用。

比如追新出的番,看蓝台的综艺,去书店淘点打折书,或者窝在电脑前打一整天游戏。

夏蔚家里有台配置还算不错的电脑,就摆在她的小房间里。那一年,《魔兽世界》更新到了《熊猫人之谜》,夏蔚和游戏好友约好,周末上线打星光龙。

但那一周,她的电脑坏了。

这可不行。

他们没有别的联络方式,无法通知对方,况且作为团坦,夏蔚深知自己责任重大,"鸽"了别人也太过分。

她思来想去只剩一个办法——去网吧。

夏蔚听隔壁班几个男生讲过,他们每周日都会早早从家出发,从家长那里骗几个小时的时间差,去网吧打几个小时游戏再回学校。他们说学校附近有家小网吧,管得松。

他们还嘱咐夏蔚,去网吧别穿校服,夏蔚也听话地换上了T恤和牛仔裤,可年轻面孔往那儿一戳,打眼一看就是高中生,纯属鸵鸟埋沙行为。

夏蔚也顾不上了。

她挑了一个相对干净无人的角落,开电脑,火速上号。

游戏里的时间会被压缩,过得飞快,在第无数次团灭后,指挥让大家歇五分钟。

夏蔚从屏幕前抬起头,扭动脖子,这才发现身边的位置不知什么时候坐了人。

一个男生坐在半包的沙发椅里,穿着白T恤和蓝色白边的校裤。

荣城一高的校裤，特显眼。

夏蔚喝了一半的可乐搁在两人之间的桌面上，她赶紧将它往自己这边挪一挪，正想要开口提醒这位和她一样没有经验的新手，可是下一秒就被男生面前的屏幕吸引了。

2012年，MOBA（多人在线战术竞技）游戏大行其道，网吧里抓十个人，九个在打《英雄联盟》，夏蔚这种魔兽玩家已经成了稀有动物，隔壁这哥们儿更离谱——他在乱哄哄的网吧里看动漫。

《海贼王》。

夏蔚目光迅速锁定，有一种遇到同好的亲切感。

队友还没回来，她把耳麦挂在脖子上，甚至歪过身子，跟着看了一会儿。

"唉，我还是觉得动漫稍微有点掺水，漫画是好看的。"夏蔚不自觉地随口搭话，"学校附近有家书店能借到，特全，不过就是有点旧了，那家老板好像还说可以打折卖旧来着……"

旁边的男生一直没接话，直到夏蔚被游戏队友叫走，始终未发一言。

搞得夏蔚像是热脸碰了那啥。

不是所有喜欢二次元的人都和自己一样话痨，夏蔚对此认知准确。自我安慰片刻，她耸耸肩，重新戴回耳麦。只是在进入团本前，余光瞥了一眼男生搭在鼠标上的手。

他的手很好看。

手指细长，干干净净，腕上系了一根红绳，轻飘飘的，松松挂在他线条分明的腕骨上。

就是那种很普通的红绳，很多小孩子小时候都会戴，一般上面会绑一颗小桃核之类的，夏蔚小时候也有。

在队友的催促中，夏蔚收回目光。

开在学校附近的小网吧，大部分电脑都在二楼，空间狭小，真的很挤、很破、很吵，烟味和泡面味混杂出一股酸臭，有客人脾气很暴，玩着玩着就砸键盘，惹得网管一阵不高兴。

夏蔚不想在这里多待。她看了看屏幕右下角，也快到回校的时间了，决定再打两次副本就走。

可事情发展不如她愿。

这边正读条呢，楼下忽然传来一阵骚动。夏蔚集中精神在游戏里，没当回事，殊不知和她一起来的隔壁班男生们早就站起了身。他们是老手，捕捉到风吹草动，一个个灵巧得跟猴子一样，将键盘、鼠标一推，拎上书包就往网吧后门跑。

一片哄乱里，有一只手伸了过来，摘掉了夏蔚的耳麦。

"你不跑？"

夏蔚蒙了，转头："啊？"

她看了看那只戴着红绳的手，然后目光上移，借着网吧昏暗的灯光，勉强看清男生的脸。

夏蔚第一反应是，如果想画这样好看的脸，画师太太可要操心了。

第二反应则是，雨水。

连绵不断的，随风飘落的，于皮肤上蒸发会带走体温的冰凉雨水。

一场雨过后，周遭都是冷冽的气息。

说不清，夏蔚不知怎么描述这个在心里忽然升腾起的意象。利落的五官赋予男生并不算稚嫩的少年气，眼皮单薄，眸色淡，于是不开口时更显得冷肃，好像万事与他无关。

然而就是这么一张看上去不会管闲事的脸，此刻对她开口，嗓音清淡："你们学生处主任在楼下。"

夏蔚人麻了那么一两秒，都没来得及思考为什么是"你们"，就"啊"了一声。

被抓住就死定了，她来的时候观察过，这里好像是有后门的，常年开启通向露天楼梯，要从后面的包间过去。她起身要跑，可是刚站起身就被乱糟糟排布的座位和电脑硬控住……

后门，后门在哪儿？

这种环境对她这种路痴来说，是地狱难度。

男生也起身了。

夏蔚感觉到自己后腰被轻轻推了一下，极不明显的触感，原来看上去再面冷的人，掌心也是温热的。

男生给她指明方向："那儿，从那儿过去，下楼。"

夏蔚的网吧探索初体验草草结束了。

当她站在办公室罚站时还在想，人生啊，真不能有侥幸心理，尤其是干坏事的时候。

办公室里人满为患。当天去网吧的所有人，不管是从前门冲出去的，还是试图从后门偷偷跑的，无一幸免，全部列成一排。这次是学生处和年级部一起，还叫上了体育组的几个身强力壮的男老师，把网吧几个出入口都堵上了，绝对不允许跑掉一个。

"真有出息啊，个个都是从中考千军万马里挑出来的好学生，真能耐啊。"年级主任孙文杰恨得牙根痒痒，从左走到右，朝每个人脑门来上一巴掌，"这才高一啊，刚开学一个月，学校厕所门朝哪儿还没整明白呢，就先把网吧的位置摸清了，不容易啊。"

走到夏蔚面前的时候，巴掌没有落下来。

毕竟这办公室里只有她一个女生。

015 /

"夏蔚，让我说你点什么好？"

夏蔚也怪不好意思的，厚着脸皮抬头，挤出一个笑来。可看到孙文杰拧成疙瘩的眉毛，她又把笑容收了，悻悻地低下脑袋。

"你外公在荣城一高当了一辈子老师，遍地桃李，你呢？你就打算这么砸你外公的招牌？你就这么回报他？"孙文杰说，"你聪明，成绩好，所以呢？我告诉你，一高永远不缺成绩好的人，能来这儿的都是尖子，你傲什么呢？"

夏蔚想说她没有，她只是今天有点倒霉而已。可和老师顶嘴是大忌，她抿着嘴唇半晌，最终还是硬着头皮龇牙笑笑："我错了，孙主任。我保证，期中考试肯定考学年前三十，行不行？"

"前十！"

"啊，前二十吧。"

"你买菜呢？前十五！"

"好好好，前十五就前十五。"夏蔚就坡下驴，答应了再说。

"那个网吧被盯了有一阵了，现在好了，歇业了，你们以后也不用琢磨了。去走廊站着，一会儿各班主任来领你们。"孙文杰让他们出去，又指了指站在夏蔚身边的男生，"你，留一下。"

夏蔚小心翼翼地瞧了一眼。

这是高一年级部，说明男生也是高一新生，只不过不知是哪个班的。

他刚刚也挨了孙文杰一巴掌，却没有任何反应和表情，依旧肩膀平直，挺拔地站着，甚至头都没有低一下。

初秋，天已经凉了，可他始终没穿外套，身上只有一件单薄的白T恤。男生眼睫未垂，目光平淡地投向窗外。

夏蔚想看看那里有什么，却一无所获。

窗外只有一片阴沉沉的天幕。

晦暗漫无边际，浓郁得化不开。

"夏蔚，你也想留啊？"

"嘿嘿！"夏蔚十分狗腿地点头哈腰，帮忙把办公室的门带上。

门缝合上的前一瞬，落在她眼中的是男生手腕上的红绳，在这糟透了的一下午，是唯一的亮色。

高一学年共二十二个班，一千余人，要考学年前十五名不是一件容易的事。夏蔚中考入学成绩虽然是全班第一，但在学年排第二十名，要往前冲一冲，还是有点挑战的。

夏蔚不是没想过，跟孙文杰耍个赖皮，油嘴滑舌再打个保证也就过了，没什么事。可这周末回到家，她发现外公已经找人把她房间里的电脑修好了。

随手乱放的书也都归了位，显示器上面盖了遮尘的卡通花布，桌面整洁，她的小多肉也摆去了能晒到阳光的窗台，肥硕叶片擦拭过，闪闪发亮。

"夏夏，衣柜和床铺你自己收，我只帮你收了书桌，"外公说，"修电脑的师傅说你的鼠标不好用了，下周自己去买一个吧。"

夏蔚有些心虚，趁着外公在厨房做饭，她靠着厨房隔断门小心翼翼地探口风："外公……"

"别站这儿，做鱼，呛。"

夏蔚又往门口躲了躲："外公，孙主任是不是给你打电话了……"

"嗯，打了。"

夏蔚嘴角一撇，完蛋。

外公是荣城一高的退休老教师，包括孙文杰在内，一高有许多回母校任职的老师都是外公以前的学生，桃李不言，下自成蹊，夏蔚有时觉得与有荣焉，有时又觉得有苦难言。

就比如，孙文杰跟外公打电话时说的每一句话、对她的每一句批评，她都能够脑补出语气。

——"夏蔚是个好孩子，我也算是看着她长大的，哪儿哪儿都挺好，就是太皮了，小聪明一个抵四个，心思不放在学习上，那什么课外书啊，电脑游戏啊，该没收就没收吧。"

——"我问过她，她想学理科，可是高中理科您也知道，光靠聪明是不够的，大家都在拼命，她这不进则退啊。"

——"不不不，您腿不好，不用麻烦您来学校，我和夏蔚班主任也说过了，家长会您也不用来，咱们单线联系沟通一下孩子情况就行了。"

——"欸欸，好，好，夏蔚现在住校了，您一个人住，有什么事就给我打电话，千万别见外。"

厨房里正炖着鱼，空气里有鲜辣味，外公问夏蔚还想吃什么，夏蔚喊了一句："西红柿炒蛋！多放糖！"然后坐在床沿，望着书架发呆。

她的书架是所有人都羡慕的，一整面墙的架子上几乎都是漫画和小说。

夏蔚和爸爸妈妈的合照在书架正中的格子里，最显眼的位置。

她从小被外公带大，看什么、玩什么、有什么兴趣爱好，从来不被干涉。外公的想法开明，他说，现在信息获取渠道这么多，捂眼睛是没用的，尤其是女孩子，要多"见"，才不会"怯"，见见世界，见见天地，这没什么不好。

外公极少说教她，她唯爱热血漫，外公甚至愿意陪她一起看，兴致还挺高。外公平日里对夏蔚几乎无要求，唯一一点就是，要做个纯粹的人。

纯粹的乐观，纯粹的勇敢，纯粹的善良，要不畏一切。

虽然这套价值观看上去已经快被社会淘汰，虽然极有可能"吃亏"，但是，外公摸了摸那些漫画，说，你看了这么多书，就要努力变成和他们一样的人。

有些东西是永远不会被淘汰的。

"电脑修好了,以后还是在家里玩。"外公把菜往她面前挪了挪。西红柿炒蛋,少少的西红柿,多多的蛋,金灿灿的。"网吧不是一个坏地方,但是环境不好,陌生人多,空气差,要是家里的电脑配置不够了,外公再给你换一台。

"成绩倒不是最要紧的,也不需要和别人比,努力就行,人生很长,脚下皆是路。"外公说。

这一顿饭,夏蔚吃得怪没滋味的。炖鱼和炒蛋,她原本能吃两碗大米饭,今天减了半。

外公知道她可能没吃好,深夜敲了敲门,夏蔚从物理题中抬头,看见外公手里的一杯热牛奶。

不就是学年前十五名吗?多大的事儿呢。

夏蔚把牛奶喝了,用手指弹了下玻璃杯,清脆一声。

她重新规划了周末的时间。从前的周末全部用来休闲娱乐,现在挤出了大半天来学习,一头扎进题海。家里太舒服了,诱惑又太多,那就去图书馆。

孙文杰说,嗯,夏蔚这两个星期表现不错,总算有点高中生的样子了。

十一月中,荣城几近入冬。

天气预报说这是最后一场雨,马上就要下雪了。

高中的第一次期中考试,夏蔚考了班级第一,学年第十二名。

她没觉得有多累,反倒心满意足、轻松愉悦,回家打开了一个月没登录的《魔兽世界》,痛打了一晚上星光龙。

荣城一高的传统,每一次大考,大榜都要贴在操场指挥台下,按照班级依次排开,所有人的成绩全部公开。米盈这次考了年级八百多名,心灰意冷,再加上那时她和夏蔚刚认识,做同桌,总也瞧不上夏蔚那副没心没肺、大大咧咧的样子,站着看完年级排名,故意讽刺夏蔚:"人外有人,天外有天,学年第一在六班呢,人家怎么这么厉害,第一!学年!"

夏蔚丝毫没听出来这话是冲她的,她抻着眼角去找六班的榜,然后看到了第一名的名字。

顾雨峥。

不认识的人。她歪着脑袋附和:"确实挺厉害,英语这是只扣了作文分吧?"

米盈用肩膀撞她:"你呢?英语多少分啊?"

……英语是夏蔚的短板。

她想起外公的话,扭过头,伸了个懒腰:"不用和别人比。他很厉害,我也不差啊,你看我的数学和物理,牛死了好吧。"

米盈白眼快要翻到天上了。

"周五了,今晚我想去书店,学校附近那个,你去不去?"夏蔚问米盈,"听说重新装修了,开始卖文具和小礼品了,你肯定喜欢逛。"

米盈想说"谁要和你去啊",可是她爸妈今晚有应酬,很晚才回家。她看看夏蔚,犹豫半晌,又抬头看看阴云密布的天。

"可是要下雨了。"

"下呗,那还可以去买一把漂亮的伞。"夏蔚说。

在操场看成绩榜的人那么多,里三层外三层,夏蔚拽着米盈埋头往外,好不容易挤出来,却脚步一顿。

她匆匆回头看。

"什么东西掉了?"米盈问。

"没有,不是。"夏蔚挠挠头。

她不知道自己是不是看错了,刚刚好像撞了一个人,全都是一样的校服,但那人手腕上有一根显眼的红绳。

只是一眨眼就又淹没在人群里了。

"赶紧跑吧,一会儿真的下起来了!"

"跑!"夏蔚也跑了起来。

雨滴砸在地上,在她脚步后头洇出小花。

在刚决定转学的时候,顾雨峥搜索了一下关于荣城的信息。网上说,这是一座人口不多、气候宜居、生活节奏缓慢的北方小城。

顾雨峥对所谓"宜居"没有精准的概念,他猜,起码应该晴天居多吧。

事实上恰恰相反。由夏入秋,一直到十月天气转凉,荣城的降水还是很密集。

周五晚,顾雨峥从学校回家,在电梯里听到邻居聊天,说今年的气候真的很反常,往年哪有这么多雨。

且北方的雨是有特点的,凉飕飕的,利落不拖拉,被秋风扫在皮肤上会引起一阵寒战,所谓"一场秋雨一场寒"。邻居说到这里,也注意到了另一边的顾雨峥,小伙子个子高,却显单薄,在电梯里安静地站着出神,于是上下打量了一阵,开口问:"孩子,这天气怎么还只穿一件半袖?不冷?"

顾雨峥不想回话,但碍于礼貌,回道:"还好。"

他非常抗拒攀谈等各种形式的聊天,尤其是和陌生人,还是在这样狭小的空间。十六楼,电梯门一打开,他便迅速踏了出去。

不是多高级的小区,回迁楼,高层,因为每层住户多,所以走廊拥挤。他侧身绕过角落落灰的自行车,经过张贴着各种小广告的电表箱,于最尽头的房门前停下,翻钥匙,开门。

家里布置简单,所以显得空旷、安静。

楼颖在家,正坐在餐桌前,吃一小碗生菜和水果。

"妈。"

"回来了?"楼颖没抬头,"吃饭了吗?"

顾雨峥看了看空荡荡的桌面,还有自从搬来这里就一直没有交过燃气费的厨房灶台。

"……吃过了。"

"嗯,或者出去吃点什么也行,身上还有生活费吧?"

"有。"

"好,不够再找你爸要。"

母子俩没什么话说。楼颖吃完最后一颗小番茄,看向顾雨峥:"你们是周日晚上回校对吧?"

顾雨峥说"是"。

"能提前吗?"楼颖很美,有着清秀的五官,只是整个人显羸弱,说话气力不足,她比画着解释,"就是提早一点回去。你们学校宿舍周末不允许学生住的吗?所有学生都要回家?必须?"

顾雨峥先是愣了一下,随后面色冷下来:"有外地学生,打申请,周末也可以住。"

他直直地看向楼颖,眼神好似这空旷的客厅,一点热气都没有:"如果你觉得我回来会打扰你,下周我就申请,周末住校。"

"算了,不用。"楼颖耸耸肩,"不过,这周日你要早点走。周日上午我约了大师来看看家里的摆设,大师说这个房子室内陈设不好,没有玄关,门又对着窗,犯忌讳。"

说罢,她站起身,去房间里休息,纤瘦的肩膀都快要挂不住肩上的毯子,走了两步,又停了下来,上下打量顾雨峥:"你们学校没发长袖校服吗?"

她终于看到了儿子身上单薄的T恤,却依然忽略了他绷紧的唇线和藏在身侧紧握的拳。

"我不知道你的尺码,自己抽空去买两身衣服吧,别感冒了。"楼颖淡淡说完,转身进房,关上了门。

客厅彻彻底底陷入了黑沉。

顾雨峥就在客厅中央站着,一动不动,也未曾出声,直到呼吸与安静的夜融为一体。

他深深地闭上眼睛,咬着牙,待汹涌的情绪终于趋于平复后,睁眼,放下包,端起楼颖吃完没收的碗,走向洗碗池。

楼颖只活在自己的世界里。

顾雨峥记得自己小时候,楼颖还不是这样的,那时候她起码还算一个正常的母亲。一切都要从八年前她生的一场大病说起——甲状腺癌,做了切除,手术住院期间顾雨峥的父亲顾远做生意亏了笔钱,再加上婚内出轨,还把人领到了家里。

万幸手术成功,愈后良好,但所有事情赶在一起,楼颖承受不了这种压力,出现了心理问题。

　　妖魔鬼怪会趁人心理防线弱时攻入，楼颖那时坚信是自己命不好，经人介绍，她认识了一个江湖骗子，就是所谓的"大师"。

　　那位大师告诉楼颖，你如今受的苦，都是前世造的孽，所以要"消业"。

　　以后不可以吃荤，每餐进食要严格控制时间。

　　每天早睡早起，晚上不到八点便要入眠，早上起床后要静坐冥想。

　　她看风水，算命，相信一切玄之又玄的东西。

　　还有，捐钱，大笔大笔地捐钱。

　　那些钱交给"大师"后便无影无踪了，但楼颖不在意，她觉得只有这样才能拯救自己，整个人俨然魔怔了。

　　对此，顾远并不发表意见，要钱给钱，给予绝对的支持。他对儿子说，是我对不起你妈妈，就算是让她心里好受点吧。

　　那时的顾雨峥还在上小学，他心疼妈妈，可是除了眼睛红红地瞪着顾远，什么也做不了。

　　一年前，也是那位大师指导楼颖，说上海不适合你生活，你要搬去北方，找个气候宜居的小城市。

　　如今这处房子也是经大师之手算过的，十六层，虽然小区破点，但位置最合适。

　　哦，还有，你那个儿子，就不要带在身边了吧。你们纠葛太深，你有今日，难说与他无关。

　　话没有说得很明白，但楼颖深信不疑。她不想带顾雨峥一起走，顾雨峥却执意要跟，由南到北，转学借读，顾雨峥不管楼颖怎么样骂他赶他，他都不走。

　　"你一定要学着你爸一样，来害我吗？"

　　楼颖从来不发脾气，却能用最平静的语气说最阴沉的话。

　　顾雨峥摸着自己手腕上那根光秃秃的红绳。那是他有一年生日时发高烧，楼颖从那位大师那儿"求"的，说是能给孩子保平安。一根廉价的、轻飘飘的红绳，楼颖花了五位数。

　　这是八岁之后，顾雨峥唯一一次收到妈妈送的生日礼物，也是因为这根红绳。不论楼颖再怎么样"疯"，再怎么样苛待他、嫌弃他，他都觉得，这段母子情还没到断裂的时候。

　　红绳戴久了难免褪色，因此顾雨峥格外小心，洗碗时，他会把它摘下来。

　　楼颖身体不好，不能做家务，顾雨峥洗完碗，又尽量放轻动作，把卫生间衣篮里的衣服洗了。

　　不管顾远每月打来多少钱，楼颖都会转给大师，因此她生活简单，甚至可以说是拮据。顾雨峥忙完，又轻轻换鞋，重新出门，冒雨去附近商超买一些楼颖平时爱吃的水果和蔬菜来填满冰箱。

　　那大师说门正对窗不好，顾雨峥不信。

可当他拎着塑料袋回来，推开家门走入黑暗，透过窗子看到对面楼一家人正在吃饭，暖黄色的灯光那么温馨，隔着一栋楼，却是一明一暗两个世界，还是难免沮丧。

这种沮丧是深海中的浪潮，他是于汹涌浪潮中静静矗立的礁石，孤独、湿冷。

楼颖到了睡觉的时间，房间的灯早已关了。

顾雨峥站在黑暗里，再次想起楼颖时常对他说的话："顾雨峥，人这一辈子谁都不要指望，我们各自过好各自的日子就行。"

楼颖就这样语气淡淡地，把顾雨峥排除在她的人生之中。

世上所有的亲密关系都是一刹那的，不值得被信任，包括亲情在内，通通不可靠。

现实残酷，本就是血肉模糊，要想不被伤害，就要封闭自保、独善其身。

哪怕是亲人，哪怕是家人。

这是楼颖四十余载的人生经验，她将它传授给自己的儿子，却不管他能否接受。

大师为楼颖挑的这套房子小，只有一个卧室。换句话说，楼颖一开始就没有给他留房间。

顾雨峥将客厅小沙发上楼颖的披肩叠起，收好，然后躺下，和衣入睡。

周日，为了不耽误楼颖的事，顾雨峥早早起床出了门。

却无处可去。

他一个人在街上游荡，仿佛走进那家网吧是一时兴起，又是命中注定。

再后来，经历一场"抓捕"。他被年级主任拎到办公室罚站，内心也没有多少波澜。他站在办公室里望着窗外阴沉的天幕，心里想的却是，这一场漫长的秋雨，到底什么时候能过去。

他真的很想，很想见见太阳。

年级主任孙文杰把所有人都清了出去，唯独留下他。

"顾雨峥，是吧？"孙文杰翻着顾雨峥转学借读之前的成绩单。

顾雨峥没有参加过荣城的中考，因此孙文杰觉得光靠初中成绩摸不清这孩子的底，可是先不论学习，他带过那么多学生，一眼便知，这孩子的性格绝对有问题。

就说他刚刚拍的那一巴掌，都是半大小伙子，最要面子的时候，屋子里站的这些，要么脸皮厚，嬉笑而过，要么就低头憋气，红着眼不说话。

就这个顾雨峥，挨完巴掌，脸色丝毫未变，平视过来的眼神没有一点情绪，像是在冷水里浸过似的，看得孙文杰有点怪异。

"顾雨峥……嗯……"孙文杰合上成绩单，"你初中时期成绩非常好，你跟我交个实底吧，过段时间的期中考试，能考多少？"

"我不知道。"顾雨峥开口。

"这有啥不知道的。你别紧张，我们就是聊聊天，"孙文杰笑着，"你是借读，高考要回原籍考的,但你毕竟现在身在荣城一高,在一高一天,你就是一高的学生,老师们当然希望你的成绩出类拔萃。

"你就当给自己定个目标吧,你觉得能考学年多少名?"

很长很长的沉默。

怕是又要落雨,窗外卷起了秋风,树梢摇得厉害。

"第一吧。"顾雨峥望着窗外一片凌乱的景。

"多少?"孙文杰身子前倾,"啧,你认真说。"

"第一,"顾雨峥收回目光,"我挺认真的。"

顾雨峥真的很讨厌下雨天。

他喜欢灼灼烈烈的太阳,喜欢晒在身上有融融暖意的阳光,喜欢明亮的色彩,因为物以稀为贵,人总是对被亏欠的东西格外渴求。

细细数来,生活里能让他感觉到被光亮投射的事情并不多,学习算一个。

家庭关系寡淡,又不喜欢社交,除了很小的时候被逼着去学的拳击和网球,好像也没有什么兴趣爱好。这样寂寥的十几岁,除了学习,没什么能做的事。

哦,还有。

顾雨峥自认,之所以对成绩在意,是因为楼颖给他开家长会时,会得到老师和家长们的夸赞。往往这时,楼颖会抿唇,温柔地笑一笑。这让他想起小时候那个会带他爬山、带他旅行,并不远离他、厌恶他,将他拒之千里的妈妈。

顾雨峥有时也会觉得自己幼稚。

正如楼颖所说,任何执念到头都是空,任何把期望寄托在他人身上的人,都是傻子。

顾雨峥不知道自己什么时候能彻底接受并认同楼颖的这套理论,或许真的到了那一天,他才能成为一个百毒不侵、在普世概念里被社会所接纳的所谓成年人。

他站在操场上,隔着一层一层的人,看向指挥台下贴着的期中成绩大榜。

T恤外面加了校服外套,荣城已是十一月,最后一场秋雨光临以后,摇身一变,便是潇潇冬雪。

听说荣城冬天下雪也是暴脾气,在南方长大的顾雨峥对雪倒是没什么期待,反正都是一样昏暗的天。

他并不急着看自己的名次,因为还没走到人群第一排呢,就先从女孩子的叽叽喳喳声中听到了自己的名字。

"……第一!学年!"

"顾雨峥?不认识……"或许是雨前的空气湿而黏,更显得女生声音很脆,"他很厉害,我也不差啊,你看我的数学和物理,牛死了好吧……"

顾雨峥觉这浮夸的语气和声音有点耳熟,但想不起来。直到女生拉着她的朋友从人群中钻出,一头撞在他身上,没抬头,又揉揉脑袋赶紧逃走,他忽然就在脑海里对上了线索。

那天在网吧,有人抓着他的椅背,热情地跟他聊《海贼王》来着。

顾雨峥根本不看动漫,更不玩游戏。那天他只是心情太差,随便播个什么打发时间罢了,甚至连耳麦都没有戴。可女生兴致勃勃地给他介绍了许久,自言自语地讲剧情,最后差点就要带他去书店借漫画书了。

她绑着马尾,干净爽利,不长不短,发梢刚好扫在皙白的后颈上,随着她说话晃来晃去。

顾雨峥在她噼里啪啦打游戏时盯着看了一会儿,在她稀里糊涂找不到逃跑路线时看了一会儿,在她办公室罚站和年级主任讨价还价时,也掠了一眼。

这样太无礼了。

所以这一次,顾雨峥刻意忽略了那个身影。

他穿过人群往前走,直到清楚地看见自己的排名。

班级第一,学年第一,意料之中。

没有惊喜,也没有失望。

他想转身离开,却在转身的那刻又听见了那道清脆的声音,携着湿意的空气。

"跑啊!"

下雨啦!

……天际已经逐渐泛黑,层云压下,那是大雨滂沱的前奏。

越来越多的学生为了躲雨,四散着跑开。

顾雨峥到底还是朝那边望了一眼。他凭借身高优势,目光越过所有,看到远处朝着校门奔跑的两个女生。大概是过了一个月,头发稍稍长了些,这一回,马尾辫扫着她的校服后领。

他在原地出神片刻,去而复返,逆着人群重新回到成绩榜前。

在办公室里,她的名字被提起过,他还记得。

……数学满分,物理几乎满分。顾雨峥细细看完,不自觉地笑了一下,怪不得她说自己牛死了,确实,很厉害。可目光掠过后,最终的落点,还是"夏蔚"这两个字。

顾雨峥觉得,或许"人如其名"四个字是有道理的。

虽然大雨滂沱,接下来还有那样难熬的冬,但她的名字会让他想起夏日蔚蓝的晴空,阳光明明灿灿,总有一日会搅碎黑沉,穿云而来。

第三章 / ★
彩铅、苹果和圣诞节

　　荣城一高附近还有一所大学的分校。
　　大学生比高中生自由多了，校门口人来人往总是热闹。
　　学校附近书店的老板这次总算开窍，只做高中生的生意要赔死，于是重新装修下了血本，原有布局全部打乱，还租下了隔壁那家歇业的便利店，将两个门面打通，区域一分为三，一块是可租借的课外书，一块是教辅材料和杂志，还有一块卖文具和礼品。
　　曾经的小窝棚摇身一变，成了一条街最漂亮最显眼的门头，取名心宜书店。一推门，门口挂着的贝壳风铃便会"哗啦啦"地响，还能闻到浅浅的油墨香。
　　夏蔚这次去，把之前借的一摞《海贼王》还了，顺脚去礼品区逛了一圈，给她的荣城一卡通挑了个塑料新卡套。
　　每个城市都有这样的一卡通，主要作用是刷卡坐公交车，夏蔚周末出行基本靠它，只是丢三落四的毛病难改，这已经是第三次丢卡了，外公上周又去帮她补办了一张新的。夏蔚把公交卡塞入卡套，想着这次要是再丢，她以后就只配步行。
　　"这上面是谁啊？"米盈侧过来，指着卡套上的人。
　　"死神，朽木白哉，我超喜欢。"夏蔚双手放胸前，喊了一句台词，"散れ（散落吧）！"
　　米盈吓了一跳。
　　"中二病吧你。"
　　米盈去心宜书店的收获可比夏蔚多，流沙外壳的本子、带一个毛茸茸挂件的圆珠笔、有香味的便利贴、珊瑚绒的坐垫……她还买了一个马克杯，柴犬造型，两只耳朵是立起来的。
　　夏蔚举起她的杯子，仰头："哎，这喝水时不戳眼睛吗？"
　　"烦死了你！还给我！"米盈踢夏蔚的凳子，"让开！我去接水。"

　　开水房在一楼，不大，每到大课间，门口总是排大队，许多女生一手一个大暖壶来接水，中午带回宿舍洗头发。
　　午休时间只有一小时，洗头和午饭只能二选一。米盈的头发又细又软，稍微油一点就贴头皮，丑死了。她宁愿饿肚子也要隔天一洗头，洗完了还没擦干，就又要从宿舍跑回教学楼，入冬冷风一吹，都结冰了。

"周三洗一次得了，这样会感冒的。"下午第一节是英语，夏蔚临阵磨枪，埋头背单词。她头发不爱出油，总扎马尾也看不出来。

"感冒更好，我就请病假回家。"米盈坐在座位上梳刘海，吃豆沙面包和酸奶，夏蔚给她捎的。

"夏蔚，我决定以后不讨厌你了。"

夏蔚抬头，用笔尖挠挠头发："啊？"

"因为我有更讨厌的人了。"说这话的时候，米盈音量压低了几分，捅捅夏蔚，示意她看第一排，"我们宿舍那个黄佳韵，我怎么这么烦她呢。"

黄佳韵个子矮、瘦，话又少，总能看她埋头学习，除了做操平时好像连教室都不怎么出。这样的人往往在班里没什么存在感，但她成绩好，上次期中考试夏蔚考班里第一，她考第三，和第二名差两分。

"她怎么惹你啦？"

"刚刚中午我回去洗头发，她也在宿舍，让我小点声，她要睡觉。有毛病吧？我就擦个头发而已，能有多大噪声？"米盈说，"我还没说她呢！每天晚上回宿舍，大家都在聊天，就她抱个英语书站在窗边读读读。口语好点也行啊，难听死了，我说她吵了吗？"

米盈总结自己讨厌黄佳韵的点："最烦这种装上进的，我们都是废物是吧，显着她了。"

夏蔚不知怎么接话，她宿舍八个人都还挺和谐的，没有这种矛盾。

"不合群也就罢了，大不了不交朋友，偏偏上周末宿舍出去逛街，她也去了。我们中午说吃烤肉，就她，偏要去商场地下那个美食城，那儿有什么好吃的啊？最后我们少数服从多数，她自己一票，人家当场甩脸，走了。"

米盈很想和夏蔚一起吐槽这朵奇葩，毕竟拉近友谊的好方法就是找一个共同的敌人。奈何夏蔚不发表意见，只说："美食城还行啊，有一家蛋包饭，绝了。"

米盈撂下脸，盯着夏蔚看了一会儿："夏蔚，你就当你的老好人吧。"

……生气了。

夏蔚不觉得自己是老好人，她不是怂，也不是反应迟钝，只是很多矛盾在她看来根本没必要。

同学嘛，处得来就当好朋友，处不来也没必要吵得脸红脖子粗，一些芝麻大小的事就更不用纠结。

反正要在一块三年呢，现在就吵，以后没法过了。她可不想自己多年以后参加同学聚会，要假惺惺地和扯头发干过架的同学拥抱碰杯，回家还要偷笑：该，那谁现在过得可差。

何苦呢？

不止一次有人问她，你不觉得你同桌一直欺负你吗？说话颐指气使的，你还总给她带吃的。
　　夏蔚就笑:"米盈啊?她也给我带吃的,上个周末回家她给我带了马卡龙。马卡龙和面包比,还是我占便宜吧。"

　　冬天教室里暖和,下午第一节课最容易犯困。
　　英语老师胸前戴着小麦克风,声音呜呜噪噪更像念经,米盈脑袋几次差点砸桌面上,夏蔚写张小纸条,用胳膊肘推了过去。
　　她问:明天周五,晚上去书店?
　　午后的冬日阳光洒在教室里,像是一层朦胧的雾。
　　米盈揉揉眼睛,轻轻"嘁"了一声。
　　距离圣诞节只剩一周。
　　最躁动不安的年纪,恰好在学校过着最寡淡无味的生活,因此大家重视每一个节日,尤其是圣诞节这种自带浪漫氛围的节日,简直是无聊日子里难得的高光,一万分值得期待。
　　学校三令五申不允许带手机,可去宿舍搜一圈,估计每个人的褥子底下都藏着一部。那时候智能机刚开始普及,夏蔚的第一部智能手机是国产的,厚得像板砖。晚上熄了灯,戴上耳机躲在捂得严严实实的被窝里,刷会儿空间,再听一首米盈发来的陈奕迅的《圣诞结》,掀开被子,一脑袋汗。
　　心宜书店上了一批新品,也都是圣诞风格,满眼红与绿,小麋鹿的夜灯,脖子上挂着亮片彩带,热闹得不行。
　　夏蔚照例去旧漫画的架子翻翻找找,却发现想借的那本在一个男生手里。男生也注意到她,扬了扬手里的漫画:"你要这个?"
　　夏蔚说"是"。
　　"那你先拿走吧,我不急看。"男生说。
　　夏蔚挑完书,却发现男生还没走,他正在收银台和老板扯皮:"……我上周在这儿买的彩铅,结果削一截断一截,铅芯全是碎的,老板你这卖的什么劣质产品啊?"
　　老板当然不爱听这话:"小伙子,一分价钱一分货,十五块钱一套的铅笔你想要什么质量?"
　　"那你这儿有更好的?"
　　老板摊手:"没有。"
　　夏蔚写完借书单,又去文具区买了几支笔,结完账出门的时候看到那男生还站在门口,在打电话。学校附近的文具店也就这么一家,夏蔚原本想给他出主意,让他周末去市里大商场,那儿肯定有卖,可经过时听到他对着电话说"我周末住校,不回家"。

郑渝在电话里挨了他爹一顿骂,挂了电话,看见女生站在一边。

她说:"你要用彩铅?急用?"

夏蔚想起自己家里有一套卡达,是爸爸上次回国带她去逛街时买的。她那时候一时兴起想学画画,可惜三分钟热度,那套昂贵的彩色铅笔便放在家里闲置,已经有两三年了。

"……不过就是颜色不多,四十色,你要是急用,我下周一能拿来。"

郑渝要给一个绘本杂志投稿,截稿日就在下周,刚打电话想让家里人买彩铅送来,结果被骂不务正业,此时此刻看眼前的女生简直就是神兵天将。

他没有扭捏,直接报自己名字和班级:"我是高一(10)班的。你不要无偿借给我,这样吧,就算我租的?"

夏蔚还没听说过这东西也能租,于是摆摆手:"那倒不用,你别削一截断一截就行。"

她问:"你是学画画的?美术生?"

"不是,业余玩家,未来之星。"郑渝打了个响指,语气欠欠的。

在公交车到来之前,夏蔚就站在书店门口和这位未来之星聊天。郑渝说自己一直想学美术,走专业,但父母不同意,说就业面太窄了。

他说自己喜欢手冢治虫和宫崎骏,最爱《风之谷》。

夏蔚咧咧嘴:"呀,这么老。"

他弹了下夏蔚手里的《海贼王》:"怎么说话呢,您这也不年轻吧?"

夏蔚一直记着要帮这位未来之星圆梦,回了家,在书架最底下扒拉出彩铅,果不其然,都落灰了。

郑渝周一来班级后门找夏蔚取彩铅时,对她说"圣诞快乐",还带了一个包装漂亮的苹果,巨大、特红,夏蔚要用两只手捧着。

第二天就是平安夜了,貌似只有中国人玩这种谐音梗,平安夜送苹果。心宜书店门口摆了小摊,十五块钱一个平安果,绑着炫彩蝴蝶结,一高学生出不了校,老板就偷偷从学校栏杆递进来卖,赚翻了。

"再让这家店的老板赚我一分钱,我名字倒着写。"郑渝说,"这是我在水果店买的,论斤称,不贵,还保甜。包装是我买了书皮自己包的,手艺一般,见谅。"

夏蔚掂量两下苹果,问:"还能从栏杆那儿买水果?"

"能啊,怎么不能。胆子大点,什么买不到?"郑渝比夏蔚高不少,还壮,从他的角度看夏蔚,格外显得她眼睛大而亮,怎么说呢,透着点狡黠的机灵劲儿。

他挠挠头问夏蔚:"我有水果店老板的电话,你要吗?"

圣诞节真好。

从平安夜这天开始,整个教室好像都弥漫着一种过年般的热闹,大家在私底下交换礼物,自以为躲得过班主任的视线,殊不知一个个暗戳戳的小心思都是透明的。班主任敲黑板，先给坐不住的提个醒："圣诞也算个节？把心思放在学习上，以后有你们玩的时候。"

米盈买了好看的信纸，上面印着细小雪花暗纹，很高级。原本说好要给每个好朋友送礼物，外加一封手写信，可开了几个头都不满意，最后干脆放弃。

夏蔚收到了米盈送的小蛋糕，还有几张空白的精致信纸。

"你在写什么？"米盈把头凑过来，看着夏蔚笔头不停。

"意见信。"夏蔚说，"给学校的。"

昨天有体育课，跑出汗了，所以今天中午洗了头发，夏蔚一边啃着苹果垫肚子，一边拂去发梢滴下来的水："我要给学校提意见，每周起码有一天延长午休吧！起码头发擦干，吃口饭再出宿舍啊，这也太狼狈了。冷风吹得我头疼。"

米盈满脸写着"你总算懂我的痛了"，可是转念一想，问："意见信？你写了给谁啊？"

"我看年级办公室门口有个意见箱。"

米盈无语："那儿都结蜘蛛网了！面子工程罢了，你还真以为学校会看啊？"

夏蔚却不这么觉得。

"既然有，就写了试试呗。"

"……你写吧，别用我给你的信纸！好几块钱一张呢，浪费！"

下午，夏蔚在自习课上花了二十分钟时间写意见信。其间，班主任抓到一个偷偷把手机带到教室里的，结果当然是没收；还有一个女生，给邻班的好朋友准备了一个毛绒颈枕当圣诞礼物，正悄悄写贺卡呢，被当场"抓获"。

班主任敲黑板的声音更大了，"砰砰砰"的。

"你们是不是没完了？过个破圣诞，一个个屁股像长了刺！坐不住了是吧？"

"马上期末了，哪个班的学生像咱们班这样？再看看人家高三楼，整栋楼都鸦雀无声。你不努力的时候，有人在努力，永远有人走在你的前面！"

"不想学是不是？那就都别学了！"

班主任把贺卡内容当众读了几句，然后甩在桌上，一张轻薄的卡片硬是甩出千钧气势："……还一辈子的好朋友，你们才多大？就一辈子？幼不幼稚！"

……贺卡的主人趴在桌子上，哭了。

"我真服了，过圣诞跟学习有什么关系啊。"米盈小声喃喃，"本来就够惨的了，苦中作乐都不让啊？"

班主任还在喋喋不休，语气越发高亢，穿透整个走廊。

高中生，学习是唯一的任务，其他所有，都要为高考让道。所有老师的劝学话术都如出一辙——忍一忍，熬一熬，就三年而已，以后想怎么玩就怎么玩，想怎么庆祝就怎么庆祝。

夏蔚撑着脑袋想，理是这么个理，可是十六岁的圣诞节只有这一次。

天使的魔法棒只挥了一下，以后的每一个圣诞节，不论多么豪华，都无从复刻今时今日。

那些期待和愿望就好像保质期只有几天的红苹果，现在不品尝，你就永远无法得知它的味道。

以后，这一生，再没有任何一天和今天一模一样了。

真是遗憾。

可就算遗憾也只能接受。谁让他们是高中生？这简直是这个世界上最悲惨的身份了。

忍耐，忍耐。

平安夜就这样过去。当然，一夜平安，除了沮丧和失落无声蔓延，一切如常，无事发生。圣诞节的早晨也只不过是个普通的早晨，昨晚老天施舍似的飘了那么一点点雪花，今早太阳一冒头，也已消失干净了。

夏蔚昨晚回宿舍比较晚，踩着熄灯铃声跑回来的，一早起床又被米盈拉着去吃早饭。

吃完饭去教室，远远看见教学楼前的小花园那儿围了一圈人，一阵骚动。

"出什么事了？"

"不知道。"夏蔚撇撇嘴。

从食堂到教学楼，这里是必经之路，小花园正中央的紫藤架现在还没到开花季节，光秃秃的。

米盈挤到人群前面去看，随后发出"哇"的一声。

——紫藤花架的枝杈上，绑着许多漂亮的平安果。

彩色的包装纸裹着，缎带悬着，在冷风里晃动。

因为太重，有几个已经滚到了地上，还有的被人捡走了。

这一年冬天，紫藤花架短暂地承担了圣诞树的职责，虽然滑稽，但挺浪漫。

贫瘠，但珍贵的浪漫。

米盈也抢了一个，发现上面还写了小纸条，龙飞凤舞的字迹，像是故意不让人看出来：请自取，祝你圣诞快乐。

她激动死了："是谁干的！哪位英雄好汉！我要送锦旗！"

当然没人承认。

但这一天，圣诞树结平安果的"童话"在荣城一高口口相传，大家都觉得做出这事的人是英雄。

夏蔚和米盈分着吃了一个苹果，很甜。

她们达成共识，发出感慨——

一生一次的高中时代，被记住的不应该只有密集如雪的卷子，和满手油墨的错题集，还有许多东西值得被镌刻，值得被称为永恒。

顾雨峥挑了个周末,带上身份证和学生证,去办了一张荣城一卡通。

除了坐公交车,刷荣城一卡通还可以去荣城图书馆,可以阅读,也可以自习。每逢周末,顾雨峥会回家看一眼,帮楼颖做点家务、买些东西,然后其余时间都在图书馆里度过。

北方城市冬天室内比较暖和,但暖气会使空气干燥,顾雨峥发现自己频繁咳嗽,他不想影响到别人,只能多喝热水。

班里咳嗽的人还不止顾雨峥。

流感席卷好像就是一夜之间的事,一个病倒,紧接着一个宿舍里的人依次请病假。男生火气壮,稍稍强些,女孩子这边简直愁云惨雾。

六班班主任是教语文的老教师,最好唠叨。她在班级座位之间巡一圈,摸了摸一个女生的衣领:"冬季校服棉袄为什么不穿?里面就穿这么一件衣服,室内室外来回跑,你不感冒谁感冒?"

"虽然冬季校服不好看,但是暖和啊!"

下面有女生小声吐槽:"你也知道丑啊……"

班主任看看教室里的一颗颗脑袋,叹了口气:"说了你们不信,你们这个年纪,不用打扮都是最漂亮的。"

当然不信了。

一高的春秋季校服是蓝白相间的运动服,全国都差不多,这没什么可说的,但冬季校服不知是谁设计的,枣红色的大棉袄,臃肿、老气、行动不便,除了课间操要求,没人爱穿出去,宁可冻着。

除此之外,男生女生都竭力于在全校一模一样的着装上,加点小心思。

比如把校服裤腿改窄,这样显得腿又直又长。

女生会偷偷擦一点防晒和BB霜。那年韩剧《想你》开始热播,尹恩惠的空气刘海和咬唇妆简直火死了,可惜涂上太明显,轻轻点一点,马上又要在年级主任的勒令下擦掉。

男生则开始追捧球鞋,穿上不去打球,怕起褶,只舍得在教室里穿,腿伸到过道瞎显摆,惹得老师一根手指头指过来:"来,用不用把你那脚抬讲台上?"

顾雨峥在一群孔雀开屏惹人烦的男生里,安静得像一棵树。

他倒是也不穿冬季校服,但不像那群篮球队的人,每逢课间都要出去打球然后一身臭汗地回来。他的蓝白校服外套永远是干干净净的,鞋子边缘极少有泥点子。乱哄哄的下课时间,他会出去接水,而后回到座位继续看书,握笔的手白皙而修长。

班长邱海洋是个话痨,他是顾雨峥的室友,也是顾雨峥的前座。他对这位转学来的学霸挺有好感的,可每次回头想闲聊时,几乎都会被顾雨峥冷淡的样子堵住嘴。

"哎。"

"说。"顾雨峥眼睫垂着,头都没抬,在一道选择题上挑一个钩。没有听到邱海洋的回答,他才微微抬眼,眼神像是无波的水。

邱海洋忽然顿悟,顾雨峥这小子,是不是就是现在女生们喜欢的,清冷挂?

"没事,想问问你,这周末你有空没?去逛街?"

"咦……"周遭几个女生发出嫌弃声,"邱海洋,你约顾雨峥?两个大男生逛街啊?"

班主任坚信,人为制造距离是为了青春期的少男少女们好,所以六班每个人都是单桌,没有同桌。凑巧的是,邱海洋和顾雨峥两人的座位被女生包围了。顾雨峥还好,他平时冷漠、安静又寡言,岭上雪的气质,找他说话的人都少,更没人开他玩笑。可邱海洋就没那么幸运了,他快被一群女生吵死了。

"逛街怎么了?商场是你家开的啊?"邱海洋回呛一句,没有等到顾雨峥的回答,于是低声说,"下周圣诞了,我想去给冯爽挑个礼物。"

"呀,班长……"

邱海洋肤色黑,脸红也不明显,但还是被几个女生打趣得不好意思了,干脆破罐破摔:"我哪知道你们女生喜欢什么,不找人帮忙怎么办?"

"顾雨峥也是男生啊,你找他有什么用?"

邱海洋不说话了。

也对,这不是病急乱投医了嘛。

冯爽和邱海洋是初中同学,两人一起考上了荣成一高,一个在十二班,一个在六班,隔了一层楼。但两人常常一起吃早饭,晚自习结束回宿舍的那一段路,也一起走。

青涩的年纪,隐秘的心意。

顾雨峥放下笔:"抱歉,我周末没空。"

意料之中。邱海洋耸耸肩。

"那算了,我去附近新开的书店看下吧,应该会有女生喜欢的东西。"邱海洋转过身,片刻,又转了回来,"哎,哥们儿,我听说你打网球很厉害。晚自习结束,咱俩打一会儿去?"

顾雨峥微微扬眉,疑惑。

邱海洋则解释:"最近学校抓纪律抓得严,不许男女生一起走,听说高三有好几个人被抓了,要找家长,说不定还要记过。避避风头嘛。"

有女生插话:"你俩会打网球?"

好像这个年纪还是打篮球的男生居多,有瘾似的。不止课间,晚上九点半下晚自习,十点半宿舍熄灯,就这么一个小时的洗漱休闲时间,篮球场那边也人满为患,不论冬夏,几盏大灯一开,照打不误。

相比之下,网球场倒是空着的。

顾雨峥这一回倒是没有拒绝:"我没带球拍。"

"我去体育组借。"

顾雨峥和邱海洋打了一周的网球，每天结束晚自习后去球场，打半个小时，再回宿舍洗漱睡觉。

上一次这样密集地穿梭于网球场还是三年前。

那时家里鸡犬不宁，顾雨峥频繁失眠，甚至一闭上眼睛就会焦虑到呼吸不畅。他觉得自己是瓮罐里的蚂蚱，有无形的东西压着他，让他喘不过气，可明明家中那样宽敞、那样空。

顾远几乎不回家，即便回，也是酩酊之后。

楼颖更是有自己的事情要忙，她的衣帽间已经很久没有人出入了。

家里偌大的空间，每个房间都有痕迹，偏偏每个房间都没人。顾雨峥不理解，为什么日子过成这样了，两个人还不离婚，甚至偶尔不得不共同出席饭局时，还能发挥过人的演技，顾远好像是个贴心顾家的从未出轨的好丈夫，楼颖也没有喜怒无常，每日神神鬼鬼挂嘴边，而是一个正常人。

顾雨峥看着爸妈交叠的手，有些恍惚。他像是亲眼见证了一段感情的扭曲和暴毙，而他是中途掉落的一件遗物。

顾远的口径和楼颖几乎一致。

他告诉儿子，大人的事不用你管，你好好学习，想出国就送你出国，干什么都随你。家里的一切你也看到了，我的生意不如以前，除了力所能及的经济条件，其他你也不要指望了。

顾雨峥说，我没什么指望，我只想你们离婚。离婚之后，桥归桥路过路，你们就能过各自的日子，不必再扭曲，或许楼颖也会变好。

顾远原本还很平和，可不知为什么，听到这话忽然就冷笑了一声。

他在笑什么，顾雨峥并不知道。

……那段时间，去球馆打球是顾雨峥唯一的释压方式。

教练看出顾雨峥打球方式不对，打网球不能靠蛮力，不能试图用力量控制球，可这小孩平日看上去温润安静的样子，一握球拍就跟变了个人似的，又拉大场，又使蛮力，逞凶斗狠。

教练有时都接不住他的正手球，等下了球场一看，顾雨峥手上虎口处全是血。他表情平静，只是眼睛微红，抿唇敛目，不发一言，也从不喊疼。

学校网球场在体育馆后面，很安静，篮球场那边有呼喊声和口哨声，这边却只有网球重重打墙壁的声音。

今天平安夜，邱海洋下了晚自习就被冯爽叫走了，听说是有礼物要回给他，班里一片起哄的怪叫声。顾雨峥拎着球拍，独自来球场。对墙能练截击和削球，他打球依旧凶狠，可是手心起了茧子，就再难伤到了。

手机放在书包里，一直是静音，临近熄灯时间，顾雨峥放下球拍时才发现，有几条消息。

有一条来自楼颖。

楼颖给他发消息或打电话,从来不管他是否在上课,一切以自己的时间为准。楼颖的消息是下午发的,消息里说,她要出趟远门,让顾雨峥放寒假回上海找顾远去。

顾雨峥提醒楼颖,现在是高中,离放寒假还早,起码还有半个月。楼颖却说,哦,忘了。

顾雨峥继续发消息:妈,你要去哪儿?安全吗?和谁在一起?

楼颖这次的回复只有几个字:管好你自己。

小时候看《动物世界》,雌鸟为了让幼鸟学飞,会刻意将其赶出巢穴。顾雨峥努力将自己和楼颖的相处模式往这方面想,可很遗憾,他连自己都说服不了。

还有一条消息,来自邱海洋。

他问顾雨峥,是否还在球场,如果方便,回教室帮他拿一下饭卡。明天圣诞节,好歹是个节日,宁可冒着被抓的风险,他也要和冯爽一起吃早饭。

圣诞节。

顾雨峥忽然想起中午广播台播的那首陈奕迅的歌,歌词里说落单的人最怕过节,他不觉得合情合景,只觉得矫情倒牙。

看看时间,距离宿舍熄灯还有十分钟,教学楼那边已经空了,篮球场的人群也正稀稀拉拉地四散。

顾雨峥拎着球拍快步往教学楼的方向跑去。

有细碎的雪花在半空中凝结,飘扬,非常轻盈地在他眼前落下。

虽然几乎不可见,但他还是不自觉地停下脚步,凝神去看。平安夜落雪,算是圆了这一场热闹。

他于雪中继续前行,然后,在小花园处停住了脚步。

教学楼已经关灯了,整栋楼漆黑一片。

小花园干枯的紫藤架下,有个女生的身影正在攀高。

她踩在长椅上努力踮脚,往枝杈上绑着什么东西。

……第几次见了?

说来奇妙,顾雨峥发觉自己竟能在黑暗中一眼认出那个人影。明明也不算熟悉。

篮球场那边的稀疏人声已经渐渐消散了。

落雪更是安静,周遭彻彻底底地陷入了一场无声的默剧,只有夏蔚努力拽树枝的窸窣声响。

顾雨峥不知道她在做什么,也怕吓到她,只好在远处驻足,等待。等夏蔚大功告成,拍拍手上的灰尘,迅速跑远后,他才敢上前。

他抬头,看到几乎花架的每个枝杈上都悬着一颗苹果。干瘪纤细的枯枝很难承受住苹果的重量,她故意绑得结实些,不让它掉落。

冬日里闲置、无人光顾乘凉的紫藤花架，此刻被夏蔚委以重任，摇身一变，成了圣诞树，承载许许多多被彩色玻璃纸和缎带包裹的愿望，轻轻地，随风颤动着。

平安夜该许愿吗？

顾雨峥不知道。他也不知道夏蔚忙了半天，绑这些平安果是为了谁，只是鬼使神差地伸手取了一个下来。

他是从这棵"圣诞树"上摘礼物的第一个人。

竟会为此感觉到些许荣耀。

他小心翼翼地打开包装纸，可惜，还没来得及看清小纸条上写的话，就被身后一声喊打断了。

"别动！哪个班的学生？"

年级主任孙文杰拎着手电筒往这边来，在那样强力的光照下，再细小的雪花也无所遁形，顾雨峥忽然发现，这场雪原来也不算小。

"顾雨峥？是你吧？"

学校最近成立了男生女生风纪处，孙文杰最近每晚都在宿舍楼那边蹲守，抓早恋的。今晚无事发生，他凑巧往教学楼这边走一走，却刚好，抓到一个落单的。

"马上熄灯了，你不回去睡觉，在这儿干吗？"他看看顾雨峥手上的苹果，又抬头，看见满眼绚烂的彩色，哼笑一声，"小子，被我抓着了吧？你这是给谁搞惊喜呢？行啊你，玩浪漫是吧？"

顾雨峥打开球拍包，把那颗苹果放了进去。

"老师，你误会了。"

"误会什么？抓着了还不承认？"孙文杰觉得这小子真不让人省心，学习好，学习好怎么了？到底还是个孩子，该闯祸还是闯祸，"另一个呢？躲哪儿了？叫出来吧。"

"没有。"顾雨峥的目光掠过夏蔚刚刚"逃跑"的方向，路上已经空无一人，他收回目光，朝孙文杰笑了笑，"只有我自己。"

"你搞这些花里胡哨的干什么？"

"没什么，就是想过个圣诞节。"他说。

六班班主任除了唠叨，还有一个绰号，叫"烂笔头"。

因为她从不骂学生，却唯独乐于罚学生抄写。六班教室外墙上永远贴着抄写纸，密密麻麻，每周都会换新。顾雨峥因为疑似早恋被叫到年级部谈话，又因没有证据被"无罪释放"。回到班里，他被班主任罚抄所有高考必备古诗文，十遍。

他在座位上安静地动笔，一页又一页。

邱海洋回头欠欠地说："哥们儿，交个底，你是为什么被罚？"

顾雨峥不回答。

那天晚上教学楼前，他学着某个人的样子，和孙文杰讨价还价："我认罚，老师,但是这些平安果,可不可以留下?"

孙文杰见过的学生多了,这种无可厚非的小心思,他都懒得管。

"期末考试考砸了,我找你家长。"

少年身形挺拔,笑了笑:"不会。"

……这一年的圣诞节,就这样过去了。

荣城一高传说,有一位英雄于平安夜挺身而出,给晦暗无光的高中生活点了个不大不小的火花。

虽然那些苹果在风雪中被吹了一晚,都冻坏了,但抢到苹果的人依然觉得挺甜,尤其是用信纸裁成的纸条上的祝愿,每一张都不一样,就好像这些苹果真的能满足人愿望似的。

属于顾雨峥的苹果一直被他放在桌洞里,很久,直到表面皱起才被吃掉。

但那张纸条他一直留着。

> 精心挑选,超甜:)不论你是谁,祝你永远开心!
> 圣诞快乐。

顾雨峥深知自己做不到永远开心,大概连短暂地开心都很难。

但他应该会永远记得这个圣诞,还有那个"圣诞树"下的人。

第四章 / ★
网球、关卡和英语题

"我的天，六班真吓人。"米盈喊着，"不知道是哪个倒霉蛋，被罚了高考必备古诗文抄写，十遍！全部！这是写了多久啊？"

"他们班罚写墙又换新啦？"

"嗯！"有了对比，米盈又觉得自家班主任也不是那么难以忍受了，毕竟从来不罚抄写，骂人骂得狠罢了，大不了左耳进，右耳出，又不少一块肉。

"哎，对了，我听说……"

话说一半，被打断了。

"收作业。"有人敲了敲米盈的桌角。

米盈抬头，脸上的笑"唰"一下收了回去："收什么作业？"

"历史老师上节课留的，默写朝代歌，按时间轴画朝代更迭表。"黄佳韵指了指黑板右侧的课表，"下节课历史。"

等黄佳韵走到了班级后排，米盈一声冷哼终于能痛痛快快地从鼻腔里溢出来："拿着鸡毛当令箭，说不定历史老师留完作业自己都忘了呢，她在这儿刷什么存在感？"

如今米盈和黄佳韵不对付，已经是人尽皆知了，虽然两个人……在班里人缘都不是特别好——米盈是因为太过娇气了，还爱哭；黄佳韵则是因为太孤僻，总是闷闷的，不和任何人打交道。刚开学时，历史老师说要挑个历史课代表，黄佳韵主动举了手，那是她唯一一次在某件事上站于人前，自告奋勇。

"高二分文理，可能黄佳韵想学文科。"夏蔚猜。

她也把历史作业忘了，赶紧拿出历史书照着抄——夏商与西周，东周分两段……她抄完，递给米盈，米盈再抄，一边抄一边抱怨："烦死了！我又不想学文！记这些干什么啊？凑合着把学业水平测试考完，这辈子再也不想和政史地打交道。"

学业水平测试也在高二，还远着呢。夏蔚暂时还无暇为未来的烦恼忧愁，摆在当下的是期末考试。

她真的快被英语逼疯了。

自从上次期中考试被班主任批评英语偏科太严重后，夏蔚就好像是被什么邪灵附体了，越是努力学，越是学不好，简简单单几个时态，死记硬背都背不住。

短文改错，要从一段文章里挑十处语法错误并改正，夏蔚一眼扫过去，一个都挑不出来，哪里有错啊？这不都对吗？

……被自己气笑了。

结果就是期末考试，夏蔚的英语成绩比期中还差，因为英语拖后腿，年级排名也往后掉了。

人类的悲喜并不相通。米盈这次往前进了一些，学年六百多名，起码是到达腰线位置了。她对自己十二分满意，说寒假要出去玩："我爸妈说他们明年会非常忙，顾不上我，作为补偿，今年过年带我去旅游。"

她们各自收拾宿舍的东西。

"要去哪里？"

"还不知道呢。"

春节，夏蔚家的春节，都是她和外公一起过的。

外公对他的宝贝夏夏一万个放心，从来不干涉她的学习，考试成绩更是不在意了。反倒是夏远东，在电话里浅浅问"高中学习吃不吃力呀""会不会太辛苦"。他常年在南非工作，几年不回来，女儿又正是青春期，说不担心是假的。

夏蔚把成绩和名次报给老爸，当然，也得到了夏远东的夸奖："学年三十多名？一千多人，你考三十多名？我们夏夏可真是……"

"真是什么？"

"真是厉害啊！我竖大拇指了。"

夏蔚无语："我又看不见。"

她把班主任对她说的话转述给爸爸："老师说但凡我把英语提上去，就能稳住学年前十……'夏蔚啊，学年前十啊！荣城一高的学年前十，什么概念你知道吗？就是你可以在高考考场上横着走。'"

她语气学得像，夏远东也跟着笑。既然学习上不必操心，那……

"我们夏夏交朋友没？"

"交了啊。"夏蔚还是挺有自知之明的，"我的朋友很多。"

"男生朋友也有？"

夏蔚听明白了，故意不回话。

"有吗？"她这一沉默，夏远东还挺慌，"有？还是没有？没有吧？应该没有吧？"

夏蔚憋不住，笑了。

夏远东强行"挽尊"："……有也没事，这个年纪，正常。我和你妈妈不也是高中时认识的吗？不过就是要摆正心态，还要保护自己，要……"

哎呀。

夏远东也觉得棘手，女儿青春期，有些话不该由父亲这个角色说，可夏蔚身边又没有女性长辈。

"我知道,不用讲哦。"夏蔚向后仰倒,小腿垂在床边,望着床尾拥挤的书架发呆。她知道自己和爸爸此时想到了一块去,目光落在那张三人合照上,隔了一会儿才开口,"放心啦,我昨天去看妈妈了,擦了墓碑,还带了她爱吃的菜。我要是有心事,会和妈妈讲,她当场回答不了,但会在梦里找我聊天的。"

夏远东也沉默了一会儿:"好,老爸对你很放心。要多吃饭,多运动,健康开心最重要……把电话给外公吧,我问声好。"

夏蔚踩着拖鞋去厨房,把手机递给正在做菜的外公,顺手捏了一片牛肉吃,听见夏远东在话筒里打招呼:"爸,过年好啊……"

……那年的春晚,还是挺有意思的。

沈腾和马丽的"沈马组合"首次在春晚合体,演了一出到女领导家里送礼的笑话,天真还是"无鞋",夏蔚足足反应了好几秒才明白过来,还没来得及笑,已经到下一个包袱了。

李健和孙俪唱的《风吹麦浪》真的很好听,旋律还很好记,以至于后来好几个月,她总能在各个商场听到这首歌。

没有禁放令的除夕,窗外的鞭炮烟花声快要把人耳朵震聋。

企鹅上有新消息,来自米盈。

夏蔚问米盈,在云南玩得怎么样,然后收到了米盈的一串吐槽,她说自己现在在酒店房间里。

米盈:我被骗了,他们说是带我来南方旅游过年,结果还是为了生意上的事情。我妈想明年在荣城开个店,趁着过年,来这边的店取经偷师,看人家的装修什么的。这都半个月了,我好无聊。

米盈问:你干什么呢?你家是很多人一起过年吗?年夜饭拍给我看看。

夏蔚没想瞒什么:我家啊,就我和外公两个人。

米盈有半分钟没回话。

再发来消息的时候,话题就换了。

米盈:哎,我前些日子逛街,看到这边有小店卖民族服饰,扎染的长裙,超级漂亮,我买了两条,咱俩一人一条,春天暖和了就能穿啦!

紧接着发来一张照片。

夏蔚放大来看,回复:那我要浅色的那条。

米盈:行呗,你先挑。

夏蔚记得自己听过一个说法,只有小孩子才会期待过年,当你不再认为过年很热闹很幸福,反倒觉得很累很烦的时候,就证明你长大了。

她想了想,起码这一年,自己还没长大。除夕当晚越到深夜,她越清醒,外公包了饺子,她吃不下了,干脆在客厅里来回踱步消食。外公看见了让她赶紧把拖鞋穿上,说她这光脚的坏习惯也不知道什么时候能改。

米盈的对话框没什么新消息之后,好友添加那里开始一闪一闪,夏蔚纳闷是谁,点开申请一看,四个字:未来之星。

郑渝家住得远,要坐半天大客车的那种。别人住校都是每周末回一次家,他是一月一回,只有寒暑假能在家里多住些日子。

郑渝:好不容易要到你的企鹅号,给你拜个年。

夏蔚:过年好!

郑渝:你的网名什么意思啊,英文。

compass.

夏蔚从注册账号那天开始就用的这个昵称,从来没有换过。

她逗郑渝:这么菜?这单词也不难吧?你词汇量不行。

郑渝:我英语菜?我看到你们班的榜了,你英语瘸腿儿那么厉害,好意思说我菜?

一句话戳到夏蔚痛处了。可郑渝毫无察觉,还在列举自己期末考试各科成绩以及前进名次。

夏蔚气不打一处来,回怼:你给绘本杂志投的稿呢?这都几个月了,人家过稿了吗?

于是,郑渝也熄火了。

到底为啥要在大过年提起这么不愉快的话题啊!

郑渝讲起自己非常想学美术,可不论怎么磨家里人,都无果,就因为这事,刚刚吃年夜饭时又吵一架。父母是普普通通的工薪阶层,一来学美术太烧钱了,二来他们认为将来报个好就业的大学专业,这一辈子才算稳稳当当。

梦想归梦想,谁年轻的时候还没个梦想了,但父母的职责,就是先指导你获取这辈子的温饱,温饱之上,再谈那些花里胡哨的。

想学画画,等你上了大学有的是时间学。郑渝爸妈这样说。

郑渝:哎,夏蔚,你打游戏吗?

夏蔚:打啊。

郑渝:那你应该懂,我想当画师,那种游戏画师。

受郑渝的启发,夏蔚也问了问自己:我有梦想吗?我以后想做什么?

答案竟然是空白。

她忽然发觉,自己好像没什么梦想。

她从小到大出远门不多,不知道自己喜欢哪座城市,也不知道想考什么大学,至于专业啊就业前景啊什么的,更是毫无概念。如果一定要说,她只是想考得好一点,想去大城市见一见,北京、上海什么的。说来惭愧,她还没坐过地铁呢。

……如果连想去的地方都没有,那这一路上辛苦跋涉,是为了什么?

刚刚度过十七岁生日的夏蔚,第一次开始思考未来。

这是仅凭一人之力违拗不了的悖论——我们永远在最懵懂无知的时候,被迫做出影响一生的重要决定。

在不了解大学各专业的具体内容的时候，就要填报高考志愿。

在二十几岁根本没有读懂爱情的时候，就要恋爱、结婚，选择一生的伴侣。

在自己的童年缺憾尚未得到弥补之时，就要学着爸妈的样子，养育下一代……

夏蔚从前觉得自己和"多愁善感"四个字不搭边，可是这一晚，她看着窗外升空绽放旋即归于冷寂的烟花，忽然明白"迷茫"两字儿怎么写了。

桌子上放着她前几天去书店买的《高考真题》，整整齐齐的一摞，全是英语的。英语偏科这件事太拉低夏蔚的心情，除了"难过"，更多的是"不服"。就说玩《魔兽世界》，巫妖王她打了上百次才通关，她享受这种越过山高水深终能登顶的成就感，可是……

努力学习这件事，它的顶，在哪儿？

夏蔚的另一个优点是不拧巴、不内耗，遇到问题了，该求助就求助，一点儿不会觉得丢人。身边最亲近的人是外公，尤其外公还教过那么多学生，所以她想问问，现在大家拼命学习、拼命高考，到底是为了什么。

外公翻药箱，先给夏蔚掰了两片健胃消食片。

"谁说学习要拼命了？这世界上没有任何一件事值得拼上命去做。"外公说。

"我不是那个意思。"夏蔚把健胃消食片嚼得嘎嘣响，"我就是忽然发现自己连梦想都没有，我不知道自己以后想做什么……人总要知道努力的意义吧？"

外公给放凉的饺子包上保鲜膜放进冰箱。

"夏夏，我们先把问题精简一下。人生努力的意义，这个问题太广阔了，我们先聊，学习的意义。"

"嗯？"

"学习是一项能力，不是只有做学生时才需要，这项能力是终生的，是要跟你一辈子的，就好比……一把斧头，"外公说，"你把斧头磨得越快，越锋利光亮，你能劈开的门就越多，人生的很多东西，都藏在那些门后面。你原地不动，就只能看到门板，把斧头挥起来，一扇又一扇，你就能看到一片好风光。"

夏蔚皱着眉，没说话。她好像稍稍明白外公和老爸从不干涉她看书、看动漫、打游戏，允许她为那些看似无用的休闲娱乐付出时间精力的原因了。

因为那些也是风景。

她打团时是团坦，要拉怪拉仇恨，这可是最重要的位置，她学了很久才上手。二十五人的团，她混在一群成年人里，都很少出错的。

谁说这不是学习？

"不过夏夏，外公还想告诉你，磨斧头，其实也不是人生最重要的事。"

电视里，春晚已经进行到了最后一个环节——《难忘今宵》。李谷一老师站在一群年轻人前面，精气神儿一点不输，大裙摆超美，嗓子也超亮。

"最重要的，其实是你拎起斧头的这个动作。因为拎着斧头砍杀是一件非常

041 /

辛苦的事，很累的，有时难免闪了腕子闪了腰，这时候你怎么办？"

"原地坐下，歇会儿再来。"夏蔚不假思索。

"对喽。"外公点头笑，他的夏夏就是最聪明的，一点就透，"闯世界，要各凭本事，但不论何时何地，重新站起来的能力最重要。斧头钝了就再磨，但你得往前走。"

夏蔚感觉自己又行了。

谁家放二踢脚，"砰"的一声，把她脑子里那些打结的线团炸开，烧没了。

照外公所说，其实有些事情也不必急于求成？

反正斧头一直都在她手里，大不了慢慢磨、慢慢试。

巧的是，不再焦虑之后，头顶的高压线也像是被挪走了，思路也更清晰了。

夏蔚决定不给自己设什么目标，却在新学期开学后的几次英语小测里，分数都很高。

她一口气对完一整篇完形填空，红笔始终没落下去。

"你看吧，我就说嘛，夏蔚你很聪明，多用用功，物理那么难你都能考那么好，英语有什么可怕的。"班主任这次满意了，"接下来就多背背单词，词汇量不行，你做阅读题会吃力，难保高考时不出什么幺蛾子……将来想考什么大学？说说？我给你看看分数线。"

夏蔚说，还没想好。

真的没想好，而且，好像……也没那么重要。

既然众生平等，生命的终点都是挂掉，那么我们能够拥有的就只剩过程。春花秋月，高山低谷，每一片拼图都是来过这世上一次的证明。

夏蔚想拥有很多很多的拼图。

想在这个过程里打开更多的门，看更多的风景，反正斧头在她手里，没什么可怕的。

……对吧？

"你对未来有什么规划？你这个成绩，如果不是兴趣爱好，应该是要学理科了。你在原学校有没有接触过竞赛，有没有什么加分项？"班主任一股脑儿抛出一串问题，只因顾雨峥这次期末考试还是学年第一，按照惯例，得单聊几句。

学年开会时，其他班老师都来打趣，说六班班主任命好，这么厉害的学生分到她班里去了。荣城一高的特点是，拿一次第一很正常，连续拿第一就不常见了。因为竞争太激烈，名次越往前，越是战火纷飞，少男少女们的好胜心不可小觑。上周还有个学生因为晚上回宿舍后还熬夜学习，第二天精神不振在楼梯上一脚踩空，进了医院。

六班班主任觉得，顾雨峥这小子可不是那种死命用功的类型。

他总有自己的一套，平时上课他习惯挑着听，碰到他会的，就干脆直接低头看别的，眼睫一垂，一支笔在手里转啊转。

做题不写步骤，也省去计算过程，视线停留有长有短，简单的就扫一眼过，复杂的就多思忖一会儿，解题思路想明白了，然后笔尖一画，这题就算过了。

平时那样沉默，大部分时间独来独往，没见和谁交朋友。

可要说他孤僻，上次的圣诞节事件至今是个谜。

他也会违背三令五申的校规，把手机带到教室里，偶尔会拿出来在桌洞里打字回消息，各科老师看着好几回了，反映给班主任。可带手机这事一旦要查，全班怕是都要遭殃，法不责众，最终还是睁一只眼，闭一只眼，罢了。

综上所述，在六班班主任眼里，顾雨峥并不能算传统意义上老师家长眼中的"好学生"。

好学生该是什么样？乖巧、单纯、严格遵守纪律、对待学习一心一意：两眼一睁，学到发疯；两眼一闭，不问天地。

而顾雨峥呢？

连年级主任孙文杰都来提醒过——你们班那个第一啊，可不是什么善茬，你看他老实，其实心里主意正着呢，还会装，摸不清他在想什么。简而言之，得多注意一下，这么好的苗子，可要好好培养。

这样性格的学生，尤其是学习好的学生，才难管呢。

难管也要管！

虽然是个借读生，虽然将来不在这里高考，但出于师德，每个学生都要顾及，班主任又问一遍："有想法没？目标是哪所大学？想学什么专业？按照我们学校每年送出去的清北数，你应该……"

"我不知道。"顾雨峥出言打断。

"你说什么？"

"老师，我说我不知道。"对未来没有幻想，对以后没有规划，学什么都差不多，做什么也无所谓，顾雨峥没有说谎，他是真的没有认真思考过，"老师，如果没有别的事，我先走了。您也早点下班吧，假期愉快。"

这是寒假前的最后一天。

校园里跟打仗一样，有整理书桌的，有收拾宿舍的，学校门口挤满了来接学生的家长。

顾雨峥穿过人群，去公交车站坐车，上车刷卡时才发现自己忘记充钱了，口袋里也都是大额纸币。司机不耐烦地说："你上不上啊？"

其实公交车上全都是一高的学生，个个穿着校服，随便找个面善的借一块钱就是了，但顾雨峥没有这么做。他原地转身，下了车，穿越半个城市步行回家，到家已是晚上。掏钥匙拧开家门，家中漆黑一片，按开关没反应，这才反应过来，楼颖走之前把电给掐了。

楼颖的手机已经打不通了。

她最后给顾雨峥发消息是考试前，再次提醒顾雨峥，说自己要去附近哪儿闭关静修，接下来还有一堆乱七八糟的行程，起码两三个月不会回来，让顾雨峥该去哪儿去哪儿。放假了不是？那就回上海找顾远去，他是你爸，你找他天经地义。

顾雨峥站在一片黑暗里，再次给楼颖拨去电话，听到机械音，稍稍有些焦躁。

打开通讯录，里面只有一个号码，他毫不犹豫地拨了过去。没有等待多久，这一回倒是很快被接起。

他对话筒那边那道稍稍年迈的陌生女声并无任何耐心，开门见山地道："我妈呢？"

楼颖已经被这个所谓的"大师"骗了七八年有余，她刻意不让顾雨峥接触，殊不知自己这个儿子不是个省油的灯，前几年就偷偷存下的电话号码终于派上了用场。顾雨峥捏手机的手已经泛白："让我妈接电话，现在，马上。"

楼颖喜怒无常，但从不暴怒嘶吼，因为术后医生叮嘱她，注意情绪，当她语速加快就已经是生气了。

她指责顾雨峥贸然联系她的行为，可不管她说什么、语气如何急促阴沉，顾雨峥始终不肯挂断电话，情绪一直非常平和。

他的诉求只有一个："把你的位置告诉我。"

楼颖冷笑一声，说："告诉你，你想怎么样？我被你和你爸拖累这么多年，还不够？我……"

顾雨峥低头，盯着自己的鞋尖，淡淡地打断她："我不会怎样，只要你开心，想做什么都可以，想去哪里都行，我只是需要知道你的位置，确认你是安全的。"

"凭什么？你们都不要来打扰我，就是对我最大的好。"

"就凭我喊你一声妈。"

家中出事、天翻地覆的那年，顾雨峥不到九岁。

这些年过去，男孩的肩膀在慢慢撑开，变得舒展，当时许多无力分担的事情，现在终于能试着插手，起码要保证妈妈的安全，这也是他执意跟楼颖来到荣城的理由。

陌生的城市，居无定所的生活，未知前路，通通不要紧。

他坚持唯目的论，只要楼颖是安全的，其余的无须担忧，他能克服。

楼颖越发被激怒，顾雨峥反倒踏实下来，朝话筒笑了笑："妈，我爸总说我像你，什么事都做得出来，我觉得他说得对。"

"无意打扰，只要你把手机打开，让我可以联系得到你，明天我就滚回上海找我爸，起码在开学之前不会给你添麻烦。"他还是一副平淡的姿态，"你也不希望我报警说亲人失踪了，是吧？"

顾雨峥深知自己的"遗物"属性。

他是无人认领的、不受欢迎的、被踢来踢去的，所以他独自坐上回上海的飞机，没有和顾远打招呼。

当然，顾远也不在意。一直到春节前，他连家都没有回，反倒是除夕当晚露了面。父子俩也有大半年没见了，一起吃了顿索然无味的年夜饭。

父子俩生疏，可总不能连话都不说。席间，顾远随便挑了个话题，他问顾雨峥："现在学习怎么样？教学环境不一样，会不会不适应？之后是想高考还是想出国？有没有提前找留学机构问一问？是不是要提前考语言？你的人生你自己有数，要做好规划。"

同样是一连串关于未来规划的问题，顾雨峥却再没了对班主任的耐心，他默默吃饭，只留下一句"没想好"。

真的很奇怪，最近好像所有人都在问他对未来的打算。但很遗憾，顾雨峥感觉不到被关心，更多的是被推诿、被嫌恶，并且这种隐隐约约淋漓黏腻的感受，令他自厌。

顾远和楼颖对他的教育大抵能用一句话概括——任何亲密关系最终都会坍塌，因此，人生要自负盈亏。可就好像推一个根本不知赌场规则的新手上赌桌，他掂量着自己口袋里的筹码，却连在哪里下注都不知道。

顾雨峥上网查了一些留学机构，做了相关咨询，查了申请条件，但很快又觉得索然无味，重重地合上了电脑。

十七岁，所有人的十七岁，是不是都身处荒野之上？

四面八方都是路，看似条条皆通途，可往十字路口一站，就是不知脚该往哪里迈。

即便是顾雨峥。

他能那样笃定地怀着保护妈妈的愿望远赴陌生的城市，可说到底还是个少年人，轮到面对自己的困境，他也会迟疑。万幸的是，这个问题不会困囿人太久，因为人生不会大方地给你原地停留思考的机会。

春风吹着肩膀，会推着你往前走。

新学期伊始，第一件需要操心的事情是春游。

难得的集体活动，不用上课，哪怕是跋山涉水也认了，班里热闹起来。

因为人太多了，近郊景区装不下这么多人，只能分批行动，高一先，高二后。有人问，高三呢？得到的回复是一声轻嗤，这种活动高三无权参与。

景区那山还挺大的，要分片，几个班在同一个区域。班长邱海洋去抽签，回来便喜气洋洋，那笑容欠欠的，班里人看一眼就懂了——嗯，准是抽到和冯爽的班级在一块。

他回头，敲顾雨峥的桌子："顾雨峥，回头我让冯爽叫上几个关系好的，我们组队一起烤肉啊？人多热闹。"

听说山里还有水,说不定还能打水仗……

一项娱乐是否幼稚,全看所处环境和参与人。对一群住校的高中生来说,野炊烤肉堪称国宴。

有人问:"不以宿舍为单位?"老师说要以宿舍为单位,方便查人。

"哎呀,说是这样说,可出去了谁还管那些,全是混战。"邱海洋一拳砸在顾雨峥肩膀上,顾雨峥没反应。

他又推了一下,这次被顾雨峥攥住手腕:"你们玩,我不参与了。"

顾雨峥本就对集体活动兴致缺缺,重新翻开书。

邱海洋知道顾雨峥的性格,也不强求:"随你,宿舍老胡他们一组,你和他们一起也行,但今天晚上你得陪我去食堂吃饭,我约了冯爽。好哥们儿,帮我打个掩护。"

新学期,学校抓男女生交往过密的风头还是没过去,食堂每天都有学生处的老师巡逻,专抓一男一女单独吃饭的。所谓上有政策下有对策,乌泱泱一群人坐在一起,老师往往说不出什么。

晚上在食堂,冯爽和邱海洋确认了春游组队人数。邱海洋这边四个男生,她那边四个关系好的女生,一共八个人,一一对了名单……

顾雨峥在一旁。

他吃饭安静,并不讲话,因此身边人的交谈尽数清楚地听到了。

一顿晚饭,他全程沉默,面上没有丝毫变化,只是在晚自习结束回宿舍以后,敲了敲邱海洋床边的铁栏杆。

邱海洋对顾雨峥的忽然加入表示意外。

但多一个人肯定更好,背物资上山的劳动力也能加一。他们打算烧烤,又是炉子又是炭,还挺沉的。

临时组建的企鹅群,邱海洋把顾雨峥拉了进去。

里面已经聊开了。

MY:我们还是别烤肉了吧?烟熏火燎的,好呛啊。

邱海洋:这位十二班的女同学,没经验了吧,生炉子是需要技巧的,放心,交给我。

MY:可是还要背很多东西上山,怪累的,而且烤不熟容易吃坏肚子啊。

邱海洋:[省略号.jpg]

一串省略号后,他迅速点开和冯爽的对话框:这是你们班的?谁啊?太能挑毛病了吧?

冯爽太了解米盈了,现在毛病多,到时候吃起烤肉来怕是比谁都香,于是回了一串哈哈哈:她就那样,不用管她,我们继续安排。

几轮插科打诨后,总算把大部分事情敲定。群里一共八个人,基本上都发了言……基本上。

邱海洋翻个身，脑袋从床边垂下去，伸胳膊在下铺挥了挥，压低声音："顾雨峥，我看你一直没说话啊，还有没有要补充的？"

"没有。"

"成。"

可除了顾雨峥，群里还有一个人也始终没冒泡。

太晚了，邱海洋做最后的总结陈词：那就先这样了？我们这周末各自采购，有事儿群里说话啊！

消息刚发出去，那个一直安静的头像就跳了出来。

、compass: 我来晚了！

、compass: 刚刚宿管老师来查寝，看到我被子里冒亮光，差点把我的手机没收了！

MY: 那你现在在用什么打字？

、compass: 没收走，我藏起来了，我骗宿管老师说我在用手电筒背单词！

、compass: ……天，我会不会遭报应啊？下次英语考试不会又完蛋了吧……

然后听取群内哈声一片。

、compass: 稍等一下啊，我先"爬爬楼"，你们刚刚聊什么了？

隔了三十秒。

、compass: 春游当然要烤肉啊！吃肉吃肉！食堂这周四天都是蘑菇，我都快变成蘑菇了。

、compass: 我投烤肉票！赞成一起烤肉的，回个1啊，肉在手，跟我走！

邱海洋看着群里冒出的这位话痨，挠了挠脑门。

一看就是"爬楼"不认真。他想提醒她，大家早就定下烤肉了，连采购单子都安排好了，不用扯旗子起义了。

可字还没打出去，有人接了话。

Yz.: 1。

邱海洋再次翻身，看着被屏幕亮光映着的顾雨峥的脸："我说哥们儿，你什么情况？平时没见你这么捧场。"

亮光灭了。

手机锁了屏，一片黑暗复而围拢。

顾雨峥在下铺笑了一声，低低的音节，却听得出轻松，好像亮光的尾巴：

"跟着指南针，总不会出错。"

第五章 / ★
春游、歌词和小溪水

春游不用穿校服，于是，塞满高中生的大客车成了打翻的颜料罐，满眼热闹。

夏蔚上半身穿着白色的粗针钩织的罩衫，里面是一件吊带，下面则是米盈送的扎染民族风长裙，两人同款不同色，今天约好一起穿。

"你这个上衣好看。"米盈发表评价。

夏蔚心想你可真会挑，别的衣服找同款可能要到街上逛，这件可太容易了。她伸出胳膊和米盈比比粗细："这件啊，我外公给我织的，就用那种大粗棒的木针，咱俩身高体重差不多，回头我让我外公再织一件。"

"外公？咱外公还会这手艺呢？"只听说夏蔚外公是从学校退休的老师，却没想到老人家还会织毛衣。

"小老头兴趣爱好可多了呢，钓鱼、打乒乓球、画沙画、照书织毛衣……平时我衣服不合身，锁个边扦个裤脚什么的，都是我外公动手的。"夏蔚还炫耀了一下她今天的帆布鞋鞋带，手工编的，也是外公的作品。

坐在前排的冯爽回过头来，也加入了话题，可夏蔚一眼注意到她脸上不对劲儿。

"你昨晚没睡好？"

冯爽眼睛肿了，里头还有红血丝。夏蔚还以为她和自己一样是兴奋体质，第二天有什么重大事情，头一天晚上一定失眠，特别没出息。

"是。"冯爽揉揉眼睛，有些不好意思地笑，"昨晚和某人吵架了。"

某人，是指邱海洋。果然，两边人一会合，两人别别扭扭的，眼神闪躲。

这下气氛有些冷场。

其他组已经在老师的一声令下后开始往山上跑，先去占位置了，一时间，漫山遍野都是人。

烧烤挑地方是有讲究的，要选风口，火才能烧得旺。夏蔚一来有替人尴尬的毛病，二来担忧着这顿烤肉，左看看右看看，实在没办法，自己站出来主持大局。

她指挥几个人分开行动，女生先去把野餐布铺好，男生则先去把炉子生起来，自己又主动承担了分类食材的任务。

把肉和菜分好，她轻轻撞了下米盈，示意去看那边那群男生，小声问："哎，那个男生也是六班的吗？"

米盈双手遮阳，往远处望，然后"哧哧"地笑："虽然我不知道你说的是谁，但我猜，我们想的是同一个人。"

刚刚从大客车上下来会合的时候，一眼就注意到了。

此刻正在和几个男生一起忙碌着，是目光所及最显眼的一个。他肤色偏冷白，个子高，浅色的连帽卫衣和休闲裤衬得他清薄但挺拔。特别是他蹲下拾东西时，裤腿会稍稍往上，鞋子边缘露出一小块骨骼分明的脚踝，整个人就是干净利落的模样……

夏蔚被自己吓了一跳，这观察未免也太细节了些，还有点没礼貌。

正想着，那男生已经起身。他站在原地，好像在找东西，可偏偏环顾四周时，还凑巧往她们这边看了一眼。

夏蔚和米盈各自匆忙地挪开目光，假装无事发生。

"我就说嘛，一个学期了，都没见到学校里有好看的男生，"米盈等男生走开，又开始肆无忌惮地瞧，"原来平时都被校服捂着呢。"

夏蔚很想反驳米盈。

她见过那男生穿校服的样子，白T恤和蓝色校裤穿在他身上依然出挑，即便是在乱哄哄昏沉沉的环境里，也丝毫不沾灰似的，好看得让人印象深刻。

当然，最让人印象深刻的是那日的天气，和今日大太阳截然不同的雨天，暗、沉、连绵不断的潮湿气息，那好像是独属他一人的意象。今天在阳光下相见，这种意象稍稍被蒸发了些。稍稍。

荣城一高三个年级加在一起三千余人，夏蔚猜，要么是人口基数太大，要么是对方平时不爱出教室，否则无法解释大半年过去了，她才偶遇他第二面。

爱美之心人人有，颜控不是罪，对吧？

夏蔚想起自己看过的漫画，特别是那些纯真唯美的少女漫。人格魅力固然吸引人，但外观上能一眼抓人眼球的角色绝对拥有天生优势。

她也只是个喜欢漂亮事物的俗人而已。

……好晒。

夏蔚拧开矿泉水喝了一口，目光移向另一边。

那里有棵树，枝梢开着明黄色的小花，太小了，不仔细瞧都瞧不见。

凉水顺着食道滑下，她问米盈："你知道他叫什么名字吗？"

"不知道。"米盈此时已经起身了，"不过，我可以去问。冯爽肯定知道。"

名字而已，再不济打个招呼，一会儿还要一起吃饭呢。夏蔚想，这实在是小事一桩，自己应该走过去的，应该走过去，几步路而已。

可她偏偏就没动。

很快，米盈回来了，表情好像有些惊喜。她朝夏蔚扬扬下巴："信我，你一定不想知道他的名字，说不定还会很讨厌他。"

……为什么？

米盈："因为他考了两回学年第一啦。你们这种学霸，见面就掐才对嘛。"

夏蔚花了点力气回忆学年大榜，终于记起了那个居于榜首的名字，顾雨峥，也总算把名字和这张脸对上了号，脑袋里随后冒出一个大感叹号——嚯，原来，长得好看不是他唯一的优点？

夏蔚并不知道自己愣怔的样子看着特蠢。

米盈一副没安好心的架势，像是看热闹不嫌事儿大："哎呀，第一怎么了，你不是还教育我不要和别人比吗？自己倒是忘啦？"

叽咕几句后，两个人起身，去找人借炭。

刚刚炉子没点着，邱海洋说是自己买的炭太潮了，一点火全是黑烟，没法用，只能去"乞讨"，看看哪一组有多余的。

他们进度算慢的，已经有人开吃了，烤肉香直往鼻子里钻。什么顾雨峥不顾雨峥的，夏蔚觉得此时此刻什么都没有烤肉重要。她拉着米盈往人最多最热闹的一组走。那也是他们班的同学，支了两个炉子，一看就是物资大户。可米盈却死死拽住她："咱们找别人去。"

夏蔚不明白，直到看到黄佳韵蹲在那儿，拿石头固定被风吹起的野餐布。

"不信你就看着，她肯定找我事儿。"米盈说。

黄佳韵刚刚负责炭火。她看了看夏蔚，又看看躲在夏蔚身后不情不愿的米盈，指向树下的黑塑料袋："喏，那些，你们拿走吧。"

袋子里只有几块整炭，剩下的都是碎渣渣。

米盈心说"果然，你搁这儿等我呢"，她把袋子一攥，正要发作，却被黄佳韵打断："能用，不耽误，点火反倒更快。"

小人得志。米盈看着黄佳韵的脸就讨厌，把塑料袋往她怀里一塞："算了，我们不用了，你自己留着吧。"

"真不用？"黄佳韵看着米盈，"你确定不用？"

米盈仰着下巴看她。

几步之外就有大垃圾桶，黄佳韵弯腰拾起那袋子炭，十分果决地扔了进去，袋子触底，"砰"的一声。然后她掸掸手上的灰，回去吃烤肉了。

"嗯？"

米盈站在原地瞪圆了眼，对着黄佳韵的背影蒙了好几秒，问夏蔚："她故意的吧？她是不是故意的？"

"不是，绝对不是。"夏蔚使劲儿憋笑。

"不可能！"米盈撸起袖子，大踏步就要往前冲，"我给她脸了吧？你看我今天非撕了她。"

可气势汹汹地走出去两步，又停下了，她回头看看夏蔚："你怎么不拦我？"

夏蔚这会儿彻底绷不住了，大笑出声。

她不了解黄佳韵，无法评价，但是能让米盈吃瘪的人真的不多，偶尔看看还挺有意思。

"行了,你最厉害,你能一个打十个,快走吧!"夏蔚拉着米盈赶紧离开是非之地,也在米盈的骂声中明白了一个道理——看一个人不顺眼不需要理由。

同理,对一个人感兴趣也是不需要理由的。

她终于分析出自己总被顾雨峥吸引目光的原因,并对此深信不疑。

"人呢?都哪儿去了?"

她们空手而归,却发现自家"营地"已经空了,意料之中,没人真的坐下烤肉,一眨眼都漫山遍野玩去了。

烧红的炭火发出噼里啪啦的声响,只剩一个人在炉子旁。

"顾雨峥,他们去哪儿了?"刚问来的名字,米盈倒是喊得很自然。

顾雨峥没有抬头:"那边有水。"

都去玩水了。

山上确实有一条溪流,自上而下。他们这个位置算是上游,人比较少,往下望一眼,五颜六色的人头。

"啊!那我去看看!"米盈拉夏蔚没拉动,以为她只对烤肉感兴趣,便随她了,自己提起裙子往下面跑。

夏蔚脚步动了动,就一小步,随后又收了回来。

这种内心推拉的纠结感,她可很少体会,最终还是心一横,走到炉子旁,蹲了下来。

"用帮忙吗?"她问。

炭火此时已经燃了起来,有点呛。隔着冷白色的烟雾,男生脸部的轮廓好像也变得柔和。夏蔚听见他开口回应:"不用。"

……哦。

可夏蔚看着男生握着炭夹的手,还有手腕上的红绳,总担忧那火苗会蹿上去。她又往前挪了挪,男生在此时再次开口,还是没有任何感情的语气:"不要在这里。"

"啊?"

顾雨峥的眼神在她身上掠了一眼,面不改色:"我是说,我自己来就可以。"

……有人享受热闹,就有人享受独处,性格不同嘛。

这拒绝的语气倒是挺符合他人设的,也让夏蔚明确,他大概率已经忘了在网吧的初次见面。

夏蔚准备好的腹稿无用了。

她挠了挠脸,起身离开。

因为都惦记着玩,再加上有人吵架,最能活跃气氛的人闭口不言,这一顿烤肉吃得并不算愉快，聊天也不多，准备的食材都没怎么动就散了。

夏蔚用一顿烤肉的时间记下了几个人名，她吃得最多，也负责最后的收尾，风卷残云一样。

等把炭火熄了，米盈跑过来，拉住夏蔚的胳膊："别的班都在打水仗，我也想去，你陪我吧。难得出来玩，别浪费好天气。"

夏蔚其实也心痒痒，没人比她更爱热闹，只是现在才四月，初春时节，阳光晒不暖冷了一冬的溪水，她担忧自己下个月来姨妈时肚子疼。

米盈找别人去了。

夏蔚百无聊赖地玩了会儿手机，还是决定在周围逛逛。

上游真的很安静，偶尔能捉到几声啁啾鸟鸣，还有若有似无的水声。她朝着有声音的方向走，随后看到了那条纤细如叶脉一般的小小溪流。

溪流旁边，还有人。

邱海洋他们几个男生带了折叠躺椅来，此刻就摆在那儿，零零落落的。顾雨峥就躺在其中一个椅子上，单腿微屈，白色的耳机线从他颈侧垂下。

他闭着眼睛，阳光照在他的脸上，无遮无挡，阴影歇在他的睫毛下，微微颤动着。

夏蔚不知道他耳机里播着什么歌曲，但如果是她，此时此景一定会选一首缓慢点的音乐，然后任由舒缓节奏把自己带进一片如棉花糖般的梦里。

她还是犹豫过的，怕打扰他，可最终还是没能拗过心意，选了个与他隔着的、摆在树下的躺椅，坐下。

半山腰，春日景。

只有他们两个，还有温暖得过分的午后阳光。

夏蔚伸出胳膊，眯着眼睛观察胳膊上的细小汗毛。

天上是一整块明净如宝石般的蓝，一朵云彩都不见，耳畔的风打了个旋儿，催着溪水向前，潺潺湲湲。

这一刻，任谁打扰都是一种罪过。夏蔚感觉自己的呼吸都不自觉地变得轻盈，吃饱了就会犯困，她慢慢向后躺，后脑勺枕在躺椅上，也学着身边男生的样子，闭上了眼睛。

如拼图一般的人生，每一片拼图都是经历过的某个瞬间，它们一晃而过，却又令人深刻牢记。待到完成这一场生命的体验，这幅拼图一定恢宏而又耀眼夺目吧。

夏蔚想，这个午后，一定会存在于她的拼图里。

睡意彻底占领大脑之前，她最后感受到的是头顶树梢新芽随风摇动的影子。

顾雨峥的椅子是完全暴露在阳光下的，她这个则有一半在树下，朦朦胧胧遮挡一半太阳。舒服是舒服，就是入春后树下有小虫，轻巧地落在她的手腕上。

夏蔚感觉到痒，不耐烦地甩甩手，屡次之后，总算得以安然入眠。

昨晚就没睡好。

这一觉短暂，但很沉。夏蔚是自然醒的，醒来时有种恍如隔世的错愕感，睁大眼睛盯着树梢呆了好一会儿，神思才归位。

一切还是温柔安静的，除了稍稍西移的太阳，就和刚刚一模一样，丝毫未改。

夏蔚忽然想起那句诗，原来偷得浮生半日闲的这个"偷"字竟是如此传神，她悄无声息地独享了一个午后……

哎，不对，不是独享。

夏蔚猛然转头，看向另一边的躺椅，空的。

顾雨峥不知什么时候已经走了。

空气中除了草木青涩气，还有残留的薄荷味，和水果清清凉凉的甜香。

夏蔚寻找这气味的来源，看到他们之间空着的那张躺椅上放了东西——一瓶小小的风油精、一瓶矿泉水，还有一小份塑料盒子装好的水果，黄灿灿的，是切好的菠萝。

怕被灰尘沾染，还细心地用纸巾盖住了。

夏蔚不知道该不该发挥想象。

是谁放了这些东西在这里？

但她觉得，应该不是顾雨峥，毕竟他都不认识她，刚刚饭间两个人也没有说一句话。

手腕传来丝丝痒，是刚刚小虫子作祟的缘故。

夏蔚抬起手腕，鬼使神差地把手腕凑到鼻子下面闻了闻……是风油精的味道。

那清凉的薄荷味直冲大脑，一下子把夏蔚敲清醒了。她眨眨眼睛，试图还原事情的经过，可除了一场舒适的午睡，她什么都不记得。

风吹起她的头发，还有她的裙摆。

身后传来一道男声，在喊她的名字："夏蔚！"

夏蔚回头，看见郑渝在远处朝她用力挥手。他胸前还挂着一个巨大的塑料玩具水枪，不知道从哪里搞来的。

"哈！你还真在这儿！我还以为他骗我！"

什么骗不骗的？谁骗你？

夏蔚来不及接话，只见郑渝笑着，两排大白牙在阳光下特显眼。然后他不由分说地举起水枪，一道笔直的水柱冲过来："躲这儿干吗啊！过来玩啊！"

……裙子湿了，冰凉凉的，贴在腿上。

夏蔚哭笑不得。她今天不想打水仗，可偏偏还是被波及。

行，那就干脆加入。

她愤愤地指了指郑渝："你给我等着，别跑啊！"然后将头发一扎，弯腰把几乎及地的长裙摆挽到小腿肚处打个结，这样方便行动。

包里有用来装生菜叶的饭盒，此刻就是武器，她去溪边舀水，然后追着逃窜的郑渝往下游跑去，还差点崴脚。目光不经意间往远望，只见山间林海微动。

053 /

裙子湿了就晾干，谁知道明天还是不是好天气。

春时折花，就该不问因果。

享受当下。

邱海洋和顾雨峥一起蹲在地上，研究如何生火。

无奈，被市场老板骗了，卖给他的炭估计是受了潮的，一点火就冒黑烟，跟老版《西游记》特效似的。

跟冯爽吵了架，本来就心里窝火，再加上出师不利，别的组烤肉的香味都飘过来了，邱海洋觉得原本应该燃烧在炉子里的那些火星子通通爆破在他心里。

他想和好兄弟吐槽一下，结果看见顾雨峥的鞋子。

"我说，你是咋想的，春游，山上全是泥，你穿双白鞋？"他又仔细看看，"新鞋吧你这是？"

顾雨峥没回答，继续翻那些炭。

"不对……"邱海洋眯起眼睛，靠近，"你还抓头发了？"

难怪刚在车上就觉得今天的顾雨峥不大一样，比平时在学校还要好看利落些，可又说不出哪里不对，直到注意到他额前的碎发，有那么点儿做了造型的痕迹。不明显，但绝对有。

邱海洋之前也想过买点什么发胶喷雾之类的，冯爽喜欢那种。但每天早上起来都要洗头发、抓头发也太麻烦了，还不如剃个寸头了事，平时在水龙头底下冲冲就得了。

"你开屏啊？"邱海洋还是第一次见这样的顾雨峥，脱去了平时冷淡清肃的外壳，今天就有点鲜活了。

鲜活，且闷骚。

他还想再揶揄几句，却咳嗽起来，被烟呛的。他想让那些女生出去问问，看哪一组有多余的炭。

"不用麻烦，再试试。"顾雨峥说。他剥了一个酒精块，投了进去。

邱海洋拨弄着酒精块，问："顾雨峥，你谈过恋爱没？"

"没有。"

"那你有喜欢的人吗？"

顾雨峥将酒精块埋进去，用碎炭严严实实地压住。

"没有。"

也是，邱海洋没见过顾雨峥有室友以外的朋友，更别说女生朋友了。

但不妨碍他当听众，邱海洋一边生火一边和顾雨峥吐槽昨晚和冯爽吵架的前因后果。

昨晚他们本来计划一起去超市买春游要用的东西，临出门他却被老妈拦下，老妈说自己也要去超市，正好一起。邱海洋哪里敢说自己和冯爽约好了，发消息"鸽"

人，谁知冯爽出门没带手机。

结果就是，冯爽眼巴巴地站在超市门口等了一个多小时，然后看见邱海洋和他妈姗姗来迟。邱海洋从她面前经过，还假装不认识。

回到家，他隔着手机哄冯爽到大半夜。

冯爽气性大，最后没哄好，还把他给删了。

"你不懂，太心酸了，真的。"邱海洋把他在空间里看来的语录讲给顾雨峥听，"在无能为力的年纪遇到了想保护一生的人啊！"

顾雨峥眉头微微拢起，看着邱海洋，表情颇有些一言难尽。

"班长！"有人来问生炉子的进展，却看见邱海洋眼睛红红的，"呀，怎么了这是？"

"炉子点不着，急哭了。"顾雨峥替他回答。

邱海洋听出顾雨峥语气里的轻松笑意，有点幸灾乐祸的意思，抬脚踹过去，被躲开了。

顾雨峥站到了另一边，远离这个陷在悲伤中的男人。

哦不，男生。

"你今天心情不错是吧？什么人哪！"邱海洋咬牙，把炭夹一扔，回头朝女生那边挥挥手，"哎！你们！谁有空！去别组借点炭来！"

顾雨峥没否认邱海洋的说法，自己今天的心情确实很轻松。

或许是因为抬头可见的透亮澄澈的晴天，或许是因为刚刚上山时不小心撞上开在枝梢的一朵明黄色的花，又或许……是下车会合时，看到一个非常明媚夺目的人。

这是他第一次见到夏蔚穿裙子。

目光匆匆划过，不敢过多停留，却又在低头时不自觉地被她裙摆上的图案吸引。手工扎染的痕迹，像是一只鸟的形状，随着女生轻轻踮脚、落下，而轻摇着。

围坐在一起吃烧烤时，因为冯爽和邱海洋暗自较劲，夏蔚成了话题中心，一边吃，一边和一个男生讨论着游戏。

他们本来互不相识，但顾雨峥并不意外，他眼中的夏蔚就是这样的。她是人群中的一颗浮游光源，可以随时和人建立轻松的链接，且并不让人觉得唐突冒犯。

"你雷电王座打了没？"

"没呢，最近太累了，周末会泡图书馆自习室，很久没高强度打本了。"夏蔚夹走一块鸡翅，呼呼地吹着气，"我最近变成休闲玩家了，上线就在四风谷挂机发呆，或者种菜。"

男生表示同意："确实，高考前这两年要想一心一意好好玩游戏，实在太难了。"

"如果高考是个版本关底怪，我们现在就是在提升装备等级。"夏蔚说。

她把高考比喻成一场战斗，而且是一场兼具挑战性和娱乐性的战斗，痛苦有之，愉快有之，成就感则是最引人入迷的东西。

"我现在最最最盼望的就是高考考完最后一科，从考场走出来。那时，我大概会开心成一只猴子。"

那男生笑了，拿出手机，递给夏蔚："那我们加个企鹅吧，上线我喊你，有机会一起玩……哎？"

男生筷子伸向炉网上的土豆片，却夹了个空。

顾雨峥垂着眼，表情似无事发生，安静地吃下那片土豆，发觉有人在看自己，这才抬眸："哦，抱歉。"然后把餐盒挪过来，"给，这儿还有。"

邱海洋挠挠头。

总觉得顾雨峥今天怪怪的。

"啊，还有土豆？那我也要吃。"夏蔚往炉网上铺了几片土豆，朝那男生笑了笑，"我平时在学校很少登企鹅的，我们还是加游戏好友吧，你上线我就看到啦。"

年轻的心脏之间，用以相牵连的并非锁链或圈套，而是细细的风筝线，轻盈、锋利，却能让人时时体会到痒痛。

又酸又涩的痒痛。

吃完午饭，顾雨峥和邱海洋被老师叫去帮忙搬水，冯爽从他们面前经过，好似故意大声："……不就是玩具水枪吗？我去找十班体委，他们篮球队好像买了好多，肯定会借我。"

"而且我跟他关系那么好，我们还约了下周末看电影……"

邱海洋手上抬着一箱水，直勾勾地看着冯爽雀跃而过的背影，眉头拧成一团："……你敢！"随后把箱子往顾雨峥手上一摞，"哥们儿，我先过去，你帮帮忙。"

顾雨峥了然。

好在年少时的矛盾和拉扯总是迅猛且痛快的，等他从老师那边回来，就看到邱海洋和冯爽已经和好了。

……他独自路过这一场热闹，往溪边去。

上游安静，水质也比下游更清澈，他蹲下，用溪水洗了洗手，凉意从指尖沁入。然后，他随意选了一张躺椅，稍稍休憩。

林宥嘉的嗓音流动在耳机里，盖住了树上的隐约鸟啼，却盖不住身后传来的脚步声。

湿润的泥土，踏上去是没有声音的，可女生大概是怕打扰他，太过小心，踮脚跳着走路，反倒有一声声闷响。

一步，一步，再一步。

直到那脚步声在他身边不足几步之处，停住了。

顾雨峥闭着眼睛，却有一种奇怪的预感。他知道来人是谁，可越是知道，越是不敢睁眼。也正因为这一份近乎胆怯的紧张感，他的呼吸紊乱了，为了不让

/ 056

对方看出破绽，只能极力克制住胸膛不平稳的一起一伏。

……其实也就一分钟，差不多，像是沉默的对峙。

可顾雨峥从未觉得哪一分钟这样难熬。

直到那边先动，他听到了夏蔚落座的声响，窸窸窣窣的，她在与他隔着的躺椅上躺下，随后发出满足的一声轻叹。

看来有人和他一样，很享受这难得宁静的午后。

并且因为身旁的那个人，顾雨峥觉得，他甚至可以为这个午后颁一个最难忘奖项。

你有喜欢的人吗？

若是在无人之处，再次向顾雨峥抛出这个问题，他的回答可能会不一样。只是有些感情，还不到明朗的时候。

起码现在他是这样觉得的。

时长仅一天的春游，是高中生活里短暂的闪光、一瞬而过的点缀，紧随其后的，还是日复一日的上课、学习、做题、复习。

没有任何不一样。

年级部办公室门口的意见箱，一直由各班班长轮流负责收信，每三天打开一次，查看信件，将有用的意见总结，然后上报。

"心理承受能力差点，还真干不了这差事。"邱海洋这样说，是因为信箱里填满了各种情绪垃圾。他在那信箱里看到过许多奇奇怪怪的信，有的甚至不能被称为"信"，充其量是纸条，骂学校食堂做饭难吃的，骂某位老师讲课喷口水、砸粉笔头的，还有的单纯发泄怨气。

他还在信箱里发现过吃完的薯片袋子，折成了一把匕首的形状，无声胜有声，是想戳死学校。

可作为班长之一，邱海洋不得不承担义务。

只是这个学期稍有点不一样了。

从去年冬天开始，他每次轮值开信箱，都会收到一封同字迹的信，措辞也都差不多，中心诉求明确——想请求学校，多让出一点点午休时长，一点点就够了。女生中午洗头发是一件无法避免的麻烦事，起码在冬天天冷时，给大家吹干头发的时间，不然会感冒的。

他问了一下其他班班长，也都收到过，看来是同一个人写的，竟坚持了半年。

"顾雨峥，你洗头发花时间吗？不就两分钟的事？"邱海洋问。

"班长，有点同理心好不好？"有女生闻言抬头，反驳他，"你们是男生，能一样吗？"

邱海洋琢磨了一下，好像确实。

"写信的人署名了吗？"

"没有，匿名的。"邱海洋说，"我已经往上汇报了，不过延长午休时间是件大事，我觉得学校大概率不会同意。"

"同不同意，也要试试争取啊！"几个女生聚了过来，"班长，为人民服务懂不懂？"

邱海洋拿出那一摞信件，扇了扇：「那也别光我一个人努力啊，你们也写信，多写一些，写好一点。多点声量好办事，说不定校长一看这么多人提意见，就大手一挥……"

"写就写，喊，到底还是要靠自己啊。"一个女生说道。

结果就是再一次轮到邱海洋开信箱的时候，里面的意见信明显多了，绝大部分是讨论延长午休时间，有点群情激奋的意思了。

他挨个翻过去，然后拿出一封相对字多的、条理清晰的，里面不仅写清了大家现在的意见，还"体贴"地为学校提出了解决方案，画了时间表，研究了损失的自习时间可以在哪里补齐，合情合理，有理有据……

落款还是实名的，顾雨峥。

怪不得邱海洋觉得这笔迹熟呢。

他回头，敲顾雨峥的桌子："哎，我说，你也凑热闹。"

顾雨峥没抬头，做题的笔没停："对，我爱凑热闹。"

反正是大家共同的意见，他不介意做那个推波助澜的人。

当然，还有更重要的一点，不知道为什么，也不知道从何时开始，他总是会在一些细微之处，想起夏蔚。

她也有长长的头发，会不会也曾因为午休时间不够而烦恼？

顾雨峥还没有理清自己的心，但不妨碍他很想为她做些什么，只要是方便于她，能够帮得上她，什么事情都可以。

比如春游那天。

比如生炉子时，因为不想让她的裙摆沾上脏兮兮的炭灰，所以在她蹲下提出要帮忙时，果断拒绝了……

虽然事后想想，她极有可能会错了意，以为他是想和她保持距离。

比如他在山上买到了非常新鲜的菠萝，迫不及待地想要把这份清甜也送给她尝尝。

比如看她频繁赶飞虫，他问遍人借来了风油精。

夏蔚的手腕已经被挠红了，她自己倒是睡得沉，毫无察觉。他看不过去，拧开风油精瓶子，用指尖点了点，轻轻覆上她的手腕。

指腹传来的柔软触感和跳跃的脉搏是他从未感受过的，还因此吓了一跳。

再比如。

一个高高壮壮的男生来找人。

"同学，十二班是在这儿吗？"郑渝笑了笑，"我找夏蔚。"

顾雨峥看了看男生身上背着的玩具水枪，都没意识到自己皱起了眉。

"她在休息。"

"啊？她怎么了？我去看看要不要帮忙。"

"她没事，"顾雨峥手臂一横，拦住了男生的脚步，"别打扰她了吧？"

……说到底，也只是想保全她难得的一场安静的午睡，仅此而已。

虽然后来他还是看到夏蔚追着那男生跑下山去了。

爱玩爱笑的人，她本就是如此。

顾雨峥看着女生被风鼓起的裙摆，像一只白色的鸟，于林中自由振翅，忽然就想起刚刚在溪流边，他假装闭目睡着时，耳机里播放的一句歌词——

　　我早就预备的剧情，你却给我一笔，
　　狡猾地、致命地正中我红心。

一些不可言说的心情，借成荫的树叶藏匿着，暂且不敢暴露在阳光之下。

当他看向睡熟的夏蔚时，好像全世界都安静了。就连树上的鸟也偃旗息鼓，似乎不忍打扰这一出由少男少女共同出演的无声默剧。

风从耳畔拂过。

顾雨峥感觉风筝线缓缓收紧，悬系着汩汩脉搏。

当时无知无觉，是在后来才恍然，原来这场演出的剧名早已在此刻向他宣告，掷地有声。

——叫作心动。

第六章 / ★
少年、痘印和答题卡

顾雨峥是个什么样的人？

周五晚放学，夏蔚和顾雨峥挤了个擦肩。当时放学铃刚打，所有人都从班级前后门鱼贯而出，她没头没脑地跟着人群下楼梯，一抬头，嘿，一张熟悉的脸。

顾雨峥也看到她了。

两人的视线越过攒动的脑袋，短暂相交了一秒。夏蔚本想打个招呼，可还没来得及抬手，顾雨峥就微微偏过头，把目光挪开了。

夏蔚想这人是不是脸盲啊？这都第几回见了？还是不认识她？

"我们吃点东西再回家吧。"校门口，米盈挽着夏蔚的胳膊，"我爸妈今天忙，晚上不在家，没人给我做饭。"

"行啊，那我给我外公打个电话……吃什么？"

"米线，还是汉堡……还是汉堡吧，我再也不想拉肚子了。"

学校门口的砂锅米线她们原本常常光顾，可米盈上次春游吃了烤肉，回家拉肚子了，从那以后，便严格注意食品安全，脏摊是再也不敢去了。

汉堡店在学校附近那条街，就是去年被勒令歇业关停的那家网吧出兑后改的，明黄色的桌椅和墙壁，明亮又干净，卖一些汉堡、薯条、冰激凌之类的小食，学生都爱往那儿跑。

米盈落座，口中的话题却还没换："……我听说顾雨峥的学籍不在咱们这儿，他好像家在上海……疯了真是，荣城这小地方也值得千山万水地跑来？"

也是在春游结束后，"顾雨峥"这三个字便开始频繁地出现在米盈口中，显然，是上心了。

"……为什么在学校总是碰不见他呢？这种长相和身材，不可能不出挑啊……嗯，是我喜欢的那一挂，嘿嘿。"

身材……夏蔚倒是没多注意，她只是觉得顾雨峥有种神奇的气场，就是不管他身处哪里，周围是多么乱糟糟，总是能让人一眼注意到他。

许多文学创作提到的"少年感"在这个年龄段并不稀缺，但顾雨峥身上的沉和静总是格外突出，像冷冷清清的雨幕，落在人身上，将一部分温度带离，令人印象深刻。

"喜欢啊？"夏蔚一副看好戏的八卦神态。

记得米盈不吃酸黄瓜,她便把自己的汉堡掀开,捏起两片酸黄瓜吃了,再把自己的汉堡和米盈的交换。米盈接过来咬了一口,思考片刻:"有点吧,单纯觉得他踩在我的审美点上。不过性格有点太高冷了,我听六班的女生说,他平时都不交朋友的,嗯……我更喜欢阳光开朗的。"

高冷又该如何定义呢?

夏蔚也咬了一口汉堡。牛肉芝士汉堡,面包片摸着是温的,可牛肉饼刚出锅,融化了芝士片,滚烫滚烫的,差点烫破上牙膛。她囫囵吞下,替顾雨峥辩解了一句:"其实也不算高冷吧,毕竟人不能只看表面。"

她曾经也觉得顾雨峥看上去像是不管闲事的人。

可是网吧那次,他提醒她,帮她找路,春游时又帮她拿来风油精赶虫子——从山上撤离时,她看到顾雨峥把躺椅上的东西都收起来了,这才知道,那风油精和菠萝都是他放在那里的。

虽然那菠萝她没吃,不知味道,但也领了他的心意。

看似清冷、伫立于山岭上的人,其实也未必真的不近人情,性格内敛又不是错处。

不爱社交、安静、沉默,但是细心,还有点恰到好处的热心肠……哦,还脸盲。

夏蔚吃着汉堡,"扑哧"一声笑了。她眼里的顾雨峥,大概就是这样的人。

"对了,我妈妈的花店过两个月就开业了,过来玩呀?"米盈说。

米盈妈妈春节时外出参观取经,回来就租了一个面积不小的门面,开了个花店。

店里装修得特漂亮,落地窗、大露台、竹藤秋千,一派岁月静好的小资情调,兼有插花和陶艺课程,请了专业的老师收学员,学费不便宜,是主要营收。

据说这是照着人家大理洱海边上的一家艺术花店学的。这种店铺模式属实新潮洋气,可在荣城这种小地方没出现过,会不会水土不服、能不能活得下去,谁也不知道。

"我妈说,开店做生意就是要做别人没做过的,才能吃到第一口肉。"米盈说。

夏蔚当然没接触过这些,听着就高级,想试试。她和米盈约好,等开业了就去店里玩,可谁也没想到,计划赶不上变化。

她起水痘了。

一开始只是在手肘处发现了一个小水泡,渐渐越来越多,背、脖颈,还有脸……水痘巨痒,又不敢挠,最重要的是它有传染性。夏蔚被迫请了半个月的假在家躺着。

怕外公被传染,她把自己的房间门关得紧紧的,外公却端着一碗绿豆汤,推门进来。

"把窗打开,通通风。"外公说,"不用怕,水痘一辈子只会得一次,外公早就得过了。"

夏蔚小口抿着绿豆汤,委屈死了。最最关键的还不是身上难受,而是她怕错过分文理班的考试。

荣城一高的传统是高二前分文理，再按考试成绩各自选出前三十名，组成文理科火箭班。顾名思义，尖子生中的尖子生。以往荣城一高考上清北的基本都出自火箭班，火箭班的学生再不济也能上211大学。

夏蔚很想进。

因为外公退休前一直在带火箭班。

她觉得自己该努力一下，起码保持以前每次大考的水准，如果能进火箭班，外公应该很高兴。

然而，她考砸了。

夏蔚痊愈之后回校，将将赶上考试。不知是不是半个月没好好刷题，没了手感，虽然最担心的英语发挥正常，但一直引以为傲的数学，那叫一个惨不忍睹。

学年榜贴在了操场，班主任回到教室，脸色难看到极点。

"这次分文理，我们班没有人进理科前三十，文科前三十名里只有一个同学。"班主任点名，"黄佳韵，祝贺你，努力就是会得到回报，你可以去文科火箭班了。"

下一秒，黄佳韵站了起来："老师，我要学理。"

"啊？"班主任撑着讲台，"你要学理？你政史考这么高，要学理？"

谁会相信一个每天都在背政史的历史课代表，竟然不想学文科？

"我背历史是因为我喜欢，以后应该不会再花时间了……"黄佳韵站着，"我要学理。"

说真的，大家都觉得黄佳韵还挺酷的，除了班主任。唯一一个能进火箭班的学生放弃了名额，那就意味着十二班这次一个人都没送出去，丢脸丢大了。

夏蔚趴在桌子上，感觉到班主任的目光从她身上扫过，但因为她刚病愈，没考好也算是事出有因，终究没说什么。

"火箭班氛围多差劲，不去就不去呗，他们一个个牛哄哄的，你看高三那些火箭班的，说话时鼻孔朝天。"米盈对火箭班没有好印象，一大半是心理作用，因为分层了，所以自然会生出一种不属于同一阵营的敌对感，"惯得他们，学校有什么好事都是他们先上。学习好怎么了？金枝玉叶啊？"

她抱怨完火箭班又开始抱怨夏蔚："你也真不争气，我就你这么一个学习好的朋友，怎么还能考不过黄佳韵啊？"

在她看来，考不上火箭班没什么所谓，但被黄佳韵压一头那可不行，耻辱，天大的耻辱。

夏蔚对着镜子涂芦荟胶，没说话。

米盈这下终于感觉到低气压了，她撞了下夏蔚的肩膀："难过啦？"

"没有。"

"怎么没有，就是难过了。"周五了，马上放学，米盈打量着夏蔚脸上水痘留下的痕迹，"你能吃辣的吗？我陪你吃米线去？"

/ 062

"你不是怕不干净拉肚子吗？"

"不干净就不干净呗……"米盈实在是想不出其他能哄夏蔚高兴的事儿了。

夏蔚把镜子一合，拍了下米盈的脑袋："不用你！快点回家吧！不就是一场考试，我还不至于号啕大哭，放心吧！"

说不难过是假的，但要说有多崩溃，倒也没有。没有人责怪她，夏蔚只是想不明白，到底怎么考砸的。

出了校门，她没有直接回家，而是去了那家汉堡店。

二楼安静，冷气足，刚好适合一个人待着。她点了一份单人套餐，端上楼，又在二楼的自助饮料机接了一杯冰可乐，坐下，把数学卷子和答题卡从书包里拿出来，细细复看每一道题。

前面选择题错了三个，后面的大题也连错两道。

夏蔚看着卷子发呆。

她做题有个习惯，喜欢先做大题，再做选择题。尽管数学老师强调多次不能本末倒置，一定要先把选择题分拿稳，但夏蔚不听，大概是技精则傲，数学是她最自信的一科，她总觉得按照自己的节奏一定是对的。

这下好了，脸打得"啪啪"响。

她印象很深，最后一道大题的第一问是求直角坐标，后面两问都是要基于第一问的答案回答。而这道题非常难，她求坐标就花了很多时间，越是做不出来，就越是不服气，以至于做了很多无用功，最后还做错了，只拿了两分步骤分。

外公曾经说她："我们夏蔚啊哪里都好，就是太一根筋了，认准什么事情就一条道跑到黑，又倔……这不是缺点，只是有时候要学会变通。"

倔脾气的亏，她现在吃到了。

心态还是要修炼啊。

楼下传来一阵吵闹声，是有学生进店了。夏蔚吃完最后一根薯条，埋头把那道题重新做了一遍，浅浅的轻音乐里，听到楼下男生的对话：

"……你们都吃什么？"

"……无所谓啊，挑贵的，反正你和顾雨峥请客。"

听到了顾雨峥的名字，夏蔚的思绪从题中抽离。

她在六班榜上找过他的名字，他这次也没有考很好，但依然在学年前十，进理科火箭班是稳稳的。正想着呢，脚步声便往楼上来了。夏蔚的位置正对楼梯口，一眼便看见了顾雨峥。他穿着夏季校服上衣，蓝色领子的白T恤，身材仍高挑轻薄，在人群中很显眼。

夏蔚的下意识反应，竟是赶紧低头，手掌盖在额头上，遮住脸。

……她脸上的痘印还没消呢！

有些被她抠破的地方还结了痂，左一颗右一颗的，看着滑稽死了。

理智告诉她，自己应该走过去，说几句话，恭喜一下顾雨峥，可现在这张脸实在是太不美观，她不想这个样子和顾雨峥讲话。不仅如此，她还希望顾雨峥也没有看到她。

对对对，他脸盲，未必认得出她，之前在学校走廊偶遇，不也没认出来吗？

夏蔚紧紧抿住嘴唇。

吵闹交谈声越来越近。

一秒，两秒……

夏蔚已经在放弃的边缘了，打算站起来了，却听见顾雨峥清淡的声线。

他对同伴们说："……这儿空调太凉了，我们去一楼坐吧。"

"啊？天这么热，守着空调不是正好？"

"我冷。"顾雨峥说，"下楼吧。"

夏蔚重重地、缓缓地，舒了一口气。

她从没对自己这张脸如此在意过，好像见米盈可以，见同班同学也可以，但顾雨峥……莫名地，她不想让他看到自己现在的样子。

为什么，夏蔚不知道，也不打算多想。

她又去自助饮料机上接了一杯可乐，加了冰块，吸得"哗啦哗啦"响。

楼下的交谈笑闹声一直没停。

夏天白昼长，日落的那抹橘红色光影从她的后背滑至桌角，再缓缓落幕。夏蔚重新做了一遍数学卷，又把周末作业做完，楼下总算变得安静了。

她站起身。

她不想和顾雨峥打照面，所以只能等他们离开，她才能下楼。

夏蔚拎起包，哼着歌走到楼梯拐角，可眼睛一扫，便捕捉到那个人。

同伴走了，顾雨峥还在。

他坐在靠店门口的那张桌子前，正在低头看一本书。侧面的角度更显他鼻梁高挺，还是那副沉静的样子。

一楼已经空了，就剩他自己，还有欢快的音乐声。

夏蔚可一点都欢快不起来。

她要出去，必定要从他面前经过。

"……见鬼了真是。"她扭头，脚步飞快，再次逃上了楼。

天色终于彻底暗了下来。从二楼的玻璃窗望出去，能看到远处的教学楼楼顶，教室都关着灯，黑洞洞的，只有"荣城一高"四个大字，在墨蓝天穹之下熠熠生辉。

天上还有星星，不多，浅浅淡淡的几颗。

隔着一条街，大学生的生活就比高中生精彩太多了。周五晚上是最热闹的，夏蔚往窗下望，水果店、理发店、小吃档口都亮起了灯，有大学生情侣拎着水果和奶茶，牵着手过马路……

夏蔚幻想了一下，不久以后自己的大学生活会是什么样子。

但不论如何，一定比现在好吧。

一定自由、潇潇洒洒，不再为考试烦心，周末有数不清的时间可以补番打游戏，还可以逛街、买衣服、学学化妆什么的……

说不定也会谈个恋爱？至于恋爱对象，她不像米盈那样有明确的审美，应该会看眼缘吧。

性格，嗯，性格比较重要，她觉得顾雨峥那种性格就不错，看似内敛寡言，却有一颗剔透细腻的心，就像她喜欢的朽木白哉……

夏蔚想着想着，把自己给逗笑了。

月光朗照，星点闪烁。

她已经在自助机接了三杯可乐了。

人并无能力预知以后，到这一刻，夏蔚也不认为自己是个会怀旧的人。

谁会知晓，多年以后想起这个充满幻想、除学习成绩以外再无任何烦忧的夜晚，竟是此生再也不可多得的幸福时刻。

此时此刻，令她头疼的烦恼只有一个——

顾雨峥怎么还不走啊？

夏蔚是个什么样的人？

许多爱情电影会对"心动"的瞬间极尽细微地描写——眼神交汇浮动的片刻；递东西时不小心触碰到的手指；久别重逢后的喜出望外，星河鹭起；抑或是经历一场离别才后知后觉，于深夜中无法压抑的狂热想念。

顾雨峥暂时不知如何形容他眼中的夏蔚，他只是觉得最近在学校里见到夏蔚的次数多了一点。

在人群中四处环视，主动搜索，加倍留心，会增加这种"偶遇"的概率。

六班在楼下，和十二班隔着一层，但每天晚自习结束铃响后，夏蔚都是第一批冲下楼的。她速度飞快，只剩几级台阶时她会直接蹦下来，拐弯时会拽着栏杆把自己"甩出去"，以此获得几秒惯性加速。

估计是为了早点回宿舍抢水龙头洗漱。

夏蔚值日的时间是每周三早上，十二班的清扫责任区是教学楼后的小花园，她会拎着笤帚准时出现，伸长手臂去够不知谁随手扔在草丛里的饮料瓶。值日生没时间到食堂吃早饭，因此每周三，会有个男生给她带豆浆和小笼包，路过小花园时，递到她手上。

顾雨峥记得这个男生，但好在，夏蔚对他的态度很明朗——她会在接过早饭的同时，用另一只手捶那男生肩膀一拳。

没有哪个女孩子，会用这种方式和喜欢的男生打招呼吧？

……应该没有吧？

到楼上的英语组办公室送作业,往往会路过十二班的后门,顾雨峥因此掌握了十二班的座位调换规律,也总能捕捉到一个趁下课十分钟站在窗口吹风的背影。

她习惯把双手背到身后去,努力踮脚,耸肩,转动脖颈,像是在做某种活动筋骨的保健操,只可惜,动作太不标准了。

阳光照在她的头发上,像只懒洋洋的猫。

等到他从英语组出来,原路返回,再看一眼,那只猫就已经回到座位去了。她仰头,把书盖在脸上,口中喃喃,好像是在背单词。

顾雨峥收回视线,也强行把自己微微扬起的嘴角扳正。

真心总是笨拙,暗恋从不磊落。

顾雨峥偶尔会为自己的"偷窥"行径自惭形秽。

他觉得应该寻一个机会主动认识她。不是举手之劳的帮忙,不是混迹于一群人之中短暂的交谈,更不是从朋友同学口中听到她的名字。

你好,夏蔚。

应该选一个恰到好处的时机,站到她面前,用最直接的方式说出这四个字。

生活里多的是迷茫和不可控,比如未来该往哪里走、考一个什么样的大学、去东南西北哪一座城市、做一份什么样的工作……这些通通不在可控范围内。

所以,那些可以被控制的、可以被安排的,就变得异常珍贵,一定要让它们按部就班地进行,遵循计划,不要脱轨。

认识夏蔚需要计划。

处理家事需要计划。

又是一个周五,顾雨峥放学,路过没关门的菜市场,拎了些菜和肉回家。

楼颖从前最喜欢美食。和一些时刻注意身材管理、讲究调配饮食的有钱太太不同,楼颖从前挺随性,最大的乐趣就是四处寻觅好吃的。不仅要求家中阿姨有做大餐的好手艺,她自己也会下厨。家中厨房是最热闹的地方,锅碗瓢盆,油盐酱醋,叮当作响。

周末,顾雨峥跟顾远打完网球回来,家里总是充斥着一股浓郁的饭菜香,顾远吸吸鼻子就知道:"嗯,今天的晚饭是你妈妈做的。"

等洗完澡出来就能开饭,顾远会从背后抱着正切黄瓜摆盘的楼颖,讲这一天的工作。顾雨峥则踮起脚试图去掀锅盖,看看今天吃莲藕排骨,还是清蒸鱼。

只是突如其来的人生变故,往往不需要计划。

顾雨峥很久没有吃过楼颖做的饭菜,他无所谓,但楼颖上一次去医院复查,已经出现了贫血的现象。

医生得知楼颖一直在吃素,还以为她是担忧病情复发才刻意控制饮食,赶紧纠正她,这是不对的,相反,要多摄入营养,特别是午餐和晚餐要保证蛋白质的摄入量。

楼颖表面答应,回来后依旧偏执。

顾雨峥打开冰箱，看到他上周末买的鸡蛋一颗未动。

将牛腩切块，焯水，放进砂锅开小火；番茄用开水烫过，去皮，切块。

米饭好了的时候，顾雨峥刚好把番茄牛腩端上桌，给楼颖盛的那一碗里牛腩更多。楼颖根本不知道顾雨峥什么时候去交的燃气费。她坐在餐桌旁，冷眼看着一桌菜，没动。

"我不吃。"

"知道。"顾雨峥垂着眼，面无表情，挑走那碗里的一小片姜，然后往楼颖面前推了推，"放这儿而已。"

楼颖知道他是什么心思。这道番茄牛腩还是她从前最拿手的菜，顾雨峥学了个大概。

"大师说我不能吃肉。"她说。

"你不信医生，倒信那个神棍。"

楼颖拧起眉毛，显然是对这个称呼不满意。顾雨峥假装没瞧见，安静地夹起一箸米饭："不是神棍是什么？儒、释、道，她占哪一样？"

甚至连宗教都不是，也就楼颖深信不疑，像救命稻草一样抱着。

"我想在荣城高考。"母子之间一段沉默过后，顾雨峥开口。

楼颖裹了裹身上的毯子，她怕冷，即便是夏天："你刚转学来的时候，不是很讨厌这里吗？"

是。顾雨峥在心里说，但现在没那么讨厌了。

"我查了高考政策，跟随监护人迁户籍、办落户就可以了，不麻烦。"

楼颖挑起细眉："户籍和你爸在一起，怎么办？"

"容易，你和我爸离婚。"顾雨峥没有任何犹豫，像是一早便考虑好了，"如你所说，我们各过各的日子，反正你们也没有感情，与其继续拖下去，还不如……"

"顾雨峥，这才是你的真实目的吧？替你爸当说客来了？"楼颖反应很迅速，随即而来的便是加快的语速，"不可能，我不会离婚。转告你爸，只要我还活着一天，他就不要想把外面那个人带回家，法律意义上我永远都是他的妻子。"

顾雨峥没抬头，缓慢咀嚼着，却尝不出什么滋味。他忽然想起春节时和顾远一起吃饭，当他提议让顾远和楼颖离婚的时候，顾远莫名其妙的那一声冷笑。

原来。

顾雨峥终于找到了症结，原来那声笑背后的含义是笑他蠢，找错了劝说对象，不是他顾远不想离婚，而是楼颖始终在坚持。要劝，就劝你妈妈。

楼颖的执念让顾雨峥无计可施。那是一种深陷痛苦也不肯放手的执念，哪怕现在顾远生意不如从前，维系着婚姻也无利可图，她也愿意和顾远继续捆绑着，要掉下悬崖就一起掉，要下地狱也要一起下。

即便这毫无意义。

许多执念本就是毫无意义。

楼颖一直活在自己的世界里，因此她的执念更添加了一层锋利的铠甲，别人很难透过这层铠甲，看到她真正的心。

顾雨峥天真地以为只要离婚，楼颖就可以告别从前的一切，振作起来，重新开始自己的生活。但现在看来，太难。

"你吃吧，我要早睡了。"楼颖起身，面前的番茄牛腩一口未动。

她走到卧室门口，回头看了看客厅沙发。那是顾雨峥每周末回来睡觉的地方，高个子的小伙子，要缩在那样狭小的沙发上，腿都伸不开。她脚步踌躇了一会儿，还是开了口："我没钱租更好的房子，你回上海找你爸去。你是他儿子，他哪怕再败落也不会不管你，家里不会没有你的房间，为什么偏要跟着我？"

顾雨峥没有回头，依旧默默吃着饭。从楼颖的角度看过去，少年虽然垂着头，但肩膀依然是舒展而挺直的，不塌。

"也不必等到高考以后了，你爸不是早就要送你出国？现在就联系学校吧。"

顾雨峥还是没动。

算是表明了态度。

"……随你。"楼颖也没了耐心，"反正我不会替你辛苦跑前跑后，你在哪里高考、考成什么样子、将来去哪里生活、会不会飞黄腾达都和我没关系，我早说过了，你自己的人生，不要指望别人。"

哪怕是妈妈。

"砰！"楼颖关上了门。

顾雨峥在满室寂静里端起碗，喝掉最后一口汤。

悲伤同样具有边际效应。当情绪积累到一定程度，多一点、少一点，作用于人身上，其实不会有多大区别。

只是需要更多消化时间罢了。

邱海洋是第一个发现顾雨峥最近不对劲的人，觉得他的话比以前更少了，好像总在出神思考什么事。两个人相约打球的频率也越来越高，顾雨峥挥拍时像是变了一个人，生猛霸道，怎么看都是在泄愤。

"不打了不打了，肩膀疼，今天考试涂答题卡胳膊都哆嗦。"邱海洋撂下球拍，"我回宿舍再刷会儿题吧，明天考英语，我怕考砸了。我妈说了，要是这次分班考试进不去火箭班，她就要找学校申请让我走读，在学校旁边租房子陪我一起住。"

学校周围的小区基本都租给了一高的学生和家长，尤其是高三生。尽管学校反复强调，宿舍环境很好，更有学习氛围，但家长们总觉得孩子应该放在眼皮子底下照顾，起码晚自习回去了，还能给孩子做顿夜宵吃。

"哎，顾雨峥，你家住哪儿？"

顾雨峥仰头喝完一瓶矿泉水，将瓶子捏扁。

"走吧，回去了。"

没有回答邱海洋的问题。

一周以后，分班考试成绩公布。

六班一共四个人进了前三十，两文两理。

六班班主任有点骄傲，却也没有太过喜笑颜开，毕竟尖儿都被掐走了，对平行班来说不算公平。

换班级，宿舍自然也要跟着换。邱海洋和顾雨峥双双离开，因此要请原宿舍的室友们吃个饭。

"……你们都吃什么？"

"……无所谓啊，挑贵的，反正你和顾雨峥请客。"

"行！"邱海洋是险胜。这次物理卷难，他凭着擅长学科的优势将将挤进前三十，这也意味着不必被老妈强行"圈禁"，高兴得脚步都轻快了，"走吧，二楼。"

学校附近新开的汉堡店，楼上更安静。顾雨峥一边跟着室友上楼，一边低头打字，明知楼颖不会回他，但还是发去了信息，告诉楼颖自己今晚会晚点回家。

"听说火箭班的课程进度会比平行班快。"有人讨论起听来的传言，"据说高二前两个月就会把课程全上完，之后的一年半时间都是高考总复习。"

"差不多吧。"

"那也太累了，天天都是高压。"

"那也没办法。我还是觉得咱们比文科班好一点，你看那些学文的，背题都背傻了，这三年光是用完的笔芯都比咱们多一倍吧？"邱海洋发觉顾雨峥落在了后面，于是回头，"我说，你也傻了啊？给谁发消息？"

二楼人少，顾雨峥将手机放回口袋，抬头的瞬间，看见正对楼梯口的四人座位。

还有座位上那个孤零零的人。

于是目光凝滞，脚步也不再往前了。

夏蔚前段时间生病，半个月没来学校，他是知道的。

一开始只是疑惑，从十二班后门经过时瞧不见站在窗边吹风的那个背影了。一天，两天，三天，一连三天没瞧见，他实在忍不住，随便拦了一个人问："同学你好，请问夏蔚在教室吗？"

"夏蔚请病假了。"

他面色沉下来："她怎么了？严重吗？"

"哦，不严重，听说是水痘。"

顾雨峥沉吟片刻，隐约有些模糊的记忆，好像自己读小学时得过水痘，会发烧，会有皮肤症状，那滋味确实不好受。

希望她快些好起来。

他依旧每天路过十二班，然后往教室内望去一眼，再次看到夏蔚，就已经是分班考试前夕了。

这次在班级后门停留的时间稍稍多了那么几秒,顾雨峥想亲眼确认夏蔚已经康复了。

还好,夏蔚看上去状态挺不错,只是脸上多了几颗未消的痘痕而已,她和同桌女生有说有笑,乱糟糟的大课间,笑声很亮。

顾雨峥也跟着笑了笑,完全无意识的。

既然已经痊愈了,那现在……隔着几步远,顾雨峥看着坐在汉堡店里低着头的夏蔚。

她面前摆着纷乱无章的卷子和答题卡,装着杂物的餐盘被推到了一边,女孩用手遮住了额角,从他的角度,完全瞧不见她的表情、她的脸。

这是一个自我防御的姿势。

她在难过,说不定还在哭,但碍于在公共场合,只能用这种方式挡住眼泪。

这个忽然蹦出的猜测让顾雨峥心中一紧,好像心跳都停了半拍。初尝感情滋味的少年哪知女孩子眼泪的杀伤力,不必亲眼所见,只需想象她红着的眼,他就莫名慌得厉害。

夏蔚也会哭。

她为什么会哭?

能让她一个人周末躲在角落掉眼泪,必定是非常非常严重的事。

顾雨峥压住这种令人飘忽的慌张,片刻冷静后,得出一个答案——因为这次考试成绩。

他看过学年榜,当然也找过夏蔚的名字。夏蔚考得还是很好,虽然名次稍稍掉了一些,但缺课半个月,还要忍受生病,能取到这样的成绩,顾雨峥扪心自问,他未必可以。

夏蔚一只手挡着脸,另一只手在不自觉地捻答题卡,纸角都被捻皱了。

她不想被这么多人看到她在哭。

顾雨峥不知道自己能做什么,此时此刻又该做些什么,但起码,要尊重她的自尊心。

于是——

"这儿空调太凉了,我们去一楼坐吧。"他向邱海洋提议。

每个人处理悲伤情绪的方式不同,顾雨峥的方式是把自己扔进题海,或者去网球场发泄。

夏蔚的方式是哭一场。

顾雨峥觉得这很合理,就好像身体在排毒,哭过了,许多事情就可以掀过去了。他从不认为火箭班比平行班高贵,这只是学校的安排,但既然夏蔚在意,他就想尽自己所能,帮帮忙。

"除了分班考试，还有没有什么方式能进火箭班？"他问邱海洋。

邱海洋是班长，学校的这些规章制度他最清楚："也有啊，高二这一年，连续三次大考都进学年前十，高三就可以去火箭班。"

说完，他又补充："不过没必要，因为都高三了，谁愿意去一个陌生的环境啊？还要花时间认识新同学、新老师，太不划算了。

"荣城一高的平行班也不是没出过清北生，太执着就是犯傻了。"邱海洋说，"而且火箭班的氛围……怎么说呢？大家都比较极端，传说那怨气比地府还重，自愿退出火箭班的也大有人在。我打算在火箭班待几个月试试，如果压力太大，我就主动退出。"

嗯，对。

顾雨峥想，可以这样安慰夏蔚。

之前他计划挑一个合适的机会、合适的时间点，主动认识她，今天好像就是一个好时机。

他从没有这样认真严谨地措辞过，他想要告诉夏蔚，一次考试不能代表所有，更不是一锤定音，这只是一次太过微不足道的战斗了，她执那样锋利的刀枪，以后自有更大的战场要赴。

如果……如果她希望有人和她一起战斗，那他也愿意放弃这个火箭班的资格。不是冲动，他只是想向她证明，这没什么大不了。

年轻的心总是广阔，能装下旷远天地、山川湖海，所有事情跳出来看，其实都没什么大不了。

日光一点点落下。

顾雨峥借着最后一抹余晖，把数学卷子重新做了一遍，顺便把每道题的关键步骤都列了出来。如果夏蔚需要，他可以帮忙整理错题集。

现在，只要等待夏蔚下楼。

你好，夏蔚。

我是顾雨峥。

我们之前见过，很多次。

顾雨峥有些担心，这些被他记在心里的"偶遇"，或许根本没有引起夏蔚的留意。在她眼里，他大概只是有过几面之缘、说过几句话的普通同学。

她可能根本不记得他的名字。

但，还是想试一试。

等等，再等等。顾雨峥不自觉地拨弄着手腕上的红绳，频繁看向手机上的时间，已经八点多了，天已经黑下去了。

她还在哭吗？这时候上楼，会不会太无礼？会不会让她尴尬？

客人越来越少，店里播着舒缓的轻音乐，顾雨峥走到楼梯口，又停住了脚步。他听到楼上自助饮料机掉落冰块的声响，还有机械人声："请呼唤店员添加可乐，请呼唤店员添加可乐,请呼唤店员添加可乐……"

顾雨峥抬头,略微疑惑。

也是在同一时刻,有人影出现在楼梯拐角。

他迅速转身,回到座位,重新拿起了书。

"你……"直到女生从他面前经过,顾雨峥下意识地起身。

默念过无数次的开场白哽在喉头,最终没说出口,因为夏蔚脚步飞快,手依然遮在脸旁,分明就是刻意躲避。

只一步之遥。

偏偏这一步之遥间的犹豫最为致命。

顾雨峥到底还是跟了上去。他想,天已经晚了,在不打扰她的情况下,他想送她回家。可店门被夏蔚推开,他紧跟其后撑住了那扇玻璃门的同时,听到她的声音。

"外公!"夏蔚跑向一位老人。

"走吧,夏夏。"外公接过夏蔚的书包,往夏蔚身后望了一眼,穿着同样校服的男孩子正看向这里。

"是你同学吗,夏夏?不打个招呼?"顾雨峥听到那老人这样问。

他握着金属门把的手不自觉地攥紧了,像是等待一枚即将升空的焰火。

"啊?我没和同学一起啊。"

夏蔚没有回头,却给出无比笃定的答案。她挽住老人的手臂,像是根本不屑驻足。

"不认识,只有我一个人,走吧,外公。"

"……砰!"

焰火被点燃,攀上夜空,顾雨峥没有看见绚丽的图案,只听见了一声干脆利落的巨响。

消散之后,只剩寂寥。

第七章 / ★
跑道、欢呼和意见箱

"夏夏，挑个西瓜。"

回家的路上，偶遇了停在十字路口卖西瓜的车，外公停下来喊夏蔚。她从小就爱揽这种挑水果的活，其实未必真的会挑，只是挨个西瓜拍一拍、听一听，还挺像那么回事儿的。

"夏夏？"

夏蔚盯着卖西瓜的电子秤出神。

"夏夏！"

"啊？哦。"回过神来的夏蔚随手看向一个最近的瓜，敲了敲，甚至没敲第二个，"就这个吧。"

经历过许多的老人家，看一眼夏蔚，就知道这闺女有心事。

晚上外公在客厅整理针线，夏蔚往脸上敷了一层芦荟胶，横躺在沙发上看电视。综艺节目中插播广告，她的眼睛也没有挪开。外公在她连啃了三块冰镇西瓜后提醒她："小心拉肚子。"

夏蔚盯着手里的西瓜，莫名其妙地深深叹了一口气。

小小的人，哪有这么大的愁事。外公笑："一次分班考试而已，谁都有状态不好的时候，过去就过去了。"

"嗯，我明白。"夏蔚起身回房间，光着脚，直到外公再次出声提醒，才回去几步穿上拖鞋。

当晚竟然罕见地失眠了。

床上罩了蚊帐，没罩平整，深夜有蚊子循隙而入，夏蔚刚刚有点睡意就被打扰。她皱着眉头拧开小台灯，对着空中狂喷花露水，等蚊子没了动静，自己也被呛得咳嗽。

心里别提多烦躁。

怕吵到外公睡觉，她只能在床单上猛蹬双腿，结果蚊帐也被蹬了下来。

夏蔚被罩在一层薄纱里，发呆几秒，被自己气笑了，干脆一手握着花露水瓶，一手挥舞蚊帐，假装自己在开演唱会，直到"唱"出一身汗来……发完疯，整个人正常多了，重新躺下，望着天花板喘粗气。

确实是很糟糕的一天，可又不仅仅是因为考试考砸了……夏蔚莫名其妙地频繁想起顾雨峥，想起晚上在汉堡店，他坐在那里看书的侧影，那影子一直在她脑海里晃，快要把她晃晕了。

夏蔚很好奇，非常非常好奇，顾雨峥为什么那么晚还不回家，又为什么偏偏在她离开时起身了。

总不会是在等她？

在汉堡店门口，他是有什么话要说吗？

还有，他听见她说的那句"不认识"了吗？

每个人对于社交深度有着不同等级的认知，我知道你的名字，知道你的班级，能够在人群中认出你，但你对我一无所知，甚至极有可能连我的名字都不记得。这种单向的认识，是不是也可以称作"不认识"？

夏蔚觉得自己没有归纳错。

她和顾雨峥的几次短暂接触，那些他曾释放过的善意，都是因为他本就是一个善良细心的人，与她是谁无关，所以后来在学校碰到过那么多次，才会形同陌路，连一句招呼都没打过。

……那么今晚的一切，只是巧合。

夏天的烦恼好像比其他季节更多，杀不完的蚊子、总会弄脏的白色 T 恤、总忘记涂的防晒霜。

从这一天开始，夏蔚的烦恼又多了一个——顾雨峥到底认不认识她？

分班考试教会她不再钻牛角尖，她以后再也不敢不按顺序答题了，碰到难题也不会赌着一口气非要较劲了，可是顾雨峥这个名字成了新的难题，她越是搞不懂，就越是好奇。

这种抓心挠肝的好奇快要将她淹没了。

社交狂人夏蔚同学，第一次在人际交往一事上遭遇滑铁卢。

她一点都不喜欢这样的自己。

像是原本空旷敞亮的房间忽然被搬入了大型家具，转身腾挪都增加了难度。

可太没出息了。

"我真的太没出息，真的。"米盈这样说。

九月一号开学，荣城一高要求提前十天回校，适应高二新学期。夏蔚和米盈因为偷买炸鸡而被主任罚跑圈，盛夏的尾巴，傍晚风起，热烘烘的。目光所及，站在操场边缘的男生正在背第二天开学典礼的发言稿，身影清清爽爽。

米盈说起自己，她这一整个暑假都在悄悄"搜集"顾雨峥的动态。比如顾雨峥家住城西，很远，和妈妈一起生活；他平时听林宥嘉和 Ed Sheeran 的歌；他喜欢打网球；他经常去市图书馆的自习室学习。

米盈嫌弃市图书馆又旧又破，可顾雨峥爱去，她也就总往那儿跑，隔着图书馆排排坐的人头，远远望几眼。

她向夏蔚传授经验："在意一个人呢，就是会满心满眼都是他，密密麻麻那么多人，你就只能看到他一个。"

夏蔚扇着风，表示自己暂无体会，一眼望过去，操场上全是一样的校服，哪里分得清谁是谁。

"你还没开窍呢！"米盈说。

八月末，还是米盈的生日。延续以往大操大办的传统，今年过生日的场地安排在米盈妈妈的花店。

当然邀请了顾雨峥，只不过对方婉拒了。

意料之中，米盈没有多失望。她看到夏蔚带了礼物来，是之前她提过的那件很好看的针织毛衣，同款。夏蔚说："我外公说这次换了更好的毛线，是升级版，不扎肉的。"

除此之外，夏蔚还捧了一束花，是当年很流行的卡布奇诺玫瑰，烟粉色。

米盈很喜欢那毛衣，却对玫瑰花嗤之以鼻："什么啊？我家就是开花店的，你还花钱买？"

"那不一样，"夏蔚自有一套逻辑，"这是我送你的。"

米盈"嘁"了一声，还是接了过来，撇撇嘴："那你以后记得，我不喜欢玫瑰，我喜欢小雏菊。"

"好好好，记住了。"夏蔚冲向甜品台。

…………

这一年的夏天发生了许多事，多年以后夏蔚回想起来，还是觉得像发生在昨天。

她记得这一年，一部大热青春电影上映，郭采洁的发型好看死了，一时间学校好多女生都剪了同款短发。不过，短发打理起来更难，早上睡醒就像鸡窝，夏蔚纠结后，还是算了。

也是同年，iPhone5S 发售。

这是第一款搭载指纹识别的苹果手机，不用输密码解锁，只需要贴上手指，夏蔚觉得好神奇。

班里第一个拥有这款手机的当然还是米盈。

九月，仍有残余暑热，学校开运动会，她们用它拍了很多照片。

米盈透过手机镜头看远处，内心很不平衡："凭什么理科火箭班的位置在体育馆门口啊？那有屋檐，最遮阳，连伞都不用打！太区别对待了吧？"

这绝对是心理作用。

班级位置随机，只是她们运气不好。

说到火箭班，夏蔚提醒米盈，顾雨峥今天有项目，男生 200 米，下一项就是了，这会儿正在检录处检录。谁知米盈的手机镜头慢慢、慢慢滑远，又对准了另外的方向。

那是高三年级的一个男生，体育特招生，个子很高，基本横扫田径项目，一道闪电似的，遇神杀神，成功把米盈给迷住了。

她举着手机笑："我对顾雨峥不感兴趣了。"

夏蔚心说"你果然是闹着玩的"，还没等开口，班主任从身后出现，按了下两人的脑袋："再拿那破手机出来我就给你没收！今天运动会不想管你们，别太猖狂！"

夏蔚和米盈双双挤出厚脸皮的笑。

班主任要求班里每个人都必须参加一个项目，夏蔚和米盈各自报了女生100米和200米，主打一个重在参与，也不累，跑完拉倒。

黄佳韵是全班最积极的，报了跳高、跳远和3000米，可第一项跳高就受伤了，从垫子上下来的时候崴了脚。

"又不是奥运会，这么拼？不至于吧。"米盈难以理解，一回头，却看见夏蔚表情不对，"……你怎么啦？"

夏蔚悄悄在米盈耳边说了一句。

米盈："你站起来，往前走，我看看。"

片刻后。

"完了。"米盈把自己的校服外套脱下来，系在夏蔚的腰上，然后往前几步，指挥她，"就这样，慢慢走，回教学楼，挡上了，看不见。"

挡上了是没错，可她行动不便，只能小步小步挪动，况且校服系在腰间纯属掩耳盗铃，别人一眼就明白怎么回事。

从操场到教学楼，不过几百米，夏蔚从未觉得这路有这么长，她知道这很正常，谁都有紧急时刻，可难免，还是觉得尴尬。

夏蔚进了卫生间，然后拜托米盈："我没拿卫生巾。"

"啊？我也没带啊。"米盈环视一圈，"你等着，我去借。"

但大概率是借不到的。

这会儿所有人都在操场上，教室空荡荡的，她总不能去翻同学的书包吧？

"等等，我去别班看看有没有人。"米盈跑出卫生间，夏蔚还能听到她渐远的声音，"你坚持住啊！一定坚持住啊！加油！"

这都什么跟什么，夏蔚被逗笑了。坚持谈不上，不过就是蹲久了腿麻，不得不扶着卫生间的墙。

许久没人回来。

夏蔚猜米盈是去学校小超市了。

例假这个东西真的神奇，当你没有发现它时，完全没感觉，可只要一发现，肚子就会在下一秒疼起来，今晚要喝热水了。

她撑着墙壁又站了一会儿。

总算，外面有人走了进来。

"夏蔚？你在哪个隔间？"

却不是米盈的声音。

"倒数第一个！"夏蔚大声喊。

黄佳韵从隔间门底下递进来卫生巾，一整包，没开封的。

"你怎么知道我在这儿？"

黄佳韵还是不爱多说话："凑巧呗。"

"哦……"那还真是挺巧的。

黄佳韵因为脚崴了，刚好在教室里休息。

米盈拎着黑色塑料袋从小超市狂奔回来，刚好看到黄佳韵和夏蔚一起走出卫生间。

黄佳韵示意夏蔚："我项目多，多带了一条裤子，借你，你换上吧。"

"谢谢！"夏蔚跟着黄佳韵进教室，却被米盈拦住。

米盈使劲儿使眼色："她怎么在啊？"

夏蔚解释了一番，米盈却一脸难以置信："她？她瞧不上我，当然也顺带瞧不上你。她能有这么好心，借你卫生巾？"

米盈跟黄佳韵可谓是积怨已深，一桩桩小事堆在一块，不停累加，连夏蔚都觉得她俩迟早要掐架。

但是……

"这种事……就算是关系再差，也会借的吧？"夏蔚问米盈，"你设想一下，如果是黄佳韵此时此刻向你求助，你会借她吗？"

米盈没过脑子，下意识想回答，我借她？我有病？

可是话没说出口。

她低头盯着自己的鞋尖，沉吟片刻，小声："……那就，借呗。"

对嘛。

还是会借。

这种尴尬和难言之隐，每个女孩子都感同身受。即便有天大的矛盾，也不会在此刻为难对方。

米盈陪着夏蔚在教室换裤子，黄佳韵去拉上了窗帘。

米盈问夏蔚："你一会儿还有项目，不能跑了吧？"

夏蔚套上裤腿，试着蹦了两下："没事，能坚持！"

"疯了啊？你也脑筋不正常？"米盈想骂人了，"你总痛经，今天跑步，明天就起不来床了！"

因为这个"也"字，原本在低头看书的黄佳韵抬起头，掠了米盈一眼，没理她，对夏蔚说："我脚崴了，一会儿跑完3000米就是极限了，不然就替你跑了。"

"你还跑3000米？"米盈像听到了什么天大的鬼话，震惊得眼睛都瞪圆了，"你都瘸成这样了，还要跑3000米？"

"不严重,已经不疼了。"黄佳韵说,"名都报上去了,不想拖后腿,丢人。"

米盈不明白,这有什么可丢人的。可她看着黄佳韵的脸,对方一脸云淡风轻,嘴唇翕动半晌,最后只能说出一句:"你俩都病得不轻。"

她看向夏蔚,犹犹豫豫,终于下定决心:"歇着吧!你那100米我替你跑!"

米盈后背贴着夏蔚的号码牌,在跑道上飞速而过。

夏蔚和黄佳韵站在终点处,拿着手机给她拍照。

100米的终点刚好就在体育馆门口,旁边就是理科火箭班的观众席,很多人坐在座位上看书,巴掌大的单词本根本不离手。

夏蔚下意识地轻轻扫了一圈。

没看到熟悉的人。

她收回目光,那边,发令枪声已经响了起来。米盈运动细胞不算发达,还要顾及形象,一只手压着刘海,跑完自己的200米,再跑夏蔚的100米,已经力不从心了。

到了终点,夏蔚急忙帮她抚背,然后就近跑去火箭班的位置:"同学,借一瓶水!"

运动会,每个班的矿泉水都是成箱搬,那正背单词的同学没抬头,指了指班级座位后面的冰桶。

现在夏蔚认同那句火箭班待遇好了,他们竟然还有冰桶,这么高级?夏蔚跑过去,刚想弯腰拿,有人拍了拍她的肩膀。

很轻。

夏蔚回头,怔住。

顾雨峥头发剪短了,额头上有清晰可见的汗。他刚跑完项目回班级,穿着运动裤和白T恤,脖颈处晶晶亮亮的,也是运动后汗水的留印,可身上却没有任何混浊的气息,还是清逸干净的模样。

面对面站着,夏蔚走神了,他竟然比她高那么多吗?还是说短短一个暑假也会蹿个子?

还有,他的眼睛,在这样灿烂明朗的阳光下,看起来颜色更淡了,好像被晒化了的冰块,柔柔融成水。

夏蔚仰头看他,却依旧无法从他眼里捕捉出什么来。

"别拿那个,凉。"他开口。

语气也是一样平淡。

紧接着,一瓶水递了过来。

一样的矿泉水,除了温度,没有任何分别。顾雨峥递给她的这一瓶应该是在阳光下晒过很久,是温的,甚至可以算是暖的。夏蔚感觉到手心里的暖意,脑子顿了一秒。

也不知为什么。

"呃,谢谢。"回过神,她晃了晃手里的水,解释,"我同学在那儿,是给她的,她刚跑完……我是十二班的,一会儿就还一瓶来。"

顾雨峥听她这么说,目光稍有波动,并没有回答她的后半句,只是顺着她手指的方向望了一眼,又迅速收回,垂目:"嗯,刚跑完更不能喝凉的,对身体不好。"

是了。

这就是顾雨峥。

夏蔚再一次印证了自己的观点,他总是会在细节处格外留心,不论平时以怎样一副淡漠的模样示人,骨子里都是细腻又柔软的。

她忽然有所感悟,果然观人不能只观外表,就像泛着冷意的雨水无声落下,你怕冷,避之不及,却忘了最漂亮的彩虹只会出现在这样的雨天。

流光瞬息,想看到,要用心。

夏蔚还有话想说。

她想向顾雨峥抛出那个折磨了她很久的问题——顾雨峥,你认识我吗?

又或者——我们见过很多次了,同学,我们可以认识一下吗?

大方利落一点,有什么不可以?夏蔚发誓,她从幼儿园起就是"中心人物",十七岁的人生里,从来没有因为交朋友而不好意思过。

……这是怎么了?

又是一声发令枪响,夏蔚陡然回神,此时,此地,不是纠结这个的时候。

她终止自己的胡思乱想,来不及和顾雨峥多说,拿着矿泉水迅速跑了回去。

"顾雨峥给你的水。"她把水递给米盈,"快快快,休息一下。"

"他给我的水?"米盈弯着腰,早忘了顾雨峥是哪位,"谁要他的水啊!我要高三那个学长给我送水!我才有力气跑下一项!"

还有下一项?

夏蔚看向黄佳韵,后者没说话。

"我告诉你黄佳韵,我替你跑3000米不是怕你瘸了,是为了替夏蔚还你个人情,我依然很烦你。"米盈颇有点咬牙切齿。

黄佳韵耸耸肩:"我知道,而且我也不会对你说谢谢。"

…………

3000米,跑到天荒地老。

米盈根本没有跑过长跑,到了最后几圈,基本就是在走了,但她依然没停,只是每每路过跑道旁,看见站在一起的夏蔚和黄佳韵,都要骂几句,好像能给自己加油打气似的。

毫无疑问,米盈是最后一个跑完的。

但所有班级都给跑完3000米的女生送上了很久很久的掌声。

完全站不起来的米盈坐在地上，靠在夏蔚的怀里大口喘气。歇了一会儿，她神思归位，竟然委屈地掉眼泪了，抽噎着说不出话来，只是愤愤地瞪着黄佳韵，像是要吃人。

黄佳韵假装没看见，蹲下来陪了一会儿，到底还是开口：

"谢了。"

"滚啊！"

夏蔚觉得这两人怪有意思的，一边笑，一边抬手把米盈的刘海拨正。

操场尽头吹来一阵风。

携着暑末的燥，初秋的凉。

汗水被消散。

刚刚3000米的最后一圈，她和黄佳韵几乎是跟着米盈一起跑下来的。操场跑道上来来回回不停有人穿梭，高三的男女短跑都是神仙打架，观众席上的惊呼声此起彼伏，但她们都顾不上看一眼，只顾着给自己的朋友加油鼓劲。

忽然就想起米盈之前对她说过的——你在意谁，就会满心满眼都是这个人，即便淹没在人群里，你也只能看到这一处。

夏蔚觉得有道理。

她在意米盈，好朋友之间就会这样。

还有……夏蔚不自觉地抬头，望向体育馆门口，竟然毫不费力地一眼抓到顾雨峥的背影。

她明明和他连朋友都算不上，所以，又是为什么呢？

顾雨峥站在那儿，正和老师说话。少年衣角鼓动起风的形状，也是这同一阵风，自空中席卷而来。

拂面，很轻，没有声音。

夏蔚却感觉到有力的振动，和心跳同频。

楼颖进医院了。

本来只是一场小感冒，但楼颖坚持不吃药，每天在家里烧一些奇怪的香，不用说，也是被人"建议"的。顾雨峥从图书馆回到家，刚好赶上物业上门把楼颖堵在门口，说是邻居投诉，大家闻到奇怪的味道，还以为失火了。

而且这家只有一个单身的女人，奇奇怪怪的，平时没见出门，极少几次在电梯里碰到，也从不讲话，任由邻居大妈如何搭话，就只冷冷瞥一眼，不接茬，傲得很。

顾雨峥快步走过去，挡在楼颖面前。

"有什么事和我说。"他面色比楼颖更冷。

有什么事？能有什么事？误会解开了就行了，物业也不是故意为难。顾雨峥把人送走，回头就看见楼颖倚着门框在发抖。

"我不想和人讲话，连保持沉默的权利都没有吗？"楼颖的手紧紧地攥着披肩边缘，甲床泛白。

"你病了。"顾雨峥的意思是，他看出楼颖发烧了。

可是楼颖对"病"这个字格外敏感，当即厉声反驳："我没病！病的是你！是你爸！是你们！"

顾雨峥沉默着，进屋检查了一遍，确认一切安全，然后放下书包，几乎是拽着楼颖，强行把她拽下楼。

作为十几岁正蹿个子的男孩子，顾雨峥比楼颖高出不少，力气也有，楼颖挣脱不了，最终只能任由儿子把她拽去了医院。

到了急诊，打上点滴。

顾雨峥又帮楼颖挂了一个复查的号，开了些药。楼颖手术后有些药是要终身服用的，但她被鼓动，医生的话越来越难入她的耳，药吃完了从不主动去开，没办法，这些都要顾雨峥留意。

医院不大，有空床，楼颖可以躺在床上打点滴。顾雨峥就站在病房窗前看书，长腿支起，安静又疏离，微微倚靠着窗栏，就算是休憩了。

从他的角度，可以看到点滴的流速。

人虚弱时就会本能地柔软下来，不再那么针锋相对。楼颖看着儿子下颌边缘一圈淡淡的青色，突然意识到，父亲不在身边，许多应该由父亲来教的事情顾雨峥都没有学过。作为母亲，她更没有顾及。

"你长胡子了。"她轻声说。

顾雨峥闻言抬头，下意识地摸向自己的脸："嗯，修过了，明显吗？"

楼颖轻轻摇头："挺好的。"

这些年，她从未参与过顾雨峥的生活，尤其是来到荣城后，顾雨峥开始住校，就此彻底独立生长，倒也算是全了她那句"我们各自过好各自的日子，不要互相指望"。

然而，楼颖看了看手背上的胶贴……顾雨峥做到了独立，她却还有这样那样的大事小情，要顾雨峥来处理。

"考虑得怎么样了？"她轻声问，"关于出国，妈妈希望你早点出去。"

"不，我已经决定了。"顾雨峥将书翻过一页，没有任何犹豫地，带着一种云淡风轻的果决，说道，"我现在对未来没有方向，出国是徒劳。等我本科毕业后再考虑吧。"

自己的孩子，楼颖怎会不知顾雨峥在想什么："你不用担心我，我很好。"

很好吗？顾雨峥抬起眼皮看一眼悬在半空中的输液器。

"嗯，所以我们现在是来医院度假的。"

…………

顾雨峥也不想这样咄咄逼人，可是有些情绪无处释放，他觉得有些计划应该提早了。

按下呼叫铃，喊护士来拔针，他顺便提醒楼颖："妈，谋财无所谓，但现在是有人害命了，你还要相信那些吗？"

楼颖依然平静："管好你自己。"

这句话顾雨峥已经听了太多次，早就无感了。他把那些药拎在手上，另一只手去扶楼颖："如果你继续这样我行我素，下学期我不住校了。"

楼颖下楼梯没站稳，多亏顾雨峥拦了一下。楼下就是儿科病房，即便是深夜依然人来人往，当爸妈没有不操心的，他们脸上的担忧焦急都是那样真实。楼颖不由得看得出了神，直到顾雨峥喊她："妈。"

"嗯。"

"我小时候有一次吃坏东西，你带我来医院，因为排队排太久，你跟我爸吵起来了，还记得吗？"

记得，当然记得。

但时移世易，这世上的一切，无时无刻不在变。夫妻不再，曾经的小孩子也已经变成能独当一面的少年了。

"你周末不要回来。"楼颖犹豫了一会儿，不敢再提那个大师，只说，"我周末报了插花课，还有瑜伽，很忙。"

顾雨峥挑眉："你觉得我信吗？"

短暂的母子温情就这样被收敛，入匣。

楼颖看着儿子的脸，忽然很想探探他真实的一面，毕竟她这儿子最会伪装。

"顾雨峥，你恨不恨、怨不怨？"她问。

楼颖觉得自己委屈，可归根结底，在这些年来翻天覆地的变故中，最有资格抱怨的是顾雨峥。

原本优渥的经济条件，一朝失去；原本父母恩爱的家庭环境，如今也不复存在。

每一个悲剧故事里，往往最无辜受害的那个人，能够夺取观众最多的怜悯，可是顾雨峥的生活连个观众都没有。

顾雨峥把楼颖的药摆入床头柜，每一个药瓶上都贴了胶纸，写了每日服用剂量和时间。他握笔端正："有什么可怨？"

行于天地间，君子当不怨天，不尤人。换句话说，怨了，恨了，把周遭一切砸个稀巴烂，发泄一通，就好了？就得以解脱了？

解脱是那么容易的事吗？

楼颖若有所思，翻了个身，背对着立在床边的顾雨峥。夜晚，她的声线变得单薄凄婉，鼻音有点重："儿子，人活这一世，真的太难了。"

顾雨峥什么都没有说。

他帮忙关了灯，在黑暗里站了一会儿，转身带上门，走了出去。

顾雨峥自问，他也不是自始至终都没有过负面情绪，只是当发现情绪无用时，就自然不会继续沦陷了。

他没有说谎,之所以想在国内高考,乃至读完大学,一是为了照顾楼颖,二是为了给自己更多思考的时间,关于以后,关于未来。

喜欢万事以计划为先的人,无法接受夜里盲行,此时此刻,摆在面前最重要的事情依然是高考。他从前觉得高考只是一场考试,是把一个人从一个地方空投到另一个地方的"门票",他的心情很平和。直到有一个人告诉她,高考是一场战斗,是在打怪。

有一种奇怪但能让人轻松代入的热血感。

顾雨峥很喜欢这个说法。

他很想和夏蔚一起,看看这个关底怪究竟有多难打。

还有战斗后的奖励,如果可以,他也想和夏蔚分享。

新的班级,新的学期,好像一切回到起点。顾雨峥没有感觉不适应,毕竟他本就没什么朋友,唯一走得近的邱海洋,如今依然和他同班。

运动会,顾雨峥报了200米和接力。检录时,邱海洋的项目正在进行。他这一组速度都不慢,邱海洋跑第一的同时还有余力双手举起,在冲破终点线前两秒比了一个心,朝着观众席方向。

操场上爆出一阵起哄声。

检录处工作的两个女生议论起来:

"天,哪个班的?这么狂?"

"理科火箭班的,他刚刚好像是朝着十二班那边……"另一个女生轻声八卦,"……这么张狂,怕是要倒大霉。"

果然。

火箭班班主任和从前六班的"烂笔头"可不一样,从来不和学生开玩笑,凶悍得很,骂人骂一小时不带重样。顾雨峥跑完200米回到班里,听到班主任喊他:"你!去!把邱海洋给我喊回来!"

邱海洋跑完就没影了,估计是去十二班找冯爽了。

顾雨峥往十二班的方向去寻人,路上猜测着,不知会不会遇到夏蔚。

他看了各班的报名表,夏蔚有项目。

正这样想着呢,恰好就看见远处两个身影,鬼鬼祟祟地往教学楼"挪动"。

鬼鬼祟祟,顾雨峥也不知自己脑袋里怎么就迸出这么个词,只因夏蔚实在奇怪,她把校服系在腰间,和米盈一起,步行速度很慢,时不时还要四面观察,很紧张的模样。

顾雨峥停住了脚步。

脑海里的猜测让他略微紧张。他怕夏蔚在他视线之外参加项目时受了伤,崴了脚,或是摔了跤。每年运动会期间,校医室总是挤满伤员,这样的事并不少见。

如果是这样,夏蔚的行为就合理了起来。至于他,唯一能做的就是遵循本能,跟上她的脚步。

顾雨峥控制不住自己的想象和担忧,他想问问她,严不严重?有没有什么可以帮忙的?

然而,他刚上到十二班所在的楼层,就看见米盈从走廊尽头的卫生间跑出来,因为教学楼无人,所以她的喊声肆无忌惮:"……等等,我去别班看看有没有人,你坚持住啊!一定坚持住啊!加油!"

顾雨峥一开始没听懂,眉头拧紧了,脚步往前冲了半步,幸好只有半步,便迅速反应过来。

夏蔚……不是受伤。

这事儿好像也不是他能帮忙的。

顾雨峥的脸登时热了起来,满腔担忧消散得差不多,只剩下窘迫。

他好像步入了一个自己本不该进入的世界,探到了一个非礼勿听的秘密。虽然他不觉得这件事有任何羞耻之处,但女孩子会尴尬,刚刚夏蔚的"鬼鬼祟祟"也证实了这一点。

正确的选项应该是当场离开,当作无事发生,可他看着米盈从他身边飞奔而过,往楼上跑,并不认为她能如愿以偿。

操场上比赛进行得正热闹,教学楼不会有人的。

顾雨峥犹豫了片刻,三秒,两秒,或者更短。

他抬步,往学校小超市的方向跑去。

结完账在超市门口碰到邱海洋。

邱海洋和冯爽刚分开,看见顾雨峥正想打招呼,紧接着便注意到他手里拿着的东西。

"你什么情况?"

顾雨峥着急,无视收银阿姨诧异的表情,还有递过来的黑色塑料袋,就这么将东西拿在手上,也同样忽略掉邱海洋,跑上楼。

邱海洋还被撞了一下,脱口而出:"顾雨峥,你精神错乱吧?"

没,没错乱,他只是慌不择路,想要帮忙而已。

只要是帮自己喜欢的女孩子,只要是帮得上夏蔚的。

至于帮忙的过程是否会让自己尴尬,他丝毫不在意。

邱海洋回了班,毫无疑问挨了班主任一顿骂。

班主任让他收敛点,火箭班每周一次的周测但凡他掉了名次,必找家长。

邱海洋窝了一肚子火,看到顾雨峥两手空空从教学楼回来,忍不住揶揄:"来,讲讲,你哪根筋搭错了。"

顾雨峥没有回答,也没有坐下。

下一个项目是男生接力,他要参赛。

直到跑完回来,目光依然在寻觅。

视线挪动着。

从教学楼,到十二班的观众席,再到跑道……直到看见夏蔚往自己的方向走来,顾雨峥才猛然收回视线。

她……应该不能喝冰的吧?

看到夏蔚弯腰从冰桶里拿水,顾雨峥匆忙拿了一瓶在阳光下晒过的矿泉水,交换了她手里的那瓶。他很怕自己刚刚做的事情被发现,因此有些不敢直视夏蔚的眼睛,万幸,今天阳光那样炽热,搅动了瞳孔的颜色。

旁观者往往视角清晰,目睹了一切的邱海洋感觉自己好像发现了什么。

关于顾雨峥的秘密。

"跟我说实话,你不对劲儿,哥们儿。"他看着远处忙碌的夏蔚,捶了顾雨峥肩膀一拳,"你刚刚去超市买那个……"

一向没什么情绪波动的顾雨峥第一次动了手,他勒住邱海洋的脖子,假意要过肩摔,然后低声恨恨地说:"闭嘴,以后都不许再提。"

"你威胁我?"邱海洋也不示弱,反手去捉顾雨峥的肩膀,两个人扭在一块,"我告诉你,你现在可是有把柄在我手里了。"

这个把柄,顾雨峥没有否认,也不想否认。他只是警告邱海洋,是朋友就闭紧嘴巴,保持静默状态。

他不想给她添哪怕一点点麻烦。

年级主任孙文杰刚好路过,看到顾雨峥在这边,抬手拍了拍他的肩膀。

"我问你一件事,早就想问你了。这都快一年了,意见箱里的信没停过,但就你一个实名的,我纳闷,你不像是爱管闲事的人啊?"

"这不是闲事,老师。"顾雨峥正色,"学校既然设意见箱,就不会限制谁有资格往里面投信吧?"

孙文杰盯着他看了一会儿,摆摆手:"一群小屁孩,行,如你们所愿。"

走了。

高二这年的运动会持续了两天,最后一天是闭幕式。最热闹的环节是公布各班成绩,夏蔚所在的十二班因为全员全项目参赛,获得了荣誉奖,还有下一周的流动红旗。

一切尘埃落定,高二年级主任孙文杰代表学生处上台,公布学校的新规定——"鉴于冬天马上要来,从这个冬天开始,每周三午休时间延长二十分钟。"

"学校采纳大家的建议,当然是以利于学习作为出发点,你们别得了便宜还卖乖,以后更要抓紧每分每秒,为高考奋斗。"

延长午休时间,意味着女生们多了冬天在宿舍吹干头发再去上课的时间。

场面话,不入耳,全操场陷入鸦雀无声的寂静,随后,便爆发出响亮而长久的欢呼声。

据统计，就延长午休这件事，三个年级加在一起，一年时间，往意见箱里塞了一千多封信。一开始只是女生发声，后来越来越多的男生也加入了。

荣城一高多年来铁律一样的自习安排，被大家合力生生击出一个缺口。

谁能说这不是一场战斗的胜利？

"也不枉我每周都往学生处递意见总结，挨了不少骂呢。"邱海洋长舒了一口气，他看着操场上欢呼的女生们，感慨，"咋说呢？虽然咱们男生没有吹干头发的困扰，但我也挺高兴。与有荣焉吧。"

他撑着顾雨峥的肩膀，吹了一声口哨："哥们儿也辛苦了。"

顾雨峥不觉得辛苦。

真正的"英雄"是全校第一个勇敢站出来，向学校写意见信的人。

虽然他不知道那个人是谁。

他看向夏蔚班级的方向，却只看到一片拥挤的人，半晌，低头笑了。

扪心自问，他的初心一点也不伟大，甚至可以称得上渺小，就和今天的事情一样。他只是想要力所能及地帮帮忙，最重要的是，同为受益者，他想看到夏蔚开心。

至于自己所谓的"付出"是否被夏蔚看到，他一点也不在意。

只要她好。

只要他抬头便能看到她，看到她一如今日，立于阳光下，周身有他向往的、热烈的光辉。

第八章 ★
陶艺、微信和热心肠

米盈邀请夏蔚一起去妈妈的花店玩。

米盈妈妈为了开这个店,提前做了很多功课,光是选址就经过很多考量,最终选定现在的位置——城西。

城西虽然不似开发区基础建设新,但有众多老商业街,这样的地方应该不愁客源。

店里还推出了一些插花和陶艺的体验课,配上精致文艺的装修,目的就是为了让顾客自发拍照宣传,虽然……目前看来效果一般。

夏蔚对那些鲜切花没什么兴趣,她从小祸害了不少外公养的君子兰,因此对动植物这种需要照顾的东西一向避而远之。她去了陶艺室,按照教程给一团泥巴塑形。

米盈一边在转台捏盘子,一边吐槽:"客人太少啦,要么是我妈妈的朋友,要么就是朋友的朋友,反正都是熟人。这样下去迟早倒闭。"

"呸呸呸,做生意的不能说'倒闭'两个字。"米盈妈妈站在米盈身后帮她绑了绑头发,顺口一提,"也不是完全没新客。上周来了一个新学员,我和她聊天才知道,她儿子跟你们一个学校,也在一高读高二,人家总考学年第一呢。"

说到此处,夏蔚和米盈双双抬头,动作整齐划一:"顾雨峥?"

"不知道叫什么名字,反正不是本地的,他妈妈还跟我打听咱们这儿的落户政策,说想在荣城参加高考。"

…………

在米盈妈妈口中,顾雨峥妈妈这人奇怪,特奇怪。

从头到脚都精致,一眼看上去就是养尊处优的有钱人家,可偏偏住在城西最破最偏的小区。

付了并不便宜的课时费,每天都来,却从不跟老师上课,往那儿一坐就是发呆出神,和她说话也爱搭不理,好像只是找个地方躲清静而已。

当妈的,每天挂在心上的无非就是孩子的衣食住行。米盈妈妈随口闲聊,说起秋冬换季,荣城一高宿舍发的冬季被褥太薄了,根本抵不住这北方城市的严寒,必须得给孩子准备厚的……顾雨峥妈妈竟一脸茫然,像是从来没参与过孩子的生活一样。

不过提起孩子的成绩倒是骄傲。

那种眼睛里透出的自豪即使微弱,也明显。

米盈表示同意:"那顾雨峥还挺像他妈妈的,他在学校里也是这样奇怪的性格啊,不爱说话,不爱交朋友,还总摆冷脸。"

夏蔚一时无言。

米盈自从"移情别恋"高三学长,就彻底对顾雨峥失去兴趣了,自然再也挖掘不出他任何一丝优点。

"而且干吗要在荣城高考?"

荣城所在的省份是高考大省,线高,人多,每一个分段都拥挤不堪,竞争残酷程度实在骇人。米盈不理解,他们是想跑跑不掉,怎么还有人愿意自己往里跳呢?

她转过头想吐槽这种奇葩行为,却看见身边的人一直在愣神,面前的转台上一团烂泥,根本就是没用心做。

"夏蔚!"

被点名的夏蔚陡然回过神,伸了个懒腰,笑嘻嘻地说:"我实在是坐不住,这种兴趣爱好对我来说难度太高啦。"

"怎么会?"米盈觉得亲手做出一个陶艺作品,成就感爆棚,哪怕塑形上色一个流程下来,需要坐一整天也值了。

她大声喊:"妈妈我要喝水!"

"来了祖宗。"米盈妈妈倒了两杯果汁过来,看自家女儿这衣来伸手饭来张口的架势,忍不住感叹,"你们马上要离家上大学了,以后你在天涯海角饿了渴了,也哇哇大叫喊你妈给你倒水?"

"我才不考那么远呢,"米盈就着妈妈的手喝完,"我觉得家门口就挺好,我就想考省内的大学。"

她又问夏蔚:"夏蔚,你想去哪儿?"

夏蔚把自己面前的陶土收拢好,略微思索:"想去大一点的城市。"

年轻的心总想往广阔天地奔,是因为那里有自己向往的东西,不是什么追求理想之类的过于宏大的概念,夏蔚的理由简单且务实——她在网上看到自己感兴趣的漫展、大型游戏嘉年华、电影点映之类的,不是在北京、上海就是在杭州、广州。

那里拥有最丰沛的资源,最不受限的先驱文化,她想,她总要去看看,去感受一下。

唯一的顾虑……是不想留外公一个人生活。

外公年纪大了,她不放心。

夏蔚忽然发现自己也开始拥有烦恼,是除成绩和人际交往以外的烦恼。可能年龄那一栏每加一岁,就会多一些包袱置于身上,每个人都逃不过,一些电影和文学作品为此做注解,他们说,这是人生的重量。

"你们现在还小,等到以后成家立业、结婚生子,就会发现烦恼更多了,过日子的柴米油盐,每一样都难。"米盈妈妈这样说。

难处是不能比较的,横向不可以,纵向也不可以。

此时此刻的夏蔚只刚刚窥见了成年人世界的一条缝,那缝里有亮光,令人心生向往,但回过头环顾四周,身边的麻烦才是亟待解决的。

就像游戏冲关卡,总要先打完这一层的怪。

这一年,荣城的秋天特别冷,虽然不似去年那样雨水连绵,但降温迅速,不到十一月就已经是严冬的模样……即便冷,丑到无法直视的冬季校服仍然压在箱底,绝不会上身。

校园里的树木一夜之间掉光了叶子,只剩光秃秃的树杈在风中摇摆,好像风烛残年的老人枯瘦的手臂。天沉沉,云层又厚又低,下一秒就要压下来似的。

这样的天气,除了新鲜劲儿还没过的高一新生,没人爱在校园里乱晃。

高三楼一片无人似的死寂。

至于高二,要准备马上到来的学业水平测试,不熟悉的学科,全靠死记硬背,每个人的背脊都像压了千斤,根本直不起来。

年轻的历史老师在讲台上帮大家划重点,安慰下面一颗颗垂头丧气的脑袋:"坚持一下,各位理科生,就考这一次,之后再也不用翻开历史书了。"

坐在窗边的男生偶然抬头看向窗外,忽而大喊:"下雪了!"

荣城这一年的初雪来得这么早,势头也很猛,眨眼间便落了一地白晃晃。有人提议:"老师,放我们出去玩会儿吧?"

历史老师摇了摇手指:"各位,我可没这个权力。靠窗的同学,把窗户打开五分钟,让冷风帮大家清醒清醒,有人都快睡着了。"

面对学测,班里状态最轻松的是黄佳韵。

她文科本来就很厉害,考试内容对她来说实属杀鸡用牛刀。有人借了她的政史笔记,打印成很多份,发出去,夏蔚拿了一份,又递给米盈一份,结果被拒绝。

"我不用她的笔记。"米盈硬气得很。

上次运动会的短暂合作只是一段小插曲,她依然看黄佳韵不顺眼,自然不会为一本笔记折腰。

晚上回到宿舍,其他人都去洗漱了,米盈端着塑料盆回来,看到黄佳韵站在宿舍窗前踱步,神色焦急。

她想当没看见来着,可是黄佳韵主动开了口:"米盈,你手机在吗?借我用一下行吗?"

米盈还以为自己听错了,找她求助?

"我很急,现在就要用,家里有事。"黄佳韵说。

"……你自己的呢?没带啊?"

089 /

"下午放在教室多媒体讲台里充电,被班主任发现,没收了。"黄佳韵实话实说,"借我一晚上,明早就还你。我不白借,我把我的政史笔记和大纲都送给你,行不行?"

"谁稀罕。"米盈这样说着,犹豫了下,还是把藏在被褥底下的手机掏了出来,因为看得出黄佳韵脸上的紧张不是演的,或许真的是有急事。

"你小心点啊,用的时候亮度调低,最近宿管老师抓得严。"米盈把手机递过去,她的iPhone5S,喜欢劲儿还没过呢,"别把我的也没收了,不然我跟你拼命。"

"不会。"

黄佳韵这么说着,可事实证明,越是担心,就越容易搞砸。宿管老师晚上例行查寝,隔着门上小块玻璃窗,一眼就看到一个铺位被子拢起,里面有莹莹的光,当即推门进来……

第二天一早,夏蔚来到隔壁宿舍找米盈一起去食堂,结果发现米盈头发没梳脸没洗,眼睛也肿了。

宿舍其他人看情况不对早早溜了,只剩黄佳韵倚着上下铺的铁栏杆,脸色也不好看。

"我赔你一个。"她说。

"你赔? 64G,七千块钱,你赔?你家什么条件你当我们不知道啊?"

这话就有点过了。

黄佳韵爸爸是开大车的,常年在外,偶尔回家。她妈妈是残疾人,在小区一楼开了个扦裤脚改衣服的小档口,可能连店都算不上,方便邻里罢了。有一回,班里的一个男生去改校服裤腿,刚好遇上了黄佳韵,便随口讲给了班上的同学听。

"我该赔就会赔你,跟我家条件有什么关系?"黄佳韵一点都没有气恼,被人揭短后会出现的窘迫,在黄佳韵身上没有丝毫体现,她很坦然,甚至觉得米盈不可理喻,"手机而已,我都道歉了,你叫唤什么?"

……而已。

米盈气得早饭没吃,午饭只喝了一碗紫菜汤。

那可是新手机啊!她难过得心尖儿都抽抽,经过一下午的思想斗争,终于在晚自习给夏蔚传了纸条:你,陪我,我得把手机偷回来。

宿管的房间在一楼,守着大门,平时晚饭到学生回寝的这几个小时,宿管老师要么在楼上检查宿舍卫生,要么在食堂和食堂阿姨聊天,房间无人,也不上锁。

米盈也是听高三的学姐说的,宿管房间的柜子里起码有上百部手机,全是没收来的,多一部少一部根本不会察觉,之前就有人抓住时间差,进去拿过。

夏蔚被米盈安排在外面"望风",实打实地吓出一身冷汗。

哪里做过这种坏事?

"要不算了吧,这不就是偷东西?"夏蔚站在门口,时刻关注情况,紧张得脚底都发麻，"米盈别翻了，走吧，等毕业，没收的手机都会还回来的。"

"那要等多久！"米盈小声，放轻动作，并不费力地在柜子最上面拿到了"赃物"，"我求我妈给我买这手机求了好久，要是被没收了，接下来我都没有手机用了。我还真指望黄佳韵赔我一个新的？"

"那也不行啊……"夏蔚还是过不去自己这关。她悄悄瞄米盈的脸色，发现米盈其实也有些胆怯。

她先把手机开机，确认没坏，还能用。

"……我这也是没办法嘛。"米盈的声音更低了。

外面天色已经黑了，宿舍一楼空无一人，再加上干坏事的心虚，连流动的空气都显得有些阴森。在这样的寂静里，忽如其来的几条短信冒了出来，连续的刺耳声响"炸"开，米盈差点把手机扔出去。

等心跳稍稍平稳，点开短信查看，发现是同一个陌生的号码。

被没收手机时，黄佳韵正在和妈妈发短信，应该是聊到一半手机就被拿走关机了，因此短信都没来得及删掉。

米盈这一晚做了两件错事。第一件是偷偷潜进宿管老师的房间，第二件是看了黄佳韵和她妈妈的短信内容。

这两件事都非常不体面、不光彩，让人抬不起头。

黄佳韵昨晚之所以焦急，是因为她忘带学测报名要交的红底一寸照，恰好她爸爸刚跑完一趟长途回家，想着问问爸爸，能不能帮忙送过来。

她妈妈是这样回她的：你爸出去和几个司机吃饭，喝了酒，已经睡了，别吵他了。

黄佳韵的反应则很奇怪，看得出不高兴：又喝酒？耍酒疯了没？

那边没回应。

黄佳韵又问：他是不是又动手了？你那腿又躲不了，我现在找老师请假回家。

黄佳韵妈妈急了，短信里有错字，是情绪激动的证明：你回来干什么？也帮不上忙，好好在学校待着，实在不行我找社区帮忙，他们会来劝。

黄佳韵：社区劝过多少次了？有用吗？喝点酒就装浑，我宁愿他永远别回家。如果再动手就直接报警吧妈。

这一条短信发出去便没了回应。

再往后，便是刚刚新进来的几条短信了。

黄佳韵妈妈询问黄佳韵：

——这个电话号码是谁的？你的手机呢？

——上周末没发给你生活费，有钱充饭卡吗？

——学校附近如果有照相馆，就重新去照一次吧，不必回家拿，这都是上学必要的开销，不要太节省。

——不用担心我，你爸过几天就又出车了，不会在家住太久的。

……………

面面相觑的沉默。

一片寂静的走廊里，夏蔚和米盈谁也没有出声。

每个人都有不容易之处，黄佳韵性格尖锐招人烦，可当她的贫穷、困窘、拮据和平时不示人的委屈之处通通被掀开，置于明处，没人会过多置喙、发表评论。

好像没什么可说，也无出发点去感慨。

说到底，大家都是柔软心肠。

安静。

很久，很久。

米盈轻嗤了一声，嘴上说着："我就知道，指望她赔我手机？"可还是动作利落地把全部短信删除，手机关机，按照原来的位置放回了宿管老师的柜子。

"不拿了？"夏蔚问。

"算了，不拿了，我也觉得偷东西不大好。"米盈说，"而且如果我把手机拿回去，黄佳韵一定就知道我看过这些短信了。"

……知道自己的"秘密"已经暴露人前。

"我怕她趁我睡着，掐死我灭口。"

夏蔚倒不觉得黄佳韵会因为暴露了秘密而恼羞成怒，她或许未曾把这些当成不可言说的事情，反正平日里的黄佳韵总是我行我素、头颅很硬，和谁不对付就硬刚，这样的人，应该不会在意别人对她的看法。

但，还是想保全对方的自尊心。

她可以不在意，但她们，作为不小心窥探到秘密的"贼"，不能不在意。

夏蔚觉得自己做错事了，趁着没被人发现，从宿舍楼跑回教学楼，一路上冷风兜头，却始终觉得脸颊是热的。她捂着自己的脸，小声提醒米盈："今晚的事，以后别提了吧。"

"废话，就当作不知道。"米盈努力平复呼吸。

两人在教室外面撞见晚自习值班老师，一顿盘问，她们只好撒谎，说刚从卫生间回来。

"上个厕所也要拉手去？"值班老师训了她们一通，"都高二了，有点紧迫感，别每天晃来晃去，干点正事。"

是的，是要干点正事。

十二月，火箭班已经结束了所有课程，提前进入高考总复习，各个平行班的课程进度也正在加快。

学测结束后，再开学便是参加高三的百日誓师，虽然和他们无关，但按老师的说法，提前感受一下氛围，别真到了高三，被真枪实刀的竞争压力吓尿裤子了。

这些都是正事。

正事之外，令人忧愁的事情也从来没有停歇过，一波又一波，一浪又一浪。

郑渝再次和家里提出要学美术参加艺考，又再次被驳回，在父母的暴怒之下，画画工具全部魂归垃圾桶。

冯爽最近一次考试名次下降，家长还来了学校。

米盈手机没了，只能用几年前的 iPod nano 偷偷听歌，结果祸不单行，一个不小心也被收走了，自此到高考前，她在没能拥有任何电子设备。

……每个人都有各自的浮木，所有人都如同漂荡在无垠海面，海面之下努力踩水，等待有朝一日能靠岸。从前觉得这岸的名字叫"高考"，后来觉得，是"长大"。

长大这两个字又该作何解呢？

况且……好像……大人们的生活看起来也并不轻松。

路过教学楼前的小花园，米盈指着紫藤架，说起去年圣诞节有人在这儿系了许多许多苹果。夏蔚也跟着抬头，却只看见被架子分割成一块块的灰蓝色天空。

"走，去心宜书店看看。"又是周五晚，照例的书店半日游，不过这次的两人局变成了四人局。米盈告诉黄佳韵，你给我挑个新年礼物吧，手机的事我就不跟你计较了，不过前提是毕业时你记得给我拿回来。

黄佳韵没说话，在心宜书店的文具礼品区挑了一个最贵的毛线帽子，圣诞配色，红绿交织，下面缀了两个大毛球，戴在米盈脑袋上。

米盈白眼险些翻不回来："……你也就这水平了。"

夏蔚抬手要拿最上面一排的漫画书，单行本的《排球少年》，蹦了一下，没够着，男生手臂轻轻一抬，手指一勾便把书取下，交到她手上。

"要这本？"郑渝问。

"对！"

夏蔚低头翻书，头上忽然被夹了个什么东西，摘下来一看，是一枚红色蝴蝶结的发卡。

"琪琪。"郑渝笑着，伸手拨弄一下。

"什么？"

"《魔女宅急便》。"

哦……但这也不像吧？

"我觉得像。"郑渝说，"新年快乐，你送我什么礼物？别送画画的东西，我可不敢拿回家。"

夏蔚真没在书店淘到什么好玩意儿。

一行人走出店门，公交车站旁边刚好有棵树，她走过去，伸手在自己能够够到的最高枝梢，掰了一小截下来，递给郑渝："古人折枝，遥寄故人，现在想不到送你什么，以后你想要什么东西，拿这个找我换。"

"什么时候?"

"你想什么时候就什么时候。"

反正日子过得,说慢也慢,说快……倒也称得上飞速。

他们很快也会变成大人。

夏蔚此刻的愿望无非两个:一是再把日子提提速,快点高考结束,获得自由;二是待到自由时,身边的人都还在,还能常相伴。

这一年的春节,夏蔚注册了微信,第一时间加上了自己的朋友们,社交重心从企鹅转移到了绿泡泡。

她按照企鹅里的好友列表,挨个私聊:你开微信了吗?我微信号是×××,昵称还是compass。

一时间,微信好友申请响个不停。很多人发来申请却没备注,有一些她都对不上号,最后只能作罢。

……除了列表好友,夏蔚还想到了一个人。

她悄悄潜进了很久之前为了春游而建的企鹅群,试图从群成员里翻到顾雨峥,可惜,群内显示——该群已被群主解散。也就是几天前的事,群成员已经无法查看。

一种转瞬扑空的失落感。

夏蔚原本觉得新年是个很好的时机,能和他打个招呼,哪怕只是简单地添加好友,也算是迈出伟大的一步。

然而,现实不给她机会。

哪怕早那么几天呢?

手指悬于屏幕上方许久,夏蔚第一次体会到阴错阳差、时不待人的遗憾。不过没关系,以后日子还长,如果高三毕业是一场奔向自由的逃亡,是一场浪漫的分别,那么距离这场分别起码还有一年半。

夏蔚的遗憾转瞬即逝,此时的她并不知人海漂泊这四个字究竟分量几何,她更相信事在人为。

春晚的时钟敲过零点,夏蔚给自己定了两个新年目标:

一、升高三之前,牢牢保住学年名次前三十,努力争二十,再拼一拼,或许可以争个十。

二、认识顾雨峥,和他成为朋友。

……至少,先从朋友做起。

她连主动和顾雨峥搭话的开场白都想好了——同学你好,我是夏蔚,看见成绩单了没?你上面那人就是我。

夏蔚被自己的幻想牢牢包裹住,像是生了翅膀,呼啦啦奔向云端,心情是轻松愉快的。她想,如果哪一次考试名次超过了顾雨峥,她一定借着这由头马不停蹄地冲向火箭班,大大方方地做个自我介绍。

如果顾雨峥因为被她超过而心情不佳,也没关系,她还有后面几句,可以作为安慰——
同学,不要气馁。
我对你好像有点莫名其妙地在意,行为包括且不限于在人群中寻觅、猝不及防的心跳,还有战战兢兢的偷窥。
我暂时还无法给这种"在意"安排一个合理的解释,不过本能反应不会骗人,我每次想起你,总有一种飘飘然,像是乘坐着泡泡起飞的感觉。
所以,能否在高考之后,给个相互了解的机会?
夏蔚因为自己的胡思乱想红了脸,赶紧关了电视回房间,躺在床上猛踹被子。
……开玩笑的,她可干不出这事。
一直以来,夏蔚都觉得自己最大的优点莫过于勇敢和坦荡,可偏偏一涉及顾雨峥,她就变得畏首畏尾、胆怯心虚。
词典上注释,暗恋是一个心理学名词,指藏在心中无法言说的喜欢。即便他什么都没做,只是站在那里,就会引人遐想,这种喜欢会让人变得小心翼翼。
夏蔚盯着"小心翼翼"四个字品鉴了很久,像是找到了组织。
哦。
原来,这是暗恋的滋味。

有人匆忙冲进教室里传话的时候,邱海洋正站在座位旁边,为一道物理题,几个人争论不休。
人高马大的,几颗脑袋挤在一起,说来说去,无非是"这道题有没有必要做那么一条辅助线"这种无伤大雅的事情。但青春期的男孩子,除了对脱鞋身高锱铢必较,在一些小事上也是谁也不服谁。你说一句,我必定再接一句,毫无营养的斗嘴每天都在上演。
邱海洋正处于变声期末尾,嗓门大,嗓音也不算好听,搞得一整个大课间都是乱哄哄的。同寝男生从后门冲进来,拍拍邱海洋的肩膀:"哎!出事了!"
"啊?"
"冯爽在学年办公室,好像家长也来了,正挨骂呢,手机都砸出走廊了。"男生提醒邱海洋,"你俩怎么了?"
"我俩?我俩怎么了?"邱海洋还没反应过来呢。隔了几秒,他回味过来,八成和自己有关。
学年办公室在楼下,邱海洋拔腿就往楼下跑,没什么迟疑。又或者,这时候说什么都没用了。
一整个下午和晚自习,邱海洋都没有回班,晚上也没有回宿舍。
第二天一早。
顾雨峥推门进教室,看见邱海洋正背对着教室门收拾书包,他身上没穿校服,听到动静，回头打了招呼。

顾雨峥一向起得早，基本上每天都是最早到教室的人，在大批人还挤在食堂时，他已经在教室做完半套理综卷了。可今天，邱海洋竟然更早，且眼睛里红血丝密布，像是一夜没睡。

"这是要做什么？"顾雨峥问。

"没招儿了。哥们儿，要说再见了。"邱海洋手上没停，笑容苦涩，"要走啦。"

"去哪儿？"

其实是有预感的。

邱海洋讲起昨天的事，他冲去了学年办公室，办公室里是一脸沉重的年级主任孙文杰，还有冯爽和她妈妈。而后，他自己的家长也被请来了。

"我妈昨晚骂了我整整一夜。"邱海洋说，"最后的结论是，我要转学了！去隔壁市，我妈有熟人，也是重点高中，每年高考成绩也不赖。我妈觉得与其被人从火箭班踢出来，还不如去新的地方，正好也能让我静下心好好复习。"

距离高考，还有一年半的时间。

"你怎么想？"顾雨峥问。

已经陆陆续续有人走进教室了，带着早饭的香气。

"我能怎么想？昨晚我爸和我妈吵得不可开交，但是咱们现在这个年纪，家里做决定，有我说话的份吗？"

归根结底，肩膀还不够宽阔，无法承担那些重量，像是初生的蜗牛壳，一点点压力和尖锐，都能使其碎得彻底。

邱海洋甩上书包，捶了下顾雨峥的肩膀："走了哥们儿，等高考结束，江湖再见吧。"

好一句"江湖再见"，好像他们真的有个快意恩仇的江湖可闯荡似的。而现实是，他们拥有的只是堆成山的卷子和题，手中剑是一支纤细的笔，所谓未来、人生，通通系在这支笔上。

顾雨峥站在窗边，晨起时分，冷空气还没经过阳光的烘烤，就这么携着潮湿迎面灌进来，扑了满身。

他看着邱海洋走出校门，爸妈在学校外接他，想起邱海洋刚刚临走前对他的劝告。

"顾雨峥，我的建议是，别急于一时，别像我似的，有什么事高考以后再说吧。"邱海洋钢铁直男一个，最不会搞煽情那一套，可如今要分别了，竟油然而生一种劝慰朋友的责任心，"你这人就是外表冷淡，刚跟你交朋友时觉得你特傲、特清高，但了解了，发现你其实把情义看得挺重的，就是不说罢了……哦对，你跟你喜欢那姑娘一样，不过她表里如一的热血、热心肠，从她人缘好就能看得出来。至于你嘛，就……"

心里能藏事的人，往往都要给自己浇筑一个盔甲，密不透风，泛着隐隐寒光，会劝退一些远远观望的赶路者。

这盔甲的作用也正在于此。

除非真的有人愿意停下，愿意靠近，愿意一探究竟。

顾雨峥送走了自己在荣城一高交到的第一个朋友，或许也是唯一一个。截止到目前的唯一一个，但他没觉得有几分落寞。

一是如邱海洋所说，以后有机会还能再见；二是火箭班已经开启正式的高考总复习，这种四面八方无处可逃的合围，令人无暇伤春悲秋。

还有一个原因。

他远远看向夏蔚。

女生从他面前经过，却因为周五晚放学，教学楼出口人流量大，两个人被瞬间挤远。

人说话的语音语调可以听出其状态，再加上她的声音已经被他回忆过无数次，因此，即便周遭乱哄哄，他依然可以分辨出是她在说话，且心情不错。

她在和她的朋友们交谈，话题关于心宜书店、即将到来的元旦假期和去年的圣诞节。

去年圣诞节的那颗苹果，尽管顾雨峥小心地放在桌洞里，最终也仅坚持不到十天。水果会腐烂，纸条不会，那句祝福他还留着，夹在最常看的一本英语书里。

夏蔚写英文的笔迹有些"花哨"，那些但凡能甩出尾巴的英文字母都被她不自觉地勾一个小小的尖，看上去就像是某种恣意生长的植物。

她的清亮声线同样好似来自树梢，是最后一片尚未被吹落在地的叶子。

在这寂寥空旷的深冬。

顾雨峥在这一刻认同了邱海洋的说法，有些事情，不必急于一时，视线只从她瞧不见的某处投射过去，似乎已经足够。毕竟闯荡"江湖"，天长日久，少年剑锋暂不算锐利，但总有能得见天光的那一日。

合适的机会，合适的场合。

或许是在高考之后？

顾雨峥甚至还给自己脑补了一段开场白，用的是无比小心翼翼的语气，然后成功把自己逗笑了。

他想做的许多事情，都被安排在了高考结束后，仿佛是一场长途奔袭路途中的歇憩点，他需要在那里做出一些决定，然后重整旗鼓，再次出发。

比如处理家事，决定自己未来的方向，还有，夏蔚。

那一个六月注定拥挤忙碌，但因为想到夏蔚，顾雨峥竟有些期待。

期待与愿望，本就是最生生不息的东西。

他只是此时此刻还不知道，愿望达成之前，要经历多少变迁。

楼颖悄无声息地帮顾雨峥办妥了落户手续，转了学籍和户籍，今年的春节，还跟顾雨峥一道回了上海。

因为顾雨峥的爷爷正月里过寿,今年是大寿,必定要好好操办。

楼颖和顾远的婚姻问题并没有被老人家察觉,因楼颖每次在长辈亲戚面前总是端庄而体面,摆出和顾远非常恩爱的模样。她对外只说是为了找个依山傍水、安静宜居的城市养病,没有引人怀疑。

一顿寿宴,暂且平安无事。

顾雨峥还在为楼颖突然改了主意,雷厉风行地帮他转学籍的事而疑惑,她从不参与他的生活,这次又是为了什么积极配合?加上要在饭桌上给爷爷敬酒,一家人假意和睦,简直累极。

晚上去阳台吹了一会儿风,拿出手机,打开企鹅的好友列表,像往常许多次一样,点进春游群,想戳夏蔚的头像看一看。

夏蔚的头像和她本人不大相符,是一片黑夜里的大海,影影绰绰,勉强看得见海平面,易感压抑。他常常看着这片海发呆,能有片刻的放空。

今天却未能如愿。

列表点不进去了。

邱海洋这人,应了冯爽的要求,从一高离开以后断了和冯爽的所有联系,两人约好高考完再见面。他倒是说到做到,连群都解散了。

顾雨峥苦笑一声,转身回去。

经过楼颖和顾远的房间时,却不小心听到了里面传来压低声线的争吵声。

原来楼颖并非从不发怒的,当面对顾远、面对她恨急了的人,所有情绪都脱离了掌控。

她几乎是声嘶力竭地朝着顾远吼:"我帮儿子办转学、办户籍,只是为了满足他想在那边高考的愿望。他从小到大都懂事,没有和我提过任何一个要求,从来没有,这是第一次。但你不要以为是我妥协了,不可能。

"你最好日日盼我的病复发,因为只要我还没死,我就要替儿子争取到利益。我什么都没了,不能我的儿子也什么都没有,你想把外面的人领回来?顾远,你别做梦。

"实话告诉你,我早觉得活着没什么意思,但为了我儿子——我活着就是为了他,不离婚也是为了他,我不允许任何人欺负他。

"顾远,我不离婚!绝不!"

顾雨峥站在门外,一字一句听得清楚。

也正因为听得清楚,他周身都发僵。

他开始怀疑,房间里那个嘶吼的女人,是不是他熟悉的楼颖。

第九章 ★
长椅、留校和紫藤架

夏蔚开始习惯使用微信。

企鹅上的头像她用了很多年，还是很喜欢，不舍得换，干脆也设置在微信上。

那是一张照片，很多年前夏远东拍的，像素不高。

夏远东那时候还是船员，跑远洋航线。夏蔚早已习惯见不到爸爸的日子，不抱怨，毕竟大人有大人的辛苦，单亲爸爸要养大一个女儿不容易。

因为船员工作性质，夏远东多半时间在海上漂着，只有靠港时手机有网，能和女儿发发消息。

那晚夜清月明，他站在港口，拍了一张照片发彩信给夏蔚说：夏夏，你看，这是大西洋。

只存在于书本里的地方第一次跃然眼前。

那时夏蔚还很小，喜欢问一些无厘头的问题，她问夏远东：爸爸，你有永久指针吗？

夏远东问：什么是永久指针？

夏蔚说起自己最近很喜欢的漫画：

——海贼王啊。

——伟大航路的伟大冒险，没有指针怎么找方向？

天气、洋流、浪潮、磁场……在这些不可控的因素之下，普通的罗盘会失灵，只有永久指针会不受干扰地，永远指向一个岛屿。

夏蔚把自己的网名也改成compass，这么多年没换过。

这头像加上网名，刚一加上好友就被夏远东发现了。

她还想捉弄一下爸爸，结果夏远东发来小表情，砸她脑袋：玩手机？不学习！

夏蔚回了一个兔斯基摇摆的表情包：周五啦！

夏远东：零花钱够不够？最近有没有出去逛街？外公身体好不好？春天了，春捂秋冻，春天不能贪凉快，出门多穿点。最近有没有考试？考得怎么样？我们夏从小就聪明，学习好，可是不能耍小聪明啊。成绩不是最重要的，多交朋友，多参加活动，多运动……

和夏远东不通过电话沟通，就会有这样的麻烦，他总喜欢敲字敲很久，密密麻麻一大页的信息，有时还不加标点符号。

大概是多年养成的习惯,因为从前手机短信一毛一条,国际则更贵,能省则省,于是把许许多多的话都压缩在一起。

夏蔚挨句回答了夏远东的问题,然后趁夏远东再次长篇大论的工夫,点进了朋友圈。

夏远东现在人在南非,船员的工作几年前就不干了,以他的性格实在难以长期忍受海上的独处,下船以后去了货代公司,每日倒也是绕着港口工作。

他的朋友圈很热闹,常常分享当地美景美食,还有工作讯息。

夏蔚一张张往下滑,挨个点赞,直到看到今年过年时,夏远东发了一张年夜饭的照片,配文:想家。

夏远东做饭手艺实在一般,那满桌丰盛一看就不是出自他的手。

夏蔚把那照片放大,缩小,再放大,再缩小,终于确认,饭桌上摆了两副餐具。不多,不少,只有两副。

夏远东又回了长长的消息,但夏蔚没看。她咬着手指,单手敲字,开门见山:*爸,你是不是谈恋爱啦?*

夏蔚觉得这没什么。

妈妈去世得早,夏远东常年在国外,其实并不光鲜,干的都是辛苦活,工资尽数寄回来,拜托外公照顾她。

从小到大,衣食住行虽然称不上奢侈,但只要她有需求,愿望基本不会落空。家中无人给她设限,天高海阔任鸟飞,也从不勒令她考出什么样的成绩,将来去什么样的大学,做什么样的工作。

外公和爸爸的口径出奇一致——好好长大。只要好好长大,健康快乐,就行。

夏蔚觉得自己的生活很不错,不论情感上,还是物质上。

但老爸一个人,那么远。

如果真的有能够彼此照顾的伴侣,她举双手双脚赞成。

夏远东这一次回消息回得依然慢,发过来,只有短短几个字:*没有,别乱猜。*

可等夏蔚再次点进朋友圈,那张照片就已经不见了。

被夏远东删除了。

她脑补老爸是尴尬了,搞不好还闹了个大红脸,举着手机在床上笑到打滚:*别不好意思呀!我都看见了,老爸我支持你!*

这下不论她怎么逗闷子,夏远东也不回信息了。

成年人的爱情,应该是什么样子?

夏蔚偶尔会幻想。

按照文学作品中的描绘,随着年龄的增长,人心的纤维会变得细而又有韧性,如同密密织成的网,人们不再会陷入单纯的"心动",而是迷恋于测试人心的承重力。

是否有门当户对的经济条件,是不是可以提供完全合拍的情绪价值,能不能合力创造更好的生活⋯⋯好像关于爱情的注释词条,变成了"合适"。

如果让她站在爸爸的角度考虑伴侣，她的第一反应竟也是能够相互照顾，而不是彼此喜欢。

夏蔚为自己的想法感到羞愧。

如果成年人的爱情都是这样，那真的挺没意思。

周末一起去图书馆，夏蔚又碰见了顾雨峥。

荣城图书馆的自习室，一向被无处可去的初高中生们挤满。夏蔚刷荣城一卡通进入，一眼便看见他。

那是下午，顾雨峥坐的位置刚好在夕阳的余晖里，背影孑然，低头做题时发梢会被照耀出一种浅浅的琥珀色，和她印象里他眸子的颜色别无二致。

但夏蔚还是觉得奇怪。

顾雨峥这人，即便身处这样的暖调色彩之中，也瞧不出他周身有什么温度，好像结界，又好像一层难以融化的盔甲。

夏蔚望得有点久。

胳膊被拧了一下，她特别怕自己的不自然被发现，万幸，米盈只是把物理卷挪过来想问一道题。

她低头拿笔画辅助线，却被米盈迅速捕捉到细节，插话："夏蔚，你涂睫毛膏啦？"

"嗯……"

涂得不好，刚开始上手，像苍蝇腿儿，夏蔚下意识地揉眼睛，被米盈拦下："挺好看的呀！不过你怎么开始学化妆了？你以前不是最嫌麻烦？"

"随手买的，就心宜书店，他家开始卖一些化妆品了，都是日韩的牌子，悦诗风吟什么的，今天周末嘛，我就……"

夏蔚这话半真半假。

心宜书店开始卖女生护肤化妆的东西是真，今日出门前随手打扮却是假。

她藏了小心思的，就是在猜，会不会在图书馆碰到顾雨峥。

结果得偿所愿了。

涂睫毛膏时因为不熟练，频频戳眼珠而掉的那些眼泪，似乎也变得值得。

即便顾雨峥根本没有瞧见她，她也还是会沾沾自喜。

"他家卖化妆品了？不能是假货吧？"米盈持怀疑态度。

自习室四人桌，另一边坐着的黄佳韵和郑渝没有参与她们的话题。

两个人正研究一道函数题，郑渝学习成绩一般，看黄佳韵和夏蔚两位学霸的眼神，崇敬得像看神。

尤其是黄佳韵，她讲题比夏蔚耐心。夏蔚总是爱跳步骤，黄佳韵不一样，一步一步写得明明白白，连草稿纸看上去都有美感。

郑渝简直钦佩至极，衷心夸奖："佳韵，你真是这个。"他竖起大拇指，晃了晃。

叫人名字时省略姓氏,是比较含蓄的亲近。黄佳韵合上笔盖,把颊边碎发别到耳后去,这一个简简单单的动作竟有些不自然:"还好,这题不难。"

米盈扭过头,手掌遮着脸,朝夏蔚挤眉弄眼做口型——哟,这题不难。

白眼快要翻到天上去。

黄佳韵爸爸最近这几个月一直在家,据说是最近行情不好,之前的老板不干了,他在等人帮忙介绍新活。

每日喝酒是习惯,黄佳韵和她妈妈都管不了,也不敢劝,因为劝急了,难免要动手。

黄佳韵在家时尚且还能挡一挡,如今住校,天高皇帝远,根本帮不上忙。有一次周末回家,黄佳韵帮妈妈洗澡,发现妈妈腰后有一块不小的瘀青,吓死人。黄佳韵再三逼问才问出真相,是她爸爸醉酒之后和她妈妈发生推搡,她妈妈后腰撞上了缝纫机角。

腿部残疾,她妈妈连还手的能力都没有,黄佳韵气得在教室里大哭一场。

趁着午休,其他人都在宿舍,夏蔚和米盈帮忙守着教室前后门,给黄佳韵短暂的发泄时间。

那是她们第一次看到黄佳韵掉眼泪,也是唯一的一次。

"没事,就快好了。"黄佳韵洗干净脸,戴上眼镜,试图遮挡住红肿的眼皮,"他不会一直在家的,我再忍忍,再忍忍。"

好不了吧?你得忍到什么时候啊?米盈刚想这样问,就被夏蔚踢了下鞋,住了口。

夏蔚再次想到自己关于成年人爱情的思考。

可能爱情的甜美本来就稀有,随机分配,限号拥有,并不是普天之下众人皆有幸尝得到。大多数人是为了这样或那样的苦衷,结了婚,和人组成家庭,睁一只眼闭一只眼,走完这一生。

夏蔚还发现,自己最近越发爱胡思乱想了。

黄佳韵的眼泪让她意识到,每个人都有不为人知的一面,刚认识时,你觉得对方是这样一个人,可当真正熟识起来,就会有另一面展示于眼前。

只可惜,她目前还没有探寻到顾雨峥的另一面。

他把自己罩得严严实实,越是严实,她就越是好奇。

笔尖落到纸上,会下意识地写下他的名字。

米盈拉着她去逛心宜书店,文具区域卖各种各样的水性笔,架子下铺了白纸,用来试色。夏蔚抽了一支记号笔,随手写画,等神思归拢,又迅速涂掉。

唯恐被人发现,她画了一颗心,盖住了刚刚写下的 YZ。

荧光粉色的记号笔,那么突兀。夏蔚觉得脸烧得慌,万幸,没人往这边瞧。

她一直在思考,到底通过什么途径,才能多了解顾雨峥一些。

这可真是个大难题,好像追番都没有这么大的热情,他的成绩、星座、平时的兴趣爱好都很容易打听得到,但夏蔚想知道的不是这些,或者,不仅仅是这些。

她被自己的好奇心逼到绝路了……

直到春日尽,盛夏再次登场。

才总算有了那么一点点进展。

这一年的高考刚刚结束,暑假之际,正逢荣城一高九十年校庆,学校组织探望所有退休老教师,并送慰问品。

来夏蔚家里的是孙文杰。一进门,他便大大咧咧地把水果和礼品放在地上,喊夏蔚:"热死我了,兔崽子,给我倒点水。"

在学校,夏蔚恭敬地喊孙文杰"孙老师"或是"孙主任",现在在家里,就又恢复了从小到大的称呼,喊他"孙大大"。

"你进来自己倒!"夏蔚拿拖鞋给孙文杰,"我外公买菜去啦,您先等会儿。"

"行,把你这学期期末成绩拿给我看看。"

拿给你看?我才不。夏蔚这次考得不赖,学年第二十多名,非常稳定,但她不想听孙文杰唠叨,扭身回房间。

谁知孙文杰在客厅茶几夹层里看见了成绩单。

他拿起来抖了抖,纳闷:"这不是你班的啊?这是理科火箭班的成绩单。"

夏蔚在房间里敲键盘:"是啊!我想进火箭班,朝着人家努力,不行啊?"

"这就对了!"孙文杰觉得夏蔚终于开窍了。他一向觉得这丫头稀里糊涂,对待学习和高考毫无斗志,谁知眼看高三,自己就警觉起来了。

好事儿,孺子可教。

外公拎了菜和鱼回来,留孙文杰在家里吃饭。

"老师,您别忙,对付一口就行。"孙文杰说。

夏蔚今天也下厨了,做了一道"火山飘雪",其实就是西红柿切片拌白糖,是她唯一会做的菜。

不想打扰外公和孙文杰一对师生叙旧,她火速吃完,火速回房间,想着打一会儿游戏就做卷子。奈何孙文杰聊起天来嗓门就收不住,大概是在学校吼学生吼惯了。

夏蔚敲键盘的速度渐渐慢了下来。

因为她好像,听见了一个熟悉的名字。

"……今年考得不好,学校开会了,按报上去的估分来看,一本率百分之六十五左右,清北最多两个,状元也不知道在不在咱们学校。"

"挨骂呀,怎么不挨骂呢?那也没办法啊,现在就把希望寄托在夏蔚他们这一届了。"

"……火箭班有几个成绩挺稳定的,特别是理科,哎,就这个,"抖成绩单的声音,"顾雨峥,这小孩挺厉害的。"

"上海转学来的,原本是借读,结果他妈妈来找学校,找了好几回,特别执着,好话说尽,一定要落户落学籍,在荣城高考。嗐,也不知道怎么想的……"

"愿意啊!那咋能不愿意呢?白送一个状元苗子,这不得供起来?"

夏蔚在房间里,关着门,却依然听得清清楚楚,还被孙文杰这句"供起来"给逗笑了。她想象了一下孙文杰满脸堆笑的模样,又想起顾雨峥永远淡漠的脸,怪幽默的。

"学校定期会给这几个尖子生做家访,和家长单线联系,但是不让学生知道,怕他们有压力。"孙文杰边吃边说,"您是知道的,这家庭环境对孩子成绩波动影响太大了,学校必须得参与家庭教育,寒窗苦读十二年不就看这一遭吗?不管什么事,都得为高考让路。"

夏蔚轻轻后撤椅子,生怕发出一丁点噪声,然后光着脚,向卧室门慢慢挪动……

"这顾雨峥吧,唉,家庭就不是很好,班主任家访过几回,都是和他母亲见面的,从没见过他父亲。"

"……不是,不是单亲家庭,据说是两地分居。说起他母亲,啧,这人也有点奇怪,学校去了解了一下,发现……"

孙文杰的声音低下去了。

应该是讲到了比较隐秘的事情。

夏蔚脸颊烫得像刚从桑拿房里钻出来,偷听实在不光彩,但这会儿她想不听都不行了,都已经挪到卧室门口了。

她第一次离顾雨峥的秘密这样近,只隔一扇隔音不好的木门。那木门的另一侧,就是顾雨峥的"另一面"。

夏蔚的好奇心在叫嚣、膨胀,她无法抗拒这种诱惑。

顾雨峥身上的盔甲看似寒意森森,会令许多人望而却步,但总有人愿意靠近,愿意一探究竟。

总有人又勇又倔,非要掀开那盔甲看看不可。

夏蔚想知道顾雨峥的所有,冷漠之下的滚烫,疏离之下的细腻,那些冷涩雨水究竟从何而落……那些她曾经感受到的,那些无法解释的反差,她都想要溯源。

如果是非常沉重的东西,还要想一想,能不能帮他拆解、分担。

……大概这就是区别吧,夏蔚想。

年少时纯粹的心动,从不会思虑合不合适、值不值得,是明知山有虎,偏向虎山行的莽撞,哪怕牵一发而动全身,哪怕我并不知晓我们未来会不会有交集。

至少这一刻。

我想向你伸出手。

文理火箭班给每个学生发了一份"周末自愿留校自习承诺书",要求带回家给家长签字。

理科火箭班留校自习承诺书发下去三十份，收上来二十九份。

除了顾雨峥。

顾雨峥周末是必须要回家的。他不认为楼颖能够照顾自己，还担心她会受人蛊惑做些什么极端的事。他不放心。

他原本想好了措辞，趁全班出去做课间操，故意留晚了些，想和班主任解释，没想到班主任将此事轻轻揭过了："嗯，学校知道你家里情况特殊，周末还是回去吧。"

顾雨峥脸色倏地结上了霜，薄薄一层，因为班主任说的这句话。他并不觉得自己的家事有什么难以启齿的，只是自己说出口，和别人本来就知晓，这是两码事……况且，学校都知道些什么？

"老师，我家里并不算特殊，"他说，"只是我妈妈身体不好，我要回去照顾她。"

"哦，对，老师没有别的意思，不要多想。"青春期的孩子心思大多敏感、想法尖锐，班主任勉强往回找补，"你和你妈妈远道而来，在荣城这边没有别的亲戚朋友，学校是想尽量为你行方便。既然决定要在这里高考了，从现在开始，不管学习还是生活上有任何困难，都可以和老师反映。"

"没有。"顾雨峥面色不改，那层霜不见踪迹了，但他的眼底依旧平静。

班主任拍拍他的肩膀，压低声线，颇有些讳莫如深："明年六月，金榜题名，老师觉得你的名字可能出现在门口的状元榜上。"说罢，手上的力道变重，还要加上几句"安抚"，"如果是别人，我不会说这种话，怕给太大压力，但你……老师觉得这点压力，你受得住。"

顾雨峥的目光原本停留在某处，听到这里，缓缓上移，最终与班主任对视。

他其实从来听不进什么激励，也不信什么鸡汤，豪言壮语在他看来更是一文不值的东西，事以密成，事情要靠做，而不是靠嘴巴喊。但今时今日，他忽然很想做出一个保证，哪怕就当心理暗示也好。

顾雨峥嘴唇微动，声音很低："不是可能，老师。"

班主任显然没听懂："什么？"

"不是可能，是一定。"

课间操的音乐声已经从操场那边传了过来，好像蒙了一层布，不清晰，但顾雨峥说话语气笃定，似能一刀划破这朦胧，干净利落："我一定会在那张榜上。"

话说出口，连自己都有些恍惚。

他好像从来没有这样尖锐过，也从没有过这么强烈的渴望，迫切地想做成某件事。

那天晚上，他在爸妈房间外"不小心"听到楼颖说的那番话，一时间不知作何反应。理智告诉他应该迅速离场，当作无事发生，如从小到大爸妈给他的教育那样，别人的人生自有别人负担，哪怕是父母。

管好自己就可以了。

他们试图用这样的价值观训导顾雨峥。

独善其身是这个时代人人传颂的美德。

但很遗憾,顾雨峥能应付很难的考试,却唯独学不会这一项。

楼颖从房间里出来,下楼,看到顾雨峥站在客厅喝水,背对着她。楼梯廊灯在脚下投出方寸之地的光亮,顾雨峥站在方寸之外庞大的黑暗里。

她疑心儿子是不是听到了什么。

可顾雨峥什么反应都没有,只是嘱咐她早点睡,不是有严格的生物钟吗?现在已经很晚了。

楼颖转身刚要上楼,却忽而听见一声"妈",很轻,像是不足月婴儿发出的第一声啼哭。

这让她猛然想起很遥远的事情——她生顾雨峥的时候很不顺利,最后顺转剖,孩子因为状态不佳,刚出生就被抱走进保温箱,她和顾远每日都去看,隔着透明玻璃泪流满面。

那时她在想什么?

她想,我的孩子,一定会健康平安地长大,会拥有最多最多的爱,不仅仅来自爸爸妈妈、爷爷奶奶。

她会告诉他,你来到的这个星球还不错,这个世界有许多善意,只要你愿意真心待人,别人同样会以真心回馈你,不要怕被伤害,永远不要因为恐惧而止步不前,封闭自己。

天地很大,岁月很长,好人永远比坏人多,爱永远比恨更强。

所以,快快好起来,亲眼去看看,妈妈说的是不是真的。

这些,都是那时的楼颖想告诉儿子的。那时的她家庭和睦,人生顺遂,看世界的眼光总是广阔而明亮。

但现在……

心里忽然被一股焦躁的虚无填满,好像电视台丧失信号后的雪花点。

楼颖脚步停在楼梯上,她紧攥扶手,疑惑地开口:"你喊我了吗?"

顾雨峥从黑暗处走到那一隅光亮里,站定,仰头看她:"没。"

他说:"睡吧,妈。"

荣城一高有"送考"的习俗。

每一届高三学生奔赴高考考场前,学校所有年级的所有老师学生都会在校门口列队,给高三学子加油打气。鞭炮,彩虹门,喊声震天。

这种场面顾雨峥已经见识过两次,现在的高三正式离校,这意味着属于他们的高三正式开始,下一次穿过那道彩虹门的,会是他自己。

天气逐渐变得热辣,头顶上方的风扇几乎从早转到晚,也吹不散教室里饱胀的闷滞气息。

倒也不是迟暮般的死气沉沉，更像是往一枚铁皮壳子里努力塞炸药，总有轰然的那一天。现在的每一秒，安静、沉寂，都是在等待那一天。

所有人都在等待。

火箭班教室里永远满员，即便是下课十分钟，除了要去厕所和去办公室交作业的同学，基本无人离座，每一颗脑袋都低垂着。

完全没有放松和娱乐？

倒也不是。终究都是年轻的灵魂，大家都有自己的排解方式。

比如风荡起窗帘时片刻的发呆。

比如夜晚入睡前合上书，戴上耳机，用一首三分多钟的歌当作奖励。

比如中午去食堂打饭，奢侈地加两根炸串，或者去操场栏杆那里偷渡外卖进来。偷来的微小瞬间，正因为被无限压缩，那片刻的快乐和松弛感爆炸。

顾雨峥的自我排解则更简单些。

他依然会借着送英语卷子的由头路过十二班教室。

并不能每次都看见夏蔚在教室。平行班的节奏到底还是稍稍舒缓一些，下课时，她会到教学楼前的小花园那儿坐着和朋友聊天，如果人不多，她会"霸占"一整个长椅，横躺下来，任由紫藤架垂下的茂密枝条扫自己的脸。

顾雨峥将一摞英语作业搁在窗台，站在二楼窗前，自上而下地看着她。

看她双眼闭着，光斑于她脸上汇聚，轻曳，最后变成一幅鲜亮清透的画。

欣赏这幅画，是顾雨峥为数不多的"放松时刻"之一。

除此之外，他也开始学着夏蔚的习惯，常常出入校门口的心宜书店。

夏蔚喜欢的古早漫画在一个架子，好像一个他从来没有接触过的异世界，他随手翻了一本，实在没能看懂，低头笑笑，归位，转身走向旁边的教辅材料区。

如果能在心宜书店碰到她，则是意外之喜。

夏蔚站在漫画书架前，和自己的朋友竭力推荐其中的某一本，话术挺新奇。

她说："动漫，游戏，二次元的一切就相当于另一个世界，你想呀，你比别人多一个世界可以体验！这不好吗？"

顾雨峥并不懂女生的穿着打扮，但不妨碍他察觉到夏蔚身上的些许不同。她左手腕戴了一块卡西欧的运动表，红色的，很显眼，小小的一抹色彩衬得她整个人都明艳了。

她绑马尾的头绳几乎从不重样，发梢有时是直的，有时是卷的。他并不知道那是卷发棒的功劳，就像他也并不懂女生忽然看上去脸颊变得瘦削，有可能不是因为她真的瘦了，而是扫了阴影粉和高光。

顾雨峥又去买了几支中性笔，不知是谁画了一串粉红色的小心心，几乎占了整张试色纸，他的笔尖就在那心形图案上划过，顺手几笔，一团乱麻似的圆圈。

他又联想到夏蔚说的"另一个世界"，笔下的圈还真像是一个未知宇宙的入口。

终于还是妥协，他走到书架前随手拿了几本漫画，填了借书单。

熬吧，苦苦熬着。

顾雨峥不会相信自己真的幸运到有另一个世界可逃，眼前的这条路，就是他的唯一选项。

他要在高考拿到非常不错的成绩，考一个令人满意的大学，原本自认水到渠成，心态平和，但楼颖给他的行囊里装了些沉重的东西，也让他出发的理由变得更加坚定，不可更改。

——他要证明，他完全不需要依赖顾远的任何。

父母能给他的财富、资源，他宁愿全部放弃。

他依然会有一个闪耀的前程，就靠他自己，虽然难，但一定可以。

到那时，他能够站在楼颖面前，坦然自若地朝她笑，帮她卸去一切，告诉她，不必再煎熬，不必再隐忍，更加不必替我考虑，替我担心。

顾雨峥深知自己永远无法做到冷血，所谓的利己主义，真正的"自私"。楼颖想要他学会这些，不受伤害，可却忘了，她原本也不是这样的人。

本性难改。

真正升入高三，顾雨峥成了火箭班唯一一个周末可以回家的"自由人"，班里同学蜂拥而至，拜托他带东西回来——只有荣城图书馆能借到的书、学校里没卖的日用品、商场里某一层特别好喝的布丁奶茶……

顾雨峥笑说自己成了送外卖的，却也尽数"接了单"。

楼颖不乐意了。

"高三这么累，你就休两天，还要去给同学跑腿？"

顾雨峥没说话，晚上回到家，却发现厨房门开着，有饭菜香溢出来。

楼颖在儿子的愕然中，从厨房跑出来直奔卫生间，弯腰，吐了。

长时间吃素的人，再闻到肉味会有生理反应。

"我去插花课，那家店的老板好像是你同学的妈妈。"她接过顾雨峥递来的水，一饮而尽，眼睛都憋红了，"她说你们食堂的饭菜糊弄人，高三最重要的就是吃好睡好，她每晚都去给她女儿偷偷送饭，所以我……"

所以……

楼颖有年头不下厨了，掌握不好火候，但顾雨峥很给面子地把一砂锅险些煳了的番茄牛腩照单全收。

楼颖不吃，只看，想要帮儿子添饭，但还是缩回了手，转头望向对面楼的璀璨灯火，眼里有东西在闪烁。

"我能给你的不多。"她说。

顾雨峥缓缓抬眼："如果你想给我的，我根本就不需要呢？"

我不需要你为我委曲求全，折磨自己。

我的人生可以靠我自己，我想得到的，都可以自己获取。

我说我可以,就一定可以。

顾雨峥从另一个角度为"独善其身"下了注解。楼颖多年来给他的教育,并不算白费。

他还保持着打网球的习惯。

新学期,晚自习后去运动的人越来越多了,大多是高三生。这是一天之中难得的休憩时间,跑步、打球,汗水蒸发的同时,把所有烦忧甩在身后,用体力的劳累覆盖脑海中的噪声,再回宿舍睡觉时,好像会睡得更沉。

顾雨峥一个人在网球场,和自己较劲。

球击打在外墙,再迅速弹回,一来一回之间,只靠本能反应。

球拍在他手上握得很紧,反作用力会让手腕酸痛,但也是这种酸痛让人加倍清醒。清醒地放空,只有在这里,他可以什么都不想。

夜晚凉风拂面,远处操场跑道上传来发泄的呼喊。

网球场在体育馆的后侧,本来就没人愿意来,相对偏僻,也相对安静,以往都只有他一个人。

但今晚,他借着高耸的照灯,依稀瞧见墙的拐角处有人。

确切地说,是有影子,一道,被拉得长长的。

他并不知道那是谁,想来应该也是高三的学生,在人满为患的操场上找到了这一块僻静之地,聊以放松。

这不算打扰,毕竟这个地方不是他个人专属,当然应该和人分享。

顾雨峥收了球拍,打算提前回宿舍,可他刚往那拐角处走了两步,那道纤细的人影便迅速后退,一刹那便消失了。

待他走过去,早就空无一人。

鞋尖却不小心把地上的一瓶矿泉水踢倒。

不知谁放在这里的。

顾雨峥弯腰拾起那瓶水,抬眼望。校园布局四四方方,体育馆往宿舍方向是一条笔直的路,可却没瞧见任何身影。

只有清凉触感从掌心起始,无声无息,沿脉络传递。

第十章 ★
雪仗、月光和总复习

夏蔚不是个喜欢运动的人。

除非是有不得已的原因，比如减肥、体测，否则动都不想动。郑渝邀请她一起去操场跑步，说运动能让大脑放空，流汗可以排毒，促进身心放松，可她完全体会不到。操场上那么多飞奔的身影，她没有一丝想要加入的愿望。

高三的宿舍楼要比高一高二的宿舍楼条件更好些，洗漱间宽敞，再也不用急匆匆赶回去抢水龙头了。夏蔚习惯在晚自习结束后找个僻静处散散步、发发呆，在急鼓催行舟一般的日子里，勉强忙里偷闲。

碰见顾雨峥，只是个意外。

体育馆后侧这片区域是校园里的"死角"，因为偏僻，鲜有人光顾。上学期期末为了评比最美高中校园，学校许多地方翻修重建，剩下些泥沙和装修材料就一直搁置在这儿。

夏蔚也没有想到，这偏僻凌乱的角落里竟还藏着一个网球场。

拨云见日一般，她看见了一个和平日很不一样的顾雨峥。

她并不懂任何球类运动，却也能瞧得出顾雨峥打球时的凌厉，周围那么静，只有四面八方涌来的夜风，拉扯着他击球的声声劲响。

夏蔚就躲在拐角处，确保对方不会发现自己，继而"胆大包天""光明正大"地偷窥。

少年眉头紧锁，脚步干脆果决，挥拍也毫不迟疑，像是在发泄着什么，全神贯注对着那一颗球。

夏蔚便也全神贯注地对着他。

……真的是很不一样。

实难形容这一刻的感受，夏蔚印象里连绵温柔的雨幕，忽然幻化成了骤雨疾风，携着雷鸣，兜头砸下来，让人避无可避。

她愣愣地注视着顾雨峥。

一盏强力的照灯自体育馆外墙投下明晃晃的光线，使男生五官轮廓更为明晰利落，流畅的肌肉线条显现在小臂上，夏蔚好像被那皮肤上的薄汗闪了眼睛，再细看，瞧见他腕上的红绳，心头更是莫名其妙地忽闪了一下。

她匆匆转身，背靠墙壁，胸腔里的隆隆鸣音像是要把整个人都拆解开。

夏蔚尝试分析自己心跳过速的原因。

一是因为她终于瞧见了顾雨峥被盔甲掩盖的另一面；二是因为瞧见这一切的，只有她自己。

这里只有他们两个人。

顾雨峥性格里深藏的那一抹锋利的锐气，从不拿来示人，却在这一晚被她尽数目睹。

夏蔚心生一种共享秘密的紧张，感觉自己像一只饱胀的气球，随时都有可能飘起来。

偷窥了多少时日，也就纠结了多少时日。

夏蔚感觉自己怕是找不到比这更好的机会，迈出这一步了。

她应该买一瓶水，假装散步，然后"意外"地出现在他面前，惊愕又疑惑地与他对视，再摆出一副恍然大悟的表情，朝他打招呼：

"呀，你也在这里。"

"这么巧，我们总能偶遇。"

"上次运动会你借了我一瓶矿泉水，还记得吗？刚好还你。"

夏蔚躲在拐角，一步一步轻挪，双手攥着那瓶没开封的矿泉水，始终觉得这样的搭讪未免太矫揉造作。

直接些会不会更好？

可她很难做到。

她甚至一听见顾雨峥收起球拍准备离场时，脑袋一空，把矿泉水往地上一放，拔腿就跑。

真是奇了怪了，这句"你好"怎么就这么难说出口？夏蔚想不通，并在心底斥责自己太没出息。

她没有直接回宿舍，破天荒地往操场跑去，逐渐追上郑渝的步调，问："你还记不记得我们是怎么认识的？"

郑渝摸不着头脑，抹了一把汗："记得啊，书店门口，你跟我搭讪。"

搭什么讪！夏蔚想起来了，是那时郑渝买不到彩铅，她助人为乐来着。同样是主动与人讲话，面对郑渝她无比自然，面对顾雨峥，她一身豪胆就被气球线牵着飞走了，窘迫到如此境地。

原来所谓暗恋，是杀敌为零，自损一万二。

夏蔚跑完两圈，俯身撑着膝盖直喘，体会到了英雄气短的无奈。

甫一进入高三，好像每个人都有些许不一样了，最明显的就是，大家都变得安静了。

往常课间聊天打闹最欢实的那几个人，竟也偃旗息鼓。

宿舍搬，教室当然也要搬。不知是不是错觉，高三教学楼里总是有种挥不散的阴冷，明明这栋楼是最朝阳的，可阳光似乎无法穿透玻璃，更不要说照在人身上。

班主任从讲台底下翻出上一届高三用过的高考倒计时牌，把上面的"1"擦掉，写上"263"。白板被擦拭过多次，因而变得斑驳，也昭示着又一次轮回的起始。

高三总复习正式启动。

冯爽剪了短发，不是那种可爱的发型，只比男生长那么一点点。据说是冯爽妈妈亲自动手给她剪的，意思显而易见，是要冯爽在高三这一年都别再注意外表，把心思都放在学习上。

冯爽从和夏蔚不相上下的话痨变成了班里最沉默的人，每日只是低着头做题看书，很少看她笑，校服后领遮不住她参差不齐的发梢。

各种模拟卷如纸片一样洒下来，大考小考，阶段测试，和考试频率同步上升的还有米盈抹眼泪的次数。

米盈一直保持在年级八百名左右，成绩非常稳定，按照上一届的高考成绩，这个名次难上一本，于是她每天都在哀号。

学校公布中秋节放假安排，三天假期，掐头去尾，也就只能回家住一晚而已。中秋节晚上，米盈爸妈有应酬，米盈便来了夏蔚家借住，一起同行的还有黄佳韵。她家不算近，且假期只有一天，第二天一早就要回校，干脆就在夏蔚家里挤一挤。

米盈脱口便问："你爸不是在家吗？你不回家，能放心？"

然后便马上捂住了嘴。

说漏了。

黄佳韵却好像并不在意："社区妇联刚去调解过，他能消停两天。"

看见米盈和夏蔚疯狂对眼色，她瞥了一眼，悠悠地道："行了，别紧张了，知道我家的事也没什么稀奇。好事不出门，坏事传千里，早习惯了。"

三个人，打横躺在夏蔚的床上。房间里有老旧家具令人安心的气味，混着油墨香。黄佳韵伸手一够便能摸到满墙的漫画书。

米盈侧过身子，撑着脑袋问："听说年级部要在走廊贴红榜，写所有人的理想院校，你们都写哪儿？"

这一回，夏蔚没有久虑："北京。"

"你呢？"米盈又朝黄佳韵抬抬下巴，得到的答案依然是不假思索的，黄佳韵似乎早就想好了。

"去哪儿不一定，但我想学医。"她说。

有时梦想的出发点真的很简单，黄佳韵讲起自己小时候，有一回陪妈妈去医院给腿拍片子，结果碰到一个态度极其嚣张恶劣的医生，还说了一些有侮辱色彩的话。

黄佳韵自尊心那样旺盛，直接给电视台打电话，曝光还不算完，还要往上投诉，咬牙切齿，扬言非要扒了那医生的白大褂不可。

"啊，不走运，碰上这样的医生。"米盈撇撇嘴。

黄佳韵却说："不走运的是他，碰上我，是他倒大霉。"

米盈又没话讲了，她总是会被黄佳韵的"钢筋铁骨"敲打到。

"可是学医要学好多好多年啊。"潜台词是，吃苦的年头也比别人更多。

黄佳韵也侧过身来，瞧米盈的眼神像瞧小傻子："我说你头脑简单你永远不服气，你以为念书就算吃苦啊？等你哪天从学校走出去，离开家，离开你父母，苦日子才算开了个头。"

"你会不会讲话！"米盈腾一下坐了起来，"呸呸呸，谁爱吃苦谁吃去，你们都往远走吧，我就要留在家里，一辈子跟爸妈在一块也挺好，我疯了才会去一个人生地不熟的城市，念书工作，结婚成家，当受气包！"

夏蔚被这两人吵得眼皮直跳，只能也坐起身，示意两方少安毋躁："两位，我外公睡了，小声一点，拜托了。"

苦难的定义没有标准答案，逃不过的是交卷的动作，这张卷子每个人都要答。

且不论你幸运与否，得志，失意，富贵，贫穷，一朝鹏程万里，或是一生泯然众人，到了交卷时，每个人笔下都是满满当当。

夏蔚暂时想不了那么远，她喜欢先看眼前。

摆在眼前的大山耽误她看风景了。

一连几次市里联合测试，夏蔚的成绩都不是很好，如果一直这样下去，考北京的几所名校就有点悬。

虽然外公教育她，不论怎样，人生的意义在于沿途的风光，可她还是想给自己设置一个目的地。顾雨峥是被当作清北苗培养的，他大概率会去北京，对吧？夏蔚猜。

她总是会时不时想起顾雨峥，有时是在吃饭时，有时是在睡觉前，最要命的是在做题的时候，一个"解"字写完，后面差点跟上顾雨峥的名字。

暗恋带来的烦恼竟然这么多，除此之外，还有一些意料之外的事。

夏远东回来了。

夏蔚上一次见到爸爸已经是四年前。父女俩见面倒是没有任何生疏，周六，夏蔚拉着夏远东出去逛街、看电影，还去了她想打卡很久的一家日料餐厅。

那家餐厅出了名的菜量大，还出了个挑战，如果能在半小时内不浪费地吃完双人餐就能打五折，发朋友圈集赞还有代金券和礼物。

夏蔚和米盈跃跃欲试很久了，但凭她俩的饭量怎么可能吃得完？

这下好了，夏远东胃口大，夏蔚心满意足地领到了礼物——其实就是两套印着餐厅品牌的不锈钢餐具，夏蔚平时用不上，让夏远东带到国外去。

晚上回家，夏蔚睡得早，起夜时听见厨房有动静，远远看一眼，是外公和老爸在阳台低声说话，还有淡淡的烟味传过来。

已经很晚了。

外公平时不熬夜,更不要说抽烟了。

夏蔚再回到床上,却没了睡意,胡思乱想了很多。

周日一早,她打着呵欠被夏远东喊醒。

夏远东要带她下楼吃早饭,顺便送她回学校。

夏蔚搅着面前的小馄饨,思虑再三,还是把自己猜测了一夜的问题抛给了夏远东:"老爸,你这次回来,是不是要结婚啊?"

夏远东原本正在撕一张油饼,满手都是油,听见夏蔚猛然一句,动作也随之一顿。

父女俩竟然都沉默了。

最后还是当爸的先开口:"老爸其实不想和你说这件事的,昨晚和外公聊了很久,你马上高考了,怕你会有情绪。"

夏蔚也撕了一块油饼,塞进嘴里:"我没有情绪啊。你找到合适的另一半,我很高兴!"

她越是这样,夏远东越心里不是滋味。

但有些事情,成年人的难处,不是一两句就能说得清的。

"老爸的工作在国外,许多事情不方便,难得回国一次,时间太紧了,就想趁这个机会把该办的事情都办了。"

比如领证?

夏蔚点点头,了然。

一顿早饭,她尽量把自己摆在成年人的位置上和夏远东交谈,比如询问夏远东,他找到的伴侣是个什么样的人?也是同一行业的吗?性格好不好?家在哪里?有没有孩子?平时相处得好吗?

但她不知道的是,她每多问一句,夏远东心里就难受一分,最后那苦瓜似的表情都快盖不住了。

夏蔚终于意识到了,哈哈笑出声,把最后一口油饼塞进嘴里,十分豪爽地擦擦手:"爸!你这是干什么呀!我没有不高兴!"

她捏起食指和拇指:"一点点都没有!我保证!我真的替你开心,真的!"

没有说谎。

她比任何人都希望爸爸过得幸福,就像老爸盼望她好一样,这就是亲人。

晚自习结束,夏蔚在操场上逆着人群跑步的方向,绕大圈,慢慢地走。

入冬了,天气越来越冷,今年没人再吵嚷抱怨冬季校服棉袄太丑了,一个个都乖乖穿在了身上。谁都知道高三这一年,身体是革命的本钱。

夏蔚也穿着冬季校服,所以并不冷,她只是很想吹吹风,让冷风把脑子里不断缠绕变幻的线团解开。

她也说不清为什么。

以前从没有因为家庭而自怨自艾过，外公、老爸……这些还在世的亲人已经给了她足够多的关爱，虽然对妈妈的印象很模糊，但她知道妈妈一定也在看着她，在暗中护佑她，因此并无任何抱怨。
　　那今晚莫名其妙的失落到底从何而来？
　　从前极少体会的"孤独"，又是从哪儿冒出来的？
　　人要怎样修炼自己的心态，才能修成一颗通透玲珑心？
　　夏蔚忽然想起黄佳韵说的那句"众生皆苦"，愣了片刻，赶紧甩了甩手。不对不对，太文绉绉了，也太沉重了，并不适用于当下。
　　她所面临的这些，还远远称不上"苦难"，最多只是忧愁而已。

　　没有克制自己的脚步，夏蔚慢慢远离了操场，往网球场的方向去。
　　为了不让自己在学习上分心，她已经很多天没有偷偷来看顾雨峥打球了。今天没忍住。
　　没有选择老地方，体育馆的那个拐角，上次差点被发现，这次说什么也不敢再去了。夏蔚换了一边，绕到了体育馆的另一侧，这边同样是顾雨峥的视角盲区。
　　再次确认他看不见这边，她拂了拂地上的灰，靠着墙壁坐了下来。
　　耳边便是顾雨峥击球的声音。
　　夏蔚觉得神奇，这干净利落的一声声，竟有让人心情平静的功效。
　　她想起之前那次偷听孙文杰和外公聊天。
　　孙文杰已经尽数掌握了顾雨峥的家庭状况，知道顾雨峥家里做生意破产，父母异地，关系不睦，基本没有人管孩子。
　　顾雨峥的母亲身体和精神都不是很好，从谈话中就能瞧得出来，本来谈得好好的，谁知中途忽然情绪失控了……这样的状况，多半还是要顾雨峥来照顾。
　　孙文杰还说起了顾雨峥的性格问题。在他看来，这样的孩子一般都比较极端，憋着一股劲儿，要么一飞冲天，要么自甘堕落。但好在，目前看来顾雨峥内核很稳，这一点很难得。
　　夏蔚闭上了眼睛，感受风在耳边鼓动。
　　外公总说，不如意事常八九，她发觉自己终于能稍稍读懂这句话的含义，尝到藏于字间的惆怅了。
　　这种不如意或许根本不足与人言，因此只能自我消化。夏蔚在猜，此时此刻，正在打球的顾雨峥，脑子里在想什么。
　　他一定也有许多自我消化的时刻。
　　夏蔚思及此处，竟忍不住轻轻往球场的方向挪了挪，好像这样就能离他更近似的。那些不如意，会被他的球拍一下下击走。
　　没关系，这只是长大的必经之路罢了。
　　每一个看上去游刃有余的成年人，应该都走过许多难走的路，有过许多必要的或是无谓的感伤。她又有什么特殊？

都是经历，都是风景。

这段风景她不喜欢，那就闭上眼睛，快快跑。

夏蔚把脑袋埋进膝盖，静静听着，很久，很久，直到远处宿舍楼敲响了熄灯预备铃，顾雨峥那边安静了下来。

她再次睁开眼睛，看到了悬在天上的月亮。

圆的，薄而透。

从古至今人们都用"寒凉"来形容月亮，但夏蔚觉得，它的光亮未必不是炽热的。至少今晚，月亮，还有旁边的那个人，无声无息烤干了她所有的失落和踌躇。

待到月落日升，璀璨遍地，她又会是一个全新的自己。

跑起来，把不如意甩在身后，让它们通通被时光研磨成灰。

夏蔚在心里悄悄说。

顾雨峥，我们都快点跑。

敬月亮一杯，一切都会好。

楼颖和顾雨峥的母子关系开始变得和缓。

虽然面对面相处的绝大部分时间还是彼此沉默，无话可聊，但能感受到气氛稍稍活络，客厅里游离的空气比从前轻盈几分。

楼颖原本很少碰电子设备，最近受"大师"指点，每天看一些所谓修身养性的自制课程。顾雨峥趁楼颖睡了，偷偷拿来楼颖的手机，把文件传到自己手机上，再把记录删除。

楼颖还下载了手机银行，转账时却被每日限额困住。

她询问儿子懂不懂操作。

顾雨峥吃完饭，到水池刷碗，垂着眼，语气尽量放平，好似若无其事："我也不清楚，我一会儿要去超市买东西，刚好路过银行，银行卡和身份证给我吧。"

楼颖将信将疑地看着他。

顾雨峥把手上的泡沫冲掉，又去倒水，把水杯和药一起塞进楼颖手里，没看她："不放心的话，可以明天自己去。不过不知道等你转账的人急不急。"

楼颖纠结了几分钟，最后还是妥协。

顾雨峥去了银行，又去了超市，买了几样楼颖平时爱吃的水果回来。

晚上躺在客厅的小沙发上看历年真题卷。他的个人习惯，为了节省时间，能用脑便不动笔，挨道题扫过去，把解题思路理清楚即可。

已经不早了，怕门缝会透光，打扰到楼颖睡觉，便把客厅顶灯关掉，只留一盏台灯。谁知楼颖按开了墙上所有开关，把客厅照得亮亮堂堂。

"别看坏了眼睛。"她说。

她不知道的是，顾雨峥前不久刚检查过视力。这些小事他早已习惯独自处理，发觉自己眼睛不舒服，便趁周末一个人去了学校门口的眼镜店验光，万幸，不是近视，只是用眼过度，太疲劳了。

楼颖今晚没有按时睡觉。

她转身去厨房，忙碌了半响，端出透明玻璃壶，里面煮的是雪梨水，放在了顾雨峥伸手能够到的地方。没有说话，却胜过千言，荣城太干燥，入秋了，天又冷，她记得去年冬天顾雨峥咳嗽不停。

肩膀平直的男孩肘撑膝盖坐在沙发边，捧着玻璃杯，心里忽然乱得难受。他深呼吸很久，轻声开口："妈，我想去北京。"

"随你，我不干涉。"

"那你呢？"顾雨峥抬起头。

他想要去北京，他要去全国最高学府。

但他不能把楼颖一个人留下。

"我会去北京读大学，我打算学计算机，因为考虑了就业前景，我查了最近三年的分数线和企业校招名录……"

顾雨峥一点点给楼颖讲自己对未来的规划，都是他自己摸索的，或许稚嫩，但已经是十八岁的他能想到的全部了。

当然，他也把妈妈考虑在内："……北京的医疗资源也更好，方便你平时复查就诊。"

顾雨峥不抱怨，无论如何，他要推着妈妈向前。

她困在原地太久了。

岁月和心态都是磨人的东西，日子无知无觉地一天天过，就如车辙一样反反复复地碾，在眼角留下越发深邃的纹路。孩子长大了，当妈的便已不再年轻。

顾雨峥也是借着苍白的灯，才发现原来楼颖眼角的皱纹已经那么明显。

况且以她现在的身体和精神状况……顾雨峥总是莫名心慌，他总担心妈妈会受人挑唆蛊惑，做什么傻事。

他无论如何也做不到不管不顾，一个人逃出生天。

楼颖没说好，也没说不好。

她只是静静地看了顾雨峥一会儿，留下一句"好好考试"，转身回了房间。

搬入高三教学楼后，火箭班的教室被安排在顶层。

安静，宽敞，却有种隔绝于世的孤独。

年级主任给各班班长下了任务，负责统计班里每个同学的理想院校和座右铭，说是要打印成大红榜，贴在走廊，起到激励作用。

班里绝大部分人都觉得这没什么效果，毕竟他们平时连教室都很少出，不吃这一套，交上去的一大半是空白。

顾雨峥的也是空白。

但他在红榜张贴出来的第一时间奔向十二班，在十二班门口的红榜上找到了夏蔚的名字，看到她的理想院校也在北京时，竟有种劫后余生的庆幸。

他在那张榜前驻足了很久。

把任何一个人或事当成精神支柱都是愚蠢的行为，就如同楼颖对那"大师"的盲目崇拜。顾雨峥深知这不对，却还是忍不住将夏蔚放在自己的未来规划中。

好像具有趋光性的植物，总是本能地朝向太阳。

又或者是漫漫长夜里孤独的守夜人，手中唯有那么一盏煤油灯，那是宝贵的光亮，便必须双手拢起，小心翼翼地珍藏。

这段日子，他又陆陆续续碰到过夏蔚几次。

最近一次，是在晚自习结束后的网球场。

他仍然保持着每晚去打球释压的习惯，偶尔会遇到一些"来访者"——有的是偶然闲逛散步到此处；有的是在操场跑步看到这边竟然还有网球场，所以来"探索"；还有找僻静处说悄悄话的，在这里躲避年级主任和巡逻老师。

夏蔚好像格外中意体育馆外墙拐角的那个位置。

那是个死角，更安静，她抱着膝盖隐匿在暗影里，不仔细瞧根本看不出那里还有个人。

顾雨峥也是因为一次球滚远了，他去捡，才刚巧注意到。

不过夏蔚好像没有看见他。

她正背靠墙壁，望天发呆。顾雨峥本能地跟着抬头看，除了一整面漆黑天幕，只有一轮孤零零的月亮挂在那儿。

夏蔚应该也会有碰到某些事情想不开的时候，否则她不会躲在无人的地方看月亮，还看得那么出神。顾雨峥没有"少女情怀总是诗"这样的猜想，他能想到的只有"月明人倚楼"的忧愁。

他很想暂停，走过去，说些什么给她一些安慰，可他既没有立场，也没有理由，甚至连她为什么忧愁都不知道。

球被重重击回，伴着破风之声，一下又一下，一秒又一秒。

来路不明的不安将他整个人笼罩起来，好像铺满大地的月光，越是想遮挡，就越是发觉襟见肘。熄灯预备铃响起的时候，顾雨峥刚好收起球拍。

他想赌一下。

如果越过那个拐角，夏蔚还在，那就让所有犹豫和踟蹰都见鬼去吧，他要站到她面前，伸手，把她拉起来。

可是——

同样听到了铃声的夏蔚反应好像更为迅速，他还没有来得及向她走过去，女生就已经站起了身。

她原地蹦了两下，还使劲儿掸了掸后背和校裤上的灰，那姿势动作有点滑稽，就这样在顾雨峥的注视下，快步跑走了。

顾雨峥竟有些哭笑不得。

为她令人吃惊的"自愈速度"。

短暂的寒假结束以后,二月下旬,高三所有学生提前回校。

这一年的三月初,原本是初春时节,却意外地又降下一场大雪。

班主任打开了窗,远远望了一眼操场。

"今年最后一场雪了,给你们一节自习课,出去放松一下。"

没有人应声。

"快去呀,这么大的雪,打雪仗,或者堆个雪人什么的,别再祸害心理老师的沙盘了。"班主任说,"平行班的都出去了,你们速度快一点,操场就那么大,一会儿抢不到位置了。"

又是一阵寂静后,传来椅子后撤的声响,一个女生合上卷子,走出了教室。

再然后,便是更多的人。

高三教学楼霎时间吵嚷起来,脚步声、呼喊声,快要没顶。

越来越多的身影跑向操场,好像困于樊笼的鸟,顺着笼间缝隙勉强钻出,享受片刻自由。

顾雨峥没有出去。

他对打雪仗没什么兴趣。

他只是走出教室,到走廊尽头的那扇窗前,站定。

从那望出去,操场一览无余,他一直在找,直到看见想见的人——夏蔚从教学楼跑出去,速度飞快,跑向满目素白的操场,好像还在尖叫。隔着茫茫大雪,她围着一条红色的马海毛围巾,显眼得很。

顾雨峥看了很久,一直在笑。

不得不承认,夏蔚有神奇之处。

他原本认为他们是同样的人,擅长自我疗愈。可如今想来,夏蔚除了有治愈自己的本事,也能轻而易举地帮别人缝补裂纹。每每看见她,顾雨峥总会觉得心里有些重量被卸下。

她就是有这样神奇的能力。

顾雨峥还想起了贴在走廊的大红榜。

夏蔚的理想院校后面跟着她的座右铭,在一众"勇者无惧,行者常至"和"海阔凭鱼跃,天高任鸟飞"这种直白的鼓舞之中,她选的那句,简直太过平淡——"世界上只有一种真正的英雄主义,那就是在认清生活的真相后依然热爱生活。"

不仅平淡,还有种若有似无的悲调。

谁愿意承认生活的真相原本就是残酷的呢?就连顾雨峥自己,面对班主任的善意询问时,也不愿将自己琐碎的家庭和盘托出。

但夏蔚不在意。

喜怒哀乐，她永远不伪装，直来直往，遇到难以咽下的心事，那就找个没人的地方快速消化，真真正正如一个英雄一般，用一记直拳，击碎所有压抑的时刻。

借着月色便能重整旗鼓。

那晚，就算没有他伸出的手，她也永远不缺站起来的勇气。

顾雨峥竟在心里同感荣耀，他喜欢的女孩子，果真是全天下最厉害的人。

少年时起誓总如孤星，一闪而过，果决迅速，却实在微小。因此顾雨峥不喜欢预测未来，也不愿把誓言之类虚无缥缈的东西挂在嘴边。

可是，此时此刻，他还是忍不住用"一生"这样的辞藻来遣词造句。

他确信，关于夏蔚这个人，自己这一生，都再难忘记。

第十一章 / ★
高考、结局和成绩条

距高考不足百日，总复习任务繁重，生活开始变得乱糟糟。

夏蔚做完两张英语报纸，脑袋疼，本想打开电脑放松一下，可握着鼠标便开始愣神，发呆半分钟，猛地一怔，想起来今天的英语作文还没写。

高考在即，英语组老师们打印下发了英文字帖，让所有学生开始练"衡水体"，据说答题卡扫到机器上特漂亮工整，可以从阅卷老师手里多抓几分作文分。

这可难坏了夏蔚。

她的英文笔迹花哨，如今被圈在一个个格子里，习惯在字母收笔时甩出去的弯弯的小尖儿，被拦腰砍断。写了几行，她焦躁得要命，索性把笔一甩，趴在桌前狂跺脚。

外公探身望一眼，打趣她："要运动就去楼下，家里地方小。"

夏蔚抬头，怎么也笑不出来。

"平时在学校累，周末就别难为自己了，出去玩玩。"外公把第 N 次补办的荣城一卡通递给夏蔚，"别再丢了啊。"

每次都这样叮嘱。

但夏蔚的两个毛病，一个不认路，一个丢三落四，怎么也改不了。

"听说桃花开了，和同学去公园逛逛。"

窗外有鸟叫应和。

夏蔚摇摇头，又趴回了桌子上，声音闷闷的："没人和我去。"

和夏蔚比起来，夏蔚的朋友们对高考的负面情绪更大。

冯爽依旧沉默，很少和人说话。

她主动申请换座位，去了班级靠窗一排的最末尾。那是没人愿意坐的位置，因为身后便是垃圾桶和扫帚拖把等清洁工具，总有一股潮湿气。

冯爽不在意，她只想要安静。

每天把自己封闭在那个小角落，两耳不闻窗外事，连起身和抬头都很少。

郑渝在刚刚过去的寒假干了一件大事。

他瞒着父母，偷偷报了几个知名美术学院的考试，揣着攒了几年的生活费，拎着自己并不专业的画板和鼓鼓囊囊的画包出发了，可惜还没走到校考那一步，省内联考就大败北。

"那能怎么办呢？技术不到位呗，认了。"

郑渝顶着脸上的大红印子朝夏蔚憨笑。

好像他不去做这件事便永远不会甘心，如今做了，哪怕没有获得预期的成绩，也心满意足。

"服气了，真的，山外有山，比我厉害的人太多了，我往大考场里一坐，吓得腿肚子都哆嗦……我打算听我爸的了，报个靠谱的专业。"他买了一套新的彩铅，还给了夏蔚，"谢谢你，我暂时是用不上这个了。"

黄佳韵这几天一直戴着口罩，走出教室去开水房接水，看到郑渝在门口和夏蔚说话，犹豫又迟疑地，还是停住了脚步。

"在聊什么？"她很少这样主动开启话题。

"闲聊。"郑渝眼尖，即便有遮挡，还是一眼看见黄佳韵耳朵边上的一道红痕，好像找到战友，"怎么了这是？你也挨揍啦？一模没考好？"

黄佳韵迅速低头，把口罩往上提了提："嗯，没考好。"

"你们女生也挨揍啊？"

郑渝的问题总是没头没脑，让人难以回答。

作为知情人的夏蔚不知如何替黄佳韵解围。

黄佳韵才没有考砸，她一模成绩还是很稳定，连老师都说，到了高三，这种稳定型选手是最难得的。但……每个人都有各自的一道坎要越。

黄佳韵查了下几所医科大学的历年分数线，除了学校，她好像更加看重所在的城市。她说："我去哪里读大学，就要把我妈带到哪里去。不然留她一个人在家，她得被欺负死。"

"你还要上学，人生地不熟，太困难了。"夏蔚大为震惊。在她看来这根本是不可能实现的，能够做出这样的决定并付诸实践的人，她打心底里钦佩。

"再难的路不也是人走的？怕什么？"黄佳韵重新翻开一张卷子，脸上的伤随着她伏首的动作而隐在了暗影里。

"人说路走不通，都是还没逼到份上。"她说，"如果我能选，当然也想选好走的那一条。"

如果，我能选。

……别人的高三都是什么样子的？夏蔚不知道，但要让她形容自己的高三，只有两个字——沉重。

说不上是不是行囊太多了，好像从小到大遇到的所有烦心事加在一块都没有这么令人伤感。

不仅是她，她的朋友们，大家都好像在渡劫一般，所有麻烦事轰然一下子集中爆发，炸上了天，为他们的成人礼添一朵烟花。

米盈不想住宿舍了，要走读的提议却被驳回。

因为爸妈都忙,没人能照顾她。

一周七天,她有五天都会抹眼泪,米盈的爱哭属性在最后的高中时光里得到了无限加成。

她开始和夏蔚更加密切地形影不离,平时在晚自习结束后挽着手到操场散心,周末则去夏蔚家里住。

夏蔚当然欢迎,不过就是要把自己压抑的情绪稍稍搁置,先帮米盈递纸巾。

四月份。

二模,全市统考。

夏蔚意外地考了高中以来的最差名次,学年榜第一页没有她的名字。

她双手抱住脑袋,不断安慰自己,没关系,起起伏伏是正常的,可还是无法全然消解这份落差。

周末的深夜,米盈先睡着了,她轻手轻脚起床,去厨房阳台发呆,结果被起夜的外公抓个正着。

站了一辈子讲台,外公自然知道高三孩子这时的压力有多大。对高考最常见的比喻是盖高楼,楼盖得高还是次要,要想屹立不倒,还要抗风抗震。

心态就是阻尼器。

外公从客厅茶几下拿出一张漫展宣传单,是夏蔚随手扔在那儿的,时间就在下周末。

"不和同学一起去玩玩吗?"外公看不懂上面的人物,还有一些"奇怪"的话术,什么自由行,什么早鸟票,但外公知道夏蔚对这些东西感兴趣。

"不去了,大家都很忙。"夏蔚说。

大战在即,任何的娱乐都是带着罪恶感的。

连她这样神经这大条的人都难以真正放松身心,投入这样一场所谓的春日狂欢。

虽然这真的很难得——荣城这样的小地方,能有一场规模像样的漫展。

郑渝刚把消息告诉夏蔚的时候,夏蔚简直要呐喊,可很快,这份兴奋就被二模成绩单所掩盖……为什么就不能在夏天呢?在高考之后?

夏蔚一直很想尝试Cos来着,不想原皮逛展了,想要出个角色,至今还没有真正落实过。

"去!实在没同学陪你,外公陪你去!"外公左右看看那张宣传单,"这个活动没有年龄限制吧?"

夏蔚一下子被逗笑了。

她解释:"已经快五月了,每个人都像拼命一样,我这个时候还搞这些没用的,会很愧疚。"

外公则斩钉截铁,他从没这样强硬地勒令夏蔚做什么或不做什么,这一次是个例外:"去,必须去,少学一天多学一天,会让你的成绩有多大波动?"

夏蔚摇摇头:"我不知道。"

"你不知道,但是外公知道。"

不要站在黑暗里说话,外公把阳台灯打开,夏蔚瞬间被闪了眼。一整栋楼,只有这一扇窗纱里是明亮的、温软的、和煦的。

"答案就是不会有任何波动,"外公说,"不要把任何事情看得太轻,也不要看得太重,从小外公教你的都忘啦?"

没忘。夏蔚在心里说。

可她免不了受身边氛围感染——这可是高三!人生中最重要的一年!

外公听到这话笑得更加畅快:"等我们夏蔚到了外公这个年纪就会明白,人生没有'最'字,你这一辈子见过的人,遇到的事,什么都重要,什么也都不重要。"

夏蔚不得不承认,自己有点动摇了。

可她看了看宣传单上的时间,再次萎靡:"时间太紧了,服装道具也来不及准备。"

外公敲她脑袋:"你忘了外公除了教书,最擅长什么了?"

距高考还有一个月时,夏蔚暂时从锣鼓争鸣、箭矢漫天的"战场"里撤身而出,奔赴一场浪漫勇敢的跨次元逃亡。

这是她人生第一次接触 Cos,穿的是外公花了一周时间,亲手缝的衣服——《魔女宅急便》里琪琪的服装。

红色的蝴蝶结发箍是最难做的,外公拆了她的一条红色围巾,熬了几个大夜,一针一针织出来。

郑渝在漫展看到这样的夏蔚,人都傻了。

"你知道我喜欢宫崎骏,所以你就真的……"

夏蔚无语:"跟你没关系!"

是因为琪琪的裙子造型比较简单,她不忍心让外公太辛苦,而且,魔法少女哎!很酷!很神奇!

"哎呀,我知道……开玩笑的。"郑渝绕了一圈,打量夏蔚,这才惊愕发觉,夏蔚的头发不是绑起来的,而是真的剪成了短发,柔软的发梢之下是细白的脖颈。

"太拼了吧!"他以为夏蔚是为了还原角色。

"琪琪"甩了下头发,抓紧自己的橙色斜挎包,并不否认,确实有这一方面的原因。

但不是全部。

她从小去理发店都要闹脾气的,因为不舍得辛苦留长的马尾,但这一次她是自愿的。

在这特别的时间节点,她希望理发师那一剪刀,能把她对未来的所有恐慌和不安都剪掉,自己能乘着扫帚起飞,把所有烦恼甩在身后。

向前看。

前面一定有鲜花着锦，掌声雷动。

距高考还有一周时，也是整个高中生涯最后一个周末。

米盈提议夏蔚出去逛一逛。

她们去了米盈妈妈的花店做陶艺，手工能帮人解压。

米盈妈妈终于承认这次投资失败，这是关店前送出去的最后一窑了，兼具花艺和陶艺的文艺小店即将改造成火锅店。

虽然俗气，但开火锅店保证不会亏。米盈妈妈说。

夏蔚第二次捏陶，比上次熟练多了。米盈凑过脑袋来看，发现夏蔚在做一个笔筒，或是花瓶，反正是细细高高的器皿。比较特别的是，上面捏了三种装饰，分别是太阳、雨云，还有一枚指南针。

指南针还有方向，是从雨云指向太阳。

米盈问这是什么意思。

夏蔚只是笑笑，说想要送给一个人。

从前挨不住久坐，要死要活，如今竟也有耐心花一整个下午，只为给图案涂上漂亮的颜色。

距高考还有三天时，学校下发考试通知、时间表，还有考场安排。

夏蔚和米盈分在了同一个考点，不在本校，而是在城市另一端的一所初中。

外公知道夏蔚路痴的毛病，于是提前一天带她到考场周边认路。怕交通拥堵误时，外公还决定，这两天的考试由他亲自接送。

多年没骑过的自行车被擦洗一新，外公拍拍后座，示意夏蔚上来试试。

夏蔚吓死了。她记得自己很小的时候，坐外公的自行车后座去少年宫上特长班，长大了怎么还能坐？

"骑得动，放心，自行车绝对不会堵车。"外公大手一挥，"以后的路要自己走了，但外公想再送夏夏一程。"

人生仿佛就是迎来送往的过程。

高三生离校前的最后一晚，学校所有老师还有食堂、宿舍的叔叔阿姨们全部来到了校门口。

一辆辆车整齐排列在道路两侧，大的、小的，无一例外地打开了远光灯。

他们用这种方式，帮孩子们照亮前路。

意为未来光辉，一生灿烂。

"前程似锦是美好的愿望，但老师更愿意退而求其次。"

骂人骂了三年从来不搞温情的班主任，在临别前对他们说出最后的祝福：

"人生的意义很深，很远，自己去体会吧。
"老师祝你们一生顺遂，一路平安。"

后来，过了很多很多年，夏蔚仍能记起高考那天的许多细节。
头一晚，夏远东和她打了半个小时的电话，没有任何催促，全是鼓励和加油。
高考那天一早，她自然醒来，背了一会儿古文，《劝学》和《赤壁赋》。
早饭是外公煮的粥，还有咸菜。
她最后检查了一遍考试用具，然后坐在外公的自行车后座上，跨越一整个城市，奔赴考场。
那天的天气很好，晨起阳光清透，好像能在指间具象化成干净的水晶。
夏蔚的心情很平静，就和拂过脸颊的风一样，那么和缓。
第一科是语文。
她在考场外确认考号，发现自己的座位刚好在第一排。
进考场，检查携带物品，找到座位，坐下。
夏蔚趴在桌子上，脑袋埋起来，做最后的放松。
年年夏天好像都有高考迟到的社会新闻，多亏了外公的先见之明，夏蔚没有在路上耽误一分钟。但她这个考场就出现了来晚的考生，好像是个男生，卡着铃声，将将跑进来的。
幸亏还来得及。
夏蔚替他松了一口气。
但她不想分心，便没有抬头，只是静静地盯着自己的手腕。
纤细的腕上什么都没有，空无一物。
几个月前她买了一块卡西欧手表，原本一直戴着的，但今天因为不允许电子表进入考场，便放在了家里。
习惯被打破，稍稍有点不适应。她抬头，望向考场前挂着的时钟。
距离考试开始还有十五分钟。
目光一点点挪向窗外，阳光平铺在操场上，快要把塑胶跑道融化，浓绿荫蔽之中，树叶微微摇晃。
尽管刻意控制不分心，夏蔚还是难以抑制地想起了顾雨峥。
当时店员问她，手表要什么颜色，她几乎是毫不犹豫地挑了红色。
只因记得顾雨峥手腕上有一根红绳。
包含羞赧的小心思，好似火种，风一扬，便飞舞，一发不可收拾。
虽然不知顾雨峥那根红绳的意义是什么，但浅浅猜测，一定是美好的祝愿。夏蔚只是想用这种方式和顾雨峥相配。
她想祝愿顾雨峥，也想祝愿自己。我们迈过这一程山水，会变成更好的人，会见到更为宽广的天地。

到那时，我想和你一起。

连绵的雨云终究会过去。

祝你，祝我，祝我们朝着指针所指，一路疾驰，以后的每一天，抬头便能瞧见艳阳。

就和今天一样。

考完第一科语文，交卷时，阳光已经不如早上那样灼烈。

六月份，本就是说变就变的天，不过也好，风起，更凉快。

收答题卡，收卷子，最后是收草稿纸。听到监考老师"可以离开考场"的指令，夏蔚站起来，转身的一刹那，脚步却顿住了。

她险些以为自己看错了。

最后一排，正中的位置坐着的人，分明是顾雨峥啊。

为了更舒适，更符合日常习惯，荣城一高要求所有考生穿校服进考场，因此，身着一身夏季校服的男生身形清逸，在五颜六色的T恤中格外显眼。

夏蔚看了看顾雨峥，又低头看了看自己。

他们穿着同样的校服。

诚然，这间考场不只有他们两个一高学生，但此时此刻，两个人的眼里只能装得下彼此。视线越过攒动的人头，像是自浓密叶片间穿梭而来的光线，在地上汇聚成同一块阴影。

……这种巧合，让人一时失语。

全市那么多个考点，一个考点里又有那么多个考场，夏蔚不敢相信这样的巧合，更不敢相信的是，此时此刻，顾雨峥在与她对视。

她很想抬手，朝他挥一挥，对他笑一笑，奈何，这实在不是个适合说话的地方。

夏蔚手心都出汗了。

刚刚考语文，有一道文字运用选择题，讨论内啡肽和多巴胺的关系，夏蔚记不得题干具体如何表述了，只记得那段文字说，兴奋性的刺激会使大脑释放内啡肽。

严格来说，不符合她现在的状况。

她可不是兴奋。

是心慌。

她就这么看着顾雨峥，久久未动。

而考场另一头，顾雨峥也始终安静地看着她，那目光极深，一贯的无波无澜。但夏蔚总觉得，今天的顾雨峥有一点点不一样。

他的眼睛里泛着明显的潮意，好像有凝重的湿气在酝酿，在预备着翻涌而起。

……是看错了吗？

夏蔚屏了一口长长的气。

一口气还未吐出，顾雨峥却率先挪开了目光。

他先是敛眸,垂下眼睫,而后肩膀下落,好像也刚经历了一次深呼吸。终究是什么也没说。

再然后,起身,走出了考场。

他心情不好。夏蔚暂时只能分析出这一点。

甚至到此刻,她仍未联想到上午差点迟到的考生,其实就是顾雨峥。

下午考数学,他们依旧同考场。

第二天考理综和英语,便换了一批人。

夏蔚再没见到他。

六月八号,下午五点,除了选考小语种的同学,绝大部分人随着英语答题卡的上交,至此,彻彻底底结束了苦不堪言的高中三年。

许多新闻记者会拍摄高考生走出考场的那一瞬间,年轻的男孩女孩们,激动地尖叫,或是发足狂奔,满溢青春气息的照片会占据第二天的网站头条。

夏蔚见过类似的报道,但事临己身,她没有任何夸张的反应。

走出考场的那一刻,完全是蒙的。

大脑一片空白,说不上高兴或难过,也没有情绪波动。跟随人群下楼,路过偌大操场,她步调机械般地平稳。

直到在考场大门口看到等待已久的荣城一高的老师们。

她手上拎着笔袋和水杯,原地停驻。拥挤人潮自她身侧涌出,夏蔚忽然鼻子酸涩,眼泪止不住地往下砸。

过去了,都过去了。

难熬的日子,不见天光的那么多日日夜夜,终于熬过去了。

外公来接她,这会儿正和孙文杰在一处聊天。

孙文杰率先看见了哭成泪人的夏蔚,好气又好笑,说:"你看看,你看她这点出息。"

夏蔚也想笑来着,可是嘴巴一咧,发出的却是哭音。

"孩子累坏了。"外公说。

米盈的考场在一楼,出来得早,已经在门口等很久了。认识三年,她还是第一次见夏蔚哭,最要命的是,看着夏蔚掉眼泪,她的眼睛也跟着发涩,最后演变成两个人抱在一起号啕。

"干吗呀这是!烦死了!考试前不哭,考完了还招我,夏蔚你有毛病!"

夏蔚一边挨骂,一边哭着笑,笑着哭。余晖斜斜照下来,如水墨洒金。

这是她见过最美的一场日落。

哭够了,肿着眼睛到班主任那报了个到,班主任喜笑颜开,没有询问任何关于考试的细节,只是拍了拍她的肩膀,说:"辛苦了。"

火箭班班主任就在不远处,也正和自己的学生们说着话,周围围了一圈人。

夏蔚凝神寻觅了一会儿，却寻了个空。

她没有见到想见的人。

再次碰到顾雨峥，是三天以后了。

高考刚结束的这三天，夏蔚什么都没做。原本计划得好好的，要逛街，要打游戏，要补番补综艺，要陪米盈换个新发型，要买化妆品学化妆，买人生第一双高跟鞋……这些通通没有实现。

她在家里闭门未出，吃了睡，睡了吃，真真正正过着"废宅"的生活，好像一口气把高中三年缺的觉都补回来了，任谁联络她，都只回应四个字——以后再说。

以后日子那么长呢，任何事，都不急于一时。

直到三天后的毕业典礼。

拍毕业照，学校要求所有高三生务必穿校服。

老师说："知道你们现在见到校服上荣城一高四个字就恶心，再忍一忍吧，最后一次了，这是你们这辈子最后一次穿这身衣服了。"

拍毕业照按班号顺序，夏蔚他们班排在中间，火箭班则在最后。

操场上熙熙攘攘全是人，有聊天的，有拿着手机自拍的，这时没有老师管，大家都放飞了自我。黄佳韵在米盈的"押送"下，去宿舍找宿管老师，把米盈的手机拿了回来。

至此，了却了一桩旧案。

"我们拍一张吧。"说话的是郑渝。

他个子高，因此担当高举手机的重任。夏蔚歪着头笑，米盈为了显瘦双手捧脸，黄佳韵则看着郑渝的后脑勺，比了个剪刀手。

四个人的第一张合照，也是唯一一张。

彼时，年轻的灵魂那样轻盈，不会承载任何沉滞的念头，操场上人来人往，大家互相拥抱，留下联系方式，彼此嘱托着要常常见面。

谁会真正懂得，"常相见"三个字有多难以做到？

人生海海，许多人分开了就是分开了，此生，不会再见了。

校园广播台平时播节目时很官方，很机械，今天却格外"体贴"和"应景"。

See you again 澄澈的钢琴前奏响起的时候，不知是哪个班，把他们班班长抬了起来，众人举高手臂，把人往天上抛。

笑声和打闹声穿透整个操场。

那是《速度与激情7》的片尾曲，电影上映时正赶上二模，夏蔚没能去看。如今在毕业典礼上听到这首缅怀保罗·沃克的歌，心里泛起一阵潮汐。

It's been a long day without you, my friend.

没有老友你的陪伴，日子真是漫长。

And I'll tell you all about it when I see you again.
与你重逢之时，我会敞开心扉倾诉所有。
We've come a long way from where we began.
回头凝望，我们携手走过漫长的旅程。
Oh, I'll tell you all about it when I see you again.
与你重逢之时，我会敞开心扉倾诉所有。
When I see you again.
与你重逢之时。
…………

米盈挽着黄佳韵的胳膊，鼻子一抽一抽的："搞这么煽情是干什么啊？"
黄佳韵偏过头乜她一眼："就你矫情。"
呼之欲出的眼泪就这么被怼了回去。
"这么好的日子，我真不想骂你。"米盈瞪了黄佳韵一眼，松开手，扭头走了。
而夏蔚一直站在操场上，远远地望着拍毕业照的班级。
文科火箭班拍完，最后一个，是理科火箭班。
她只用了一眼，便在密集的人群中找到了顾雨峥。男生脱下校服外套，穿着里面的夏季校服 T 恤，站上了阶梯。
夏蔚使劲揉了揉眼睛，确定自己没有眼花。
只几天而已，顾雨峥比在考场上偶遇时憔悴了不少。
人可能在几天之内迅速消瘦吗？
眼睛里的红血丝，眼下的暗影……唯一不变的是他挺直的脊背，永远似青松般挺拔。
夏蔚愣神片刻。
她还注意到了顾雨峥的下颌，有一点点淡淡的青色。
那是男孩没来得及整理的胡茬。
来不及多想，只猜顾雨峥是和众多刚刚"刑满释放"的高三生一样，一朝拥有自由，便不睡觉、无止境地狂欢吧。夏蔚一边观察着顾雨峥，一边装作若无其事地朝他的方向挪步。
一件预谋已久的事，今天必须要做成。
如何纪念自己人生中的第一次暗恋？
夏蔚想，没有什么比交换校服更加浪漫了。
校服前胸绣着的"荣城一高"四个字，是这段暗恋的起始之地，这简直符合夏蔚心中对良缘天定的所有幻想。
不论这段暗恋行到最后是否无疾而终，不论她和顾雨峥有没有以后，未来是否真的有"缘分"可依仗，至少此时此刻，她满心满眼都是他。

在我最喜欢你的时候，留下最好的记忆，以后看到这件校服，我会想起你。更会想起十八岁这一年，为你无限心动的我自己。

摄影师在倒数了。

所有人都看向了镜头。

没有什么时候比现在更合适了。

夏蔚毫不迟疑，几步冲到了操场指挥台下。

那是各班放书包和衣服的地方，她刚刚亲眼看见顾雨峥把校服外套扔这儿来着……她昨晚洗了自己的校服外套，用了果香的柔顺剂，又用吹风机一点点吹干，就是为了这一刻。

她把顾雨峥的校服"偷走"，自然也要把自己的留下。

她不敢想顾雨峥发现校服被调包之后的反应。

……管他呢。

他定然会觉得是谁不小心拿错了，反正操场上这么多人，难免有疏漏嘛。

夏蔚拿了校服，头也不敢回，朝着教学楼的方向狂奔而去。

晚上，四人组约好出去逛夜市。

白日的余温未散尽，空气中还是挤满一团团热浪。

郑渝去排队买了四个"网红冒烟冰激凌"。其实就是液氮制冷，一口下去嘴巴鼻子都往外冒"烟"，看起来仙气缭绕。

米盈小口小口地咬着，并开始研究毕业旅行目的地。

她提议去泰国，近，不贵，还算出了个国。

夏蔚表示同意。

三年前，他们刚上高中的那一年，王宝强和徐峥的《泰囧》横扫内地票房，其中有一幕是在清迈放天灯。成千上万盏天灯，摇曳着升空，漫天灯火，如星海般浩瀚。

那场面，夏蔚记了很久，如今终于可以去体验。

郑渝附和，他去哪儿都无所谓，有的玩就行。

思虑较多的是黄佳韵。

米盈悄悄给夏蔚发消息：你那儿还有钱吗？

夏蔚明白她的意思：有，我压岁钱和零花钱都攒着呢。但黄佳韵不会接受的。

米盈：还管她接不接受，直接帮她买机票就是了。

趁着黄佳韵和郑渝去玩射击小游戏，夏蔚贴近米盈耳边："你想简单了吧？护照和签证也要她自己办啊，还有……"

话没说完，黄佳韵就已经回来了。

她幽幽地在夏蔚和米盈面前站定，抬着下巴："我说两位，议论我就光明正大的，怕什么？"

夏蔚急了，想解释，却被抬手打断。

黄佳韵说："我是困难些，但也不至于配不上出去玩一趟吧？"

"不是这个意思……"

"富有富的玩法，穷有穷的玩法呗。"黄佳韵很坦然，"机票我还是买得起的，我还没出过国呢。"

其实，夏蔚也没出过。

唯一有出国经验的是米盈，她小时候和爸妈一起去过一次日本。

她撇撇嘴，黄佳韵这个人可真是，又臭又硬，让人好不容易点燃的些许同情心瞬间熄灭。

对此，黄佳韵又是一脸难以理解："你语文阅读题是不是都挂零啊？语文卷全靠作文撑着？说了一万次我用不着你的同情心，你听不懂中国话是怎么着？"

如果不是夏蔚拦着，米盈手上没吃完的冰激凌八成就要扣到黄佳韵脑袋上了。

"等我们旅行结束，应该刚好下分。"郑渝说，"挺好，这安排不错，要是分数下来了，我可能就没心情玩了。"

郑渝坦承自己考得一般，数学后面两道大题都空了，但他态度坚决，考什么样都不复读，痛苦的高三经历一次就够了，以后的苦，以后再吃吧。

在四人组出发之前，还有一件事——谢师宴。

荣城最大、性价比最高的一家饭店，整个六月和七月都排满了，不是谢师宴就是升学宴。一层四个大小不一的宴会厅，无一空闲。

夏蔚去参加谢师宴的那天早早起床，破天荒化了个妆，照着视频和米盈教的苦练好几回，终于有一回满意。

还穿了裙子，洗了头发。

短发的发梢容易翘，她用塑料卷发棒卷了一早上。

不厌其烦，费尽心机，只因她听说理科火箭班的谢师宴也安排在今天，同一家饭店。

她今天大概率会见到顾雨峥。

这也是等待至今，认识顾雨峥的最佳机会。

高考考完了，心中大石也落了地，再没什么忧虑了。

夏蔚怕出汗花妆，抛弃了公交车，出门便打车，一路上都在暗自思忖，稍后该如何开口才显得自然。

——同学，不好意思，我偷了你的校服。你想拿回去吗？那我们认识一下，交个朋友吧。

……好像不能这样说吧？

那天毕业典礼之后，夏蔚过了头脑发热的阶段，晚上在家对着顾雨峥的校服感叹不已，她觉得自己这事办得太丢人了，甚至有些"猥琐"。

就大大方方站到他面前，又能怎样呢？

夏蔚被自己气死了，并把一切归咎于顾雨峥——都怪他。她的一切"不正常"都因他而起，但凡与他有关，她的行为就会变得不体面、不理智、不光彩。

很多次了，无一幸免。

她想，迟早要把这笔账和顾雨峥好好算一算。

到了饭店，持续紧张的心跳更加猛烈了。

因为随时都可能在包间走廊的下一个拐角，和顾雨峥打个照面。夏蔚一直小心翼翼，进了宴会厅，饭也无心吃，起哄的酒更是一口不想动。中途起身好几次，借着去卫生间的由头，试图找到火箭班的位置。

然而，路痴属性再次发挥作用，她连另外的宴会厅大门朝哪儿都不知道。

正在走廊原地打转，忽然听见身后有人喊她。

"夏蔚！你晃什么呢？"

夏蔚回头，看见喝多了的孙文杰。

作为年级主任，他这几天一直在各种饭局上，不知这是吃的第多少顿谢师宴了。

夏蔚像是找到了救星："孙大大，理科火箭班在哪儿呢？"

"啊？我刚从他们那边过来。"孙文杰随手一指，是走廊的另一个方向，原来另外一个宴会厅在尽头。

他问夏蔚："你要干什么？找谁？一会儿老师们就都过来了，别着急。"

夏蔚懒得解释，朝走廊尽头快步走去。

孙文杰还在身后喋喋不休："兔崽子！考完了也不知道估个分，告诉我一声！白白替你担心！"

夏蔚停下，回头"嘿嘿"一笑："没告诉您，那就是考得不错呗。"

"真的？"孙文杰眼睛一亮，"有多不错？能拿状元不？"

……那还是有点难的。

夏蔚找台阶下："状元有顾雨峥呢，我……争取前十吧。"

听见这个名字，孙文杰脸色忽然变了变，极其细微。

片刻后，他摆了摆手："他今年是指望不上了。"

听闻这话的夏蔚一愣，脚步再次停下。

"什么意思？他考得不好？"

"嗯。"孙文杰不愿多说，"刚考完试学校就找他了，帮他估分，但是他考砸了。"

夏蔚僵住了。

她下意识地想要追问，考砸了，是有多砸呢？

孙文杰却已经推门进了宴会厅。

长长的走廊里，不断有传菜的服务人员来往，夏蔚呆呆地站在走廊正中间，慌得要命。

高考第一天,她在考场里见到顾雨峥的那一眼,压抑的心慌如今被一比一复刻。

顾雨峥为什么会考砸?

她想不通。

虽然高考爆冷、出黑马都是非常常见的,可她怎么也无法将"意外"两个字和顾雨峥联系在一起。

他这人看上去就像月下深潭,孙文杰说过他很"稳"的。

既然如此,那为什么?

端着碟子的服务生从夏蔚身边路过。

夏蔚微微侧身。

就是这么一侧,余光瞧见了走廊尽头的人。顾雨峥站在那儿,不知站了多久。

相隔太远,灯光偏暗,夏蔚实在分辨不清他的目光到底是不是落在她身上,但周身的空气和温度,她能够感受。

是忽至的夏日雨水,骤然来袭,裹挟丝丝寒意。

酥痒自后背传来,夏蔚冷不防被顾雨峥眼里的温度吓到,打了个寒战。

隔着长长的走廊,她长久地望着他,却始终不敢向前一步。

饭店走廊上贴着的墙纸是很多年前的花样,图案繁复,泛黄,视觉上拥挤不堪,这影响了夏蔚的判断。她不知自己和顾雨峥究竟距离多少步,走过去又需要多长时间。

这一秒,或是自始至终。

事先想好的那些用来"破冰"的俏皮话,和顾雨峥打招呼的话术,这下都派不上用场了。夏蔚觉得她该安慰顾雨峥,可又开不了口。

她无法说出"考砸了也没关系""高考也只是一场考试"这种话。她连自己都说服不了,更不要提雨峥的眼神里满是凉意,像是暴雨后漫灌。

他整个人都被失落和遗憾填满了。

夏蔚能够感觉得到,也正因为这出色的共情能力,她的手指蜷起,心尖也跟着一抽一抽地疼。

这可是高考。

十二年磨一剑,只待这一朝。

可是……

夏蔚连呼吸都变得细碎,她不敢想象顾雨峥的心情。

两个人没有对视太久。

很快有老师来找顾雨峥说话,揽着他的肩膀回到了宴会厅。

而夏蔚在原地站了一会儿后,也往回走。当她再次落座时,已经全然没有了早上出门时的兴奋与雀跃。

顾雨峥的脸就在她脑海里转啊转,理智和感情两条线被牵扯其中,交错缠绕的复杂程度堪比装满毛线团的笸箩。

她替顾雨峥难过,也替他不甘。

十二班定的这个宴会厅是饭店最大的一间,一共三个大圆桌,夏蔚坐在最靠门边的这一桌。放眼望去,一整个宴会厅三分天下,喧闹不停。

她一直在发呆,连黄佳韵什么时候悄悄坐过来的都没发现。

"这桌还有果汁吗?"黄佳韵问。

夏蔚扫了一圈桌面,果汁喝完了,最后的一点儿在她杯子里。她递过去,黄佳韵倒也不迟疑,直接仰头喝了。夏蔚这才注意到黄佳韵泛红的脖颈,还挂着水珠。

她好像是刚从外面回来的。

"你去哪儿了?"

"喝了点酒,有点晕。"黄佳韵说,"刚出去吹了吹风,洗了下脸,清醒下。"

黄佳韵把水珠一抹,开始吐槽米盈,说米盈越菜越爱玩,刚刚大冒险输了,人家都知道她不是放得开的性格,就说喝杯酒算了,结果米盈为这一杯酒也犯难,最后还是自己站出来代劳了。

"你呢?怎么了?心情不好?"黄佳韵也察觉到夏蔚的不对劲。

许是高考一桩大事了结,加上酒精作用,钢筋铁骨的人也变得稍稍柔软。黄佳韵往夏蔚这边挪了挪椅子,两个人挨在了一起。

双双沉默,很莫名。

夏蔚望着眼前的喧闹发呆,许久,忽然听见黄佳韵压低的声音,贴在耳边。

"夏蔚,问你个问题,"她幽幽地说,"你有喜欢的人吗?"

埋藏的秘密一下子被戳破。

夏蔚先是惊诧,然后是茫然。她以为是自己露了馅儿,可一转头,看见黄佳韵盯着那边的告白现场,眼眶微红,久久失神。好像也没有多期待她的回答,只是随口一问罢了。

看似风平浪静的海面之下,有着无声的洋流涌动、交汇。每个人都一样,人们为其赋予浪漫的描述,叫少女心事。

年轻的女孩子们,谁能逃脱得掉?

黄佳韵一定也有心事,只是不为人所知晓。

夏蔚不想被人发现自己的秘密,以己度人,自然也不会去探听别人的。她只是起身,去开了一瓶新的果汁,给自己和黄佳韵各倒了一杯,然后举起杯子:"毕业快乐。"

恍然回神的黄佳韵也朝她举杯,笑了笑,玻璃杯撞在一起,清脆一声,像是打板杀青。

"毕业快乐。"

如果人有预知未来的能力,能够提前知晓缘分长短,那该多好。

许多年后，一部由山本美月主演的日剧里，主角具有超能力，能够看到每个人背后的数字，那数字意味着你们还有多少次相见的机会。夏蔚看到这部剧时，会难以控制地想到高中毕业，谢师宴的这一天。

如果她也有那样神奇的超能力，就会知道，这看似寻常的一天，她已经和许多人做了最后的告别。

其中包括顾雨峥。

也包括黄佳韵。

四人组的毕业之旅，旅行攻略由郑渝全权负责。

他亲手做了一本地图，纯手绘，每一条路线、要打卡的地点都画了出来，令夏蔚和米盈叹为观止，第一次觉得郑渝这小子或许在美术上真的有天赋，只是时运不济，专业院校进不去，但也不耽误在其他地方发光发热。

"跟三个小姑娘出去玩，我总得罩着你们。"郑渝把自己的肩膀捶得"砰砰"响。

不仅有攻略，他还对比了不同出发地到泰国的机票，得出结论："我们先去广州，从广州直飞，机票便宜，而且听说前一天动漫星城有活动，去逛逛，夏蔚，去不去？"

西方不能没有耶路撒冷，广州不能没有动漫星城。夏蔚猛地想起不知在哪里看到的这句话，乐了。

据说那是广州二次元氛围最浓的地方，一个多层的购物广场，动漫周边、一番赏、模型和手办……吃谷圣地，小秋叶原。

夏蔚当然举双手同意。

米盈对二次元兴致缺缺，郑渝便帮她找了几家值得打卡的餐厅，都说"食在广州"，品尝些美食也不亏。

至于黄佳韵……

——抱歉啊，我家里有点事，不能跟你们一起去了。

出发前一天，她发消息给夏蔚。

没有多余的解释。

夏蔚并不在意黄佳韵临时爽约，只担心她是不是碰上了什么麻烦。可不论如何追问，那边都避而不答。

四人组突然少了一个人，许多行程就要重新计划了。

米盈先骂人："早说了吧！她这人就是不靠谱！"然后叹气，"……我总有种不好的预感，这次旅行不会很顺利。"

好事说一万遍也未必成真，坏事挂在嘴边，八成就要应验。

三个人刚到广州就频频出状况。

先是郑渝不小心把包落在了出租车上，辗转多处才拿回来。

然后是预订的青旅临时满员，不能接待，不得不重新找酒店。

夏蔚和郑渝原打算去动漫星城参加活动，却因为路线不熟，在"死亡体育西"迷了路——广州地铁最令人崩溃的一站，三个方向在此站中转，有的车次会继续前行，有的车次原路返回，车厢两侧开门，有上有下，宛如平行时空交叠往复。
　　路痴夏蔚驻足原地，和同样一脸蒙的郑渝面面相觑，最后两人一起大笑起来。
　　"算了算了，随缘吧。"夏蔚说。
　　等他们到了地方，活动早已结束。
　　另一边，独自出门觅食的米盈只是在室外逛了一天就险些中暑。
　　回到酒店房间，捧着一瓶据说可以解暑的凉茶和妈妈打电话，原本没打算哭的，一口凉茶喝下去，瞬间被苦味激出了眼泪，她在电话里大喊："这里太热了，我以后绝对不要在南方生活！绝对不要！"
　　倒霉事还没完。
　　三个人在广州短暂停留，费尽千辛万苦终于到了泰国，却被告知每年只有节日期间才允许放飞天灯。
　　夏蔚梦碎，复刻电影场景的愿望彻底落了空。

　　曼谷的住宿还算顺利。
　　预订的民宿是一间颇具南洋风情的小院子，推开阳台藤门，满眼都是葳蕤绿植。
　　米盈累坏了，这跟她想的浪漫轻松的毕业旅行根本不一样，结果就是无论如何威逼利诱，她都不想出门了，只想在房间里躺尸。
　　见米盈如此态度，夏蔚也没了兴致，索性就在阳台的躺椅上放空，晒月光。
　　夜里蚊虫多，随手拍打时忽然想起了那年春游，正出神呢，有同样沁凉气味的花露水自她头顶洒下来。夏蔚伸手去挡，抬头看见郑渝朝她笑，露出一排大白牙。
　　"不怕蚊子把你吃了？"
　　夏蔚接过花露水，往小腿上擦了好几层："那就同归于尽吧。"
　　安静的阳台，有奇怪的鸟叫，格外显得孤寂。夏蔚盯着满天星星发呆，郑渝则坐在另外一边，和夏蔚看着同样的方向。
　　大概是温热夜风容易滋生心事，许久，郑渝终于开口："夏蔚，我想问你一件事。"
　　"什么？"
　　"你和佳韵关系好，我想问你，佳韵是不是故意不和我们一起玩了？"
　　出乎意料的话题走向，夏蔚疑惑："为什么这么问？"
　　她不能把黄佳韵的家事说给别人听，却也实在好奇郑渝何出此言。
　　郑渝见夏蔚确实不知情，犹豫半晌，最终还是和盘托出："你们班谢师宴那天，佳韵好像喝酒了，借着点酒劲儿，给我打了个电话。但是我……"
　　说到这里，夏蔚就已经清楚了。
　　在学校时，四人组每日厮混，朝夕相对，她不是没有注意到黄佳韵对郑渝的

"不同"。

黄佳韵从没有耐心给人讲题,却愿意为郑渝花一节自习课的时间画考试重点;她不喜欢人多的聚会,但只要郑渝在的场合,她一定出现。

最关键的是,夏蔚发现,黄佳韵有时悄悄看向郑渝的眼神,和自己偷瞄顾雨峥时没什么两样。

少女心事啊……

夏蔚再次感慨,这甜蜜又纠结的四个字。

但她永远不会戳穿,这是礼貌,也是体贴。即便今天郑渝说出口了,夏蔚仍然装作不知情,这也是女孩子之间的惺惺相惜。

"夏蔚,你有喜欢的人吗?"郑渝问。

这已经是夏蔚最近第二次被问及这个问题了。

面对郑渝有几分探究的神色,她只迟疑几秒,便不假思索地说:"是,我有喜欢的人。"

听到答案的郑渝反倒忽然放松了下来,他眼底泛起笑意,挠了挠脑袋:"你别紧张啊,搞得我也紧张了。我承认,刚认识的时候我是喜欢过你,但没敢告诉你。后来发现你对我没那意思,我就不往里面陷了。"

这份坦坦荡荡出乎夏蔚的意料。

她抱着膝盖,晃着手里的花露水,听到郑渝的追问:"夏蔚,我能问问你喜欢的人是谁吗?这算不算冒犯?"

手上动作停了一瞬,然后继续。

细薄的喷雾和她的轻声回答一道洒在空中。

"不是冒犯。"她说,"他叫顾雨峥,或许你听过他的名字?"

郑渝这才后知后觉,是年级榜前几的常客。他点点头,笑了:"原来你喜欢学习好的。"

倒也不尽然吧。

不过郑渝无心的一句话令夏蔚重新审视起自己——她究竟喜欢顾雨峥什么?思来想去,却始终抓不到重点。

大概所谓爱就是这么不讲道理,当你有意识地想要规训自己的心动,早已是野马脱缰,一发不可收拾了。

郑渝打开双臂,伸了个懒腰:"我只希望佳韵不要因为我的拒绝,就彻底和我不相往来。"

"不会。"夏蔚觉得她有必要替朋友澄清,"是你小瞧她。"

爱情很诱人。

但爱情不是全部。

何况是黄佳韵那样一身刚骨的姑娘,她勇敢地告白,便也勇于承受所有结果。

夏蔚坦言,不论是她还是郑渝,都不及黄佳韵果断、热忱、一腔孤勇。

郑渝有些不好意思，匆匆摆手："聊点别的。"

总觉得"爱情"这个话题对十八岁来说有些沉重了。

心动和喜欢都比较容易，但"爱"，大概要经过很多日夜，越过许多山川湖海，仍然矢志不渝，才能被冠以这个高贵的头衔。

"你提前看志愿了吗？打算去哪里？"

夜风袭来，包裹着辛辣的草木气息，夏蔚深深呼吸："没想好。"

原本很果决地，想要跟着顾雨峥的步调一起去北京，可如今不知他会去往何处，自己也跟着迟疑了。

"你想和他去同一个城市吗？"

夏蔚点点头："当然。"

她的爱情，她的"矢志不渝"，要从去往同一个城市开始。

夏蔚就是这样想的。

郑渝拿起花露水在空中一挥，钴黄色的灯泡将喷雾镀上一层光，好像魔法棒之下的碎金弥散。他说："给你点福灵剂，祝我们好运吧。"

"祝我们好运。"夏蔚说。

六月下旬，泰国之行结束。

回到家的第二天，高考分数公布。

所有付出得到奖赏，荣城一高一本上线率超75%，创下新绩。

米盈第一个给夏蔚发来消息，她超一本线20分，简直是高中三年都未拿过的好成绩，在电话里激动到又哭又号，惹得夏蔚不得不拿远听筒。

郑渝则没有那么幸运，在75%以外。不过他十分自洽，没有任何失落，不论如何已经拼尽全力了，日后还可以考研，总不至于跌倒一次就站不起来了。

黄佳韵还是没有消息。

她从旅行爽约之后，就再没有过任何音信，消息不回，电话关机，甚至到校领成绩条那天都没有出现。出于担忧，夏蔚和郑渝找了许多同学打听，可谁都没有黄佳韵的消息。

仿佛人间蒸发一般。

"夏蔚，查分了吗？多少？"孙文杰打来电话的时候，夏蔚正在换鞋，准备出门。

"和我估得差不多！"

夏蔚语气轻松，孙文杰一听便知道稳了，登时放下心来，听到她关门的声响，问："这是要去哪儿玩？不好好在家研究填报志愿？怎么一点不知道着急的？"

夏蔚如实相告："外公的腿最近不大好，不能下厨了，我也不会做饭，试了一次，还把手烫伤了……只能到楼下饭馆打包几道菜回来。"

言语之间有点愧疚。

外公的腿本来就有风湿旧疾，阴雨天会疼，最近两年原本都挺好的，都怪她，如果不是高考那两天为了骑车接送她,也不会犯了病,摔倒在小区。幸亏碰到好心人,送到了医院。

外公摔倒时,夏蔚还在旅行中,回来看到外公这个样子,她止不住地哭。

"哭什么呢?这不是没事?"外公摸她的脑袋,"别分心,好好报志愿,外公知道,我们夏夏想去北京。"

是的,想去北京。

可夏蔚站在房间门口,看着躺在床上的外公,忽而察觉这个抉择的重量。

真的太难拾起了。

话筒里,孙文杰急得跳脚:"怎么不早说?家里就你们一老一小,平时叮嘱无数遍,有事倒是告诉我一声啊!"

他匆忙起身,电话里窸窸窣窣的,是穿衣出门的声音:"得了,你也别买了,我马上到。反正你们毕业了我也能休息一段时间,这些天我去做饭吧,你想吃什么?"

夏蔚攥着手机站在小区绿荫底下,忽然又有点想哭。

孙文杰听到她浅浅的抽噎声,叹了口气:"我们夏蔚小同学已经很坚强了,从小到大都不用大人操心的,不论是学习还是生活,孙大大很为你骄傲。"

"不要想太多,你现在的任务就是挑个好学校。路还长呢。"

夏蔚深呼吸,胡乱抹了一把脸,让眼泪蒸发。

一段沉默过后,她轻轻开口:"孙大大,我还有一件事,想问问您。"

"你问。"

"我想知道顾雨峥……"午后无风,闷热难当,夏蔚刚巧站在树荫底下,揪紧了自己的衣摆,"顾雨峥考得怎么样?"

孙文杰有些意外地"哎"了一声,不知夏蔚为何突然提起这个人。

"顾雨峥啊,他考得还行,没他自己说的那么差,不算滑档,但清北无望了。"语气中不乏可惜。

夏蔚的心又开始狂跳,她紧抿着唇,斟酌问出口:"那您知道他会报哪里吗?"

他……会去北京吗?

这下就算孙文杰再粗线条,也听出夏蔚话里的意思了。

"好你个小兔崽子,什么时候的事儿?原来你是琢磨人家呢?"他打趣道,"甭想了,他和学校沟通过了,直接出国。"

忽而一阵风刮过来,带动头顶树叶微微摇晃,也吹干了颈后薄汗。

孙文杰的声音浮起来,变得并不真切。

他说:"家家有本难念的经,夏蔚,你们这个年纪,变数太大了,不要为了别人做选择,一切以自己为先。等你长大就知道,大人教你的都是对的。"

夏蔚当然明白。

她只是觉得遗憾,为顾雨峥,也为自己。

这是第一次，成绩榜上，她的名字越过了顾雨峥，却也是最后一次了。

她从前豪情万丈，信誓旦旦，说只要考过顾雨峥，就勇敢地站到他面前。誓言如今竟也变得毫无意义。

他要走了，天知道是在哪个大洋彼岸。

她未曾抛出的心事终究要落入海水，再无落脚之处。

夏蔚抬头，看见浓密的树叶虬结着，晃动着，遮云蔽日一般，无声无息，掩盖住过往和将来。

原来啊，原来。

结局竟是这样。

荣城一高男女生宿舍统一规格，一间八人，上下铺，每人一个小柜子，用来放杂物。

女孩子东西多，柜子里瓶瓶罐罐挤满了，有人还在柜门内侧贴胶贴，粘照片或是明信片，错落又精致。相比之下男生那边就粗糙了些，一块舒肤佳洗全身的大有人在，柜子里边空无一物，柜门坏了半年都懒得找宿管来修。

顾雨峥是个例外。

他柜子里东西多，还上了锁。邱海洋没转走之前就试图"窥探"，结果被顾雨峥揪着校服后领拉了回来，只来得及看见柜子里好几个文件袋。

就是那种平时用来装各科卷子的文件袋，透明的，整整齐齐，摆了一排。

他龇牙咧嘴："你没事儿吧顾雨峥？学疯了？回宿舍还刷题？自虐有瘾。"

顾雨峥把柜门关上，拧好钥匙，沉默地从邱海洋身边路过。

来到荣城三年了。

顾雨峥柜子里的文件袋越来越多。

不过里面的内容却和学习无关，那是楼颖这些年被"大师"蒙骗的所有纸质证据，其中包括数不清的银行转账、流水公证、远远高出市场价的购房合同、以盈利为目的的传播的视频音频课程……

其实，顾雨峥攒这些东西攒了远不止三年。

万事计划为先的人，下定决心搜集这些东西只是一个开始，之后便是日复一日的留心和坚持。万幸，楼颖平时粗心，和"大师"的来往处处留痕，这给了顾雨峥机会。

之所以把这些东西放在学校宿舍，是因为这里最安全，不会被楼颖发现。

伺机而动的捕食者，往往都要经历漫长难熬的黑夜。顾雨峥不缺耐心，原本计划高考后，等一切都尘埃落定，便有时间和精力处理家事，可既然是计划，就逃不过意外。

距离高考还有一周的时候，出了事。

起因是顾雨峥周末回家时,发现家里弥漫着明显刺鼻的药味,四处搜寻,无果,只在厨房垃圾桶里发现了一点点渣滓。

质问楼颖,楼颖不承认。

顾雨峥夺了手机来看,这才发现楼颖最近一直在"大师"那里买所谓的养生中药,并在"大师"的建议下,停了医院开的药物,每日几乎不吃不喝,只靠乱七八糟的中药汤度日,美其名曰"清除业障",长篇大论,尽是荒唐。

顾雨峥从未这样愤怒过。

他砸了楼颖藏起来的煮药的玻璃壶,那也是曾经为他煮雪梨水的壶。满地碎玻璃,在灯光之下频频晃眼。他倍感无力,撑着灶台,肩膀抖得厉害,断断续续说出那一句:"妈,你非要这么对自己吗?"

被骗钱无所谓,孤僻度日也没什么,但药是可以乱吃的吗?

面对儿子的质问,楼颖依旧是往常的态度:"不用你管。"

"除了我还有谁会管你!"几乎是出于本能,顾雨峥吼出这一句,可不消片刻便后悔了。

他不该这样戳楼颖的痛处。

"对不起,妈。"

自懂事以来,顾雨峥没在楼颖面前掉过眼泪,但这一次,他克制不住,眼泪一滴滴地砸在地上:"只是你以前也是这样顾着我的。"

小时候吃坏东西去医院,那是顾雨峥第一次见妈妈发那么大脾气,因为排队排太久,前面还有人插队。

楼颖一边担心他的状况,一边和人理论。而顾远坐在长椅上看手机,一副事不关己的姿态。

儿科急诊里,很多这样的搭配组合。

小孩子不记事是谣传,起码顾雨峥记得从小到大的许多细节,一家三口有过甜蜜的时候,也有过分崩离析的痛楚。包括顾远后来如何背叛家庭的,楼颖又是何其无辜的,他都看得明白。

他没有办法替爸爸做出什么补偿,唯一可行的是快快长大,直到自己生出能挡风雨的羽毛。

原本想得妥帖,可面对越发深陷的楼颖,顾雨峥发觉自己不能再等。

这世界上的很多事情,都未必给人准备的时间。

顾雨峥把手里积攒的所有证据材料整理好,直接报了警。

楼颖先是气急败坏,疯了一样地拦,而后便是对顾雨峥拳脚相加。她指着儿子的脸,恶狠狠地嘶吼:"你为什么就不能让我安安生生地过日子?你和你爸为什么都不肯放过我?"

顾雨峥红着眼,声线却稳。

"妈,该醒醒了。"他说,"躲不掉的。"

所有不幸都能用自己构筑的城墙隔开吗？那些砖石真的风雨不透？

人真的能一直活在自己构建的虚假世界里吗？

所有天灾人祸，是你想躲就能躲得掉？

楼颖曾问过他多次的那个问题——顾雨峥，你恨不恨？怨不怨？其实何尝不是在质问自己。她有怨恨，无法消解，只能暂且搁置。苦海里翻滚，不是所有人都有勇气挺直腰杆寻一口气的。

她宁愿双腿陷在黏土里，起码这样不痛不痒。

捂住眼睛和耳朵，日子就还能继续过下去。

但顾雨峥非要把楼颖的双手扯开，让她好好看看周围——不要再逃了，不要再躲了，没用的。

很痛苦的一段自救之路，但人要往前走。

只能往前走。

恰好赶上严打期间，派出所受理案件。

顾雨峥积攒的这些东西派上大用场，且能顺藤摸瓜找到更多幕后的人。

负责的警官见顾雨峥还穿着校服，只是个半大孩子，于是先给他吃定心丸，说楼颖没有参与传播和盈利，大概率不会受牵连，然后便催促顾雨峥赶紧回家："马上就要高考了，不要因为这件事影响考试。"

楼颖坐在派出所的长椅上出神，也被教育。

"你也真是，有你这么当妈的吗？孩子一辈子最重要的时候，你不陪着，不照顾，反倒要孩子来为你操心。"

顾雨峥挡在了楼颖身前。她消瘦到可以完全隐匿在儿子的影子里。

"谢谢您，我妈妈情绪不好，我带她走。"

他转身，蹲下，将楼颖紧攥的冰凉的手指一根根掰开，然后抬头看着她："妈，我们回家。"

所谓父母与孩子，大概就是要相互亏欠，又相互弥补。

如此度过一生。

楼颖回家之后便把自己关进了房间。

足足一个星期。

顾雨峥无法安心，和班主任请了假，白天在学校上自习，晚上回家。

每天送进房间的水、饭、药，楼颖都一声不吭地吃下了，只是不肯说一句话。

高考当天早上，顾雨峥险些迟到了。

事后想来，他依然不怨楼颖。这与妈妈无关，是他自己心态还不够沉稳，不够成熟，担不起事，否则也不会在高考前一晚失眠整夜。

他要考清北，他要去北京，他要带着妈妈往前走，远离现在的生活，还要构建一个美好的未来……这些东西在脑子里不断环绕，使神思混沌。他从前从不认为"压力"是件坏事，如今终于体会到强压之下，人竟然能这样反常。

顾雨峥感到失败，是在数学考试时。

不知道有没有人和他一样，答数学卷时有这样顽固的"恶习"，他喜欢从后往前答卷，先解大题。而这一年的高考，理科数学最后一道导数大题难度不小。

顾雨峥状态不佳，又花了非常多的时间解这道题，等回过神时，手心已经全是汗，连笔都握不住了。

奥德修斯的妙计中，藏于巨大木马里的士兵于深夜出动，焚屠特洛伊城。战争中，一场庞大的溃败往往是在无声无息中开始的。

顾雨峥考完第一天的科目便已心知肚明。

这一年，他注定无法完成那些计划和梦想了。

高考结束，便是紧锣密鼓的毕业典礼和谢师宴。

好像这些热闹的场合是故意安排的，为的就是让考试不利的可怜虫从崩溃的情绪里暂时抽离。

顾雨峥是"可怜虫"之一。

他极少有落魄失态的时候，只是自己曾无数次设想过的"未来"，如今毫无实现的可能，沮丧便难以抑制。

谢师宴当天，他无可避免地喝了点酒。

走出饭店大门，在门口躲清静，吹风出神时，却不小心听见了别人打电话。

黄佳韵在大门另一侧，坐在石阶上，大概也是受酒精所扰，一边哭，一边对着话筒喋喋不休，模糊的言语顺着风传来，隐约听个大概，好像是一场失败的告白。

出于礼貌，顾雨峥转身便走，他想把空间留给先来到这里的人，没想到，却被人叫住了。

"你站住！"黄佳韵喊他，女孩挂断电话，脸上的泪痕还没消，"我聊完了，地方让给你。"

顾雨峥认得黄佳韵，是因为她曾经帮过自己一个忙——那年运动会，他撞见了夏蔚的窘迫，在小超市买了东西急急跑上楼，却不知如何交到夏蔚手上。

黄佳韵刚好路过走廊。

于是，求助变得理所应当。

黄佳韵也是自那时起知道了这位年级第一的秘密，原来暗恋这件事是如此平常，又是如此公平，无人逃得脱。

"你刚听见我打电话了？"

午后的路边，饭店门口，借着浅薄的树荫，两个失意的人随口闲聊。

"听见也没事。"黄佳韵使劲抹了一把脸，"我敢作敢当，顾雨峥，我比你强。"

顾雨峥并不否认，黄佳韵的犀利发言精准戳中他的心事。

考试失利只是遗憾之一，他今日的失落还有一部分原因来自夏蔚。算起来，最近与夏蔚碰面的次数不少,从同一考场的巧合,到拍毕业照时的远远相望,再到刚刚的宴会厅走廊。

他那样认真地与她对视了,可结局还是匆匆错过。

"我失败了。"顾雨峥低头,用只有自己能听到的音量说。

失败,高考失败的连锁反应是,他曾经计划好的相识与表白都将变成一场空。

或许正是因为不熟,有些情绪不必伪装,有些话也能更直白地说出口。黄佳韵直接问:"你考砸了?"

她晃晃手机:"我保证,我的情况一定比你复杂,但我还是说出口了,即便被拒绝,我也不留遗憾。"

顾雨峥承认,自己远不及黄佳韵勇敢。

他实在是个俗套的人,在感情面前胆怯、懦弱、不体面。

"我们打算毕业旅行,你还有机会。"出于"惺惺相惜",黄佳韵加了顾雨峥的联系方式,并把旅行计划告知他,"如果我是你,我一定会试一试。

"你要知道,夏蔚那么好,暗恋她的可不止你一个。"黄佳韵很热心,"你需要我帮你问问她吗?比如,她现在有没有喜欢的人。"

顾雨峥几乎毫不迟疑:"不要。"

有,或没有,好像并不重要。

顾雨峥也是在这天午后,在热辣太阳的直射之下忽然领悟到,他其实并没有那么在意当下的结果,只是正如黄佳韵所说,如果这份心意他不说出口,会遗憾一生。

圣诞节的苹果只有一个。

十八岁炽热的心动也只有一次。

他想尽到所有的努力。

顾雨峥纠结了一整夜,接受了黄佳韵的提议。

第二天,踏上了飞往广州的航班。

按照黄佳韵发来的"旅行攻略",那张无比细致的手绘地图上显示,夏蔚她们打算先去广州逛漫展,然后去泰国。

顾雨峥没来得及更新护照和签证,要想找到夏蔚,只能在广州"围追堵截"。

动漫星城那天在搞主题活动,一眼望过去,眼前皆是穿着汉服和 Cos 服的男生女生。彼时的顾雨峥并不是个了解二次元文化的人,他全然不理解眼前的热闹,只能在广场最显眼的楼梯处等待。

楼梯拐角有个等人高的龙猫,顾雨峥拍了拍那龙猫的脑袋,一边担心夏蔚会不会在人群中迷路,一边默默练习着见面后的开场白。

他就这样草率地突然出现,可千万不要吓到她。

然而……

顾雨峥在广场等了一整个下午。

从下午一点到下午五点，直到活动结束，汹涌的人潮散去，他始终没有等到想见的人。

他猜，会不会是行程临时有变？

可黄佳韵的电话打不通了。

之后的几天也皆如此。

他不知发生了什么，更不知这算不算一种变相的"婉拒"。

顾雨峥在广州住了两天，翻遍了通讯录和所有好友列表，十分不甘地认下这个事实——三年来，碍于他的不够勇敢，错过了无数次认识夏蔚的机会，以至于到了一切的尾声，他连找到夏蔚其人的途径都没有。

……谁能说这不是命定？

按照原本的设想，这场旅途的目的只是为了弥补自己的遗憾，那么行至此处，一切都稳稳地按照轨道运行着，好像没有什么可抱怨的。

事与愿违，实在是再平常不过的事。

只是，有些讲起来满纸错落的故事，有些因情而生的愤懑与感叹，缘分阴错阳差的沮丧和难以释怀，唯有自己切身体会过，才能感悟。

什么是世间无限丹青手，一片伤心画不成。

什么是若教眼底无离恨，不信人间有白头。

顾雨峥回到荣城后，没过几天，高考成绩公布。

与预想的差不多，清北的愿望落空，但好在，名校众多，仍有选择空间。

楼颖在房间里浑浑噩噩过了几天，像只夏末濒死的蝉一般，不断回想自己的前半生。直到收到手机推送的高考新闻，她才后知后觉，原来高考早已结束，分数已经公布。

她很想和无数妈妈一样，翘首以盼孩子的高考成绩，那份荣耀就像是迎接从战场上归来的骑士……可她做不到。

楼颖发现自己面对儿子时越来越胆怯，特别是直视他一如既往、永远不改的沉静目光时，她总觉得那沉静之下有隐约裂纹，像是重压之下的薄薄冰面。

她不知自己怎么就把小时候活泼外向的孩子养成了这副样子。

还有更令人难堪的，转念想来，正是因为她太过忽略他，才会有今天。

相扣相连的一环又一环，顾雨峥什么都没做错，可偏偏一切都要他来承担。

而她呢？

顾雨峥那一句"该醒醒了"，好像重锤击在她的面门，楼颖在多日来的回忆和思考里，逐渐清醒过来，可她依然不敢和儿子说一句"抱歉"。

她羞愧难当，说不出口。

火箭班的速度一向最快，成绩单邮寄到家，紧接着便是统计填报志愿。理科班一共五个人上线清北。顾雨峥去了市图书馆自习室，电脑停在填报志愿那一栏，迟迟未动。

楼颖出了门，第一次，自己去市场买了食材。顾雨峥晚上回到家时，看到了满桌饭菜。

他其实根本吃不下，但还是默默坐下，拿起了筷子。

楼颖把最后一道汤端上桌时，口中喃喃："手生了，挺难吃的。"

顾雨峥只是笑了笑，说没关系。

埋头吃饭时，他听到楼颖又开口了。她知道孩子考试成绩不尽如人意，所以不敢多问，只是小心翼翼地找补："北京的好学校还有很多，也不一定非要那两所，报完志愿，可以先去看一看，熟悉一下环境。"

顾雨峥没有回应。

他始终淡淡的，那表情好似在听一件与自己毫无关系的事。

"妈，"许久，他放下筷子，语气平静，"你呢？你想去哪里？"

楼颖被问得一愣，而后突然想起顾雨峥很久前说过的话——不论他去哪里，一定要带着妈妈一起，否则难以安心。

楼颖忽然鼻酸。

她看着儿子的眼睛，根本无法接话。

顾雨峥眼睛里的色彩明明灭灭，使人一时间怔然："妈，我不是必须去北京，我只期望我们可以一起走，不论哪个城市，我都无所谓。

"只要你能好起来。"他说，"妈，我不需要你为我委曲求全，也不需要你为我争取任何利益，只是我们不能停在原地。"

在顾雨峥小时候的记忆里，楼颖很在意孩子的教育，和总带他出去打球运动的顾远不同，她一心想把儿子培养成知书达理的"翩翩君子"，催着他看各种名著，背各种古文。

张之洞的《诫子书》里，有那么一句顾雨峥背得最熟——勿惮劳，勿恃贵。

高考失利，他不是没有失落和遗憾，但，不是所有人都有资格一蹶不振。不能畏惧辛劳，不能自恃高贵，谁都有跌落云端的一日，只是要记得，落下来，还要再攀回去的。

"妈，都过去了。"顾雨峥说，"会好的。"

听到这句话的楼颖再也控制不住眼泪。

她太瘦了，因此手指骨节和皱纹都那样明显，双手盖住脸时颤抖得厉害。

那些很多年前教给顾雨峥的东西，如何做一个内心强大的人，如何坦荡行事，如何不畏不惧行走世间……连她自己都忘却了，不承想，顾雨峥却记得这样牢，并严格规训着自己。

在没有任何人关照的情况下，依然长成今天的挺拔模样。

一时间不知该自豪，还是该自惭形秽。

这一年的八月,楼颖终于下定决心,在顾雨峥的陪同下回到上海,和顾远协议离婚。

一场旷日持久的闹剧终于结束,包括顾远在内,好像所有人都松了一口气。

楼颖提出的条件并不苛刻,只是要了自己分内的财产和顾雨峥读书的费用,至此她与顾远再无任何瓜葛。

放下了执念,人会变得轻盈。

也是在这一年,顾雨峥申请了英国的院校,和妈妈一起到全新的地方安家。

文学作品里总是这样描述,人若是想摒弃前尘,最直接有效的方式便是去到异乡。这也是顾雨峥选择出国的最大原因。

楼颖问过顾雨峥关于国家和学校的选择,她不懂,没关系,顾雨峥擅长计划和落实,他从不会贸然地做决定,但凡走出一步,必定是深思熟虑过的。

只是一点。

多雨的气候恐怕令人难以适应。

顾雨峥收拾行李时,翻出了荣城一高的校服,莫名其妙小了几个码,看上去像是女生的。

他没有多想,只是猜测,大概是拍毕业照时一片乱哄哄,谁不小心拿错了吧。

后来的一段日子,楼颖慢慢发现,顾雨峥开始习惯看一些动画片,涉猎一些电脑游戏。明明他从前并没有类似的爱好。

顾雨峥笑着说,是因为他从一个人那里听过一种说法——动漫,游戏,二次元的一切就相当于另一个世界,你比别人多一个世界可以体验。

而且,这个世界并不会拽着你下沉和萎靡。相反,它会教你勇气与真诚,带给你短暂休憩,然后托着你,不断上升。

楼颖也笑了:"听上去好像也很适合我啊。"

她指着顾雨峥的电脑屏幕,正在播放的是《海贼王》:"他手里拿着的是什么?"

"compass,"顾雨峥说,"永久指针,能不受洋流和磁场影响,永远指向正确的方向。"

很长一段时间里,顾雨峥偶尔想起夏蔚时,会学着玩夏蔚喜欢的游戏,看几集夏蔚喜欢的动漫,也正因此,他意外知晓了她网名的出处。

竟是这样简单的含义,中二热血,却有深刻的浪漫。

如果过往是条长线,盘旋婉转,是不是也会在未来的某一天,首尾重合?

英国东部连绵的雨幕,好像终日不歇,顾雨峥每次凝神放空时,总会莫名想起一方蔚蓝如水的天穹,一轮太阳,还有一个人。

暖意升腾,光照大地。

顾雨峥默默自白。

诚然,我是个无趣的现实主义者,却也有过妄想,我也希望能拥有那样一枚珍贵的指南针。

愿它体恤,给予你庇佑。
使你之后的航行与冒险,都能平平安安。
愿它慷慨,给予我指引。
雨过天晴之时,我们还会再见。

第十二章 ★
夜雨、邀约和老照片

七月的上海，碰上一日好天气。

不过高温暴晒的后遗症是，临近傍晚，城市里的每一棵行道树都被抽干了精气神，叶片卷曲着，无风、静默、凝滞。从树下经过都会徒增心焦。

Realcompass 周年庆结束。

回酒店的路上，经历了日落和堵车。网约车司机是个话痨，若是往常，夏蔚八成要和人家聊一路的，但今天着实累极，上车先拜托空调开到最大，然后便迷迷糊糊睁不开眼了。隐约听到司机在发微信语音，一会儿说这扰人天气，怎么好多天没下雨，一会儿说博览中心附近又派单了，好多奇装异服的小年轻。

作为身着奇装异服者之一，夏蔚已经成了一摊烂泥。

进房间，窗帘拉死，蹬掉靴子，摘掉美瞳，脱掉 Cos 服……一套动作行云流水，甚至有些粗暴，唯独对待假发要小心小心再小心。这东西太娇贵，找靠谱的毛娘工期又长，等不起。做完这些，她才敢"大"字形躺在床上，活动活动站麻了的脚趾。

只能稍稍休息。

今日份工作还没到结束的时候。

先在社交账号发条动态，艾特游戏官号和主办方，感谢邀请，然后在广场搜搜场照返图，挑一些回复，最后是整理今天收到的无料、礼物还有手写信，把所有东西打包。拿不动，就找个快递一个不落邮回家里。

夏蔚入行至今，全平台粉丝破了两百万，头部称不上，但也不算寂寂无名。依靠粉丝经济的行业其实大差不差，有人喜欢你，你就要尽最大努力，对得起这份喜欢，夏蔚不敢懈怠，更不敢辜负。

看时间还早，外公应该还没睡。

夏蔚打了个电话，想拜托外公明后天记得收快递，可家里座机没人接，又打手机，也是一样，没办法，只能远程打开家里的监控。

果然，监控图像里，外公正坐在客厅看电视新闻，握着遥控器，很入神，完全没听到手机响。

夏蔚通过监控大喊："外公！接我电话呀！"

外公猛然回神，环顾四周才发现是监控在说话，于是蹒跚过来，拍了拍摄像头，就当是拍夏蔚的脑袋了："你又装神弄鬼吓外公。"

"嘿嘿！"夏蔚笑，"想我没呀？快，接视频电话。"

人年纪大了，身体机能难免下降，并且病痛突如其来。

外公七十多了，风湿的老毛病还在，又添了点小病痛，比如高血糖、耳背，还有健忘。再也不是能骑自行车载着夏蔚奔赴高考考场的时候了。

夏蔚偶尔想起，总会心酸得难受。

当初高考成绩出来，报志愿，郑渝踌躇满志去了重庆，米盈哭哭啼啼去了广州，最不想离家的都远走了，最期待行万里路的，反倒留在了家门口——夏蔚放弃了北京，浪费了近二十分的分差，执意报了省内的大学，学工科。

那年暑假，外公在小区摔的一跤实实在在吓到了她了。

上了年纪，身边离不了人，家里没有其他亲戚走得近，夏远东又远在国外，组建了新的家庭，夏蔚思来想去，只有她来照顾。

省内好，省内能经常回家。

包括毕业后择业，夏蔚也将这个因素纳入考虑中。她不想离家太远，可荣城又太小，没有合适的公司和专业对口的岗位，这样一来，自由职业就成了优先级最高的选项。

那时夏蔚经社团介绍，已经拍过一些电商和杂志了，大家夸她表现力好，总能保持元气少女感，眼缘这东西是老天给的，她天生就该吃这碗饭。再后来，入了这一行，有兴趣爱好加持，更加如鱼得水……

平心而论，夏蔚很感恩，她入行以来吃过亏，比如不懂合同，被经纪公司和工作室坑，比如接不到商单，小透明时期入不敷出……但好在没有永远低迷。

她现在每月行程和收入尚可，最重要的是，场场活动之间，只要有足够的时间往返，就可以回家。

外公阻拦过："我们夏夏还是找个稳定的工作吧。不用操心家里，外公还没到行动不便的时候。这份工作不是不好，而是……"

而是实在太奔波，太辛苦了，昼夜颠倒，长途跋涉，一个小姑娘天南海北地跑，许多时刻都是咬牙扛过来的。

夏蔚不这样觉得。

什么工作不辛苦呢？现在的生活她非常满意，非常知足。只是即便常常回家，也还是有不放心的时候，担心外公一个人出什么事，只好在家里安了监控。

"外公，我现在在上海，这次出来的时间久，马上又要去长沙，可能要忙完下个周末才能回家。"

外公摆摆手："夏夏忙自己的吧，注意安全就好。"

透过视频，夏蔚看见外公嘴角有点没擦干净，于是笑："外公晚上做什么好吃的啦？"

"吃了什么……"外公对着手机屏幕愣了片刻，"哎呀，这记性，吃什么都忘了……"

　　夏蔚也不知是不是自己多想了,她总觉得外公最近记性越发差了。

　　对此,小老头还很不服气,说:"外公七十多了,记性差很正常,反倒是你,二十几岁,出门还不认路呢。"

　　一句话戳到夏蔚痛处。

　　如今这份职业哪里都合适,唯独,对她的路痴属性太不友好了。

　　每次到一个不熟的城市,总要在路上花费大量时间精力。打车还好,若是步行,每逢路口她都要停下来,跟着手机导航的小箭头,东南西北原地转一圈,才能确定方向。一旦碰上网络延迟,冤枉路就不知道要走多少了。

　　她想起今天周年庆上碰到的工作人员,就在刚刚,还给她发微信呢:

　　——实在抱歉啊夏夏老师,第一次线下大型活动,我们失误了,没有安排足够的车接送各位嘉宾,向您道个歉。

　　——夏夏老师您回到酒店了吗?

　　——应该给您送到园区外的,我看您好像不认路啊,呵呵,怕您迷路。

　　——不打扰了,您早点休息。

　　夏蔚正对着镜子卸妆,看着这满屏慰问,虽然头疼,还是回了个"辛苦了"的表情包。

　　外加一句"晚安"。

　　细说起来,今天活动结束时,她并非自己一个人离开现场的。

　　现场安排实在不专业,连个嘉宾通道都没有,是沾了老同学的光。

　　她甚至无须打开手机地图。

　　顾雨峥陪她走到了园区大门口。

　　夏蔚从未想到会在这种场合遇到顾雨峥。

　　更没想到顾雨峥回国了,还在游戏公司工作。

　　她试图幻想顾雨峥对着电脑认真工作的模样,然而,无果。

　　太多年没见了,许多轮廓已经模糊了。

　　最令夏蔚意想不到的是,他们会相认。

　　顾雨峥认识她,还无比熟稔地喊出她的名字。

　　傍晚时分,活动刚结束,场地所在的整个园区都是乱哄哄的,广告牌、条幅,横七竖八地铺了满眼,再加上刺目的落日余晖。

　　夏蔚被晃了眼,除了炽热的阳光,还有她身边这个人。

　　顾雨峥对她说了那句"好久不见"之后,并没解释其他,只是以出来透透气为由,送她到园区门口打车。

　　室外闷热得紧。

　　夏蔚身上厚重的 Cos 服使她额角浮起汗,可悄悄看一眼顾雨峥,还是刚刚接受采访时的装束。他个子高，身材清峻，一身黑色西裤和白衬衫，没有冗杂装饰，领口拧开一颗扣子，袖口则挽到了小臂。

还是那般落拓清爽的模样。

只是比多年前多了些成熟姿态。

他看上去倒是一点都不热？

唯一违和的地方是他单手拎着夏蔚的包，还有拍摄道具，一个庞大的枪炮造型。夏蔚反复说这个不重，但顾雨峥只是朝她笑笑，说不要见外。

他笑起来时，眼底的清冷感会被冲淡。或许也和今日的大太阳有关，夏蔚总觉得多年不见，顾雨峥从前气质里的孤冷不再，通俗点讲，有了那么点"人气儿"。

夏蔚为自己的腹诽感到惭愧。

她走在顾雨峥身边，步调很慢，大概都觉得生疏，一时间，无人开口说话。

快到园区门口时，一个小女孩从身后匆匆跑过来，一脸急切，哀求夏蔚拍一张拍立得，刚刚在里面没拍成。按理说，"营业"已经结束了，但夏蔚总是不好意思拒绝，尤其是面对小朋友。

她下意识地看向顾雨峥，而后者很自然地朝她笑笑，竟秒懂她的意思，把道具递过来，轻轻开口："没关系，我等你。"

拍张照片也就是一秒钟的工夫。

小女孩道谢，迅速跑远了。

夏蔚手上的道具和包又极其自然地回到了顾雨峥手里，伸手接过的时候，夏蔚看到他骨骼分明的腕骨和手指，忽然就耳朵发烫。

她匆匆挪开目光，假装看向路边的方向，心跳声快要压过周围的喧嚣。

把东西收拾好，洗完澡，调暗灯光，钻进被窝。

夏蔚很累，但一想到顾雨峥，就又睡意全无了。

傍晚临分别时，他们加了微信，是顾雨峥提出来的，他将自己的手机递过来，无比自然。

反倒是夏蔚丢大脸，手指哆哆嗦嗦按错好几回。

顾雨峥的微信头像是 Realcompass 的游戏图标，点进朋友圈，仅显示半年，除了几条国内外游戏咨讯，没什么可以偷窥的内容。

夏蔚对着空白的聊天界面发了一会儿呆。

她又打开电脑，翻看浏览器和社交平台。

也是意料之中，没有任何有价值的信息。Realcompass 几年前在国外发行，当时只是个小工作室，后来接受了国内投资，团队回国。夏蔚想起今天下午顾雨峥被人提及时的职位，是主策划，那……也是团队创始人之一？

可她完全搜不到关于顾雨峥这个名字的任何信息，他宛若透明。

最后的最后。

夏蔚打开了 Realcompass，登录。

作为重度玩家之一，她但凡工作不忙，基本每天都能保证在线时长，在公频里开麦发言、插科打诨是再平常不过的事。

只不过，往常她看见公频里有玩家因为关卡难度和角色平衡而"亲切"问候策划全家时，总会一掠而过，但今天……怎么看怎么觉得刺眼。

他们在骂顾雨峥。

夏蔚不乐意了。

——理智发言啊各位。

然而，毫无重量的一句发声，很快就淹没在频道里了。

……终究困意击败一切。

夏蔚拿着手机很快睡着了，中途感受到手心里微微振动，是微信消息。她原本想翻个身继续睡，可半梦半醒中想到顾雨峥的脸，倏地清醒过来。

已经深夜十一点半了。

夏蔚看着不再一片空白的聊天记录，反复确认多次。

没错，是顾雨峥发来的消息。

就在刚刚，他发来简短的一句：抱歉，今晚有个应酬，刚结束。

夏蔚琢磨半晌，没有明白这句话的意思，特别是这个"抱歉"。顾雨峥在抱歉些什么？

她咬着指甲，回了个"辛苦了"的表情包，就是刚刚给活动工作人员发的那个，打工人常用礼仪。

顾雨峥很快回了消息。

Yz.：希望没有吵到你。

Yz.：明天的航班去长沙吗？

夏蔚疑惑：你怎么知道？

Yz.：我看到了你的微博，置顶是本月行程。

夏蔚这下子彻底精神了。

她腾地坐起来，把床头灯开到最亮。

所以现在的情况是，顾雨峥大概率早就在社交平台关注了她，怪不得今天能一眼认出，可她翻了几页自己的粉丝列表，根本不知道哪个是他。

连他是自己最喜欢的游戏的主策划，都是今天才知晓的。

信息不对等，这可一点都不妙。

夏蔚把空调又调低了几度，试图驱散脸颊的热度。隔着网线，没有面对面时的窘迫和紧张，她决定打直球：所以你知道我？

隔了一会儿，她觉得表述不严谨，又补一句：我的意思是，你认识我？我们高中时好像没有交集。

嗯……态度好像有点生硬。

夏蔚唯恐顾雨峥误解，赶紧发过去一个可爱猫猫的表情，试图缓解尴尬，或者，拉近距离。

顾雨峥那边迟迟没有回话。

夏蔚趁这个时间下床，拧开一瓶矿泉水，"咕咚"灌了两口。

见顾雨峥还是沉默着，她便将话题转移：你这些年一直在上海吗？我听说你大学出国了。

屏幕上方终于有了动静，显示正在输入中。

片刻。

Yz.：之前一直在英国，三年前回来的。

这就和网上的资料对上了。

不知怎的，和顾雨峥说话总是有种不真实感。

但夏蔚觉得自己有进步，可能是她在工作中磨炼了脸皮，也可能是网线隔开了距离，起码和高中相比，她能够较为坦然地和对方聊得有来有回，不至于任由羞赧和胆怯压顶，讲不出一个字。

顾雨峥刚回到家。

他上海的住处在徐汇，老小区，特意挑的，为的就是闹市里的烟火气，从前极不喜欢热闹，但……人会成长，也会变。且最奇妙的是，当你意识到并接受自己的变化，正是成长的开始。

室内装修极为简单，工业风，唯独有个较为惬意的阳台。

顾雨峥晚上喝了酒，这会儿拧开一瓶水，站在阳台上回消息，冷白的屏幕光描摹五官轮廓，他自己都没意识到，打字时竟一直在笑。

他看了看时间，快零点了，想到手机对面的人今天忙了一整天，于是提议：早点睡。

可是消息刚发出去，几乎同一秒，对面的消息也传了过来。

、compass：哦哦，我一直在荣城，平时有工作就会全国跑，今天刚好在上海，好巧哦。

巧吗？

顾雨峥不置可否地笑了笑，把上面那句早点睡撤回了。

她看上去一点也不困。

、compass：我起来喝水，一点都不困，你困了就休息，不用在意我哦。

、compass：上海太热了，我快中暑了，只能多喝水续命。

、compass：是不是好多天都没下雨了？

顾雨峥刚从夏蔚的朋友圈退出来。她的个签是：ie 浏览器，有时 i，有时 e，多数时候会卡。

笑意更加遮不住了。细细想来，他印象里的夏蔚可从来没有 i 过，他曾经无数

155 /

次羡慕她的朋友们，承接她的话痨属性，也挺快乐的。

望向窗外一片模糊的夜景，他提示夏蔚：你拉开窗帘。

、compass：啊？

夏蔚迟疑地走到窗前，将窗帘掀了一个小角，瞬间被窗外汹涌的雨幕惊到了。

明明傍晚时还晚霞漫天，这雨水竟然说来就来，一连几日干枯的树叶得到洗刷，叶片垂着，偶有车灯晃过，闪闪发亮。

她的酒店房间在二楼，很低，很近，好像将窗打开，伸手便能触到行道树的枝梢，只是她分辨不出，那是悬铃木还是香樟。

雨水敲打在窗台，又溅到脸上。

夏蔚看了一会儿，把窗关上了。

她本想问顾雨峥，怎么总是一见你就下雨呢？可打好了字，又一个一个删掉了。总觉得有些过于亲昵，不大合适。

她静静听着雨声，背靠着冰凉的玻璃，斟酌许久，为今晚的聊天画上句号：这场雨来得太晚啦！

紧跟一句：今天很高兴见到你，老同学！晚安啦！

见顾雨峥一时还没回话，夏蔚手指微动，往上滑了滑，发觉他们的聊天里，到底还是绿色框框更多。

她的发言快要比得上顾雨峥的两倍。

真是冒昧。

既然如此，干脆话痨到底吧。她长按，引用今晚顾雨峥发来的第一句话：忘了问你，为什么要抱歉？

厚实密集的雨滴砸在窗户上，会有"叮叮咚咚"的声响，好像零落生锈的琴键，在不按乐谱乱弹。夏蔚盯着那"正在输入中"。

很久，才得到顾雨峥的回话，寥寥几个字，散落在线谱里。

——抱歉，为这场迟到的雨。

他说。

夏蔚盯着顾雨峥的消息，打字的手指迟迟按不下去。

哎，不是，啥意思？

她发了个猫猫问号，很快得到回应。

Yz.：替上海的天气跟你道个歉。

他引用了她上面说的那句"上海太热了，我快中暑了"。

Yz.：天气虽然控制不了，但我会和市场活动部门提议，以后线下活动预算调整下，起码不要让嘉宾中暑。：）

夏蔚一时语塞，赶快解释自己是开玩笑的，可看到消息结尾处的符号笑脸，才意识到顾雨峥大概率也在开玩笑。

……会说笑的顾雨峥。夏蔚深刻体会到岁月对人的雕刻究竟多么无声无息，又巧夺天工，起码高中时的顾雨峥不是个爱开玩笑的人。

不知不觉中，大家都在变。

夏蔚躺在床上，举着手机回消息：没那么娇气！商展同人展大大小小的活动我都常去，线下不可控因素的确太多啦，可以理解。不过……

不过她回忆起下午，可以称得上"一团乱"的活动现场，还是很想替大家发声：大家聚在一起是因为喜欢同一样东西，体验感当然是最重要的，你觉得呢？

顾雨峥一点即透：接受建议。

他继续问：作为玩家，我可以顺便问一下你对游戏的看法吗？

夏蔚翻了个身，趴在床上，两眼冒光。

确定要聊这个吗？那我可就不困了。

能和游戏策划直接对线的机会可遇而不可求，夏蔚从自己小时候玩的游戏开始讲起，讲游戏玩法，讲版本更迭，讲氪金经验……

Realcompass已经是目前国内评价最高的二次元MMO(大型多人在线游戏)了。这种游戏的通病是需要玩家投入大量时间，和短平快的市场大方向相悖，但依然有人喜欢这种沉浸感极强、既有合作又有对抗的游戏模式。

就比如夏蔚。

之前在网上看到有人玩梗，说小时候最渴望拥有一台流畅的电脑，还有不受家长管控的自由时间，能随心所欲打游戏。

现在长大了，时间有了，电脑也不卡了，卡的却是自己了。

夏蔚实有同感，实实在在地心酸了一下。

每天工作结束，俨然累成一条死狗，打开电脑只会对着屏幕发呆，没精力，更没喊一声就能马上上线的朋友。

成年人的生活真的一言难尽。

这一路上的得失，不能计较得太仔细。

顾雨峥早上会出门晨跑。

行业原因，平时加班狠，不锻炼很难撑得住。只要头一晚不是通宵，基本可以维持。且住处附近就是衡山公园和徐家汇公园，绿化令人放松。

跑步结束，回家冲个凉，早饭时给楼颖回消息。

母子俩隔着时差，消息往来不多。从前盲目迷信的"大师"只干了那么一件好事，让楼颖养成了早睡早起的习惯，这么多年未改。

除此之外，楼颖如今也有自己的生活，今天要去攀岩，明天要去徒步，百忙之中询问顾雨峥的工作，得知社畜处境那样艰难，还会说几句风凉话："年纪轻轻是要努力些，不然没有女孩子喜欢的，你都快三十了。"

顾雨峥笑了一声，回语音消息："多谢关心，还有几年呢。"

楼颖："保持身材，不要秃顶。"

顾雨峥："感谢提醒。"

三年前，顾雨峥和伙伴们一起回国。Realcompass 在那时就已经小有成绩，但因为是几个朋友攒了个小作坊一起做出来的，很多地方不规范，也缺钱，天花板触手可及。

这时国内一家公司表示愿意投资，前提是整个团队回国，方便管理。

为了让这个游戏走得更远些，他们别无选择。

周一策划部门例会，顾雨峥主持，讨论到最近玩家反馈较多的关卡难度问题，他提到和夏蔚的对话："昨晚我和一个玩了很多年 MMORPG（大型多人在线角色扮演游戏）的朋友聊了一下，她的一些反馈比较典型，比如……"

"停一下。"旁听会议的林知弈出言打断，他早上没吃饭，拿了盒牛奶喝，吸管"呼噜呼噜"响，"顾雨峥你在国内还有朋友呢？"

会议室里众人哄然笑出声。

顾雨峥撑着桌边看向他，挑眉："怎么，有问题？"

"没问题，"林知弈说，"就是奇怪，你都寡成什么样了，就你，也能有朋友？"

顾雨峥没回答，按下遥控，把会议室玻璃门打开了："部门会议，闲杂人等麻烦离席。"

林知弈举起双手："好好好，我闭嘴。你的地盘，你是老大……受累，那还有盒牛奶，递我一下。"

又是一阵笑。

每个打工人都希望在氛围好的团队里工作，即便工作劳累些，但心态轻松，没有钩心斗角。

林知弈是 Realcompass 游戏的制作人，是顾雨峥的上级，统筹主管整个游戏。但脱了职位，他也是顾雨峥在国外读书时的校友兼学长。当初决定做这个游戏时，他极力把顾雨峥拉入伙，再然后，一步步走到今天。

说起来，更像是一场梦。

"造梦者"这个形容，实在是太浪漫了。

各部门开会时林知弈基本都要旁听，策划部门因为是顾雨峥在把控，他最放心。

会议结束，已经是中午，顾雨峥还在敲电脑。林知弈打了个呵欠，看了一眼手机，催促着："快啊，你不是约了个什么科技新闻的采访？这都到时间了。"

他打量顾雨峥："你最近是不是吃错药了？以前从来不爱搞这些，公共场合绑着你都不去，结果昨天周年庆突然愿意参加，今天又约了采访，你想干吗？开屏啊？"

顾雨峥没抬头："给你约的，我不去。"

"啊？"

"搭个线而已。"顾雨峥摘下眼镜擦一边，按了按鼻梁，"来采访的是我的一个高中同学，我帮个忙，给他行个方便。"

"你可以啊你，我真以为你孤家寡人怪可怜，结果最近又是朋友又是同学的，生活很丰富嘛……那为什么我一个人去？"

顾雨峥头疼："这种抛头露面的事，你擅长。"

"我擅长？"

"嗯，你形象好，你去吧。"

林知弈果然站起身，拽了拽衣服下摆："你要这么说，那哥们儿可就去了。"

顾雨峥重新戴上眼镜，皱眉看着电脑，没理他，只摆摆手，意思是"快滚"。

一场夜雨结束，雨过天晴，上午的空气和阳光最澄净。

但夏蔚错过了。

她还没醒，房间被厚厚的窗帘遮着，透不进一丝光，自然也照不到她"大"字形的不雅睡姿。昨天和顾雨峥聊得太晚了，手机什么时候没电关机的都不知道，如果不是忘了挂"请勿打扰"，打扫阿姨敲响房门，她估计要睡到下午。

手机插上数据线，有许多消息和提醒挤进来，夏蔚一一回复消息，对话框滑到顾雨峥时，不由自主点了进去。

他们昨晚聊了太多关于游戏的东西，最后的话题停留在夏蔚这边——下次我来上海，找你约饭哦！

顾雨峥回了一个"好"。

夏蔚起床，收拾行李箱，思绪却飘远。

她不断想起昨天的日落。

顾雨峥走在她身边时，他说话时微凉的嗓音，还有抬手帮她拎东西时的微小动作，总能敲打她的神经。毕竟是年少时喜欢过的人，如今面对面还是会紧张，时不时脸热，莫名其妙的。

又因为昨晚熬夜聊天，夏蔚有一种感觉，好像以前隔着一整个操场才能悄悄窥探的人，忽然间从朦胧变得鲜活具体。少年从模糊的记忆里走出来，磨砂玻璃啪地一下清晰了。

夏蔚实在难以形容这种微妙的感觉。

透过玻璃，她看到的不仅是从前的顾雨峥，还有十八岁时的自己。

莽撞，冲动，逃不脱的多愁善感。

还有无数次，难以遏制的怦然心动。

她反复点开顾雨峥的头像查看，即便那头像只是个游戏Logo。毕竟不是同班，她没有顾雨峥高中时的照片，但她记得，自己好像有一张他们班的毕业照，偷偷搞来的。

真奇怪。

有些自以为早已埋起来的记忆片段，如同赶海时不小心踩到的小小贝壳，总在不经意间让你痒一下、酸一下、疼一下。当你弯腰拾起，将上面的细沙吹干净就会发现，它依旧有光彩。

夏蔚怀念着校园时光，手指反复敲着顾雨峥的头像。

变大变小，变大变小。

终于，头像抖动，跳出一行小字。

——我拍了拍"Yz."。

夏蔚眼睛眯了起来。

创造"拍一拍"这个功能的人绝对没有用户思维，起码没有为社恐人士考虑，谁不小心误触，怕是要自断手指。

好在，夏蔚不社恐，她社牛。

拍一拍没有消息提醒，长按撤回就是了，可她手指还没有挨到屏幕，对话框就往上跳了一格。

Yz.：嗯，我在。

夏蔚被顾雨峥这宛如智能家电一般的回应逗笑了。

、compass：手抖啦！不小心！我要去赶飞机啦！

隔了半分钟。

Yz.：好，起落平安。

如此结束对话。

夏蔚又有了新的感触，她觉得和顾雨峥在网上的交谈很奇妙，他们不像是多年毫无交集的老同学，而像始终保持联络的好朋友。

那种熟稔和自然好像是凭空冒出来的。

他们的对话可以随时开始，也可以随时停止，不论说最后一句话的是谁，都无须尴尬，更不用客套。

这种奇妙的平衡状态让人放松。

这一次回到荣城，夏蔚在房间里大翻特翻，终于在书架最底下的抽屉里找到了高中毕业照。

一张长长的照片，老师们坐在第一排，班主任正中，各任课老师在两边，照片下方还按照站位注明了班里所有老师学生的名字，这种做法真的很贴心，不至于在多年后回首过往时，会因想不起同班同学的名字而沮丧。

照片里，夏蔚还是短发，她的左边是米盈，右边是黄佳韵，郑渝则站在最后一排，大白牙很显眼。

夏蔚将照片拍下来，发到了她、米盈、郑渝的三人小群里，附言：各位，怀念一下青春。

米盈没有说话，反倒是郑渝秒回：哥一样年轻呢好吧？

夏蔚呛他：你胖了起码二十斤吧？还是三十？

/ 160

郑渝当初高考报志愿就不走寻常路，理科生偏往文科堆里跳，去了重庆，学新闻专业，毕业时又脑子一热当了北漂，现在在一家新闻门户网站当记者。

去年从娱乐板块转到了科技板块，工作压力也没见小。所有与互联网相关的行业都免不了加班加点，昼夜颠倒和变胖成了通病。

他回了夏蔚一个笑脸：我求求你做个人。

夏蔚欢快地笑着，又去翻剩下的照片。

理科火箭班的毕业照也在她的相册里，只不过相纸质感奇怪。

毕业照这东西都是按人头算的，班里报上去多少人，就冲洗多少张，任你去哪儿也找不到一张多余的。当初夏蔚拜托郑渝，郑渝又去找了在火箭班的初中同学，借了一张来。

夏蔚找打印社，扫描，彩印，自己加塑封，终于搞出个"赝品"。

郑渝那时调侃夏蔚——打印一张集体照，就为了欣赏其中一个人。

夏蔚也觉羞赧，还有些难以言说地委屈："那怎么办？我和他又不像和你们，有那么多照片和自拍……我们连朋友都不是。"

委屈完，她还不忘威胁郑渝："这事儿我没和除你之外的任何人说过，连米盈都不知道。我警告你，你要是敢说出去，你就……"

"就什么？"

"呃……"诅咒朋友的话，夏蔚实在说不出口，哪怕只是玩笑。

郑渝伸出三根手指发誓："行，答应你，绝对保密。不过有期限没？人家签保密协议都有年限的。"

夏蔚想也没想："那就十年。"

十年，好像是个很有仪式感的时间节点，少一点显轻浮，多一点变古旧，否则陈奕迅也不会那样深情咏唱。如此刚刚好，轻捧一点儿浪漫。

夏蔚算一算，距他们高中毕业已经过去了九个年头。从前觉得遥不可及，一眨眼却已经快要到来。

那时幻想过的未来，绝大部分都没有实现，"未来之星"郑渝再没有画过画，死都不在南方生活的米盈直接嫁去了广州，还有黄佳韵……这么多年，一点音信都没有，也不知道她有没有当成医生。

夏蔚无从知晓十八岁的顾雨峥怀揣着怎样的梦想，也不知道他现在做的这份工作是不是他真心喜欢的。

做游戏，好像是一位搭建异世界的泥瓦工，一块砖，一抔土，都精心捏塑。

起码夏蔚觉得，这事业真好。

照片里的顾雨峥没有笑，因为不久前刚见过面，夏蔚能够更加精准地捕捉到不同——如果说高中时的顾雨峥好像冷雨积成的小小湖泊，那现在则更像是阳光之下的水面，风将光线打碎，重组，变成满眼粼粼波光。

穿着夏季校服T恤的男孩子，身姿挺拔，目光沉静。

这倒是和现在没什么两样。

夏蔚进了荣城一高的校友群。

群里都是确认可以来参加百年校庆的历届校友。

顾雨峥也在，群成员列表里，毫不费力便能寻到他的名字。

正值八月末，上海有一场热血番 only 展（特定主题漫展），夏蔚会去。她把行程挂在了社交平台置顶，同时想起之前和顾雨峥的"口头邀约"，好像是要约饭来着。

点开和顾雨峥的对话框，聊天还停留在上次告别。

夏蔚刚发过去一个猫猫敲门的表情包，另一边，消息便送了过来，仿佛是同一时间。

顾雨峥的语气很自然，很平常。

Yz.：哪天到上海？

夏蔚回：明天！

然后跟一个敬礼的表情：我周六有工作，周日要约个饭吗老同学？

Yz.：好，想吃什么？

夏蔚根本没多想，也丝毫没有意识到这一来一回的对话，其实有种玄而又玄的暧昧。

只当是和基友线下面基。

以前也不是没有过。

她不忸怩，直接从点评里翻出一家想打卡很久的餐厅，在静安寺附近，主推瀑布芝士汉堡、手作牛肉饼，好评很多。虽然看上去像是网红推广，不过夏蔚觉得没关系，总要去试一试。

Yz.：你决定就好。我去接你。

周日当天，夏蔚起了个早。

在距离十二点还有十分钟的时候，顾雨峥发来消息说快到了。

她急忙下楼，在酒店门口等。

又是一日暴晒，正午时分的大太阳晃得人睁不开眼，夏蔚不知道顾雨峥说的"快到了"是什么概念，可是当她等了七八分钟，接起语音电话时，听见的是十分清楚的蝉鸣声。

顾雨峥的声线还是有给人降温的功效，很清澈，又很稳。他满怀歉意地解释："抱歉，其实刚给你发消息时我已经到了，但错误估计了附近的停车位。"

夏蔚不理解："为什么要找停车位？你只需要打开双闪让我看到，我跳进车里大概只需要两秒……三秒吧。"

顾雨峥没有解释。

他只是觉得，不论出于礼貌还是重视，他都应该在夏蔚出现之前等候。只是很遗憾，搞砸了。

夏蔚当然毫不介意："那你不要过来了！告诉我你在哪儿，我去找你！"

那边继续沉默着，片刻之后，夏蔚恍惚听见一声极轻极轻的笑，短暂，像是飘过水面只沾湿了一点点的树叶。倒没有嘲讽的意味，她还来不及思考这笑声的含义，顾雨峥便提醒她："还是告诉我你的位置吧。"

"我？出了酒店往右边走，不远，有一棵树，很高。"夏蔚抬头，"这里可以躲太阳。"

……这粗略的形容，在这随处可见茂盛树木的上海街头。

顾雨峥极其认真地重复了一遍："嗯，一棵很高的树……"

下一秒，他就看到夏蔚了。

虽然隔了一段距离，但她穿着白色的吊带长裙，裙摆晃着，像是栖息于树荫下的鸟，真的很难让人忽略掉。

电话挂断了。

夏蔚还以为是自己误触，低头看手机，只是片刻，耳麦就被摘了下来。从身后探来的一只手，准确无误地钩住头带，轻轻一扯，耳麦就挂在了脖颈上。

夏蔚转身。

看到顾雨峥的第一眼，心脏越过山谷，忽悠了那么一下。

在她从头到脚隐匿在树冠投射的阴影里时，顾雨峥站在阴影和阳光的分界处。

和那日在较正式场合不同，他今天穿了一件很日常的白T恤，干净利落，随性又轻盈，那感觉像极了高中时穿着夏季校服，也让夏蔚一时间迷惑了。

可能浓烈的"喜欢"已经褪去，但心动这件事，顺其自然，易如反掌。

不论过去多少年，不论重复多少次。

"抱歉，久等了。"顾雨峥说。

夏蔚有种错觉，午饭还没吃呢，这正午的阳光已然变成了黏稠甜蜜的蜂蜜芝士酱，从头浇下，画出他嘴角微弧的轮廓。

"不久，不久……"她开始磕巴了。

"在听什么？"顾雨峥示意她颈上的耳麦。

"哦，Ed Sheeran。"

换来顾雨峥扬眉："你也喜欢？"

这个"也"字成功令夏蔚回魂。

什么叫也？明明是因为今天要和顾雨峥约饭，而她又恰合时宜地想起高中时米盈的情报——顾雨峥喜欢的歌手，除了林宥嘉便是黄老板。听一首老歌，见一个从前的人，多么富有诗情画意。

夏蔚定了定神，目光也随之定格在顾雨峥的脸上，从他的额头，一点点向下……然后笑起来："你近视？平时戴眼镜吗？"

顾雨峥怔了下："一点点，工作时会戴。"

"哦。"夏蔚追根溯源，准确推断，"所以，你上午在工作。"

面对顾雨峥迷惑的表情，她用一根手指，点了点自己的鼻梁中间。那里有眼镜压出来的红痕，很细微，不显眼。但他站在太阳下实在白得发光，所以……

"这里。"见顾雨峥还没有反应，夏蔚扬手。

这次是冲着他去的。

高挺鼻梁挺诱人，夏蔚只是想提示他位置，没想碰的，可恰好，同一刻，顾雨峥也抬了手。两人皮肤短暂擦过，夏蔚感觉到顾雨峥的手背温度，比她略低一些。

"唰"的一下，陡然紧张。

于是只得蜷起手指。

相比之下，顾雨峥倒是更自然的那一个，他明白过来，垂下手，颇为无奈地笑了下。

拜托，你这人怎么回事？

可不可以不要笑了？

And I'm thinking'bout how people fall in love in mysterious ways

人们会以不可思议之姿坠入情网

Maybe just the touch of a hand

或许就在手指相触的刹那

黄老板的歌被按下暂停。

忽如其来的一阵风，将头顶树冠吹动，也将她的裙摆吹起。夏蔚心里蝉鸣不断，今日更胜从前。

以前上学时只觉得顾雨峥漠然安静的样子吸引人，却没想到他笑起来竟是如此犯规。

从哪里修炼的？人有必要如此上进，掌握所有令人心动的技能吗？

"我饿了。"

夏蔚忽然有点生自己的气。她冷下脸，一脚踏出树荫，回头朝顾雨峥抬抬下巴："快走吧，顾同学。"

顾雨峥的车停在距离酒店一百米的地方。

原本想着趁走路的这段时间，消散掉那些异常绚烂的心动，但夏蔚明显察觉到，难度不小。

她跟在顾雨峥身后，半步左右，不快不慢，一不小心，额头就会撞上男人的肩膀。

嗯，到底是男人，不是少年。

清薄身形变得宽阔些。

夏蔚悄悄垂眼，打量顾雨峥的小臂，阳光下净白的肤色，有流畅自然的线条感，就像画师笔下寥寥几笔勾出的轮廓，再往下，则是骨骼感较强的手腕。

夏蔚不自觉地，摸了摸自己的鼻尖。

工作时的妆容够复杂够耗时，所以平日里她图简单，出门总是素面朝天。今天也一样。她下意识地用手指擦了擦鼻尖和鼻翼，还好还好，没出油。

"抱歉，停得有点远。"

顾雨峥扶着方向盘时，手腕的骨骼轮廓就更加明显了。夏蔚扣好安全带，又整理了下裙子，问："你为什么这么喜欢道歉？"

她都不记得自他们有联络开始，顾雨峥一共说过多少句抱歉。

"好，我控制一下。"顾雨峥又笑起来。

他打开导航，车子驶出去的同时，也抛出话题："这次会停留几天？"

"昨天的活动结束了，周三约了个棚，要拍一组正片，所以会在上海待到周四。"

顾雨峥的车很干净，没有任何香氛味道，也没有被人装饰过的痕迹。夏蔚向后倚靠，发现就连头枕的角度都很合适，她左右微晃脖颈，顺口一提："我们一会儿要去的那家餐厅可能会……有点网红。"

"所以？"

"如果它很难吃，你不要介意。"夏蔚拨了拨空调出风口，凉风扫在脸上。她和顾雨峥复述起网上的评价，那家餐厅因为火，有些"恃宠而骄"，服务态度一般不说，还给顾客定了些奇奇怪怪的规矩，比如不能外带只能堂食，汉堡不可以切开，还有好几道招牌菜只在晚餐供应之类的。

顾雨峥开车很稳，他目视前方，听到这里时却微微蹙眉："……抱歉。"

夏蔚侧身对着他："怎么又要道歉？"

"是我提议的午餐。"他并不知这会让夏蔚错过很多道菜，"只是考虑到第一次约你吃饭，午餐会更……"

……会更礼貌。

哦。

夏蔚明白了顾雨峥的逻辑，可真是复杂的社交礼仪。

"哪里要讲究那么多！"她靠回座椅。

她轻松的语气似乎也让顾雨峥放松下来，他扬眉："所以你下午还有别的安排吗？"

"没有啊。"

"那介不介意我占用你两顿饭的时间？"

"啊？"

这一句疑问的尾调还没结束，顾雨峥就已经打了圈方向盘，在十字路口掉头了。

"晚饭再去那家吧，这样不会错过什么。"他说，"上次你来，没有好好招待，这次算我赔礼。午饭的话……麻烦你再挑一家？"

夏蔚没想到会是这个走向。

一顿饭、两顿饭倒是没什么所谓，只是她惦记着那家汉堡的巨大分量，如果中午就吃得很饱，晚上还怎么吃得下？实属暴殄天物了。

"那个……"夏蔚犯了难，"我们可不可以中午吃点简单的？我好像又不饿了。"

实在是不好意思直接告诉顾雨峥，她是在为晚饭留肚子。

而顾雨峥似乎也在思考，片刻后坦白："我平时对餐厅研究很少。"

"那你平时上班都吃什么？"

"食堂，或是公司楼下。"

"好啊！那就去你们公司！"夏蔚忽然来了兴致，"哦，对了！我能不能去你公司参观？"

"参观？"

"对啊！我想看看做游戏的公司是什么样的！还想看看你的工位！"

夏蔚讲起自己大学时看过的一篇网站文章，是外国一家媒体对暴雪的采访。

作为国外知名的游戏开发商，业内常青树，不仅游戏受欢迎，暴雪公司的氛围和环境都很棒，随处可见角色雕像和巨幅海报，充斥着游戏元素，员工们的工区可以搭帐篷，每个人的工位上都摆了许多模型和手办。

这简直给当时疯狂迷恋《魔兽》和《炉石》的夏蔚带来了莫大的震撼，能在这样的地方工作也太幸福了吧？她猜Realcompass的办公环境也一定很棒。

她正说得起劲儿，忽然捕捉到顾雨峥嘴角浮起的笑意。

"你笑什么呀！"

顾雨峥摇摇头："我只是觉得，可能会让你失望。"

夏蔚说的那种公司文化不是没有，林知弈的办公室就是他自己设计的，各种海报贴了满墙，其他员工的工位和会议室也的确会体现许多游戏元素，所谓的愿景感召，增加员工的组织认同感……

只不过顾雨峥自己没这个习惯。

他的办公室和桌子都特别干净，也可以说是枯燥无聊，除了电脑和必备的办公用品，什么也没有。

"啊？那我不去了，别人的工位我也不好随便看嘛。"夏蔚说。

顾雨峥公司所在地是一片创新创业园区，各个公司认领各自大楼，中间是一个圆形的下沉广场，配备便利店、餐厅、饮品和各种外卖。

跟全国各处的科技园区大差不差，工作日熙熙攘攘，人满为患，周末则冷清。

夏蔚走在前面，原本想去找家简餐，可路过一家奶茶店时停住了脚步，她向后伸手使劲儿挥，然后指了指，示意顾雨峥："哎？你们的联名！"

Realcompass正和这个奶茶品牌做联名。

园区里刚巧就有一家门店，门口摆着易拉宝。

两杯套餐送主题杯套，还有周边赠品，镭射票和亚克力小立牌二选一。夏蔚捧着两杯奶茶，递到顾雨峥面前：" 你要哪个？"

不待顾雨峥回答，她眯起眼睛：" 不对，你们做联名，应该早就喝腻了吧？"

"Realcompass 每年都有很多跨界联名，我也未必会尝试每一个，" 顾雨峥从夏蔚手里抽走了一杯冰比较多的，冰块撞着杯壁，" 哗啦啦" 响，他笑着，" 多谢你，第一次喝。"

杨枝甘露，芒果和椰汁混在一起，呈现一种灿烂的明黄，和夏蔚手里巴掌大的角色立牌颜色差不多——店里的小立牌被一抢而空，只剩这一个角色了，刚好，就是她上次参加周年庆时出的 Cos。

两人在店门口的休息区入座。

太阳西移，刚好降下一片阴凉。夏蔚搅着吸管，看着对面的顾雨峥，忽然就笑出声。

"怎么了？"

"没事没事。" 许是刚见面时的生疏这会儿总算被打破，也可能是芒果的味道太甜了，甜到人舌尖发痒，总是克制不住想要说话的冲动。夏蔚摆摆手，很坦诚地交代，" 想起了一些高中时候的事，学校门口也有奶茶店，你还记得吗？"

那时的奶茶都是五颜六色的粉冲调的，喝完嘴巴都会染色。

"还有砂锅米线、炸鸡、汉堡……"

汉堡更是没什么手作之类的高级概念，冷冻肉饼过油，挤一圈沙拉酱，两片面包一夹，就算搞定。两层的店面，倒是永远不缺顾客，许多荣城一高的学生周五放学不回家，就去那儿聚餐或写作业。

"他们家的可乐是自助的，那时候不怕胖，我每次都接好多杯。"

顾雨峥微笑着听夏蔚讲，将餐巾纸推过去，帮她擦掉面前桌上的水渍：" 嗯，记得。"

许多事情，看似被遗忘了，其实只是缺那么一个小小的钩子。

夏蔚仔细瞧顾雨峥耳朵的轮廓，忽然发觉他的耳朵也很好看，会认真听她的每一句话，并毫不吝啬地给出回应。

好奇怪。

这样一个人，她从前怎么会觉得他难以接近呢？

"我发现你和我印象里很不一样。" 夏蔚说。

顾雨峥没有抬头，他垂着眼，睫毛下歇了一小块阴影，冰块相撞的声响和他清淡的嗓音交错在一起，语气再平常不过：" 你对我有印象？"

夏蔚想说 "当然啊"，可一口吸上来许多西柚粒，酸味激得她闭了嘴。

"你总考第一，谁会没印象？" 她挑了个比较寻常的理由，" 实不相瞒，我觉得我考运很差……哦对，高考，高考是我考得最好的一次，大概所有好运气都用在那天了吧，我……"

说到这里，她忽然顿住了。

夏蔚抿着唇，发现自己过于放松，乃至得意忘形了，她竟然当着顾雨峥的面提高考，这与伤口撒盐无异。

好在，顾雨峥看上去并不在意。

他看着夏蔚的眼睛，缓缓开口，表示认同："嗯，其实我的高考运也不错。"

夏蔚一时不该如何接话。

他太真诚了，瞧得出来，根本不是在阴阳怪气。

可是……

气氛好像在云层间跳跃，夏蔚只能尽量保持平稳，略微生硬地转移话题："嗯……那你和以前的老师同学还有联系吗？"

"没有了，不知道他们的现状。"

顾雨峥依然看着她。

他眼神太过认真，瞳孔底似有一弯光弧，恰好，成了那枚引起回忆的银钩，慢悠悠，又无比牢固地将夏蔚钩住。

"或许你愿意讲给我听？"

从中午到傍晚，从工作园区到附近商场，从下午茶到晚饭。

后来夏蔚点开点评软件，想给那家网红店写评价时才发现，她根本记不起餐食的口味。什么瀑布芝士，什么洋葱牛肉饼，通通越过了她的味蕾。至于餐厅环境、背景音乐，更是丝毫没印象。

她唯一能记起的，就是每一个与顾雨峥四目相对的时刻。

她不停在讲，他一直在听。

夏蔚再一次认可顾雨峥的社交礼仪，他在听故事时无比安静，也十足认真，即使她口中的老师同学已经在他脑海中丢失轮廓很久了，但依然不妨碍，他是个满分的倾听者。

哦，他还会默默注意到她掏空的半碟薯条，轻轻转个方向，然后推到离她更近的位置。

夏蔚吃掉最后一根薯条，手指上还粘着芝士粉，冷不防抬眼，却直直撞进顾雨峥的目光里。

……好像凭空坠进盛满温水的玻璃杯，周遭密不透风，氧气告罄。

夏蔚赶忙偏开眼，保持不被察觉的幅度深深呼吸。

也说不上这份挤满胸口的轻微不适究竟是因为吃撑了，还是一瞬间的心悸。

晚上，顾雨峥送她回酒店。

进了房间，夏蔚贴着门站了许久，按理说讲了这么多话应该口干舌燥才对，可她感觉不到任何疲惫。

翻出手机，发现几条晚饭时忽略了的未读消息。

先是米盈，问她在做什么，想打个语音聊聊天。

夏蔚觉得有点怪。依照她对米盈的了解，有话说，多半就直接一个电话拨过来了，哪里还会提前问？

她打了语音过去，可是米盈没有接。

紧接着是顾雨峥，叮嘱她早点休息。客套的社交礼仪，为今天的见面画上句号。

顾雨峥有礼貌，有教养，是因为他本身就是个很好的人。他提议吃两顿饭，是因为要尽地主之谊，不让她有遗憾。认真倾听她讲话，不一定是对话题感兴趣，只是懂得礼仪，陪逛街陪遛弯儿，更是绅士行为。

包括晚上结账时。

夏蔚想付钱，却被告知顾雨峥已经结过了。按照正常的社交规则，她应该把钱转过去才对，但顾雨峥随口的一句"下次吧"，她就真的顺坡下驴了，十分豪情地打了个响指，说："好！下次轮到我请你！"

哪里还有下次？

下次是什么时候？

按照现代社会都市准则，所谓"下次""等有时间"，就是一种婉言推辞而已。

现在夜深人静，夏蔚开始复盘这次见面，忽然觉出自己的"不得体"和"不见外"。她猜测顾雨峥甚至未必真想见这一面，因为往前追溯，就连约饭也是她提出来的。

这都叫什么事儿啊！

这一夜没睡好。

第二天一早，夏蔚醒来便捞过手机，打算按照昨晚的小票给顾雨峥转账，可还没输付款密码呢，顾雨峥的语音消息就跳了出来。依然是很自然的语气："你的东西落在我这儿了，什么时候有空？我送过去。"

夏蔚愣了片刻。

顾雨峥提示她："立牌。"

哦。

夏蔚挠了挠脸："算了，那个角色我有了，给你吧。"

发完又后悔了，这样会不会显得自己很没礼貌，不善待别人的好心？

顾雨峥倒也没强求，只回了个"好"。

夏蔚把手机摆在面前，抱膝坐着，下巴搁在膝盖上，盯着和顾雨峥的聊天界面放空。

不是第一回了。

顾雨峥仿佛永远是她的社交滑铁卢，从前在学校太过胆怯，打个招呼都不敢，现在又太过没皮没脸，把握不好尺度。

一句话总结。

只要碰到顾雨峥，脑电波统统搭错线，各种短路，火花闪电。

发够呆了，夏蔚拿着手机去卫生间洗漱，正刷着牙，有消息跳出来，还是顾雨峥。

Yz.：［图片］

夏蔚打开一看，是一个工位的照片，实在太空荡了，桌子上除了电脑和键盘鼠标，就只有一个笔筒和一只水杯，简单得不像话。

透过透明机箱观察，显卡配置倒是不错。

文字消息随之而来：第一次研究这个，请问以夏夏老师的审美，我的工位还需要怎样装饰？

夏蔚把照片双指放大，再放大。

这样一派黑白的配色之中，一个明黄色的角色小立牌立在屏幕正下方最显眼的位置，简直突兀。

高马尾的女骑士，萌版，高举武器，战斗姿态，仿佛对着工位的主人猛然轰来一枪。

夏蔚愕然，看了看照片，又看了看镜子里的自己。

没忍住，吞了一口牙膏沫。

第十三章 ★
帆船、巨浪和秋风起

夏蔚是在周三醒来时收到米盈的消息的。

她约了摄影棚,得早点去,可是米盈的消息更早,发送时间是凌晨三点半,依旧是问夏蔚在哪里、在忙什么,如果有空,能不能打个电话。

向来把熬夜会变丑挂在嘴边的米盈,何时凌晨不睡觉?更遑论这语气客客气气,还有点奇怪的疏远。

夏蔚满脸迷惑,看着最近两次米盈发的消息,越发觉得这人一反常态,当即一个电话拨过去,这次倒是有人接了。

"你好啊,夏夏是不是?"一道上了年纪的陌生女声说,"不好意思啊,我是米盈的婆婆,消息是我发的。"

夏蔚一慌,脊背上那根神经酥麻了一下。她腾地就站直了,撞到化妆包,东西撒了一地。

半个小时后,夏蔚打车去虹桥机场,在路上给摄影师发消息。

虽然事出有因,但临时放鸽子总归是不大好,而且约棚挺贵的,费用不退,夏蔚肉疼,却也只能咬咬牙。

邝嘉是米盈的大学同学,一路恋爱到结婚,顺风顺水。夏蔚也曾在米盈婚礼上见过米盈的公公婆婆,很年轻,一看就是家境富裕的人家,待人迎宾挺和善。为了照顾米盈这边的宾客,整场仪式上,一家人都刻意不讲粤语,交流都用普通话,礼数周全。那时几个同学就说,米盈傻人有傻福,嫁得不错。

米盈婆婆在电话里和夏蔚解释,不到万不得已,他们也不想叨扰,可是米盈现在把自己关在卧室里不吃不喝,也不讲话,看着怪吓人的。米盈婆婆是趁米盈睡着,偷偷开门进去,拿手机给夏蔚发消息的。

"米盈微信里有两个置顶,一个是邝嘉,一个是你。"米盈婆婆说,"邝嘉现在在国外,实在是回不来。我也是没办法了。"

夏蔚表示理解。

寻常过日子哪里有偶像剧般的浪漫桥段,一言不合豪掷千金,可能来年一年全家吃喝都要指着这个项目订单,纵使邝嘉在外边急得团团转,也无计可施,无暇分身。

"从查出怀孕,就这个样子了?"夏蔚问。

"是啊,本来我们都挺高兴的,谁知道……"

夏蔚下了飞机,拎着行李箱直奔米盈家,是米盈公公婆婆开的门。看见夏蔚跑得脸通红,满头汗顺着脖子往下淌,他们连连道歉。

夏蔚用手抹了一把脸,示意那扇关得紧紧的门,小声问:"哭了吗?"

以她们近十年的交情和对彼此的了解,遇事不掉泪,那就不是米盈了。总要承认,这世界上就是有爱哭的人,他们把哭当成一种排毒解压的方式。

可偏偏,米盈婆婆摇摇头:"就是不吃不喝,也不怎么睡觉,我试着劝了几回,也没用。眼泪倒是没有掉的,可是越这样我们越担心啊。"

"那我去看看。"

夏蔚走到卧室门口,也没敲,推门就进。

卧室里黑黢黢的。

明明是阳光正好的下午,可窗帘严丝合缝,米盈把自己裹在被子里,从远处看就是一小团。夏蔚用手指戳了戳那小团凸起:"哎,装什么鹌鹑?"

米盈公公婆婆在客厅站着,面面相觑,等了许久,只隐约听到米盈哑着嗓子说了句:"你怎么来了?"

不出两秒,便有暴烈的哭声传出来。

那号啕令人心焦,好似压抑许久终于爆发的水井。

夏蔚站在床边,任由米盈像只树袋熊一般抱住她的腰死死不撒手,眼泪和汗水一同将衣服浸湿。她轻拍着米盈的背,帮她顺气:"没事儿,没事儿……"

阳光顺着窗帘下摆那一条细细的罅隙刺进来,黑沉的卧室终于有了一丝亮。

脆弱、敏感、泪点低,这些特质在处处颂扬坚韧勇敢大女主的舆论环境里,似乎已经成了人人喊打的无病呻吟。

但夏蔚没办法对米盈有任何微词。

米盈就是这么个人。

她们全程参与了对方的成长,从十几岁到二十几岁,针线来回穿梭拉紧,没有谁比她们更了解对方,不论是沿时间勾描的脉络,还是按那些往事加盖的印章。

夏蔚抱着米盈,等她的眼泪缓缓蒸发,恍惚间,好像回到了荣城一高。那时,米盈因为期中考试错了一道化学老师讲过无数次的常识题而挨骂,晚自习,紫藤架底下,她就是这样哭,害得夏蔚一边帮她擦眼泪,一边还要帮她挡住教学楼前来来往往的目光。

入夜,外面的弯月却好像不敌晚自习那样亮了。

夏蔚想来想去,大概是因为从前心比天高,看什么都是轻松明快的吧。

米盈公公婆婆早早去了客房,把空间留了出来。

米盈和夏蔚两个人并排躺在床上。夏蔚高高举着验孕棒仔细端详,然后摸了摸米盈的小腹:"天哪,难以置信,你要当妈妈了!"

一句话，刚被哄好的米盈眼泪又开闸。

归根结底，是因为这个孩子的意外到来而心情郁闷，米盈难以接受，明明自己还没长大呢，怎么就忽然要养另一个小孩了？一时间好像天要塌下来，本能地想逃，可又能逃到哪里去？

之前一段时间的食欲不振、失眠多梦、情绪波动大，也都找到了原因，是因为激素水平的变化。米盈的孕期反应非常夸张，从怀孕初期就开始了，她小心翼翼地把手掌盖在肚子上，可一想到里面有个小生命，又吓得赶紧松手。

"叔叔阿姨呢？知道了吗？"

"知道了，要来看我，我不想让他们来。"米盈鼻子红红的，望着天花板，"我妈妈的火锅店最近又开了分店，她忙得没时间睡觉。我爸也是，前一阵子去医院体检，大夫说他有糖尿病先兆，血压也高得吓人，有一次差点在家里晕倒。"

"邝嘉呢？"

"跟他说了，他很高兴。"米盈使劲儿抹脸，"他高兴有什么用？怀孕不是他辛苦，孩子也不用他生，只顾着高兴就行了。"

夏蔚攥了攥米盈的手："别这么说，邝嘉挺好的，还有邝嘉父母。不管怎么说，从你们恋爱到结婚我也算是全程旁观吧，人家对你，真的没得挑。"

"我知道！我也没有抱怨！我就是……"

没说完的话，夏蔚替她补充了："你就是害怕。"

米盈通红着一双眼盯着夏蔚，片刻，眼泪簌簌落下："对，我就是害怕，还有点遗憾。"

害怕突如其来的变迁，害怕未知的风险，害怕以后的人生不如自己所愿。

至于遗憾，就更多了。

最令人难以接受的是，人生最自由的阶段到此为止了，之后便要变成上有老下有小的、彻彻底底的"成年人"。

重担之下，缚手束脚。

怎么能不伤怀？

米盈说："我其实还有很多想做的事。我二十七岁了，除了结了个婚，好像一事无成。上次投资面包店失败了，我本来想这次好好学一学，上上课，再试一次，我还想去欧洲玩，还想学潜水……总之我规划好的一切，因为这个孩子，全毁了。"

夏蔚打断她："还潜水呢，你连游泳都不会。"

"不会我可以学啊！"

"这么多年，你学了吗？"

米盈被夏蔚怼得一愣一愣的，伸手便捶她："你是来安慰我还是气我的？"

夏蔚往旁边挪了挪："我只是觉得没什么好郁闷的。你列举的许多事情，即便没有这个孩子，也未必会去做，那些真的非常想要完成的事，有了孩子，也不耽误啊。"

米盈反驳:"你想得太简单了。"

夏蔚侧身,撑着脑袋看着她:"是你想复杂了。"

逢山开路,遇水架桥,实在是太深奥的智慧了。天生心思重、易想多的人,怕是花多少年都学不会,米盈就是其中之一。

她羡慕,甚至有些嫉妒夏蔚。

嫉妒夏蔚永远都像个火箭筒一样,只顾往前冲,从来不管身后烟尘。

"你闭嘴吧!跟我讨论孩子,你连恋爱都没谈过,跟我这儿当什么心灵导师!烦死了!"米盈翻了个身,索性不理夏蔚。

夏蔚悄悄伸长脖子看了一眼,见米盈手机屏幕亮着,在搜孕早期注意事项。看来是今天哭爽了,气儿顺了,有些事情就慢慢想得通了。

安静的夜,好朋友在身边,当然适合聊天。

尤其是情感话题。

"米盈。"

"干吗?"

"其实我也有点事情想跟你讲。"

"说。"

夏蔚沉默了一会儿,缓缓开口:"我碰见顾雨峥了。"

"谁?"米盈回过头,反应了一会儿才恍然,"……啊,他啊。所以呢?"

夏蔚详细讲了讲和顾雨峥偶遇后的种种。

"我有件事一直瞒着你,跟你道个歉。"她搓了搓脸,坦白,"其实上学的时候,我暗恋他来着。"

米盈听到这原本有点生气,最好的朋友竟然和自己藏秘密,搁谁都会心里不舒服,但她看着夏蔚放倒在卫生间旁的行李箱,因为下了飞机就往这边跑,轮子都磕飞了一个,再瞧瞧夏蔚的脸,就决定不和她计较了。

"怎么,暗恋很骄傲啊?我暗恋的对象多了去了呢。"

也不知这有什么可比的。

"不仅仅是这样,"夏蔚深深吸了一口气,"……算了,我也不知道怎么说。"

"你见到他,还喜欢他吗?"

还喜欢吗?

夏蔚一时间竟沉默了。

"他没长歪了吧?"

夏蔚抿唇,有点藏不住笑:"没有,很好。和以前一样,或者比以前更好。他比以前爱说话了,还爱笑了,我不知道他原本就是这样的性格,还是这些年变了。"

"那肯定是变了呀,人都是会变的。"米盈说,"那你打算怎么办?你们会有进展吗?"

又是漫长的沉默。

沉默过后，夏蔚终是摇了摇头，依旧给出无效答案："不知道。"

喜不喜欢，有无变化，丢失的那一段轨迹里发生了什么，以及未来的轨迹会延伸向哪里，这些夏蔚通通不知道。

她一向不是谋定而后动的人，什么事情想了就做了，从不瞻前顾后。可直面感情时，光靠勇猛无用。

她甚至不知道自己的船帆该升多高，朝向哪里，何时该随波漂荡，何时又该加速冲锋。

总有一种混混沌沌的无力感。

夏蔚并不常体会这种滋味。

下一个工作在周日，这意味着夏蔚可以在广州停留几天。顾雨峥发来消息时，她正在医院，陪米盈建档做产检。

顾雨峥言简意赅，问她最近行程是否排满，因为他公司今年开始推新游戏，一个ARPG（动作角色扮演游戏）手游，计划找几位Coser做角色代言，如果夏蔚感兴趣，可以接触一下。

医院人挤人，夏蔚让米盈坐在楼上等，她下楼帮米盈缴费，顺便回语音消息："当然有兴趣！我该和谁联系？"

"晚些我把我同事推给你，和你讲一下基本情况。"

"好！"

夏蔚来不及和顾雨峥多聊。晚上回到家，等米盈睡着了，她才轻手轻脚地走到客厅阳台，开辟一小块安静之地，站在夜色里给顾雨峥回了个电话。

珠江新城奢侈的夜景，一眼望去，遍地都是碎金闪烁，夏蔚伸个懒腰缓解一天的奔波，不小心溢出一小声叹息，自觉无礼，赶紧捂紧嘴巴。

幸好，顾雨峥好像没有听见。

他如常地和她讲了一会儿工作，关于手游的宣发进度，最后才开口问："你还在室外？"

"没呀。"

"我听见风声。"

"哦，可能是太高了。"夏蔚小心地往下看了一眼，小区楼下的绿化像是蚂蚁的迷宫，"我在阳台吹风，广州夜景很好看。"

她说起自己第一次被大城市的夜景所震撼，就是高三毕业的暑假："当时高考还没出分呢，我和我同学去泰国玩，中途路过广州，好像是有个漫展吧，忘记了，总之我因为在地铁里迷了路，错过了，有点遗憾。"

夏蔚记得那天，和郑渝跑去现场时，人群早已散尽。

"不怕你笑，我现在坐地铁偶尔还是会迷路，因为总要上上下下，不如公交车，我就站在原地等,该来的车总会来。"

电话那边,一片寂静。

夏蔚没有听到顾雨峥的声音,还以为是信号不好:"顾雨峥,你在听吗?"

许久。

"嗯,在听。"

他的声音有点哑,好像不似平日清澈,在这燥热浮动的夜。

夏蔚说,此刻已经是八月末九月初了,若是在荣城,天气早已转凉,哪里会这样热。

顾雨峥闻言,从客厅起身,走到阳台,单手拉开玻璃门,站定。

夜风拂面,的确闷热不干爽,且好像马上要降雨,空气中有涩味。

他忽而想起自己第一次见到夏蔚的时候,好像也是今天这样的天气,有种风雨欲来的压抑,恰逢他刚刚跟随楼颖转学去荣城,心情也茫然又颓败,好像沉于雨水中。

那时他根本不知道自己下一步该往哪儿走、该做什么。

那年初秋荣城雨水连绵,世界仿佛黑云压顶,难得一个破局的晴天,他记住了一个叫夏蔚的人。

她好像永远是轻快的。

不论从前还是现在。

他持着手机望向远处的黑沉,却听见夏蔚喊他:"顾雨峥,你那边也能看到月亮吗?"

没有月亮。

暴雨之前,云层那样厚,但他还是笑了笑,撒了个谎:"嗯,能看到。"

"我有时会觉得神奇,就比如现在,我们不在一个城市,却能看到同一个月亮。"

夏蔚总会有些奇特的脑回路,发出一些随性的感悟:"月亮挂了这么多年,今天是这样,明天也是这样,所以有些错过的东西,根本没必要纠结,转个弯回来,可能丢的东西就在原地,你说是吧?"

她语气轻松。

但其实,在看不见的地方,心脏疯狂跳动,隆隆作响。

夏蔚单手捂着胸口,紧张异常,不知电话那边的人有没有明白话外之音。

好想让他听懂,却又怕他听懂。

顾雨峥,我原本以为这辈子再也见不到你了。

但你偏偏又出现了。

还搅起滔天白浪,掀起巨响,夏蔚感觉自己的指南针彻底失灵了,黑夜中的汪洋快要将她吞没,好像只有努力攀着桅杆,才能勉强吸一口氧气。

……一秒,两秒。

她没有等到顾雨峥开口说话,反倒放下心来,开始给自己找补:"我好像话太多了是不是?实在不好意思,只是今天陪同学去医院,想起了很多以前的事情。"
"夏蔚。"顾雨峥忽然开口打断。
"嗯,怎么啦?"
"我也会遗憾,遗憾自己错过了一些东西。"他说。
夜风忽然停滞。
夏蔚感觉心跳再次猛烈,像是海上风暴来临前的某种预感。
她的拳头再次用力抵住胸口,尽量平稳声线,却还是一不小心,尾音转调:
"你错过了什么?"
高处的空气仿佛被月色灌溉,更清澈、更安谧,就这样无声无息地,充盈起身体。
长久的一段沉默里,顾雨峥没有回答。

周一早上,林知弈来喊人开会时,顾雨峥恰好不在工位上。
他看见顾雨峥的电脑显示器下方摆着个亚克力角色立牌,明黄色,因为风格不搭,所以显得突兀,一眼即可捕捉。
拿在手里掂量两下,他打趣地问:"这是什么情况?"
不远处的数值策划从电脑前抬起头,笑:"你才发现啊?都摆了半个月了。"
"你们老大怎么了这是?"林知弈说,"自家游戏玩了这么久,总算摸准自己的喜好了?"
见顾雨峥从茶水间回来,林知弈拿着那女骑士的立牌在他面前挥了挥:"哎,这是你审美?"
顾雨峥没回答,只是从林知弈的手里把立牌抽回来,端端正正地摆回原位。
"走了。"
参会人不多,主要是第三季度总结,可这一场会议足足到了下午,午饭都没顾得上吃。
会议结束时,林知弈肉眼可见地鬼火冒,把几个部门负责人都叫去单谈,最后才是创始团队几个人关上门,说点自家人能聊的话。
"刚刚投资人的意思你们也听明白了,他们给压力,我现在也没办法。"林知弈撑着双膝佝偻在会议室一角,没了早上的精气神,眼里红血丝很重。
"可现在的营收已经远超预期了。"项目经理持相反意见,"投资人当然是胃口大,但他们对业务现状了解有限,步子迈得太大,小心适得其反。"
"废话!这些我不知道?"林知弈甩了个激光笔出去,"但现在不是咱们几个在国外过家家的时候了,得对投资人负责,游戏口碑是重要,但重要不过流水,归根结底只看钱!钱啊!"
会议室外人来人往,有员工听到争吵声,透过玻璃张望。
顾雨峥抬手按遥控,落下百叶窗,将八卦的视线隔绝掉:"冷静下。"
短暂安静。

项目经理和林知弈各自守着桌子一角生闷气,可视线相交,瞧见对方脸红脖子粗的样子,又忍不住双双笑出声。

Realcompass 创始团队的这几个人,先是朋友,然后才是同事。读书时相识,为了一个做游戏的荒唐梦想,创业的苦一分不少全吃过了,年纪轻轻硬把自己搞得像是流浪汉,那时候想的是,无论如何,不能让这摊事儿黄了。

现在,苦日子过去了。

Realcompass 如今在业内的口碑数一数二,可压力又落到了营收上。做游戏说是造梦,可归根结底是门生意,是生意就得把赚钱放在首位。

"顾雨峥,你说话。"林知弈开始平等扫击,"之前跟你讨论的,上线自带属性值道具,考虑得怎么样?"

顾雨峥站在靠门一侧,轻撑桌沿:"我还要再想一下。"

他没有回应林知弈的目光,只是语气淡淡地表明自己的想法:"现在流水健康,稳一点不是坏事,最起码,初心别忘了。"

初心,这个词其实挺矫情的,听上去像是空洞的口号,但细细想来又挺深奥曲折。

顾雨峥选择做游戏的初心是什么?

当初之所以被林知弈拉入伙,进了游戏行业,很难说与记忆里那个人无关。他原本对虚拟世界的一切都兴致寥寥,甚至曾因楼颖的缘故,武断地认为这也是一种"消极避世"。

但,他又会难以抑制地想起夏蔚。

她是与这种"偏见"一直执着对抗的人,上学时,老师家长们对所有动漫、游戏等娱乐严防死守,她却好似自由人一般,身体力行地去证明,这些看似会"荼毒"人的东西原本没有错。

相反,可以从其中汲取到养分,在无人知晓之处,填补上身体里小小的缺口。

后来的那些年,顾雨峥每每想起夏蔚,便会如同身受什么魔幻指引一般,不由自主地去了解她喜欢的东西,好像在明白这些之后,他也真真正正读懂了夏蔚。

她的勇敢、无畏、真挚、纯善,这些都不是上天赋予,而是在见过世界的许多面以后,她自己的选择。

她才不是"活在梦里"的胆小鬼。

她是天底下最好的女孩子。

而他,则想更进一步,从笃信一个梦,变为真正的造梦者。

他们已经分别了九年。

顾雨峥回国以后第一次捕捉到夏蔚的讯息,其实是在一年前。

那时 Realcompass 刚进行了一次版本更新,热度直线攀升,一度冲上热搜,顾雨峥在网上看了一些玩家评价,偶然看见了一个动漫博主在分享自己的日常视频,因为视频带了游戏的标签,便点了进去。

视频里,女生坐在地上一边收拾自己准备去漫展的行装,一边对着镜头和大家聊天,说起最近热度很高的游戏。她说:"Realcompass,我在玩啊!一开始只是觉得很巧合,和我名字这样像!后来玩了一段时间发现,还不错,这年头还有人做这种挣慢钱的游戏,很不容易呢!我猜制团队应该是一群很有情怀的人吧。"

顾雨峥因为这几句话,在视频页面停留了很久,直到他的视线落在女生脸上,凝神片刻,忽有所感。

再切换网页,看到博主的名字——夏夏、compass。

顾雨峥承认,即便他是个习惯隐匿情绪的人,在这一刻,也难免心跳落空一瞬。

从高中分别到如今,太多太多的人早已见过最后一面,他们被合在过往的书页里,融在字里行间。回忆是一面透明的墙,如果这时,你最记挂、常常想起的那个人,以霸道蛮横的姿态将墙一拳击碎,径直大踏步出现在你面前,你会是何种心情?

起码顾雨峥关闭网页时的心情很具象。

好似拨云见日。

他用自己的私人账号关注了夏蔚,成为她众多粉丝中的一员。

查看夏蔚的动态成了日常,她的性格一如既往的直率,不与粉丝藏私,也从不陷入任何纷争,如同永远立于光亮之下。看着评论区对她的夸赞,顾雨峥有时会觉得与有荣焉。

由此开始的半年内,他竭力寻找一切与夏蔚产生交集的可能。

但进展缓慢。

关键时刻,是郑渝帮了忙。

Realcompass所在园区大多是科技创业公司,半年前,其中一家公司开发布会,那日,众多记者围绕园区,吵嚷不堪,顾雨峥午休时到楼下买咖啡,忽然被人拍了拍肩。

"你是顾雨峥?"郑渝脖子上挂着发布会的出入证,指着顾雨峥,表情夸张,"还真是你啊!你记得我吗?我是郑渝,也是荣城一高的。好巧,没想到会在这里碰见你。"

顾雨峥一开始对眼前的男人毫无印象,直到他说起荣城,一些记忆澎湃而来,裹挟着荣城秋日的风和雨,还有高中校园灯火不歇的明亮教学楼。

"不记得也正常,我们不同班。而且我不像你,学习好,认识你的人比较多。"

顾雨峥听到这里习惯性地扶了下眼镜,却扶了个空,努力辨别过后,尝试着说出猜测:"你是夏蔚的朋友?"

春游,运动会,高三最后一场雪,操场上打雪仗……那时夏蔚身边总出现的男孩子。

郑渝激动起来:"我是!"

可说完,他又马上迟疑:"不对啊,你认识夏蔚?"

顾雨峥觉得自己这二十多年的人生中,受到的眷顾屈指可数,第一次,是转学去荣城遇见夏蔚,第二次,便是此时了。冥冥之中,所有断掉的绳索通通被揽起,交到了他的手上。

这一刻。

顾雨峥看到命运拖着前因后果,再次光顾。

他笑了笑,率先发出邀请:"坐一下吗?"

顾雨峥根本没打算掩盖自己的"有所图谋"。

两个原本并不相识的男人,在咖啡店聊到打烊,随后由顾雨峥尽地主之谊,转场去了一家居酒屋。

席间话题其实算单薄,说来说去无非是从前在荣城一高的那些事,从前一度嫌弃想要逃脱的高中生活因为被蒙上一层时光滤镜,变得无比值得怀念。

郑渝是两杯酒下肚后感觉出不对的。

顾雨峥未免太过直白了,装都不装一下的,就差把"我想通过你认识夏蔚"写在脸上了。

夏蔚的暗恋故事他知晓,可在夏蔚的描述里,那是一段单箭头的奔赴,最后落地时连一点儿灰尘都没扬起,顾雨峥压根就不知道有她这么个人存在。

可是,就在刚刚,顾雨峥提出,他想要夏蔚的联系方式。

郑渝手机都给出去了才忽觉不对,急急收了回来,看着顾雨峥,询问:"不对吧,你不跟我说实话,这联系方式我不能给你。你怎么认识夏蔚的?找她什么事?"

工作有工作邮箱,就明晃晃地挂在夏蔚的社交平台上呢。

可如果不是为了工作,那会是什么?

顾雨峥也喝了酒,却无醉意,只是于眼底挂了一层清霜,好像冰过的玻璃杯壁。他将杯子稍稍推远,一道水迹于桌面浮现。男人抬眼,语气平稳,一如往常:"你觉得呢?"

他这样问郑渝。

一个男人如此执着地想要认识、靠近一个女人,你觉得会是什么呢?

他不想过多地讨论夏蔚,也不想细致入微地剖白自己,并不是因为和郑渝不熟,而是觉得这样对不在场的人可能是一种冒犯。

面对郑渝的"指控",顾雨峥思忖片刻。

"的确,我与她没有任何交集,虽然很不想这样承认。"他的语气丝毫不染酒意,"但我的许多事情,与她有关。"

"你指什么?"郑渝追问。

"生活、职业、未来、理想,你能想到的全部。"他说,"换言之,我之所以会成为现在的我,是因为夏蔚。"

顾雨峥说这话时目光澄澈,好像餐桌上方一盏橘灯一照到底,还带了些这个年龄不常有的少年意气。

十一假期,所有打工人最盼望的长假。

因为希望更多校友有空出席,荣城一高的百年校庆就定在十一举办。

夏蔚协调了工作行程,提前两天回到荣城,原本说好由她负责晚饭,但外公执意要亲自下厨做一道夏蔚喜欢吃的红烧鱼。

"我们夏夏这次出门这么久才回来,又是过节,总要做条鱼的。"

北方的习俗,无鱼不成席,即便家里只有夏蔚和外公两个人。

小老头倔得很,夏蔚根本劝不动,如此复杂的菜,只能尽量打打下手。等鱼端上桌,夏蔚看一眼颜色就觉不对,吃一口更是面色僵住,但在外公面前,她不忍有什么反应,勉强咽下才小心地问:"外公,什么调料坏了?"

"坏了?"外公回到厨房细细分辨几个酱料瓶子。

夏蔚跟在后面,挨个打开闻,终于找到症结:"是不是料酒和酱油搞混了?"

都是方方的玻璃瓶,一不小心就拿错了。外公有些懊恼:"我说呢,今天这鱼上不了色呢?"

"没事没事,您回去歇着,我来。"

夏蔚把鱼简单回了下锅,又把剩下的菜处理了一下,外公站在厨房门口瞧夏蔚,从前根本不会做菜只等吃的小人儿,如今也能把锅铲挥得利落。

怎么就长大了呢?这才多少年?

时间,到底是有多快呢?

吃完饭,刷了碗,夏蔚就看到外公在客厅沙发上坐着睡着了。

她把外公扶回房间,掩上门,开始翻箱倒柜。

校庆日就在后天。

夏蔚约了摄影师,还提前在微博告诉粉丝们,她打算穿高中校服拍一组照片,没想到评论区竟有许多人开始晒自己的校服。

各个年龄段,来自各个地方的人,校服竟然都大同小异,拉链运动服,"长"得差不多。更令夏蔚惊讶的是,原来这么多人和她一样,存着几分"怀旧"的小心思,将高中校服保留至今。

一些从前读书时不舍得扔的东西,都跟着校服一起压在床底,包括高中三年的成绩单、新年和节日收到的小礼物……蓝白相间的宽松外套,叠得整整齐齐,校服的材质就是不易起褶,不论多少年,打开抖一抖,好像一如往昔。只是夏蔚把校服往身上一披,很快就觉出不对劲儿。

这校服不是她的。

大了不止一个码。

海边踏浪,不小心踩到贝壳的痛痒感再次袭来,夏蔚抓着衣襟处的拉链,站在镜子前蒙了很久。当初在拍毕业照时怎样偷偷换的校服,种种细节一下子全部想起来。

那日的阳光，风，操场被太阳暴晒过后的塑胶味道，树叶摇动的簌簌声响，还有广播里不甚清晰的那首 See You Again。

夏蔚打量这校服很久。

校服很干净，它的主人应该是很爱惜它的，但校服袖口，最容易画上水笔印的地方还是没能幸免，有些许斑斑点点，那是伏案写字的痕迹。

她依稀记得高二有一次期末考试，顾雨峥又是年级第一，米盈看着操场上的年级大榜，有几分不忿："没办法，有的人天生就聪明有天赋，我等凡人，别想比得过天才。"

天赋，当然是有的，可夏蔚并不完全认同米盈的话。顾雨峥并不是一分努力万分收获的天才，相反，他很努力，非常非常努力，他拿在手里的每一次高分，每一次第一，都不是狂风卷来、凭空出现的。

夏蔚有时甚至会自愧不如，论在学习一事上付出的努力，顾雨峥绝对比她更多。她用眼睛记录过——在食堂边吃饭边记单词的人，在教学楼前紫藤架下翻看错题本的人，下课时间不出教室仍埋首于书本间的人，在书店教辅教材区驻足许久的人……

这些，都是顾雨峥。

而这些的见证者，都是夏蔚。

在她心跳难控，目光越过校园里纷纷的人群，悄然落向顾雨峥的每一个瞬间。

人一生会有几次不顾一切的瞬间？为了爱情？

夏蔚的答案未知。

她没有其他参考样本，就她自己而言，截至此刻唯一一次踏入过爱情边缘，却以失败告终。她在其他地方用光了勇气和冲动，以至于面对顾雨峥时，只剩谨慎和怯意。

十七岁的夏蔚，年轻的爱意，终究留在了晦暗不明的时间隧道里，再也找不到了。

夏蔚为此感到悲伤。

她连自己什么时候睡着的都不知道。

手机响起来的时候，没看屏幕，捞来就接，顾雨峥的声音从话筒里传出，也从梦里走到现实。

"在家吗？"他问。

夏蔚直接坐了起来，恍惚着。

直到顾雨峥再次发问："你睡了？我是不是打扰你了？"

"没有，没有。"她匆匆解释，"那个，你刚问我什么？"

然后便听见顾雨峥含笑地重复："我问，你在家吗？"

"家？荣城？"

"当然。"

"哦,我在。"夏蔚后知后觉,顾雨峥也是要参加校庆的,大概率他也是提前几天回到了荣城。

"方便下楼吗?"

"啊?"

"我在楼下。"他轻声说。

夏蔚根本来不及思考,为什么顾雨峥会知道她的住处。

有种干坏事被抓包的紧张,她急匆匆穿鞋子,拿钥匙,临出门前才看到自己身上的校服有多怪异,赶紧抓来件正常的衣服披上,小跑下楼。

荣城多的是这样的老小区,砖红色的外墙,单元门前一盏孤白的路灯。

顾雨峥就站在那灯下,穿一件浅色的风衣,身影清绝。

十月初,荣城夜里秋风凛冽。

夏蔚步速很快,直到跑到他面前,才缓缓停住。

"哪天回来的?"

"刚到。"顾雨峥说。

夏蔚这才注意到他身侧银白色的行李箱和一只棕色纸袋,应该是刚从机场或高铁站过来。

"我看到你的微博了,要拍照是吗?"顾雨峥非常自然地将那只纸袋递过来,"我想你应该用得上吧。"

"这是……"

打开袋子的一瞬间,夏蔚从呼吸中攫取氧气的能力归零。

纸袋里,荣城一高的蓝白校服露出一个浅浅的边。

夏蔚的手停在半空,没敢接。好像闸刀落下前等待宣判,直到听到顾雨峥再次开口。

"有人告诉我,很久以前你拿错了我的校服,"他声音清澈,"所以趁这个机会还给你。"

顾雨峥亲眼见证夏蔚的表情从惊愕,到难以置信,再到脸颊迅速攀上一丝红,在冷白灯光下格外显眼。

半年前的那天晚上,他和郑渝的酒局散场,路边等代驾时,头顶也是这样一道无甚温度的光线。

已然不胜酒力的郑渝揽着他的肩膀,说了几句模棱两可的话:"你知道我和夏蔚关系很好吧?她的所有事情我都知道。"

"我本不想跟你说的,被她知道了肯定要生我气,但是吧,"郑渝竖起一根手指,"就这一次,我就对不起夏蔚这一次,回头她揍我我也认了。"

郑渝十分用力地捶向顾雨峥的肩膀:"不为别的,就是感觉你是个真诚的人,你今晚和我说的这些话，应该都是真的。"

顾雨峥那晚回到家，一个人在停车场坐了很久。

他细细回想郑渝跟他叙述的每一句，总觉诡谲又迷幻。尤其是当郑渝神秘兮兮地跟他讲："夏蔚喜欢你，绝对不比你喜欢她的时间短，你不信我没关系，我有证据。"

毕业典礼那天，他拿到手里便觉尺码不对的校服，便是证据。

那时的顾雨峥只以为是现场乱糟糟，有人误拿了，他无论如何也想不到，这竟是有心之举。

原来，原来。

虽然善意的捉弄从未停止，但命运的馈赠终将如期而至。

顾雨峥一个人在车里坐到凌晨，黎明时分，天光乍泄，他终于低下头，笑了出来。

这世上最幸运的事莫过于，亲眼看见，长夜渐明。原来自己一直以来悄悄注视着的人，也以同样的目光注视着他。

再没有比这更美妙的事了。

这是大梦经年，劫后余生。

在工作上与夏蔚建立联系，是最合适且不会惹人反感的做法。

在看到 Realcompass 周年庆的嘉宾名单上有夏蔚的名字时，好像一切都变得顺其自然。顾雨峥曾想在活动结束后主动站到夏蔚面前，却不想，到底还是夏蔚先出现，就那么莽撞地，闯进采访厅，闯进他的视线。

再之后的每一次接触，顾雨峥坦白，他的目的都不"单纯"。

没有谁能在这种情况下保持理智和克制。

他曾数次纠结，到底什么时候才将真相告知夏蔚。在他的计划里，应该要等到两个人彻底熟络以后，起码不能吓到她。但就在前几天，他看到了夏蔚发的一条微博，像是在他心里落下一颗星子，点燃一团火——马上就要回去参加高中校庆啦，有没有人和我一样，明明现在的日子过得也不赖，但还是会很怀念从前？我打算回学校拍组校服照片，故地重游，希望会有意想不到的惊喜。

只是十分平常的一段话。

就怕看客有心。

顾雨峥庆幸手里的那件校服没有丢掉，保留至今，得以让他寻到一个借口，帮夏蔚完成这个"惊喜"。

他习惯万事计划为先，但总是出错。既然如此，那么干脆，撕掉所有。

他一落地荣城，便不停歇地赶到夏蔚面前。

夏蔚接过了那纸袋，打开看了一眼，随后目光游移着，最终轻轻落在顾雨峥身上，她抬头，与他对视。

"顾雨峥，你都知道些什么？"声线薄弱，是因为紧张。

/ 184

但事实上，被质问的人要紧张一万倍。

顾雨峥垂于身侧的那只手，手指微动。之前想好的所有措辞，都在清冷的灯光之下尽数逃跑了。

他听见了自己压抑的深呼吸，而后只能凭借本能，缓缓开口："我先说？还是你先？"

说什么？

她能说得出什么？

纸袋边缘被指甲抠出一个洞。

四面八方围拢而来的黑夜被路灯撕开一个口。

夏蔚与顾雨峥对视而立，脚下方寸是唯一光亮之地，她像个被推到城墙上示众的敌军俘虏。

有人会在秘密被戳穿时仍保持镇定吗？反正夏蔚自认做不到，饶是锻炼了这么多年的厚脸皮，但面对顾雨峥的深夜到访，仍会变得不堪一击，耳根发热，后颈沉沉，张不开口，也抬不起头。

这种挫败与窘迫久久不散，如同禁锢在脑袋四周的行星环，急速飞转，绕得她头疼。

在火星四溅之前，她的目光移向顾雨峥的身后，那根光秃秃的路灯杆，然后干巴巴地开口，将对峙按下暂停：

"你先别讲话，让我想一想，想一想。"

被顾雨峥盯着瞧，大脑是无法思考的。最重要的是，她还想为自己保留最后一分颜面。

暗恋不丢脸，但在暗恋对象面前掉马甲，与社死无异。

夏蔚大跨步上楼梯，回到家，扑倒在床上时，手机还在响。

几个未接来电之后，大概顾雨峥认识到她今晚势必不会接电话了，于是改发微信，是很诚恳的道歉：我还是吓到你了，是不是？

你说呢？

夏蔚没接话，只发了句"晚安"，还有一句"校庆见"。

她毫不怀疑，若是顾雨峥今晚还是不依不饶，她的心会和消息提醒音一起从喉咙里跳出来。

好在，电话那边的人还算体贴。

隔了很久，顾雨峥回了一句：好，晚安。

至此，偃旗息鼓。

又过了半小时。

夏蔚弯着腰前进，到厨房阳台露出脑袋看一眼，确定楼下没人了，终于松了一口气。她将和顾雨峥的对话框设置成免打扰模式，然后直接把手机扔到了一边，整个人裹在被子里，双腿狂蹬，无能发飙。

已经记不清自重逢以来，这是第几次被顾雨峥影响睡眠质量了。

夏蔚翻来覆去，酝酿睡意却无果，最后只能认命，开始回忆和顾雨峥之间的种种，不论是高中，还是现在。

第二天陪外公出去钓鱼，也是频繁出神，混混沌沌。

直到校庆日当天早上。

化妆镜里的人已是黑眼圈明显，要靠遮瑕才盖得住。

夏蔚将自己的校服穿在身上，又把顾雨峥的校服叠起来，用一个新的纸袋装好。端详很久，最终下定决心，一起拎出门。

因为打算在拍照时复刻一些高中时的场景，除了校服，她还带了些拍摄道具——多年前的文具、书，又在茶几抽屉里翻出了闲置多年的公交卡。

夏蔚没想到过去这么久，她的荣城一卡通竟然还能刷，而且卡里钱不少，问过才知道，原来外公这几年一直在充值。

就和从前一样，外公怕她周末和同学出去玩公交卡没钱，每次去交电费燃气费时，总会顺手往卡里充五十或一百。几年下来，也是不小的一笔钱。

可她已经很久没用过了。

现在大多数乘客上车都用手机扫码，夏蔚捏着公交卡在机器前扫一下，电子音传来"嘀"的一声，再低头看看身上的校服，竟真有种回到高中时代的错觉。

百年校庆，场面不小。

夏蔚在学校门口签到时，远远瞧见操场很热闹，人头密集，校友们年龄跨度很大，各届毕业生都有，甚至还有头发花白的老人。

米盈因为怀孕，不好远程奔波，所以没来。她在三人群聊里艾特夏蔚，让夏蔚多多发图：给我看看学校变了没？

同样无法出席的还有郑渝。

他在群里叫苦，说媒体人没有假期，国庆还要跑新闻。

隔了一会儿，见夏蔚只回了米盈，没回他，遂没皮没脸地戳夏蔚私聊：还生气啊？我就差给你跪下了。

夏蔚只回了个表情包：［滚.jpg］

关于郑渝的告密投敌行为，夏蔚非常无语。

一段不为人知的暗恋就这么被拎到台面上来，鲜发脾气的人也动了怒。她两天前开始不搭理郑渝，任由郑渝滑跪道歉、认错积极也无用："我错了我错了，这不是事出有因嘛。"

他还将和顾雨峥的对话一字不差地给夏蔚复述了一番，然后归纳总结："那个顾雨峥，很明显是想追你啊！而且我瞧他那意思，对你蓄谋已久，怕是从高中就开始了。"

郑渝很笃定："咱也不是出卖朋友的人，只是你高中这点事我门儿清，现在既然他也表明了，我就觉得干脆说清楚，也是件好事来着……"

夏蔚从郑渝的话里摘取出重点，比如那句"他对你蓄谋已久"。

总觉不真实。

"坦白从宽，郑渝，"她逼问，"顾雨峥给你什么好处了？"

郑渝沉默了。

夏蔚甚至都能想象出他挠头的样子。

许久。

"你真是误会我了，我的确觉得顾雨峥这人还不错，我跟他不熟，就是普通同学，但他也愿意帮我约采访，你知不知道进他们公司采访有多难！我……"

夏蔚不等郑渝说完，就把电话挂了，顺便把他也设成了免打扰。

校园里人声嘈杂。

出席校庆的校友加起来，少说也有几百人，学校打开了几个会议室和教室，供校友们参观打卡，除此之外还有升旗仪式和大会。

夏蔚参加完仪式，先和几个同届相熟的老同学聊了一会儿，然后才带着摄影师找地方拍照。

故地重游，心境有所不同，最明显的感触就是学校变小了，从前觉得绕操场一圈要好久，如今好像几步就走完了。

夏蔚忽然想起高二那年运动会，米盈替跑，跑完了瘫在终点线，一边抹眼泪一边骂人，纸团砸在她身上，轻飘飘的触觉，好像就是眨眼之间的事。一恍惚，操场的塑胶和草皮都不知换了多少回。

拍照给米盈发过去，收获了一个白眼：*我那时脑子有问题，才会替黄佳韵上场。*

每每提到多年不见的人，话题就会莫名其妙变沉重。夏蔚早上在签到处还特意翻了翻名册，没找到黄佳韵的名字。

打定主意销声匿迹的人，即便掘地三尺，也未必寻得到踪影。

相比之下，夏蔚就技术拙劣。别说藏起一个人了，她连自己的小心思都藏不住，以至于过了这么多年，还要被人掀起来示众。

想到这里，她环视四周。

然而人太多了，她没瞧见顾雨峥的身影。

"夏夏！"

夏蔚正出神，冷不防听到有人喊她，本能地打了个哆嗦，转身看见头发白了一半的孙文杰。

近十年过去，孙文杰从年级部升到了教务处，但学校里杂七杂八的事情永远操心不完，他的白发与年龄无关，单纯是累的、熬的。

"干吗这是？"他看了看夏蔚身上的校服，又瞧瞧身后跟着的摄影师，了然，"你这是工作来了？"

夏蔚有点不好意思，点头说"是"。

"你外公呢？来了吗？我们几个老师都想见见老班主任呢。"

"他想来，被我拦下了。"夏蔚如实回答，"怕他太累。"

孙文杰猛地想起什么，拍大腿："对对对，说这个我想起来了，有件事儿我得交代你。走，去食堂吃饭，边吃边说。"

孙文杰要交代的事和外公有关。

前些日子教师节，孙文杰和几个老师照例拎礼物上门拜访，聊天时却发觉老人家状态不好，说话不似往年流利，且健忘，上一句还说着眼前，后一句就聊起很久远的事了。说是要去柜子里找茶叶，却空手回来，在客厅站着思索，竟然想不起该做什么。

还有，虽然夏蔚常回家，家中也处处干净整洁，但细微之处却透露出异样，比如卫生间的抹布久久不晾，鞋柜里的鞋子不是成对放着……这些不是老人独居导致的，外公一向利落，从不邋遢，一定是身体原因。

其实不用提醒，夏蔚也发现了，只是孙文杰这样一桩桩一件件列出来，她瞬间攥起了拳头，顿觉不安。

"你也不用太担心。"孙文杰给夏蔚打了饭，又涮了筷子放在她面前，"老人嘛，上了年纪，有病有痛都是正常的，早点去医院检查一下，早检查，早放心。"

看着夏蔚神色焦急，他开口安慰："没有埋怨你的意思，我们夏夏已经做得很好了，小小年纪在外闯荡，从不让家里人操心，还能常常回来照顾老人，现在有几个年轻人能做到？"

孙文杰如今提起夏蔚当初改高考志愿的事，还是会觉欣慰。放弃一直想去的大城市，甘愿留在家门口，还毫无怨言，小小姑娘，看着大大咧咧、没心没肺的，实际上心思细腻，坚韧又乐观。

"孙大大还是那句话，我们夏蔚啊，真是这个。"他竖起了大拇指，在夏蔚面前晃了晃。

吃完饭，又去老师办公室坐了一会儿，一直到校庆活动结束。

此刻已是下午。

太阳从楼角的这一边划到了另一边，整面教学楼的外墙玻璃都被染上一层浅金，那是秋天的颜色，与学校大门两侧栽种的树木连成相近的色阶。

细长树叶堆叠，结出小小圆圆的果子，叫无患子。夏蔚忽然想起自己毕业那一年，高考送考时，她在鞭炮声中走出彩虹门时回头望了一眼，那时这两排还只是树苗来着，正在培土。转眼，已是高挺直立，枝叶繁茂。

顾雨峥就站在校门口，离那树几步远的地方，在等她。

今天的穿着又不大一样，一件黑色毛衣，比较休闲的风格，整个人却显得更为清肃,身形颀长,寒凉感更重,即便是在一片暖色的校园秋景里。

这让夏蔚莫名想起许多年前,她见他的第一面。

不必说,她知道他在等她。

况且有些事总要说明白,拖延不是办法,于是夏蔚定了定神,走了过去。

"嗨,"她主动打招呼,"刚刚一直没有看到你。"

"我在英语组办公室,和英语老师聊天。"顾雨峥轻描淡写地说,"我给你发了消息。"

夏蔚心里一"咯噔",拿起手机一看,果然有小红点。只是她给顾雨峥设置的免打扰还没有取消,因此没有收到提醒。

往上滑,他们上一次对话还停留在两天前,顾雨峥给她送来校服的那天晚上。

"不好意思啊。"她收起手机,换了个话题,"英语老师?现在还在教课吗?"

顾雨峥英语很好,从前每次考试单科几乎都是满分。她还记得他好像是英语课代表来着,因为不止一次看到他去英语组送作业,路过她班级的后门。

夏蔚想到这里,猛然惊觉,英语组与她所在的十二班并不是同一个楼层,甚至不是同一个方向,那么顾雨峥这绕远路的行为,是因为……

许多贝壳碎片被胶水黏合,逐渐显露出本来的形状。

夏蔚微微愣神,为这迟到了许多年的后知后觉。

她那时只顾着悄悄盘算顾雨峥去英语组送作业的时间段,并尽量保证自己那时坐在教室里,能偷偷瞄一眼他的背影,却从来没想过,原来他走的每一步,都是为她计划。

他们彼此沉默着注视对方,目光却从未相撞。

夏蔚深深呼吸,心尖好像被人攥住了,难受得紧。

直到顾雨峥出声提醒:"重吗?"

她手上拎了几袋拍摄要用的东西。

"给我吧。"

他要帮她提。

夏蔚没有拒绝,只是挑出一个纸袋自己拎着,其余的交到了顾雨峥手上。

"谢谢。"她说,"我们找个地方坐坐吧。"

面对顾雨峥探究的神色,夏蔚弯了弯唇。已经做了两天的心理建设,此刻她十足镇定:"我有话,想和你说。"

荣城一高还是荣城一高,隔着一条街,那所大学分校也还在。高中生加上大学生,这一条街的店面永远不愁客源,只是和多年前相比,已经大变样。

夏蔚和顾雨峥从街头走到街尾。

从前频繁光顾的汉堡店早已不知换了多少个老板,现在是一家桌游吧,上下两层,乱哄哄的,并不适合说话。

最终,他们走进了一家较为安静的咖啡店,落座。

很巧的是，除了工作时续命，两人平日里都没有喝咖啡的习惯，顾雨峥要了一杯柠檬水，而夏蔚点了一杯阿华田。她需要甜一点的东西，好让自己的心平静下来，得以顺利说出准备好的台词。

顾雨峥早就注意到了夏蔚身侧的那只纸袋。

在坐下之前，她一直攥着不松手，从纸袋把手弯曲的弧度来看，里面的东西很重，可还没等他发问，夏蔚已经一口气喝完了一整杯。

她将杯子往旁边挪了挪，留出桌面位置，好将纸袋推过去。

"顾雨峥，这个还你。"

当说出这一句，顾雨峥就已经猜到那袋子里是什么了。九年之久，交换的校服，物归原主。

只是……

纸袋里除了校服外套，还有另一样东西。

"这个你应该没有见过，是我们高三那年，我亲手做的，原本想高考结束后送给你，顺便以此为借口，和你成为朋友的。"夏蔚说。

她从纸袋里拿出被校服包裹着的一只笔筒。

陶瓷材质，通体纯色，如同海水一样纯净的蓝，上面捏了三个小图案——一朵雨云，一枚指南针，指针指向一颗金色的太阳。

高三那年，米盈妈妈的鲜花陶艺店即将闭店，烧制的最后一批作品，其中就有夏蔚的这一只。那时米盈还吐槽她，不是不感兴趣吗？不是坐不住吗？怎么忽然转了性子，在转台前花一整个下午，就为了给这只笔筒上颜色。

夏蔚不敢承认，因为这是打算送给顾雨峥的。

那时她听说了顾雨峥家里的一些情况，便幼稚地燃起热血，想要给予他一些鼓励。在她的创造里，指南针会永远指向晴天。

她希望顾雨峥今后的人生也能如此，无风无雨，永远顺遂。

"只是有点可惜，"夏蔚笑了笑，"还没送到你手里，你就出国了。"

如今回忆起当初的心态，夏蔚会深刻认识到成长这件事的神奇。那时年纪小，心脏小，总觉得出国就代表着断联，意味着你和这个人此生再不会有机会相见、相识了。

现在再看，其实哪有什么触及不到的彼岸，空间上的距离实在太微不足道了，只要你足够坚持，天南海北，就是一抬腿的距离。

相比之下，真正可怕的，是时间。

"后来这只笔筒我自己用了，一开始用来装笔，后来又装化妆刷……有使用痕迹，还请你不要嫌弃。"夏蔚看着顾雨峥，"我总觉得，还是要送给你的，虽然有点晚，但终究是圆我自己一个愿望。"

"不晚。"顾雨峥说。

握着笔筒的那只手，指骨用力，他抬头看向夏蔚："来得及，都来得及。"

夏蔚却将目光微微偏移。

"我们先说好,接下来只能我说话,你不可以开口。"她说,"因为我会紧张,如果你打断我,我恐怕会讲得很乱。"

顾雨峥虽觉得奇怪,但还是应下她的要求,以眼神示意夏蔚,可以继续。

夏蔚深深呼吸,肩膀上扬,又缓缓下落,尽量保持微笑:"说来奇怪,每次碰到你,我总会有些很奇怪的反应,做些很奇怪的事。就比如,我从来不是个胆小的人,但面对你,我一退再退,特别怂、特别没出息,连偷换校服这种事都做得出来。"

她盯着杯沿上乱七八糟的巧克力渍:"你说这是为什么?"

当然没有真的想要顾雨峥来猜,她自问自答:"我觉得,是因为我喜欢你吧。"

当初她翻遍词典,词典上对暗恋的解释和形容里有一条,说这种悄然的喜欢,会让人变得小心翼翼。夏蔚无比认同。

因为顾雨峥对她而言"特殊性"太明显了。

"夏蔚……"

顾雨峥难以控制地开口,却被夏蔚打断。

她做了一个暂停的手势,然后食指抵唇:"嘘,我还没有说完呢。"

片刻的安静。

顾雨峥的目光好像染了柠檬的酸涩,还有冰块的彻骨,可落在夏蔚身上时,却有簇簇的爆燃。

他始终看着她,极其认真的。

夏蔚甚至不敢直视。

"我要先和你道个歉,为三件事。一是悄悄拿了你的校服,这非常不体面。"她语气诚恳,"二是为我那时的胆怯,我早该勇敢一点,起码高考之后,我应该主动去认识你。"

第三件事呢?

第三件事……

夏蔚低着头,两只手搁在腿上,手指交错相绞,汗水使指腹都变得滑腻。

她又一次深呼吸,以缓解紧张。

眼睛闭起,再睁开,仿佛只有这样才能积攒能量。

最终下定决心一般,她仍旧低着头,却是以无比坚定的语气说出接下来的话。

她说:"第三件事,对不起,顾雨峥,郑渝告诉我你们见过面了,我明白你的想法,但是……"

但是——

"但是,我可能暂时没办法,迈出这一步。"

霎时寂静。

咖啡店原本便人少,背景纯音乐又刚好在此时行进到两首之间的间隙,因此,周遭安静到肃杀。

顾雨峥先是微讶,紧接着便是铺天盖地的茫然与失落。

外面起风了。

从他的角度能看到玻璃店门外,被秋风席卷的落叶,高高扬上半空,然后不知所终。

一些浓烈的心迹也跟随落叶,悄悄散场了。

顾雨峥感觉到喉头干渴,哑着嗓子张口,他想问为什么,可夏蔚那样通透,又怎么会不给他一个明白。

她在他发问前,率先打断:"你不许笑我,从小我就被人说是一根筋、死心眼,喜欢一条道跑到黑。"

夏蔚努力维持着嘴角的笑意:"对不起,正因为我是这样不会拐弯的人,所以我没办法就这样开始一段感情。因为截止到目前,我无法分辨清楚自己的心意。"

太久了。

她与顾雨峥之间隔了九年的时光,这些时光看得见,却摸不着。

夏蔚非常坦诚地承认,顾雨峥是她唯一喜欢过的人。年少时的感情最纯真、最宝贵,不掺一丝假,可时隔多年,她难免犹豫。

如今面对顾雨峥,她仍然会陷入一而再、再而三的心动,可这心动,究竟是因为爱情,还是因为少女时代的情感复刻?

夏蔚理不清。

从两天前的那晚,与顾雨峥见了一面落荒而逃之后,她就一直在思考,但很遗憾,没能找到确切的答案。

"顾雨峥,我们都不再是以前的那个人了。"夏蔚说,"我没有和你讲过我的家人,我从小被外公带大,外公教育我,一定要做个纯粹的人,我一直在努力做到。包括现在,我希望我的感情也是纯粹的,与往事不相干,你能明白吗?"

我希望我对你的心动,是来自此时此刻,和十七岁的夏蔚无关。

我也希望二十七岁的顾雨峥,喜欢的是当下,二十七岁的夏蔚,而不是借着望远镜看向从前,把遗落在过往路上的一片片叶子捡起来,捧在手心,误以为那就是宝藏。

这对两个人都不公平。

夏蔚终于攒够了勇气,能抬起头,与顾雨峥对视,自然,也看到了他眼里的晦暗。

她心里一紧,又迅速调整。

因为该说的,还是要说明白。

"我非常珍视从前,但不得不承认,我们那时对彼此的好感与喜欢,可能比较浅薄。"

顾雨峥是听到这句时,眉峰拧紧了。但他克制情绪的能力那样强大,开口时声音仍平稳。

他问夏蔚:"我可以说话了吗?"

夏蔚点点头。

"你为什么认为我对你的喜欢是浅薄的?"顾雨峥顿了顿,深深地看着她,"或者我换个问法,凭什么?"

夏蔚猝不及防,愣了下。

"我不是这个意思,我只是觉得那时我们连朋友都算不上,没有多少交流,更不要提,能够走进对方心里。"

……又来了又来了。

她又要乱套了。

顾雨峥不开口还好,一开口,她就阵脚全乱、大脑短路。

明明理了两天的逻辑全然溃败,顾雨峥说得好像也没错,或许是她太过以己度人了?她的想法只能代表她自己,不能代表别人。

"不是,你等等,我再想想……"

夏蔚陷入思考,习惯性地拿起面前的杯子喝一口,被冰凉的酸涩激得皱起眉,这才意识到,她拿错了顾雨峥的柠檬水。

"……对不起。"她再次道歉。

前段日子还指责顾雨峥太喜欢说抱歉,现在就轮到她自己。

好在,顾雨峥没有为难她。

他只是沉默了一会儿,似在消化夏蔚刚刚连珠炮一样的发言,随后面色归于平静。

他看向夏蔚,缓缓开口:"我不接受武断的否决。至少,你不能直接给我判死刑。"

夏蔚赶紧摆手:"不不不,我不是这个意思,我只是觉得我们还不够了解对方。"

她该表明的都表明了。

但顾雨峥依然沉默着。

这漫长的寂静令人无端心慌,她有些坐不住了,干脆站起身。

校服外套先脱掉,校庆结束了,再穿着校服就有些奇怪了。

梦幻般的高中一日游,到此画上句号。

她想和顾雨峥说再见来着,可又觉得有些疏远,于是朝他笑了笑。没想到的是,路过顾雨峥身旁时,却被他一把拉住了手腕。

顾雨峥好像在叹气,又好像没有。

他太会隐藏自己了,声线也是一如既往,只是比平日多添了点微微的哑:"我送你。"

夏蔚提出要坐公交车。

193 /

于是，顾雨峥陪她走到公交车站。

秋风说起就起，猛烈中杂着沙尘，这瑟瑟萧索之感令夏蔚一时眼睛发酸，也说不清是为什么。手腕上皮肤的温度好像比别处更凉些，因为刚刚被顾雨峥握住，他的体温似乎比较低。

看他穿着也单薄，夏蔚刚想开口问他冷不冷，顾雨峥却已经不动声色地站在了她面前，极近的位置，挡住风口。

夏蔚的鼻尖甚至不小心碰到了他的毛衣。

也因此嗅到了他身上干净清爽的味道。

如同这天高云淡的秋日景。

这天的结尾，分别之前，顾雨峥问夏蔚的最后一句话是："你不会再忽略我的微信消息了，对吗？"

"当然。"

他们仍是朋友，仍是同学。

夏蔚当着顾雨峥的面，把消息免打扰的设置取消，屏幕在他面前晃了晃。

顾雨峥笑了下，极淡的笑意，转瞬即逝。然后他极其自然地抬手，揉了揉她的脑袋。

但，顾雨峥此刻眼里是何颜色，她完全不敢看。

第二天，她便收到了顾雨峥的消息。

顾雨峥说他今日离开荣城，回上海。

夏蔚犹豫了下，敲字：好，有机会的话，我们上海见。

没有回应。

因为不放心外公，夏蔚把接下来几天能推的工作都推了，在家里多住了几天，还给外公挂了医院假期后的专家号。

国庆假期快要结束的时候，郑渝发来了快递，一个巨大的箱子，稻香村和张一元，全是北京特产，意思很明显，是和夏蔚道歉。箱子里还有个小信封，一小截干枯的树枝从里面掉出来。

高二那年的圣诞节，夏蔚欠郑渝一个新年礼物，当时说得明白，古人折枝，遥寄故人，以后你想要什么东西，拿这个找我换。

"十年之约，就差一年。"郑渝发来语音，"换你一个原谅，行不行？"

最后一天假期，夏蔚闲来无事，又去了一次荣城一高，在学校附近转悠。

校门口的店差不多都更换了，唯独心宜书店还开着。

夏蔚进了书店想找几本漫画，却发现漫画书架已经没了，老板也换了。

这个年代不似十年前，已经鲜有人刻意去淘漫画书了。

一高学生今天下午回校，此刻，正赶上校园里铃响，是晚饭铃声。

隔着荣城一高斑驳的围墙栏杆，夏蔚看见密集的"蓝白校服"们，从教学楼鱼贯而出，三三两两结伴，往食堂狂奔。

那一个个雀跃的身影，像是要飞起来。

北方的秋风再枯索，也会被年轻的灵魂击破。

夏蔚站在那里，望了很久。直到发觉那飞奔的人，好像就是她自己。

她拍了一张照片，发到了三人小群：从前为了应付考试，背了那么多文言文，我到今天才明白，什么叫"纸上得来终觉浅"。

群里一阵沉默。

后来，是郑渝帮她补上了没说完的话：别担心，虽然拦不住时间，但有缘分的人不会走散。

命运，其实是条河流。

欲买桂花同载酒，终不似，少年游。

第十四章 / ★
眼泪、缘分和指南针

在外公生病之前,夏蔚对于阿尔茨海默病的了解仅来源于一些文学作品、电视剧以及网络上的防治话题。

她并不知这短短几个字背后的重量,不仅是患者本身的痛苦,还有家人身上的包袱。

神经内科的候诊走廊里,夏蔚抬头看着宣传板,那上面写着医院科普内容,预计到2030年,我国阿尔茨海默病患者预计会超一千万,意思是,约每三位八十岁老人中就会有一位患病。

她仔细阅读了许多遍,却觉得这个数字很遥远,有些脚不落地的虚浮感。

米盈妈妈给夏蔚发来消息:"别着急啊孩子,米盈早上给我打电话了,你叔叔认识荣城这方面最好的医生,咱们多跑几家医院看看。"

磁共振检查室外面很昏暗,很安静,夏蔚垂首坐着,指甲死死扣着长椅边缘:"好,麻烦叔叔阿姨了。"

"自己家里人还客气什么呢,"米盈妈妈问,"你是不是还有工作?这假期也结束了,你打算什么时候走?看你时间,约个号。"

"我不走了。"夏蔚嗫嚅着。

其实十月份工作很多,但不得已要一推再推,还有些早已在半年前就定好的行程,宁可赔违约金也要暂时搁置。好在,夏蔚工作一向没出过什么纰漏,且合作方也都能理解,成年人不易,谁还没有麻烦缠身的时候呢?

她还在社交平台发了动态,向大家道歉,因为家里有事,最近全部工作暂停。

夏蔚听着医生讲解病情。

医生告诉她,阿尔茨海默病的主要症状就是智力障碍和认知功能减退,但每个患者的具体表现不尽相同,包括但不限于语言理解障碍、表达不清、失眠梦魇、情绪暴躁等等。

"能确诊吗?"夏蔚问。

"基本上可以。"影像标志物和生物标志物都是佐证。

"那能治吗?"夏蔚又问,"如果我们去更大的医院呢?"

医生给出的答案依然客观,也比较诚恳,治是可以治的,但无法治愈,只能尽量减缓疾病进展。

夏蔚还是不死心。

她失魂落魄地陪外公回到家,看着外公睡午觉,贴着胶条的胳膊已是皱纹交错,这让她心如刀绞。

她起身,继续找朋友们打听询问。

老话讲,尽人事,听天命,夏蔚觉得自己至少应该把能做的都做了。

荣城的医院跑遍了,那就去大城市。

米盈和郑渝自不必说,绝对不会推托。

还有一些本就在医疗行业工作的高中、大学同学,但凡能帮得上忙,都给夏蔚发来消息。

顾雨峥打来电话时,夏蔚正在家里大扫除。

她弯腰拖地砖,心里累积的失落和自责无以复加,尤其是看到一些细节,比如客厅死角有积累的陈灰,外公出门钓鱼常穿的运动鞋鞋带错了一行,茶几抽屉的滚轮很久没上油了,拉开时会卡顿……

即便她有空就会回家,但这些平时容易被忽略的细微之处,她并未替外公考虑到位。

顾雨峥是看到她的社交动态,才打电话来问。

夏蔚原本担心,她和顾雨峥会因为上次见面而疏远,但实际上并没有。顾雨峥说话的语气还是如常,仿佛那段插曲根本不存在,好像他们原本就是非常亲近的朋友,足以开门见山。

"有什么我能帮忙的吗?"他问。

夏蔚听到顾雨峥那边从杂音变成了完全的寂静,似乎是换了一个地方说话。

"你还在公司吗?这么晚了。"

"嗯,加班。"顾雨峥说,"最近有点忙,我在公司楼下,周围没有人,只有我自己。"

意思是不要担心,有困难大可直言。

夏蔚把外公的卧室门掩紧了,然后轻步走到阳台去,小声和顾雨峥描述了现在的状况。

"这个月末我可能要去上海,带着我外公。"她额头抵着玻璃,开口沉重,"朋友推荐了几个医院,我想带着外公再去检查一下,我总是……"

总是不甘心。

当疾病落于亲人身上时,所有人的反应都差不多,难以置信,还有不甘,期盼有转圜的余地。即便之前见过的所有医生都给出了明确的诊断,她依然有所希冀。

"我只是不明白,为什么是外公。"夏蔚声音很弱,"到底为什么?"

她好像从没有这样挫败过:"而且我能力太小,什么都做不了,医生说这个病无法治愈，我只能眼睁睁看着……"

电话那边，顾雨峥始终沉默。

他没有任何言语上的安慰，只是给足夏蔚消化情绪的时间。

足足几分钟，唯有安静的呼吸隔空交错着。

直到夏蔚再次开口："这次去上海可能会待比较久，我想和外公在上海住一段时间，一是想带他做个全身系统性的检查，二是手游代言的工作周期很长，我实在不放心，得让外公陪在我身边。"

她想起和医生的对话。

医生说，目前阿尔茨海默病的治疗分为药物和非药物。

药物治疗夏蔚明白，那么非药物指什么？

医生看着她，说了两个字：陪伴。

好在外公现在处于症状早期，属于轻度的认知障碍，生活尚能自理，这已经是最好的状况。

家人的任务则是要多花时间陪伴患者，做一些肢体训练和认知训练。

夏蔚再也做不到把外公独自留在荣城。

"好，"顾雨峥说，"定下日程后告诉我，我安排时间。"

"不不。"

夏蔚下意识地拒绝，这一次却遭到顾雨峥的打断，他甩了个特别官方的理由："既然是朋友，就不要和我客气。你可以找你的其他朋友求助，更加可以找我。"

这个"更加"，令夏蔚的心颤动了一秒。

话说到这儿了，再矫情就没必要了，夏蔚握紧了手机，艰难地开口："其他的我自己都可以搞得定，只是有一件事……"

"你说。"

"能麻烦你帮我租个房子吗？我和外公两个人住，价格倒是其次，主要是我没办法确定会住多久，所以短租最好……"

上海的租房市场夏蔚并不了解，现在租房大多是押一付三或押一付六的，短租则会价高一些，她怕被坑。

"好。"顾雨峥没有犹豫地应下来，"有什么要求？"

"没有。一定要说的话，离医院近一点，交通方便一点，这就够了。"

"嗯。"

话说到此处，已经到了尾声，但两个人都没有挂断电话的意思。夏蔚微微张口，却发不出一个音节，她想对顾雨峥说感谢，又觉得如此客套的话实在毫无重量可言。

顾雨峥好像隔空捕捉到她的犹豫与纠结。

"夏蔚。"他叫她名字。

"嗯？"

"放轻松。"他说。

外公的事，放轻松。
我们的交往，放轻松。
夏蔚长长地、长长地呼出一口气，终于笑出来。

外公年轻时常出差，进修和讲课，对出远门倒不是很抗拒。
夏蔚简单收拾了必要的东西，整理出一大一小两个行李箱，考虑到外公身体因素，选择了高铁。
到达上海时已是晚上八点。
顾雨峥来接，已经在等。
先让老人上车，他把东西放进后备厢，一回头，瞧见夏蔚站在他斜后方半步，盯着他瞧。
她今天穿了件连帽卫衣，非常明亮的火龙果色。大概是为了出行方便，依然素着脸，一身运动风，黑色鸭舌帽下头发散开，衬得皮肤很白，帽檐下一双眼睛极其清澈。
高铁站停车场尾气缭绕，简直人挤人，顾雨峥却只能看见她——如此一颗硕大的水果，想不注意都难。
她递了样东西给他，薄薄一张独立包装的湿巾，还贴心地撕开了一个小口。
"擦下手，箱子上有灰。"
顾雨峥接了过来，湿巾抽出，抬手，却是朝她的脸探过来。夏蔚本能地偏头躲，却被顾雨峥一句"别动"，定住了。
湿巾凉凉的触感落在脸颊鬓角，夏蔚僵着，任由顾雨峥轻轻帮她擦去那一点点汗。
"很热吗？"
都快十一月了，当然不热，只是刚刚高铁列车到站时她不忍让外公动手，努力去够高处架子上的行李箱，累出一身汗。
不仅脸上，头发盖住的后颈也湿答答的，她实在不想展露，便从顾雨峥手里把湿巾夺了过来，随便擦了两下。
她低头翻包，想再给顾雨峥拿一张新的，却不想顾雨峥就拿她用过的这张，极其自然地擦了擦手指间的灰尘，然后丢进了不远处的垃圾桶。
"上车吧。"
夏蔚坐在副驾驶，外公则坐在后排。
老人家今天的状态很好，也一如既往的善谈，得知开车的人是夏蔚的高中同学兼好友，先是礼貌地表示感谢，随后仔细打量顾雨峥，许久，才谨慎地问："小伙子，我们是不是见过？"
后视镜里，一老一少四目相对。片刻后，顾雨峥挪开目光，眼中含笑："您觉得我眼熟？"

"是，有些。"外公说。

可就是想不起在哪里见过了。

夏蔚转身提醒："外公，认错人啦，你没见过他。"

"小伙子贵姓？"

夏蔚唯恐当事人觉得尴尬，于是站出来替他回答："顾雨峥。"

她握着外公的手，在外公手心里一笔一画地写。

"崇山高峻，雨后天晓。真好，男孩子就该起这样的名字，有行于天地间的飒爽。"

顾雨峥笑了笑。

这是第一次，夏蔚从顾雨峥的微表情里，察觉到他的无措和难为情。

还挺好玩的。

到了目的地，夏蔚先搀扶外公下车，然后挪到顾雨峥身边，小声问："你的名字是这个含义吗？我外公没有解释错吧？"

顾雨峥将箱子放到地上："怎么解释都好，只是称呼而已。"

"那不行，高中时我就觉得你的名字很好听。"

而且总出现在榜首，那么显眼。

夏蔚率先拉起了大的那只箱子，顾雨峥则将箱子夺下，换了小的给她，轻轻推了下她的背，往前走，顺口回答："我不知道，我爸取的名字，他没有和我解释过缘由。"

夏蔚笑："那你有小名吗？就是长辈用来称呼你的……"

话没讲完，独自走在前面的外公停了下来，回头喊她："夏夏，证件包拿了吗？"

"拿啦！"

她和顾雨峥小声咬耳朵："我工作时的名字是夏夏，因为我小名就是这个，爸爸、外公，还有米盈他们……我身边最亲近的人都是这样叫我的。"

说完，她忽然想起，顾雨峥曾打趣地称呼她"夏夏老师"。

但"夏夏老师"和"夏夏"，好像还是有点细微的不同。

前者总归不如后者亲呢。

老小区，是露天停车场，要到达居民楼，需穿过一整片茂盛的绿化带。

"好，我记下了，夏夏。"

顾雨峥单手拨开一束半垂的树枝，这样对夏蔚说。

浅浅淡淡的两个字混在轮胎与地面摩擦的杂音里，仿佛染上魔力，长了锯齿，轻轻扫过耳膜。

夏蔚顷刻失语。

原来他认真喊她名字时，竟是这样缱绻的语调。

顾雨峥帮夏蔚找的房子其实和他同一小区，是相邻的两栋楼。

对此，顾雨峥解释自己绝无私心，他打开手机，双指放大地图，扔给夏蔚。只是因为这里毗邻两个公园，环境尚可，最重要的是离瑞金医院很近。

"而且方便照应。"顾雨峥这样说。

两室一厅，价格适中，按月租，已经提前打扫过了，夏蔚便和房东签了线上合同。

打点好一切，已经不早了。

夏蔚简单铺了床铺，先安顿外公入睡，等掩好门出来，发现顾雨峥还没走。

他在卫生间，抬起手臂帮她调整热水器的设置按钮。

洗干净手，他轻声问夏蔚："要下楼走走吗？"

是替她考虑。

碍于某人路痴，换了新环境，他有些担心夏蔚明早找不到小区大门。

夏蔚当然明白顾雨峥的细心，她也有此意，但看了一眼时间："你明天不去公司吗？"

顾雨峥只是略一挑眉："熬夜习惯了，如果你累了，那就……"

"我不累。"夏蔚说。

他们达成共识。

小区外不远刚好有一家二十四小时全家便利店，从这里步行到那儿，顺便解决一顿夜宵。

夏蔚捧着两份刚从微波炉里拿出来的滑蛋牛肉饭，又顺手拎了两瓶矿泉水，不无歉意地撇嘴："实在对不起。上次就欠你一顿饭，这次你帮了我这么大忙，我还是只能请你吃便利店。"

实在是时间仓促。

"等我安定下来，我会请你吃大餐的！"夏蔚说着，回头看向保温玻璃柜，"或者现在也可以给你加个手枪腿，或者关东煮……吃得饱吗？"

顾雨峥垂眸笑了笑："我还是等你的大餐吧。"

两个人并排站在便利店的细长桌前。

顾雨峥拆开一次性餐具，又将牛肉饭上的塑料薄膜撕掉，推到夏蔚面前。

还有矿泉水。

夏蔚伸手接过来时，他出声提醒："拧开了，小心。"

他是连递给她矿泉水，都会提前拧开的人。

夏蔚只觉心里飘忽，只能小心抿一口水，让顺着食道往下滑的沁凉，稍稍压下这片刻心慌。

店内灯光明晃晃的，是颇为刺目的白，而抬眼望向玻璃外，即是沉沉黑夜，时不时有车驶过，车灯由远及近，复又远离。

这是独属于上海街头的温柔一隅。

夏蔚忽然很好奇顾雨峥转学到荣城读高中之前的生活。

上海是他的家，如今又回到这里定居，是因为想离爸爸妈妈和亲人更近吗？

吃完饭，从便利店往回走的路上，夏蔚将问题抛出，却得到了否定的回答。

顾雨峥走在靠道路一侧，将她护在里面："我今天说不知道自己名字的含义，是因为确实没有人和我讲过。那时候太小，即便讲了我大概也听不懂，等稍稍懂点事，我爸妈就分开了。"

这是夏蔚第一次从顾雨峥口中听说他的故事。

不是口口相传，不是道听途说，而是由当事人亲口讲述。关于幼年时尚算和睦的家庭，后来父母婚姻的破裂，以及他追着楼颖一路到了荣城……夏蔚从前"听说"的那些边边角角，此刻终于凑成一段完整的剧情。但她仍讶异，因为连听故事的人都觉得惆怅，讲故事的人却始终态度平淡。

顾雨峥说起楼颖："我妈现在还在国外，她喜欢那儿，没有麻烦，也没有亲戚朋友打扰。她能找到适合自己的生活节奏，我很高兴。"然后又说起顾远，"我爸他……就在上海，他有新的家庭，不太需要我去见他。"

一辆车迎面驶过，照亮两人的面庞。

夏蔚借着那光看向顾雨峥的脸，没能从他脸上看到任何神情变化，不论是悲伤还是愤懑。如果一定要用一个词来形容，那就是轻松。

好像千帆行过的水面，不论曾经击起多少波澜，此刻都归于平静。

"我刚到荣城的时候，很为我妈抱不平，我不理解为什么明明没有做错任何事的人却要受折磨，而真正犯错的人，看上去并没有受到惩罚。"

顾雨峥说："后来才慢慢发现，其实世界上绝大多数事都不是公平的，一件事落到你肩上了，便只能去接，逃跑没有用，埋怨也没有用，怀疑自己更是犯傻。"

世上实在是有太多太多苦衷，难以笼统概括。

都是平凡的人，每个人，都难免有事临己身的那一日，谁能永远幸运呢？

说话间，两个人已经绕着小区走了一个大圈。

此刻回到楼下站定。

夏蔚在顾雨峥讲故事时全程没有插话，是等他说完了以后，才仰起头认真地看他。

"谢谢你啊，顾雨峥。"她说。

明明他也过着茕茕孑立、形影相吊的生活，但仍愿意自揭伤疤，无非是为了安慰她。

那天在电话里她曾抱怨，为什么病痛偏偏找上外公，为什么要在她能力尚且不足的时候降临这样的"考验"，但其实，根本没有所谓的"为什么"。

目光所及皆是汪洋，人人都在凫水。

你无法控制浪潮，只能奋力游向岸边。

顾雨峥觉得自己这段故事其实讲得并不好，但万幸，夏蔚是那样心思通透，她都明白。

他看到夏蔚拧开了拎在手里喝剩一半的矿泉水，抬起，到面前的高度。

些许诧异后，他明白过来，于是也拧开了自己的。

水在塑料瓶里摇晃，泛出一种洁净的光泽。

"是我要谢谢你。"顾雨峥说。

两个瓶子相撞，声音并不清脆。

经受过"考验"和正在经受"考验"的人，在这样一个再平常不过的深夜，以如此返璞归真的方式，草率地举杯。

夏蔚问："谢我什么？"

顾雨峥笑了笑。

他忽然想起荣城的天气，永远那样四季分明，好像眼前人，黑白分明的清澈眼眸。

谢你。

因为在你不知情的情况下，你也曾推着我上岸。

这一晚过后，夏蔚真心觉得，外公说得没错，顾雨峥的名字实在太好。

高峻的群山，吹拂过来自四面八方的风，也默默承接雨雪的雕琢。

和他本人很相配。

夏蔚和外公在上海住下。

在朋友的帮助下，她带外公去了神经内科最权威的几家医院问诊，可是得到的结论都差不多。

她蹲在外公面前，捧起外公粗糙的手，覆在自己脸颊上，抖着嗓子："外公，对不起。"

小老头拍拍她的脑袋："对不起什么呀？是外公不好，给夏夏添麻烦了。"

夏蔚使劲儿摇头，眼睛酸涩："我知道外公想回荣城去，上海虽然又大又好，但不是家。"

……她是实在没有办法了。

上海的活动和工作机会比较多，还有手游代言在进行，在保证能够日日照顾外公的情况下，暂且留下是唯一的选择。

外公抹了一把她的眼睛，掌心的斑驳纹路拂过眼皮，生生把夏蔚的眼泪激出来了。

"外公和夏夏在哪儿，哪儿就是家。"小老头笑着说，"以后不用对着监控摄像头讲话了。"

玩笑般的一句话，让夏蔚的眼泪彻底失守。

她把脸埋在外公腿上，哭出声。因为想起上次大扫除，荣城的家里，柜子上的摆件多多少少都因不常擦拭而落了灰，唯独那球形的摄像头，光洁如新。

那是因为每次出远门，外公对着监控和她讲话时，都会抚摸摄像头。

就好像是抚摸她的脑袋。

医生说，肢体训练和认知训练要同步进行。

于是夏蔚买了许多辅助玩具，比如跳棋、围棋、华容道，闲来无事陪着外公玩，就当解闷和锻炼反应能力。

也会陪着外公出门遛弯，打太极，练八段锦，跳广场舞。

她还在一个在药店工作的朋友那里学了如何给老人按摩，学着给外公按腿。

好在，外公目前症状较轻，不需要请护工，夏蔚自己尚能应付。

工作这边。

手游计划年底上线，夏蔚开始频繁与顾雨峥所在的公司打交道，配合广告拍摄和一系列的宣发。

毕竟不在同一个项目组，她基本没有在工作场合见到过顾雨峥，不过住得这样近，低头不见抬头见成了稀松平常的事。

有时是陪外公晨练时，遇见顾雨峥出门晨跑；有时是顾雨峥加班到深夜回家，在楼下发消息给她，如果她还没睡，便顺理成章地一起散步去便利店，吃个夜宵。

顾雨峥极其认真地叮嘱她，遇到任何问题，都不要吝啬求助。

夏蔚答应下来。

真正要顾雨峥帮忙的时刻也很快到来。

临近年底，各地新年活动密集，稍远一点的漫展夏蔚已经不考虑了，但杭州有一场实在推脱不掉，因为距离近，她想着两天内来回，不得已联络顾雨峥，希望顾雨峥能帮忙照顾外公一晚。

不需要做什么，外公最近状态很好，生活完全可以自理，只要确定外公安全，晚上安稳入睡即可。

当然得到肯定答复。

当天下午，从来把公司当家的顾雨峥竟是提前下班的，这让来找人约饭的林知弈十分讶异："干吗？平安夜，我还想着聚个餐呢，你有约会啊？"

顾雨峥没说话。

"……你谈恋爱了？"

"没有。"顾雨峥说，"暂时没有。"

晚上，夏蔚及时收到了外公的消息，以及一张晚饭照片。

外公说："小顾来了，在陪我吃饭。"

夏蔚把照片放大，一眼看出那些菜式并非外公的手艺，于是在微信上问顾雨峥：你做的？你还会做菜？

难得的，顾雨峥这样的人竟也会"口出狂言"，他回夏蔚：你应该问我，不会做哪些菜。

夏蔚忍不住笑出来：呀，小瞧了，那请问我有没有机会品尝？

顾雨峥回了一个干杯的表情包。

第二天便是圣诞节。

下午漫展结束,夏蔚马不停蹄飞奔到高铁站,然后给顾雨峥发消息:我马上就回去了,今晚外公就不需要麻烦你啦,万分感谢,和朋友开心聚会吧,圣诞快乐!

顾雨峥没有回她。

夏蔚紧赶慢赶,终于在八点前到了家,站在门口时却傻眼了——她还没来得及换更方便的指纹锁,又偏偏忘记带钥匙。她伸手在包里左翻右翻,没翻到。

看了下时间,外公应该还没睡。

她抬手叩门,怕吓到外公,尽量轻声,一下,两下。

第三下的时候,门开了。

温暖的空气自屋内扑面而来,还夹杂着饭菜香,夏蔚吸吸鼻子,怔然地看着前来开门的人。

顾雨峥微微俯身,单手撑着门锁,将门推得更开,然后示意她:"愣着做什么?进来。"

卧室里,传来外公的声音:"小顾啊,谁敲门?"

顾雨峥回答:"夏夏回来了。"

然后他顺手接过夏蔚手里的行李箱和帆布包,看她还在发愣,抬手,手掌贴合她的脸,片刻后放开。

"外面这么冷?"他问。

是啊,很冷。

岁末了。

室外寒气逼人,而夏蔚呆愣在原地,好似陡然坠入一个最为安稳暖和的小窝。

她陷入长久的恍惚,目光追着顾雨峥久久不放,这样日常的烟火气里,白衬衫在他身上不再显得冷肃,她盯着他,从挽起的袖口,分明的腕骨,沿小臂往上,再到平直的肩膀。

这也是她第一次看见戴眼镜的顾雨峥。

银色细边的镜框,竟有一种闲适的居家感。

太新奇了,不免多看了两眼。

直到顾雨峥察觉到她的异样。

"刚和外公下围棋。"他微微拧眉看向夏蔚,还以为出了什么事,"怎么了?"

夏蔚摇摇头:"就是忽然觉得,我的决定很正确。"

在不够了解一个人的情况下,不要贸然更改彼此之间的关系。

直到你们都愿意撕开身体的一个角,露出灵魂的本来颜色。

"你和我印象里的那个顾雨峥真的很不一样。"夏蔚说,"到底哪个才是你?实在看不清。"

冷色,或是暖色。

檐下雨水，或是山巅黎明。

深秋和严冬，或是春日与盛夏。

顾雨峥看上去并不想理会这么抽象的问题。

他将她的行李箱推向客厅一角，确认外公在卧室里看电视，没有注意到这边，然后背过身，挡住光线，将夏蔚整个人罩进自己的影子里。

他微微俯身的动作，令夏蔚本能地后撤半步，然而下一秒，手臂就被攥住。

顾雨峥用了力，不让她躲，却也没有更加冒犯的举动，只是用另一只手摘下眼镜。

随后他认真地盯着她的眼睛，四目相对。

耳畔有电视背景音，还有细微的呼吸声。

黑暗里，眸色会平添晦暗。

"看着我。"几分命令的语气。

他拉住她的手臂，靠近，再靠近，直到鼻尖险些相触。

夏蔚不自觉地屏住了呼吸，许久，久到肺叶都发胀，她终于听到顾雨峥缓缓开口，用只有两个人能听到的音量："怎么样？现在，看清了吗？"

夏蔚试图从顾雨峥的眼睛里找到自己。

很可惜，失败了。

光线的原因，顾雨峥的眸色那样深，好像宇宙里无声的星环，巨大的吸力实在危险，一不小心便要将人拆骨。

夏蔚最终只能用力抿住嘴唇，空咽了下，说："我饿了。"

手臂上的力道消失了，顾雨峥往后退了一步，影子挪开，光明回归。

"洗手，吃饭。"

夏蔚第一次尝顾雨峥做的饭菜。

实话讲，比她好太多了。

急性子的人不适合下厨，因为总会为了省时间而忽略许多步骤，比如炖牛腩的番茄不剥皮，比如大蒜瓣上的白色薄膜没摘掉，再比如搅鸡蛋总是草草两下，黄白分明，就下了锅。

顾雨峥做饭不是这样的，他一步一步，一丝不苟，从菜里大小均匀的彩椒块就瞧得出来。

夏蔚实在不好意思再麻烦他了，自己去厨房把留出来的饭菜热了热，然后衷心地表达夸赞："太厉害了。"

"你吃过了吗？"她问。

"嗯，和外公一起吃的。"

说话间，外公已经把棋盘和棋子收起来，缓慢走出卧室，看到桌上的饭菜，于是拉开椅子，坐下来。

"外公……"出声的是顾雨峥。

夏蔚端着碗，没明白，还以为外公是有什么话要说。

直到外公起身要去给自己拿筷子。

顾雨峥拦了下，笑着说："我的错。外公刚刚可能没吃饱，不过医生嘱咐您注意三餐，睡前饮食要定量。喝个牛奶吧？我去拿。"

外公这才恍然："哦，哦，好……"

喝完牛奶，照顾外公睡下。

夏蔚将碗筷洗干净，双臂撑在水池边缘，垂着脑袋发呆，脑后松松垮垮一个丸子头，怎么看都是一副无精打采的模样。

顾雨峥出声提醒，倒把人吓了一跳。

夏蔚猛然回神，看见顾雨峥腕上拎着外套，赶紧擦擦手："要走了吗？这两天麻烦你了，我送你下楼。"

"不用，你早点休息。"

走出两步，又驻足，看了一眼时间。

"夏夏。"

"嗯？"

"出去散散心吗？"

夏蔚觉得自己就是一颗被剥了皮的番茄。在顾雨峥面前，她毫无掩饰的机会，也无假装的必要。

"外公这两天状态都很好，和我聊天，下棋，一切正常。"他说，"不用太担心。"

是的，夏蔚也知道，外公很积极地配合一切治疗，可正如医生所说，这个病永远在前进，不会后撤，只是速度急缓的问题。

前些日子都好好的，可今天就会忘记自己已经吃过晚饭。

她根本不敢回想刚刚外公眼里的茫然，上了年纪的人，眼珠是混浊的，但添了一些孩童似的懵懂，那种眼神看向你时，就好像钝刀剁肉。

因为是圣诞，街上乱哄哄的，他们没有出小区，只是绕着几栋楼，慢慢地走。

"不好意思，我不想给朋友传递坏情绪，但我真的很害怕。"夏蔚停了下来，"我有点担心，外公会不会有一天突然就不认识我了？或者不会讲话了，什么都不记得了……"

只是幻想这些，就足以让她心疼难耐。

有深夜送餐的外卖小哥贴着她身边经过，顾雨峥伸手拦了她一下，两个人的距离因此更近。

夏蔚却始终低着头。

"不要为没有发生的事情担忧，这是在预支你的情绪。"顾雨峥很想帮她把垂在耳边的头发整理一下，却又怕越界，最终还是作罢。

207 /

他说:"外公的记忆力远比你想象的好,起码下棋时,我没有赢过。还会拉着我复盘。"

这是想要哄她开心的轻松语气。

夏蔚勉强笑出来:"是,我外公会的东西多,只说棋,围棋、象棋、军棋……我都赢不过他。"

可医生也说,记忆力下降的症状每个患者都不尽相同,许多老人能记住很久远的事,却记不住眼下。

一把铡刀就悬在头顶,谁也不知道何时会落下。

她垂着肩膀,深深呼吸。

然后听见顾雨峥说:"……抱歉,我发现自己安慰人的能力不足。"

言语上的安慰,的确是有限的。

但夏蔚已经万分感谢顾雨峥了,正如医生所说,人在低谷时最需要的,往往只是陪伴。

顾雨峥已经帮了她太多。

"……你平时会有什么释压方式吗?"她问,"游戏公司工作强度那么大,你一般会怎么调节心情?"

顾雨峥想了想:"运动。"

"打网球吗?"夏蔚笑了。

她想起荣城一高体育馆后面那个冷清的网球场,那几乎是顾雨峥的专属领地。她很想告诉顾雨峥,她也常常晚自习后去体育馆的拐角处发呆,至于目的,看月亮是其一,看他打球是其二。

却没想到,顾雨峥也笑起来:"那儿全是沙土,那时我还在想,怎么会有人喜欢在那里静坐。"

夏蔚被戳穿,有些许尴尬:"你看见我了?几次?"

"……不记得了。"如夏蔚所说,既然是"专属领地",他不至于连有人入侵都察觉不出。

"我是不是影响你了?为什么不让我走开?"

"去哪里发呆是你的自由,我有什么权利让你走?"顾雨峥又笑,"况且,我为什么要让你走?"

夏蔚不会知道,他那时的心情如踏云巅,喜欢的女孩子与他共享一片月光,在那样安宁又隐秘的角落,他连击球的动作都下意识放缓,唯恐打扰到她。

如果一定要说后悔,他只是后悔没有踩着月光站到她面前去。

如果他那样做了,或许他们会步入另外一条轨道。

如果。

如果。

这个词实在残忍。

夏蔚忙不迭避开他的目光，看了眼时间："明天周日，你要工作吗？需要早睡吗？"

顾雨峥的表情颇为无奈："麻烦夏夏老师体谅一下打工人，如果我每个周末都要加班，未免太可怜。"

"那……"夏蔚发起提议，"教我打网球？"

小区里没有网球场，只有一些健身器材，还有一个无人打理的羽毛球场。

场地面积较小，网子也比较低，但夏蔚不想走远，便打算将就一下，反正是动作教学。

顾雨峥回家换了一身方便运动的衣服，拿了球拍下来。

然而，夏蔚的运动细胞实在太匮乏了，上学时便是，跑跑步、做做仰卧起坐已经到达极限。

她今天穿的是一双帆布鞋，蹲身将鞋带绑得紧紧的，还像模像样地做了点准备动作，可顾雨峥发过来的球，她一个也接不着。

顾雨峥放下球拍走过来，帮她纠正挥拍动作。

"运动是为了出汗，放松心情缓解压力，这就够了，不一定非要有胜负。"

夏蔚掂量着手里的拍子，她实在不知所谓放松从何而来，接不到球，心情只会更差。

几番过后，干脆撂挑子不干了。

她把球拍塞回顾雨峥怀里，撑着膝盖喘气："谁爱打谁打吧，迎难而退也是良好美德。"

顾雨峥挑眉瞧她。

"……除了运动，"她笑了笑，"还有其他的解压方式没？"

顾雨峥反问："你呢？平时休息都会做什么？"

"我？我一个二次元，你说呢？补老番，打游戏啊，你忘了我是 Realcompass 重度玩家。"

"好，那我们去打游戏。"他说。

夏蔚去了顾雨峥家里。

她今晚第一次吃顾雨峥做的饭菜，也是第一次涉足他的住处，还有，第一次和他打网球，第一次一起打游戏……如此多的第一次聚在一起，原有的边界被毫不留情地打破。

可怕的是，夏蔚并没有认识到这一点。

她只是在踏入大门时稍稍迟疑了下，毕竟很晚了，单独的，两个人……

顾雨峥弯腰给她拿了一次性拖鞋，然后看着她："不进来？"

这份坦荡与自然，倒是让夏蔚的思虑显得多余了。

她双手合十，十分夸张地颔首："打扰了，打扰了。"

顾雨峥的住处和想象中差不多，户型也和她租的那一间类似，面积不算大，装修是很简单的工业风。只不过除卧室外的另一间屋子被他改成了书房，说是电竞房也不为过。

夏蔚网瘾少女症状发作，第一时间先去观察电脑配置，然而，在摆设简单的桌面上看见了她送给顾雨峥的笔筒。

他没有真的用它来装东西，只是将它放在了桌子一角，手作的东西自有一番风格，与线条简约的电脑桌并不搭。

顾雨峥顺着她的视线看过去，解释："原本想带去公司的，但上次的角色立牌被同事调侃，他们逼问我，有些难以解释。"

"这有什么难的？你就说是好朋友送的。"夏蔚说。

好朋友。

顾雨峥兀自咂摸着这三个字，最终浅浅笑了笑："可我不想。"

我不想这样定义我们的关系。

他按下电脑开机键，风扇转起来。他让夏蔚自便，然后离开了一小会儿。

回来的时候，他换了件衣服，浅米色的圆领，家居风格，显得柔软。

电脑屏幕没有动。

"怎么了？"

"你没有告诉我密码。"

"哦，抱歉。"顾雨峥走过来，绕到椅子背后，微微俯身，输入密码。

怪就怪电竞椅的包裹感太强，夏蔚避无可避，只能微微侧身，余光瞥见顾雨峥的手。

她数次感慨顾雨峥的手很好看，长指线条流畅，手腕上挂了一点点水，应该是刚洗了手的缘故。这样的手不论握笔还是敲键盘，都赏心悦目。

"好了。"他说。

夏蔚转正身子，发现顾雨峥顺手帮她把游戏打开了，自动登录的是他自己的账号。

顾雨峥想退，却被她拦住："看看你的账号，可以吗？"

"当然，你随意。"他拿来另一台游戏本，坐在离夏蔚很近的单人沙发上。

夏蔚翻着顾雨峥的账号资料，与自己的做了下对比，果然，Realcompass 主策划的私人号，有一些她垂涎已久的游戏道具，在她入坑以前就已经绝版了，现在只能借着顾雨峥的账号试一试。

她还发现了一个类似石头的道具，她连见都没见过。

"这是什么东西？"

顾雨峥看了一眼："以前内测的时候我做了这个道具，相当于传送门，跑图时可以传送到任意位置。但后来经过讨论，游戏地图锚点已经足够多，这个道具就被砍掉了。"

也就是说，只有很久很久以前的不删档内测账号，才有可能拥有这个道具。

夏蔚从玩家的角度出发，发表意见："确实，这道具大部分人用不上，只能闲置，砍掉是对的。"

"是吗？"顾雨峥没抬头，似在自言自语，"我担心有朝一日，有路痴的玩家入坑了我的游戏，会在地图里迷路。

"我只是想尽量杜绝这种可能性。"他说。

夏蔚点鼠标的手一顿。

这意有所指得太明显了。

她看向顾雨峥，发现他面色如常，于是耸耸肩膀："费心了，我在游戏里可从来不会迷路。"

顾雨峥笑了一声。

轻轻浅浅的，像落在心尖的蓬松羽毛。

夏蔚只能揪揪自己的衣领，以忽略这细微的痒意。

"玩吗？"她登上了自己的账号。

"来。"

……怎么会有人打游戏时都这么认真呢？

夏蔚想不通。

顾雨峥戴上了眼镜，盯着屏幕的姿态如同在攻克什么难题。

周六晚，游戏在线人数非常拥挤。他们打的是难度很高的副本，又是随便组的野队，配合度不高，屡次被团灭。夏蔚不敢再分神偷偷看向顾雨峥，投入状态，在读条时用力松肩膀，转动脖颈。

"累了？"

"有点。"夏蔚说。

谁知再一次尝试，顾雨峥在频道里打字提醒几个输出，换一下站位，这样方便躲开最后一轮攻击。

这一回，轻轻松松就过了。

夏蔚把键盘一推："顾雨峥，不带这么放水的。"

他是策划，什么怪用什么打法，还有技能数值、攻击机制，没人比他更清楚。

顾雨峥只是笑笑，提醒她，打游戏的目的是放松，若是给自己增加压力，那就是本末倒置了。

"可是这样没有成就感。"夏蔚的胜负心在作祟。

"那再来一次？换个本。"

"算了。"夏蔚往后靠，双臂抬起活动了下，"随便一问，你怎么会想做游戏策划呢？"

顾雨峥摘下眼镜，将电脑合上："做游戏和做策划，这是两个问题。你要问哪一个？"

"都问。"

顾雨峥略微思考："……我是程序员出身，原本应该负责客户端，但最后还是选了策划。"

他给了夏蔚一个比较主观的理由："大概是觉得比较浪漫。"

MMORPG最重要也是最吸引人的部分，就是宏大的世界观剧情。包括背景故事、角色人设、任务系统、玩法规则在内的种种，都是由游戏策划构建出来的。即便对打打杀杀不感兴趣，仍可以在游戏里走剧情，看风景，做采集。

网络游戏玩法不同，但本质不该被扭曲更改，游戏制作者的任务是构建一个庞大的非现实世界，一个浪漫的乌托邦，给予现实里疲惫的玩家以暂时的荫蔽与休憩。

顾雨峥笑说自己进入这个行业后，变了很多。

"性格？"

"不止，如果一定要说，大概是从一个无趣的现实主义者，变成了理想主义者吧。"

顾雨峥仍记得林知弈一开始提议创业时，他并不想加入。

因为对即将要做的事情并无兴趣。

团队里大部分人的年纪都要比他大一些，一个两个却都好似热血的中二少年一般。虽无意冒犯，但他着实会联想到夏蔚。

林知弈的说法是，这世界上绝大部分人都独善其身，那么总要有人站出来，创造一些能让大家都开心的、有意义的东西吧？

至于赚钱与否还有辛苦程度，每个人心中的标尺不同。

但真正的理想主义者，是从不问前路艰苦的。

一开始很难，确实难，这一群人要么家庭优渥，要么名校背景强悍，可所有的时间精力投进去，产出周期却很长，他们过了一段非常潦倒不堪的日子。

顾雨峥那时最常问自己的问题不是值不值得，而是如果换成夏蔚，她会怎么做呢？

在他回国重新遇见夏蔚时，答案揭晓。

痴人捕梦是笑话。

但如果有人同你一起呢？还是笑话吗？

听顾雨峥讲这些的时候，夏蔚靠在椅背上，看似姿态放松，手指却搅在一起。

顾雨峥看到了。

于是，他朝她笑笑："我不想你有任何心理负担，我的现在与你有关，但归根结底，是我自己的选择。我只是想告诉你，夏蔚很棒，你可能无知无觉地影响了很多人，我只是其中一个。"

顾雨峥说到这里，将电脑放到一旁，站起身。

他探臂，在背后的书架上抽出一本工具书，看位置是他最近在看的，然后递给夏蔚。

夏蔚不明所以，在顾雨峥的眼神示意下打开，一张塑封书签从书页中掉出来。

太多年了。

夏蔚其实已经有些认不清自己的笔迹。

尤其是在自习课躲避老师的目光，悄悄用书挡起，七扭八歪写下的字。

那年圣诞，她在教学楼前枯索的紫藤架上，绑了许许多多苹果，留下许许多多祝愿，没承想，其中一个，就落到顾雨峥手上。

更没想到他留了这么多年。

夏蔚捏起那书签，里面的纸条依然平整，但从上面的痕迹来看，它的主人应该经常使用它。夏蔚把书签攥在手心里，却被顾雨峥提醒："这是我的。"

"嗯？"

"我的意思是，我并没有打算把它还给你。"

天，好无赖。

夏蔚反驳："这是我写的！所有权当然归我！而且作为目击证人，按理是要被灭口的。"

她再一次阅读纸条上面的话，越发觉得幼稚。

祝你永远开心。

只有幼稚的十几岁，才会轻言永远。

"刚好，我不觉得它幼稚。"顾雨峥将无赖行径贯彻到底，直接从夏蔚手中夺下书签，归位，然后把书放回书架。

还故意放得很高，不让她拿到。

"上一次你和我道歉，关于错过的这些年，其实，该道歉的是我。"顾雨峥正视她，"我那样贪图光亮，却没能有一次真正站到光亮里。"

他说："希望你能原谅。"

常常与"原谅"结伴出现的词，是补偿。

夏蔚并不觉得自己需要任何补偿，相反，因为这忽如其来的道歉，她再次陷入难以自控的慌乱里。

她干脆摆摆手，不再看他。

房间里很静。

没有人说话。

只有机箱风扇均衡转动的声响，好像巨大的石碾，夏蔚感觉自己已经被碾了无数个来回。而操纵这石碾的人，正以沉默目光探寻她。

她低头抠着指甲，许久，开口："顾雨峥，我渴了。"

"要喝冰的。"她说。

213 /

"好。"
她坐，他站，于是顾雨峥走出房间前轻揉她脑袋的动作，显得无比自然。
顾雨峥平时没有喝饮料的习惯。
还好，家里常备苏打水。
他走到客厅冰箱前，打开门，拿出一罐在手心里试温，又担忧是不是太凉了些。正犹豫要不要和夏蔚商量换个常温的，忽然间，脊背被温热的体温覆盖住。
夏蔚光脚走过来的，没有一点声响。但从背后抱住顾雨峥的动作却有点猛，以至于他身子陡然前倾，步子不稳，往前挪了半步。
冰箱灯那样光亮明净，照在顾雨峥脸上。
而夏蔚，全然藏在他的影子里。
她的双臂自男人腰侧环过来，揽成一个圈，侧脸贴在他的背上。
"别动，别讲话，不然我就杀人灭口。"夏蔚说。
顾雨峥心跳剧烈，吞咽了一下。
他当然不敢。
并且不论谁来打破这一刻，都是不可饶恕的。
他一手握着易拉罐，一手撑着冰箱门，指节用力到泛白，好像只有这样才能克制住自己转过身，把人按在怀里的冲动。偏偏夏蔚还像只猫一般，用侧脸蹭了蹭他的脊背，轻轻地。
顾雨峥只能压抑地微微闭了下眼，再睁开。
五秒？或是十秒？
他已然丧失时间观念，直到冰箱门因为长时间没有关闭，发出"嘀嘀"的警告音。
身后的人在此时松开了手。
顾雨峥得以赦免般转身，看见一个死死低着头的夏蔚。
"给我。"夏蔚从他手里夺过那罐冒着凉气的苏打水，拉开拉环，不由分说先灌了两口。
像是给自己积攒能量条。
她仍旧不敢直视顾雨峥，因为觉得尴尬。
"希望没有吓到你。"她声音很轻，"我只是很感动，为你刚刚说的那些话。我一直以为自己就算内心不够强大，至少也是个不那么在意别人想法的人……没想到，原来我还是太俗气了。"
一个需要别人肯定的大俗人。
当顾雨峥说她是光亮本身，那一刻，她飘飘然了。
这种心情，就好像是她参加漫展时被人夸赞——老师你好还原啊！老师我特别喜欢你的这个角色！随后讲起自己与这个角色之间的所有，比如低谷时的陪伴，心情颓丧时的鼓励。
角色有生命。

夏蔚是从那时开始，觉得自己的职业有意义。

俗人大梦，是这个世界的本质，但总有许多珍贵的东西，能够突破这世界的次元壁。

至于那些东西是什么，其实不必多说。

既然我们是一样的人，亲爱的理想主义者，你能够懂。

夏蔚的话说完了。

拜苏打水所赐，还非常破坏氛围地打了个嗝。

在她自己笑出来之前，得赶紧逃离现场。

"我走啦，今天很开心。"

她把剩下的半罐苏打水塞到顾雨峥手里。

穿过客厅，径直到玄关处穿鞋。

刚刚打网球时鞋带绑得太紧了，这会儿已经变成了死扣，好在玄关处有矮柜可以坐。夏蔚这只鞋穿了一半，不得不坐下，与鞋带继续作斗争。

"……灯呢？"玄关处暗得很，她找一圈开关没找到。

顾雨峥走过来，不知抬手碰了哪里，墙上一盏机械造型的壁灯亮起。

"我送你回去。"他说着，影子就已经落下来。

夏蔚阻止失败。顾雨峥单膝弯折在她面前，握住她的脚踝，轻轻向前。

那双不论握笔还是敲键盘都很好看的手，这会儿正在帮她解决打了死结的帆布鞋带。

夏蔚僵着，一动不动。

直到那鞋带终于听话。

顾雨峥却没起身，只是仰头看着她，温黄的光散落在眼睛里。

夏蔚这次不仅能从他的眸子里瞧见自己的脸，甚至能够看见他长而直的干净的睫毛和鼻梁上被眼镜压出的红痕。

他看着她，连眨眼都不肯，所以睫毛的阴影丝毫未曾晃动。

夏蔚想站起来，可是腿不听使唤了。

她没谈过恋爱，但不傻，也不迟钝，她能感受到气氛不对，那微妙的怪异就是从顾雨峥的目光里蔓延出来的。

他盯得她心慌。

那是一种男人对女人的侵略感，就在这狭小的玄关里聒噪，壮大。

你进我退，对峙交锋。

夏蔚在隆隆心跳声里率先败下阵来。

她想着随便说点什么，哪怕是不合时宜的玩笑，也要先把这气氛挑破，但顾雨峥打断了她："我可能要再道一次歉。"

他说话的时候，喉结会有细微的滚动。

没等夏蔚有所反应，顾雨峥已经抬手，抚住了她的后颈。

微微下压。

夏蔚能感觉到他的掌心,冰凉,带有潮意,可能是汗,也可能是苏打水金属外壁上的水珠。顾雨峥用了力气,使她不得不低头。

直到柔软干燥的触感贴合。

下一次呼吸被吞没掉。

一个非常浅的吻,甚至可以说,只是嘴唇的触碰,但夏蔚快要窒息。她没敢闭上眼睛,也因此窥探到眼前人近乎虔诚的神情。

胸腔之中忽降大雨,与火焰对抗,升腾起汹涌白雾。

她的手置于膝上,紧紧攥拳。

而顾雨峥用另一只手,覆住了她的手背。

世界在蒸发。

他们仿佛在牵手逃亡。

今晚的"第一次"又添一项。

第一次亲吻。

夏蔚也不知道这能否算作传统意义上的接吻,只是双唇相触而已,但她能察觉到男人清凉的鼻息,那样近,也能以嘴唇度量顾雨峥唇峰的弧度。

没有持续很久,也没有更多的动作,顾雨峥放开了她,仍旧保持着单膝跪地的姿势,目不转睛地盯着她瞧,从嘴巴,到鼻子,再到眼睛。

目光的轨迹大致如此。

哦,他的手还没挪走,掌心的温度仍停留在她的手背。夏蔚其实没想躲,只是下意识地把手缩了缩,但被顾雨峥抓住了。

玄关处不算明朗的光线里,他的五官轮廓似乎也变得模糊。

对视很久,顾雨峥总算开口,带着点儿笑意:"你这种表情,会让我有罪恶感。"

夏蔚哪里知道自己现在是什么表情,她整个人已经麻了,随着顾雨峥出声,终于神思归位,氧气自周遭重新涌进胸膛。

火熄,雨止,雾散。

世界回归正常。

夏蔚深深吸气,又长长吐出。这一口气够夸张,夸张到似乎吹动了顾雨峥的睫毛,惹得顾雨峥笑意更加明显。他带着几分自嘲地玩笑道:"嗯……如果你现在要打我,我也可以接受。"

夏蔚低头,看向被顾雨峥手掌包裹住的那只手:"你至少放开我吧?这样我拿什么打?"

顾雨峥倒是很听话,依言松开。

夏蔚抬起手,重新扎了下头发。

"送你回去?"

"好。"

夏蔚是在这一夜深刻认识到，厚脸皮可能是男人的通病，即便是顾雨峥这样沉静内敛的人也不能免俗。回去的路上，会经过两栋楼之间的一段绿化带，没有路灯，比较暗，顾雨峥非常自然地再次牵住了她。

再然后，就没有放开⋯⋯

夏蔚轻手轻脚地进了家门，已经是凌晨了。

她躺在床上，收到顾雨峥的消息，就只有一句"夏夏"。

像是在梦中喊她的名字。

她回：干吗！

这个感叹号，恼羞成怒的意味太明显了，夏蔚发出去就后悔了，可惜来不及撤回。

顾雨峥语音说："只是确认一下，你没有拉黑或是屏蔽我。"

夏蔚承认，她的确有这么想过，因为今天发生的一切都超出预期，直到现在，用冷水洗漱完，脸好像还是会发烫。她不是遇事喜欢躲的人，归根结底还是那句话，一遇到顾雨峥，她就变得不像她。

小心犹豫，进退维谷，落魄不堪。

⋯⋯罢了。

夏蔚决定遵循本能。

她打字，非常直白地问：顾雨峥，我们算是在恋爱了吗？

一段恋爱关系的确定，究竟有没有明确的流程？

还是说，情之所至，气氛烘托到位，牵手，拥抱，接吻，这些就可以算作恋爱的起始？

对面沉默了。

隔了很久。

"我认为是的，但我还想听听你的想法。"顾雨峥说，"因为就我而言，没有其他样本可以参考。"

话中意，夏蔚听得明白，于是笑了。她以指节抵住嘴唇，好像那还有残留的顾雨峥的体温。她未曾想到今晚能进展到这一步，这和她一开始计划的循序渐进不大一样，但转念又觉得，这也没什么不好。

顾雨峥的语音消息又发了过来："或者你想先听我的意见？"

夏蔚闻言一愣："你说。"

"我的意见是，或许我们可以再慢一些。"

"啊？"

"如果你全然没有顾虑，就不会问我这个问题了。"顾雨峥说，"我必须承认，今晚的一切也不在我的计划里。我不介意慢下来，毕竟我们还有很多时间。"

夏蔚"扑哧"笑出来，将被子蒙过头。

顾雨峥大概偷偷进修了什么读心术和演讲课，不然怎么这样会讲话，每一句话都让人心里熨帖。相比他的体贴和换位思考，夏蔚觉得自己反倒有点得了便宜还卖乖的嫌疑。

"好啊，那听你的。"

夏蔚刚把消息发出去，手机就在手心狂振起来，万幸，房间门关着，不会吵到外公。她迅速按下接听，极轻极轻地说："还不睡？"

顾雨峥的声音也很轻，穿过话筒，却细节尽显，声线边缘好像有小小的毛刺，扎得人心痒。

他说："可能有点失眠。"

"顾同学，我不是医生，"夏蔚用力憋笑，"失眠怎么治？"

顾雨峥一本正经："我只找到了病因，暂时没有治疗方法。"

……太犯规。

这话让人怎么接？

夏蔚匆匆挂断电话，再次把自己埋进被子里，左右翻滚。她今晚重新认识了顾雨峥，也重新认识了自己，关于她是个大俗人的自我认知简直太准确了，她根本抗拒不了甜甜的情话。

粉红箭矢"嗖嗖"飞过来，顾雨峥箭无虚发。而她躲避能力为零，盾还那么脆，面对一个难度拉满的副本，姿态狼狈。

万幸的是，关卡没有时长限制。

顾雨峥说，他们还有很多时间。

可以慢慢来。

年关逼近。

元旦和春节离得不远，好像每年的这个时候，生活都会变得吵嚷。

夏蔚做角色代言的手游已经上线，因为要结合玩家评价和舆论，线上宣传进度每天都在变，夏蔚要配合拍视频，写新话术，一时间忙碌异常。

除此之外，夏蔚还要规划明年的工作安排。因为要照顾外公，势必要放弃许多参加线下活动的机会，为了维持收入，她不得不多接平台广告。

顾雨峥和夏蔚的忙碌程度不分伯仲。

Realcompass 版本更新，又加了新年活动，顾雨峥也是常常昼夜颠倒。明明两个人住处离得这样近，却没见上几面，多数时候都是通着视频，各忙各的。

米盈已经进入孕晚期。

米盈妈妈已经早早放下火锅店的一摊子事，去了广州暂住，和米盈婆婆一起照顾米盈。有妈妈在身边，米盈情绪稳定不少，脸圆了两圈。

虽然还是会因为肚子上的妊娠纹，三天一小哭，五天一大哭。

邝嘉工作告一段落，从国外回来了，尽职尽责地担当出气筒的角色，在网上学了一堆抹油手法,有无效用另论,起码准爸爸不能闲着,要忙起来,不能碍眼。

郑渝在群里口无遮拦:"我看日历了,米姐,你这孩子多半是水瓶座了,风象很可怕的,有你受的。"

惹得米盈焦虑症发作。

夏蔚只好暂时把郑渝移出群聊。

春运拥挤,怕外公身体吃不消,夏蔚决定今年春节不回荣城。

夏远东听说老人病了,匆匆从南非赶了回来,一家人就在上海过年。

夏蔚有些担心爸爸新家庭的家庭关系,夏远东则拍拍她的脑袋,示意她别担心,转手塞了一笔钱,数目不小。

夏蔚当然不要,可又拗不过。

夏远东的意思是,一家人,到什么时候都是一家人。他平时离得远,帮不上忙已经很愧疚,给老人养老,他有责任,不能所有担子都让夏蔚背。

除夕当晚的年夜饭是夏远东和夏蔚一起做的。

外公状态还不错,和夏远东比赛切黄瓜摆盘,刀工一如既往,手不抖,这让夏蔚无比开心,外公的病好像有所好转。

她拍了张年夜饭的照片,发给远在地球另一端的顾雨峥,然后拨视频:"猜猜哪道菜是我做的?"

顾雨峥在春节前两天回了英国,探望楼颖。

"我猜……番茄拌白糖?"

"那叫'火山飘雪'!我的经典名作!"夏蔚大笑,"还有几道热菜也是我做的。"

光线有些暗,顾雨峥看得不甚清晰,但他还是不吝啬夸奖:"这么厉害。"

"那是。"

温柔地夸赞,虽然有点像哄孩子,但夏蔚很受用。一骄傲,她就有点飘飘然:"等你回来,我……"

——我可以让你尝尝我做的菜,估计不会比你的差。

但后面半句夏蔚没有说出口,总觉得过于亲近了。

顾雨峥却笑了,好似知晓所有:"我会尽快。"

夏蔚莫名被这一句击倒,脸颊迅速攀上热度,以手机没电为由将视频挂断,在房间里原地蹦跶,整理心情。

等到确认面上无异,她打开房间门,结果夏远东一个趔趄,没站稳。

"老爸,"夏蔚颇为无奈,"偷听不好吧?"

夏远东却好像抓到夏蔚什么把柄似的,板着一张脸:"夏夏谈恋爱了?"

夏蔚想了想:"暂时,还不算。"

夏远东:"什么叫暂时还不算?什么人啊?多大了?干什么的?有照片没?给我看看。"

外公在看春晚,笑着接话:"是夏夏的高中同学,叫顾雨峥。小伙子很好,性格沉稳，很懂事，是个有担当的。"

夏蔚眼睛一亮。

外公能够如此清楚地记得顾雨峥的名字，更加证明病情控制得不错，这比吃一万道好吃的菜，工作上受到一万句夸奖都令她开心。

夏蔚靠在外公肩膀上耍赖，就和小时候一样，顺便接受夏远东的盘问。

虽然知道女儿终有一日要恋爱成家，可这一天真来了，心里那滋味特别提多难受。过几天就要走了，必定来不及和女儿的男朋友见一面，这么一想，夏远东更遗憾得要命。

"还不是男朋友。"夏蔚纠正。

夏远东才不管年轻人的弯弯绕绕，先是教育夏蔚，一定要好好考察对方，不要冲动。

然后，他在临行前叮嘱外公："爸啊，你可得看好夏夏，帮她把把关。多大的小姑娘，哪里会识人呢？"

不论真实年龄多少，在长辈亲人眼中，你永远都是小孩子。

夏蔚并不觉得这一声声的嘱咐有多么扰人，反而感到幸福。

能够被人记挂，被人惦念，她是世界上最幸运的人。

外公送夏远东和夏蔚出门，呵呵笑着，目光打量夏蔚，好像在自言自语："是呀，我们夏夏才多大，怎么能谈男朋友呢？"

夏远东拍了拍夏蔚的肩膀："听没听见！要听外公的话！"

"知道啦！"夏蔚觉得夏远东也是上岁数了，比从前更唠叨了，"快走啦，赶飞机别迟到。"

她帮夏远东将行李箱推出门，然后转身叮嘱外公："我送老爸去机场，外公一个人在家，看会儿电视，或者睡一觉，行吗？最多最多三个小时，我马上就回来。"

这一天是大年初五。

去机场的路上，夏蔚和夏远东互相盘问感情状况，又互相拆台，惹得网约车司机也跟着笑。只是路太堵了，回程竟用了平时两倍的时间。

夏蔚本想绕路去商场，买点外公爱吃的东西带回家，结果被地图上长长的一段深红色打消了念头，她不放心外公一个人在家太久。

到达小区，下车，上楼。

夏蔚扭钥匙时还在想，换锁的计划早该提上日程了，等过完春节快递恢复，就买个指纹锁换上，这样就不必带钥匙了，尤其是带外公出门遛弯时也方便。

她进门，喊了一声："外公，我回来啦！"

没人应声。

换鞋，厨房、卫生间和两个房间都看一遍，还是没人。

外公不在家。

夏蔚一时茫然，外公自从生病以后，担心给她添麻烦，几乎不会自己一个人出门，最多最多，是到小区里转一圈。可她刚刚从楼下上来，没看见外公的影儿。

她在客厅沙发上缓缓坐下，思索外公会去哪儿。

忽然想起客厅的监控是动态捕捉的，她打开手机查看，果然看到图像——外公是在两个小时前出门的，穿戴整齐，不像只是去散步。

夏蔚越想越觉得不对劲，越想越心慌。

最后她实在坐不住了，出去找一找，总比在家里等要好。

可找人，又怎么会是一件容易的事。

夏蔚先从小区里开始寻找，无果，范围扩大到附近公园，依然没有进展，最后干脆扫了一辆共享单车，沿着周围几条街道来回搜索。外公对附近不熟，一定不会走远，这是夏蔚唯一确定的事。

路上车流汹涌，单车也多，夏蔚挤在其中，明明出门没穿外套，身上单薄，可还是急出一后背的汗。

米盈接到夏蔚电话的时候，已经是晚上。

电话那边的人喘得厉害。

米盈从没见夏蔚这么紧张过，她因为孕期体重涨得快，正在吃健康餐，听到夏蔚描述完状况，什么也吃不下去了，索性把筷子一扔。

"什么时候走丢的？"

"就今天下午，我已经报警了，现在还在找。"夏蔚的声音好像坏掉的风箱。

夏蔚从不认为求助这件事应该有任何心理负担。生活里总会遇到各种各样的麻烦，没人能靠一己之力解决所有，朋友相互帮扶的意义正在于此，情谊在共同经历种种沟坎后弥足珍贵，一些从前积累的善意都会在需要时出现。

夏蔚在外面跑着，米盈帮忙做了朋友圈可转发的寻人启事。

郑渝则求助了正在某网站负责社会版新闻的大学同学，拜托他们用本地视频号寻人。

夏蔚这边还在深夜的街头焦急，手机电量不足20%，一个陌生号码打了进来，对方自我介绍，说自己姓林，是顾雨峥的朋友，受顾雨峥所托。

林知弈安慰夏蔚："你先别急，小区监控找物业查了吗？"

"查了。"出乎林知弈意料的是，夏蔚虽气息不稳，但能听得出情绪冷静，"我外公走出小区了，周围几个小区我也去问过了，没见到。"

"那可能就在街上，或是商场。"林知弈说，"咱们别的没有，人还是有的。你发个位置给我，我喊几个朋友一起找，总比你一个人快。"

"好，谢谢你。"

"哎，这话多没意思。"

夏蔚把手机地图打开，用最后一点电量在地图上勾勾画画，把已经找过的地方都圈起来。

顾雨峥发来语音消息,也是言简意赅:"不要和林知弈客气,我坐最近一班飞机回去。"

夏蔚看到了这条消息,却没有时间给他回复。

她不放过每一个拐角、小区、地铁公交站,还有商场,只有这样才能找得仔细。夜风拂在脸上,腿已经酸了,夏蔚忽然想起高考时,坐在外公自行车后座奔赴考场时迎面的风,心里泛起疼痛。

快要疼死了,但很奇怪,没有任何哭泣的欲望。

泪腺此时不在岗位。

哭是没用的。

一直到凌晨,手机电量在告罄的边缘,林知弈终于发来消息,语气欣喜,他让夏蔚快到家附近的派出所来,老人找到了。

夏蔚手上一抖,骑单车险些栽了。

她急忙打车过去,一推门就看到外公坐在派出所的椅子上,人好好的。

瞬间,她所有力气彻底卸了下来,整个人完全脱力,控制不住。

值班民警告诉夏蔚,是有路人看到了寻人启事,帮忙把老人送过来的,老人状态很好,交流无碍,看上去并不像是迷路。人家问他要去哪儿,他只说,要去充什么卡。

夏蔚也毫无头绪。

她将外公患病的症状解释一番,然后蹲在外公面前,尽量平复心绪后再开口:"外公,你是要去哪儿呀?急死我了。"

外公满是皱纹的手掌摊开,那是夏蔚用了很多年的荣城一卡通,上面还贴着卡通贴纸。

"过完年,你不就要开学了?我怕你和同学出去玩,卡里没钱,坐不了公交车。"外公摸着那张薄薄的卡片,"绕了一大圈,这周围怎么变样了?我找不着充值的窗口了。"

在场所有人都沉默了。

夏蔚不受控地急促呼吸,耸着肩膀,最后慢慢地滑坐在了地上。

忘却眼前一二,却记得许多年前的事。

外公不记得自己此刻身处哪里,他只当还在荣城,只当夏蔚还是正在上学的小姑娘。

一如这么多年以来,她的一卡通里已经充值了不知多少笔钱,足够她乘坐一辈子的公交车了。

只是这张卡,她再难用得上了。

时间,时间。

时间给予人驻足回首的机会,可你远望从前,看得越是真切,心里就越如同刀绞。

　　夏蔚始终无言，只是帮外公整理了一下外套，陪着外公回家。

　　小老头累了，直到第二天下午还睡着，夏蔚一直坐在地上，趴在外公床边，握着外公的手。

　　直到第二天的夕阳落了下来。

　　夏蔚已经熬了一天一夜，却不敢合眼。晚上，确认外公好些了，能想起一些事了，她才终于能吃口饭，浅浅睡一会儿。

　　清晨时分，手机响起。

　　"帮我开下门好吗？"顾雨峥的声音也很哑，"我在外面。"

　　他不敢敲门，怕吵到老人休息。

　　"你回来了？"夏蔚猛然惊醒，扑下床，踉跄着去门口，拧开门锁。

　　顾雨峥就站在门外，行李箱放在身边，携了一身尘，眼里的红血丝并不比夏蔚少。

　　最近的航班，十三个小时的飞行，他还是觉得自己慢了。

　　外公还在休息，怕吵闹，他原想将夏蔚拉到门外说话，却发现她没穿拖鞋，光着脚，于是眉头微紧。

　　还不待他开口，夏蔚就已经扑了过去。她还是不敢哭得大声，只是将脸埋在顾雨峥的胸口，只余呜咽声。

　　外公出事的这两天，她攒了两天的眼泪，终于在见到顾雨峥的这一刻，全然决堤。

　　顾雨峥轻轻摸着她的后脑，任由滚烫的眼泪把他的衬衫浇湿。

　　"好了，好了。"他轻声哄。

　　夏蔚哭了很久，直到晨光熹微更迭成午时的太阳。

　　冬天的阳光，迷蒙的光线，她肿着一双眼，看着顾雨峥和外公坐在沙发上聊天，这一刻忽然想起米盈来，她好像终于能够感同身受米盈的泪失禁体质。

　　或许不是米盈真的爱哭，而是恰巧，每次哭时，夏蔚都在。

　　眼泪，只会在最信任的人面前落下。

　　此事过后，夏蔚再也不敢把外公一个人留在家里，于是找了一位护工阿姨，在她和顾雨峥都忙得无暇分身时，可以上门做饭，照顾老人。

　　这样一来，也有更多时间，能够平衡工作和生活。

　　夏远东是在飞机落地回到家之后才知道外公险些走丢的事，他急忙给夏蔚打电话。

　　他还在自己的行李箱夹层里发现了一些现金，不多。

　　夏蔚怕过不了关，将剩下的金额尽数打回到了夏远东常用的银行卡里。

　　夏远东不理解："你这是干什么夏夏？是老爸的心意。"

　　夏蔚只是笑着摇头，说："老爸，我赚得又不少，完全有能力养自己和外公。"

没说出口的理由是,她担心夏远东的新家庭会对此有微词。夏远东替她考虑,她也要为夏远东多想一步。

因为是家人。

她才不能把老爸置于炭火之上,受什么夹板气。

夏远东语调都变了,最后狠狠吸了下鼻子:"夏夏啊。"

终究,还是无言。

一切归于平静后,夏蔚给所有帮忙的朋友一一打电话,表达感谢。

收到的反馈差不多,大家不明白这有什么可谢的。交朋友讲缘分,缘分一词细细剖开来,其实就是相似的人格、相同的价值观,还有相近的目的地。这一圈子的人,之所以凑在一起,之所以能彼此依靠彼此信任,是因为大家都是一样的人。

都是会将感情放在第一位的人。

这是缘分的奇妙之处,也是上天的仁慈眷顾。

米盈快要生产时,夏蔚和郑渝都匆匆赶去了广州,郑渝更是撂下工作请假来的。

按时间来看,被郑渝说中,宝宝还真是个水瓶座。

邝嘉要陪产,米盈不让。在自己最脆弱的时候,她不敢让目光所及之处出现任何能够依仗的人,她怕自己撑不住。

只是在快要进待产室前,她一手握着妈妈,一手握着夏蔚,眼泪在鼻梁处积成小小湖泊。

她问夏蔚:"我能生出个什么来?"

惹得米盈妈妈拍她:"孩子呗!难不成是小猫小狗?"

米盈抽搭着:"……我害怕。"

夏蔚也眼睛发热,她第一次如此近距离见证一个产妇生孩子,而且,这个产妇是自己十来年的好友。不说米盈自己了,连她都难以控制地思绪飘远。

她想起和米盈在高中食堂吃饭,不锈钢餐盘相撞发出铮铮声响,校服胸口上不小心溅上油点子,那时她们看了几本青春小言,就迫不及待地代入自己——我们会和书里那样,是一辈子的朋友,我会亲眼看你功成名就,也会看你恋爱嫁人,成家生子。

到那时,你的孩子要喊我干妈。

上下嘴皮一碰,立誓好像是一件特别容易的事,其实夏蔚也未曾想过,那些漫不经心的话经过时光的灌溉,一切就这么顺顺利利地实现了。

她和郑渝,还有米盈的家人一起,等在产房外,翘首以盼一个新生命的到来。

郑渝来时路上买了一束小雏菊,塞到邝嘉怀里:"知道你们都忙忘了,没空,关键时刻还得靠我吧?"

夏蔚紧绷的神经快要断了,郑渝则揽着她的肩膀,狠狠捏了捏,像是加油打气:"你怎么也紧张?"

夏蔚白了郑渝一眼："说得像你不紧张似的。"

郑渝也不否认，只是龇牙一笑："嘿，真好。"

哪里好？

"你还记不记得我说的？我们虽然拦不住时间，但有缘分的人不会走散。"

他们这些人，友情也好，爱情也罢，不论如何跌跌撞撞，蹉跎辗转，终究还是得偿所愿，大家都还在。

"就你会煽情。"

夏蔚用胳膊肘狠狠了下郑渝的肚子。

至于米盈，在待产室里煎熬着。

打上无痛的那几个小时，她尚能活动自如，可以玩手机、发消息、和护士说话、看着外面一群人给她加油。

可真正被推进产房的时候，手机被没收，无人相陪，只有助产士一遍一遍教她如何用力。

先不论疼痛，光是那种孤独和对未知的惊恐，就足以让人崩溃几十个来回。

米盈几度脱力，气若游丝地问："没有医生吗？我想要医生。"

"要医生干吗？要是你产床前站一圈医生，你就该担心了！"助产士看了一眼时间，"一会儿会有产科医生过来看情况……你用力呀！宫缩都错过好几次了！"

米盈强忍着，不让眼泪掉下来，这坚强程度连她自己都想夸夸自己"我可真厉害"。可助产士还是不满意："……不对呀你这！到坚持不住再换气！"

米盈觉得自己眼前开始模糊，那是眼睛充血的症状。

人在极度疼痛的时候会丢失时间概念。不知道过了多久，有两个戴口罩的医生进了产房，米盈模模糊糊瞧了一眼，都不是她产检时的主治医生。

领头的那个和助产士对话："今天产妇真不少啊。"然后回头介绍身后身形较年轻的那位，"这是我学生，一起来看看。"

医生掀起她的手环，看了一眼，例行查问："叫什么名字？"

"米……盈。"

米盈这两个字答得，颤颤巍巍，拐了一百八十个弯，可那位年轻的医生还是表情诧异地回了头。

她走过来，跟在自己老师身后，在产床前盯着米盈看。

那眼神颇为复杂。

米盈茫然与她对视着，渐渐也觉出不对来。米盈发现帽子和口罩之间露出的那双眼睛，有点眼熟。

直到对方先开口，再次确认："米盈？"

这熟悉的声音。

听到这声音，米盈心里就"咚"的一声，好像刚刚丢失的力气瞬间回来了。

老话说，人在愤怒时会爆发无限潜力，看来不是假的。

她嘶哑着嗓子:"黄佳韵!"

"哎?认识啊?"

"嗯,我朋友。"黄佳韵答。

朋友个屁啊!

有你这么当朋友的?

不言不语人间蒸发,偏偏这时又出现了。米盈屏着一口气,情绪激动,助产士倒很高兴,提醒她:"哎,对对对,这样用力就对了。"

米盈牙根都咬紧了,却不能大喊,便只从齿缝里蹦字,一遍遍重复黄佳韵的名字,仿佛这样就能给自己鼓劲儿似的。

黄佳韵笑了,口罩上那双讨人厌的眼睛笑得弯弯的。

"省点儿力气,等你爬起来了再找我算账吧!"

任由米盈的指甲抠进她的手背。

"加油!"她说。

命运这条河,一直在向前。有多少个断裂的缺口,就有多少个重逢的理由。

离开,相聚,告别,迎接。

有人走,有人来。

但有情有义的人们,缘分作指引。

他们永远不会走散。

第十五章 / ★
黎明、曙光和海平面

米盈生了个女儿,母女平安。

孩子抱出来的时候,护士喊:"爸爸在哪儿?看一下,看一下要抱走了噢!"

几个人齐齐把邝嘉往前推,当爸的却眼圈红红,手足无措:"我老婆呢?"

"在里面呢!你先看宝宝!"

邝嘉象征性地扫一眼护士怀里的小人儿,然后"嗖"一下扭头:"看过了看过了,我等老婆出来。"

邝嘉翘首以盼。

夏蔚和郑渝则还在巨大的震惊之中,缓不过神。

黄佳韵的出现太突然了。

谁也未曾想到会在这种场合碰见黄佳韵,郑渝总说,自己这么多年一直很有负罪感,他觉得当初是自己没有处理好与黄佳韵的关系,才导致黄佳韵生气了,一言不发直接和这几个人决裂。如今再碰到,难免尴尬。

"你想多了。"夏蔚说。

黄佳韵家里的事,只有她和米盈知晓。后来她们也讨论过,如果说黄佳韵的离开不是被动,那只能和家里人有关。

郑渝不知情,单纯以为黄佳韵是为情所困。

……这四个字,实在太奢侈了。

在那时许许多多的难处面前,少女心事哪有什么重量。

黄佳韵好像没怎么变,还是一样瘦,口罩在鼻梁处勒出一道深邃的红印子,她用手背抹了一下,抬头对上两人的视线,笑开来:"你俩这么看我干吗?要吃人啊?"

然后她看向郑渝,上下打量:"……你收收腹行不行?你看你这肚子,这几年吃饲料了你?"

这一开口夏蔚就更加确定,还是从前的那个人,黄佳韵这张嘴从来就是不饶人。

郑渝被说得一愣一愣的,始终哑火。

"一会儿有空没?"

"……有。"

"行,咱们吃个饭去,我请客。"黄佳韵说,"我再去看看米盈,你俩等我下班。"

晚上，黄佳韵请客，去吃粥底火锅。喧闹的人声混着叮当的碗碟声当背景，她讲起自己的故事，竟是轻松的语气："……都已经太久了，细节记不清了，就是那年暑假我爸又一次喝多了，动了手。那一回闹得大，我妈还手了，干活的长剪子捅在我爸腿上，来了警察。"

"然后呢？"

"然后就是调解。家庭矛盾嘛，以前多少次也都是一样的。起诉离婚周期挺长的，我和我妈不敢回家，就找了个远房亲戚家暂住，不让我爸找到我们。再后来，临开学没几天了吧，恰好赶上我爸出车走了，我就趁着机会赶紧回去收拾东西，然后带着我妈一起来了广州。就这些。"

黄佳韵说到这儿的时候，恰好服务生来添汤，雪白的米汤沸腾，溢出雾气来，挡住了黄佳韵的脸，她伸手拂了拂："哦，忘了说，我大学考在广州，从本科开始就一直在这儿。行了，讲完了。"

夏蔚点点头，她有心理准备。

但郑渝没有。

郑渝第一次听黄佳韵说家里的事，一直拧着眉毛，筷子都忘了伸，锅里的扇贝已经煮到缩水。他还想问一些细节，但夏蔚在桌子底下不动声色地踩了他一脚，话就截住了。

黄佳韵笑："郑记者，你是不是有职业病啊？我给你提供社会新闻素材，你给我稿费吗？"

"不是这个意思……就是觉得……"

就是觉得不容易。

"你别脑补啊，好像我特别可怜，我不喜欢这样。"黄佳韵说，"我妈是残疾人，但她有手艺，至于我，大学有助学贷款，也有奖金，没你想的那么惨。"

她把一碟菜滑进锅里，搅了搅："如果一定要说哪里过得不好，就是学医要学太多年，到现在还熬着呢，挺痛苦的。"

郑渝还想问什么，见黄佳韵这种态度，也就不好再开口。

她明显是挑着讲的，那些真正难以启齿的困难，那些苦，是一句也没提。

夏蔚想起了那天晚上散步，顾雨峥讲起自己父母的故事，也是这样避重就轻的。大概真正走过一段难走的路，都是不愿意回头看的。

走都走过来了，回头没有意义。

天气湿冷，吃粥底火锅却吃出一身汗来，郑渝擦了擦脑门，到底还是没忍住："那你去了哪儿，至少也要告诉我们一声啊！这不让人着急吗？还以为你怎么了呢。再说了，我们几个碍着你什么事儿了？"

黄佳韵特别坦然地撂了筷子，一摊手："对不起了。要不你揍我一顿吧，我不还手。"

然后，她又大笑："一是不想透露自己的行踪，怕我爸再来纠缠我妈，二是因为那时候年纪小嘛，容易钻牛角尖。"

反正以后大概率不会再见了，那也就没有了联络的必要。

黄佳韵离开荣城后便更换了所有联系方式，她的企鹅再也没登过，微信更是直接注销了，一副与过往全然告别的姿态。

不过她说，自己也不是没有"偷窥"过。

"刚上大学的时候，日子过得特别糟。有一次悄悄登了那个旧微信，想在朋友圈看看以前的同学都在干什么，结果看到你们一个个的，大学生活都很潇洒嘛，我呢，那时候在学校门口粉店兼职，一身汗，真的很狼狈，晚上回宿舍的路上我就把微信注销了。"

这种心态，让郑渝想起高中班里的一个学霸，高考没考好，转校复读去了，也是直接和从前的同学断联。

可能和黄佳韵的理由差不多？

他要再煎熬地度过一次高三，而其他人都已经享受大学生活去了，这么一想也不是不能理解，眼不见心不烦。没了对比，就没了痛苦。

黄佳韵反驳了郑渝的猜测："不是这个意思。郑渝，我没因为家庭自卑过。不和你们联系，是因为我怕我真的有一天扛不住，会向你们求助，不管是借钱还是什么的，那时候你们肯定不会拒绝我。"

不是嫉妒，不是自卑，而是太过强硬的自尊心，连接受朋友的帮忙都会背负巨大压力。

郑渝不理解："朋友之间，这不是应该的吗？"

"可能是吧，但那个时候……"黄佳韵想了想，"所以我才说，自己会钻牛角尖。"

三个人吃完晚饭没散场。

想找个能喝酒聊天的地方，结果处处满座。

干脆去便利店一人买了一罐啤酒，顺便看珠江。

珠江两岸的璀璨夜灯里，夏蔚看着黄佳韵瘦削的侧脸，想起高中时米盈被没收的那只手机。

虽然米盈当时说了，用不着赔，但黄佳韵还是每周悄悄往米盈桌洞里塞钱，有时是五十，有时是二十，夏蔚撞见过好多次。

那时大多数学生一周生活费也就一百，黄佳韵绝对不会更多。

这意味着高三那一年，她怕是没在食堂点过肉菜。

"现在呢？"夏蔚问，"还会这样想吗？"

"现在好多了，因为觉得自己不是身无所长了，别人帮我忙，我能有回馈了，心里就会舒服些。"

人的自洽往往不是被动形成的，而是主动的雕琢，深一刀，浅一刀，没有谁手艺更好，也没有谁比谁好看，只要是朝着自己想要的模样，外人真没什么权利置喙。

夏蔚不懂黄佳韵，但她尊重。

来往路人步履匆匆，有音乐顺着商场大门传出来，夏蔚听见黄佳韵的声音混在其中，却很清晰，也很真诚。

"对不起。"她说。

"我这性格，从小就没朋友，也就只有你们几个。是在很久以后，我才意识到自己这么做很伤人，我想再联系你们，却已经找不到联系方式了，如果不是今天碰到米盈，这句道歉我还真说不出口。"

黄佳韵抿住嘴唇，再次重复："对不起啊，夏蔚。"

夏蔚摇摇头，笑了："只要你好就行。"

朋友的含义，除了相互帮助，还有相互理解。

所以，不必说其他。

当晚，郑渝就把黄佳韵拉进了群里，原本的三人群变回了四个人。

米盈看见了，却没有意料中的暴怒。她始终没发话，大概是累着了，实在没有精力了。她发了几张宝宝的照片在群里，然后艾特黄佳韵，问产后修复的事。

台阶摆这儿了，黄佳韵却不下来：*这不是我专业。*

在米盈还未发作前，她又补了一句：*院里有产后康复门诊，我帮你挂个号？*

米盈隔了很久才回，这次是语音，她嗓子都哑了，骂人却有劲儿："黄佳韵，你真够欠，还是和以前一样讨厌。"

夏蔚和黄佳韵笑成一团。

手机响起，是外公的来电。

夏蔚看了看时间，已经很晚了。她讶异外公这么晚还没睡，外公说，是想问问米盈生产是否平安。

高中时米盈总到夏蔚家里住，外公自然印象很深，也惦念："小米盈一看就是有福气的孩子，平安就好。"

该提醒外公吃药睡觉了。

夏蔚让外公把手机给护工，谁知外公说："已经让护工走了，今晚是小顾陪我。"

电话那边，很快换成顾雨峥的声音，还有整理玻璃棋子的脆响。

"今天下班早，来看看。"他有些抱歉，"和外公下棋，一不小心就晚了。"

"赢了吗？"

"没有。"

"这么菜。"

"换你也未必吧？"顾雨峥笑。

很平和很日常的几句对话，夏蔚的肩膀却缓缓塌了下去，长长呼出了一口气。这兵荒马乱的一天，撑了很久的精神在这一刻得到了休憩。

和顾雨峥打交道，不再像一开始那样紧张和诚惶诚恐，相反，如今会很放松，这种感觉交往越深便越明显。

放松，意味着互相依赖和坦诚相见。

夏蔚望着车窗外匆匆而过的夜景，听见顾雨峥问她："一切顺利吗？"

"嗯，我现在可是当干妈的人啦！"

"好，广州降温，别贪凉。"

她考虑得多，但好像顾雨峥总会替她考虑更多。

"不用着急回来，外公这边我可以照顾。"他说。

夏蔚挂了电话，嘴角却还没压下去，非要打开和顾雨峥的聊天界面，再发几个表情包才肯罢休。

她发一个，顾雨峥便回一个，反正不让她成为对话的结尾。

夏蔚幻想着顾雨峥拿她没办法的无奈表情，心思越发雀跃，最终拍了拍顾雨峥的头像，以一句"晚安"作为结束语，顺带一句：不许再回了！不然我就要开免打扰了！

……总拿这个威胁他。

对面总算没了动静。

可还没隔半分钟，到底还是发了个"晚安"过来。

顾雨峥假装无事发生：我测试一下有无拉黑，看来没有。多谢。

夏蔚盯着那句"多谢"，蓦地笑出声。

黄佳韵靠了过来："男朋友啊？"

夏蔚这次没有犹豫太久："……算是。"

"是就是，不是就不是呗，这种问题还有中间选项？"

后排不宽敞，夏蔚屏幕亮度又高，黄佳韵不小心看到了她屏幕上方的备注，只瞧见是个"顾"字开头的，登时想了起来。

"是我们高中那个？顾什么……"

"顾雨峥。"夏蔚提醒。

"哦，对。"黄佳韵想起来人名，接下来便是感慨，"你俩还没结婚呢？"

"啊？"屏幕亮光照出夏蔚茫然的脸，"结什么婚？我和谁结婚？"

"你俩这都谈了多少年了啊？从高中毕业到现在，十年了。"黄佳韵也茫然，"十年还不结婚？不婚主义啊？"

各说各话。

夏蔚显然跟不上节奏。

她不知道"谈了十年"的谣言是从哪里来的，明明她和顾雨峥重新遇见不过半年，至于高中……

"我们高中三年都没说过话。"夏蔚挠挠脸。

她一时没有找到合适的角度切入,向黄佳韵解释她和顾雨峥之间的种种。如果一定要描述,大概是两个不长嘴的胆小鬼,相互暗恋,却各自拖延,以至于错过这么这么多年的故事?

黄佳韵的表情也是一言难尽。

信息不对称,沟通困难。

"这样,我们拉齐一下。"她侧身换了个坐姿,正对着夏蔚,"第一个问题,高考结束,顾雨峥和你们一起毕业旅行的时候,没和你表白吗?那么好的机会,他哑巴了?"

第一个问题就把夏蔚问蒙了:"毕业旅行他没有去呀……而且,他怎么会知道我要旅行?谁跟他说的?"

黄佳韵盯着夏蔚,很久。

然后,她慢慢、慢慢地向后,靠在了椅背上。

第二天一早,顾雨峥收到了夏蔚的消息,是订票软件的信息。

她订了下午回上海的机票,转发给他看。

顾雨峥想当然地认为这是要他去接的意思,可看了看今天待办,下午有部门会,他主持,实在是推不了。

"本来也没想麻烦你,"夏蔚说,"有点事问你,等你忙完吧。"

顾雨峥起身,找了个僻静处给夏蔚回了个电话:"现在问。"

"不行,这事儿得当面讲。"

顾雨峥愣了下。

他分辨不出夏蔚的意思,因为她语气听上去有些不寻常,如果一定要细说,大概是字里行间的急迫,夹杂了点微含怒意的阴阳怪气。

夏蔚从不这样讲话的。

"好,那晚上见。"

可是这一忙,竟忙到了半夜。

夏蔚始终没动静,聊天界面沉默着。

顾雨峥回家时还在想,要不要让夏蔚下楼,去便利店吃夜宵。

然而,太晚了。

考虑到夏蔚舟车劳顿,遂作罢。

他将车停好,往家的方向走,穿过小区那块绿化区域时,余光瞥见花坛另一端有人影,步履飞快。

还以为是有人夜跑。

可冬日干枯的灌木丛发出瑟瑟响动,下一秒,夏蔚就从花坛里"蹦"出来。

她原本是在另一条汀步石的小路等待顾雨峥的,那是他最常走的路线,谁知今天改了。害得夏蔚不得不成了破坏绿化的人,非常不文雅地跨过整个花坛来堵人。

蹦下花坛的时候一个没站稳,顾雨峥先扶住夏蔚的手臂,然后低头查看她有没有崴脚。

"这是做什么?"顾雨峥问。

夏蔚穿着棉质的及踝睡裙,外面裹了一件宽大的毛衣,一看就是刚从家里跑出来的。

夏蔚纠正他:"不是刚刚跑出来的。我照顾外公睡下就下楼了,已经等你很久了,谁知道你这么晚才回。"

她双手举起,手掌捧着顾雨峥的脸:"是不是很冰?"

顾雨峥眉心微蹙,却没有挣脱,片刻的怔忡给了夏蔚可乘之机。

踮脚,靠近,亲吻。

一气呵成。

依旧很轻,只是在他唇边啄了一下。

但这足以在顾雨峥心里搅起海啸。

他开口时,听到自己的嗓音被海浪荡起,有些飘:"这又是做什么?"

"我先回答你哪个问题?"夏蔚说,"或者,两个都不回答?"

她向前一步,双手自顾雨峥外套边缘伸入,紧紧环抱住,将脑袋贴在他的胸膛。和上次的拥抱不同,正面的拥抱能够更直接地听到他剧烈的心跳声。

虽然夏蔚承认,她自己也没好到哪里去。

寂静的深夜,光线匮乏的小区一角,若是有人经过,一定会被两个沉默相贴的人影吓到。

夏蔚感觉到寒意。

后背没有任何触感,顾雨峥没有回抱她。

"顾雨峥?"

"嗯。"嗓音和光线一起,沉沉坠进寒凉的海水里。

"有点冷。"

顾雨峥胸口起伏,好像是叹了口气。可他依旧没有礼尚往来地抱住夏蔚,给她一点温暖,而是双手禁锢住她的肩膀,将她撤离自己半步远的位置,然后借着昏暗的路灯,仔仔细细地注视她的眼睛。

夏蔚不明白顾雨峥的意思。

但他的眼神让她再度心慌。

那感觉,就好像她是他眼里的一道题,他正在运用数学公式,逐步拆解。

等到解题步骤在脑海里一一顺清楚了,才肯落笔,作答。

许久。

久到夜风吹起裙摆,夏蔚冷得有些站不住了。

肩膀终于被松开,手却被牵起。

顾雨峥用了力气,导致夏蔚的手指相错,感觉到疼痛,她想挣开,可顾雨峥哪会这么轻易饶过她。

"别喊疼。"他说。

泠泠雨水一般的人,向来不说重话的人,从没有什么情绪起伏的人,忽然以几分薄戾的语气呵斥,这让夏蔚手一抖,好像心脏被掀起一块细肉,泛着令人难耐的痒。

从这里回家,不过几十米的距离。

顾雨峥的步速很快,就这么在前面拉着她,夏蔚则跟跟跄跄。

很合理,她不给他回答,他自然也没义务给她任何解释。

电梯间四壁光可鉴人,夏蔚不敢去看自己的表情。

走廊里静可听针落,夏蔚更是努力鞋尖着地,以放轻自己的脚步。

心跳声纷乱已经够她受的了,此刻再有任何意外的声响都足以使她呼吸停滞——比如顾雨峥按下指纹锁时。

他的动作很急,很快,夏蔚的目光始终落在两人十指紧扣的手上,开门的电子音陡然响起,如同金石之声,也好像是刽子手挥刀,划破最后一层防线。

夏蔚几乎是被惯性"甩"进门的。

好在智能灯具自动亮起,她不必承受黑暗带来的觳觫,后背重重撞上墙,顾雨峥反手摔上门,就在她面前站定,将她困于方寸之间。

夏蔚死死低着头,闭着眼睛,在心里默默数羊。

顾雨峥却没有了其他的动作。

不用说也知道,他在欣赏她的慌乱。

漫长的沉默后,竟是一声轻笑,顾雨峥抬手揉了下她的脑袋:"我以为你已经考虑好了。"

夏蔚缓缓睁开了眼睛。

顾雨峥的脸在眼前重新清晰起来。

刚刚的薄怒已经消弭了。

灯光大亮,他又恢复了往常的云淡风轻。

"夏夏,你知道我从来没有推翻过之前的计划。"

"什么?"

"你说呢?"

顾雨峥显然对她的装傻不太满意,带着几分审慎的态度:"你拒绝过我一次,我理解,你说要等我们彼此确认心意,我也可以等,即便我从没迟疑过,但你有顾虑,我都听你的。我可以等你重新喜欢上我,我愿意和你慢一些,可是刚刚,我以为……"

我以为,你刚刚的表现,你的主动亲吻,算是给我的一道封赏。

我以为这就代表,你已经考虑好了。

夏蔚辩驳:"没错,我是考虑好了!"

顾雨峥却定定地看着她，然后牵起了她的手腕。

她的手在抖。

"那么夏夏老师，可以解释一下，你这视死如归的模样是因为什么吗？"

夏蔚深深呼吸。

"我碰见黄佳韵了。"她仍旧不敢与顾雨峥对视，只能偏移目光，缓缓开口，"她和我讲了一些关于你的事。"

昨晚，在黄佳韵的讲述里，夏蔚逐渐勾勒出顾雨峥的另外一半轮廓。

关于在她看不见的地方，他曾为她做的那些事。

比如运动会时给予她小小的却至关重要的帮助；比如他原本想要告白，但因为高考失利感到挫败而错过机会。

黄佳韵说她至今仍记得顾雨峥加她联系方式，索要夏蔚的毕业旅行行程时，是怎样一副诚惶诚恐的郑重姿态。

他说："我不能轻视夏蔚，也不能轻视自己的感情，她是天底下最好的女孩子，当然值得我当面对她表明心迹。哪怕我高考失败了，哪怕我们以后不会去同一个城市，哪怕我并不是最优秀的人，哪怕她可能对我毫无印象……但这件事不做，我一定会懊悔。"

"你知道我是从什么时候知道顾雨峥喜欢你吗？"黄佳韵神秘兮兮地对夏蔚说，"是刚升高三时，班级外的走廊里贴了理想院校和座右铭，有一次我路过，顾雨峥就站在走廊，你的名字前，看了很久。"

大概连顾雨峥自己都不知晓，不知不觉中，他屡次露马脚。

不是少年笨拙，而是爱意难藏。

"你还记得你写了什么吗？"黄佳韵问。

夏蔚当然记得。

那是她最喜欢的名人名言——世界上只有一种真正的英雄主义，那就是在认清生活的真相后依然热爱生活。

若是在从前，她一定会诧异，这么简单又俗套的话，不知广泛流传了多久，顾雨峥怎么会也喜欢这一句？

但现在，夏蔚明白了。

因为她和顾雨峥是一样的人。

如果灵魂可以勾勒，十年之后，顾雨峥的轮廓是在重逢以后，由夏蔚亲自持笔，亲自描画，十年之前的点点滴滴，借由他人之口，也总算是露出本来模样。

虽有遗憾，但终究是完整了。

人本复杂。

温和与锐气，谨慎与冲动，理性与感性，这些种种特质当然可以集于一身。但今天，夏蔚终于能够刺破那层寒峭的外壳，触摸到真正属于顾雨峥的灵魂的温度。

是执着的，勇敢的。
不屈服的，不会后退的。
是滚烫的。

他们面对面在玄关处站立，谁也没有说话。
最终，夏蔚向前半步，仰头，看着顾雨峥："我想问问你，那场毕业旅行，你真的去找我了吗？"
顾雨峥艰涩地点了点头："是，但我没有等到你。"
夏蔚笑了："所以，其实你一直都比我勇敢，至少你为了我，为了我们，尝试过许多次，对吗？"
顾雨峥一时无言。
难得一见的落寞神情，却让夏蔚心下欢喜。当一个人在你面前露出自己不常示人的那一面，只能证明你们的关系已经近无可近。
夏蔚没忍住。
她的双臂攀上顾雨峥的脖颈，踮起脚，又亲了亲他的唇角。
"为什么不早告诉我这些？"
怕夏蔚站不稳，顾雨峥扶住她的腰背："我不想让你知道这些，就好像是……一种威胁或是道德绑架。我做了什么都是我自愿的，不重要。"
……怎么会不重要！
顾雨峥很认真："就比如攻关打怪，提前练习多少遍都是毫无意义的，过程是给自己看的，一切只论结果。不论如何，阴错阳差，还是时也命也，我就是失败了。我不为自己找任何借口。"
"哦，原来我是怪。"夏蔚歪头，"我还没说你呢，你们美术部门怎么回事啊！Realcompass 的怪都做得好丑！"
忽然想起这一桩，她试探地问："这个游戏的名字……也和我有关？"
顾雨峥没有说话。
气得夏蔚再次踮脚。
这次是咬住了他的嘴唇，牙齿轻合，故意让他吃痛。
"我只是觉得这个名字很浪漫。"顾雨峥忍下这份疼，微微颔首。
夏蔚从来没想过，原来这世界上有人的梦想是自她而起。
这种感觉使人再也稳不住心神。
她往后缩了缩，然后环顾四周，又抬头观察天花板。
"能把灯关了吗？"
顾雨峥虽不知为何，却也依言照做。
周遭暗了下来。
夏蔚又指了指玄关上方那盏机械造型的壁灯："那个留着。"

是温黄的灯光,刚刚好,好像火烧过的月亮。

这一刻夏蔚无比庆幸,终于,她终于得以和顾雨峥站在同一轮月亮之下。

不是躲躲藏藏,不是相互试探,而是光明正大地、理直气壮地,与他拥抱。

她再次向前,仰头:"可以了。"

顾雨峥仍轻轻揽着她的腰侧,挑眉:"什么?"

夏蔚手臂拢着男人的颈侧,力道又紧了些,攀附他的耳郭,小声说:"今晚我已经主动过了,顾同学,该你了。"

顾雨峥难以克制痒意,微微偏头,笑了出来。

眼底却泛起热。

他扣住夏蔚的后脑,直视她的眼睛,似在瞳孔的色彩中仔细确认,确认她全然愿意。

"想好了?"

直到收到夏蔚肯定的答复,他才肯极其认真而郑重地,落下一个吻。

这次不再是浅尝辄止。

舌尖自她唇间探入时,脸颊细微的凉意也让顾雨峥意识到,此刻难以克制落泪冲动的,不只他一个。

夏蔚的眼泪自眼角滑下。

手交叠在顾雨峥颈后,依然在抖,她努力回应着顾雨峥的探索和侵入,也给他更加热烈的回应。

迷蒙之中睁眼,终于看清玄关处那盏壁灯的形状——原来是一艘机械船。

航行于夜晚,暴风雨席卷的海面,你更期盼一枚不会失灵的指南针,还是希望月亮快快出现?

夏蔚忽然觉得那都不重要了。

重要的是,有人与你同行。

你们在风浪中相见,登上同一块甲板,哪怕这艘船在风浪中摇摆许久,历经千辛万苦,你也会觉得,那值得。

氧气耗尽的间隙,夏蔚微微撤离,手指轻碰顾雨峥的嘴唇,湿润的,冰凉的。

"没有失败啊,只是迟了一点、一点点而已。"她说。

只是迟了一点点相见,迟了一点点知道你的秘密。但,黎明的太阳终会于海平面升起,对吗?

曙光重现之时,一切都将焕然新生。

顾雨峥送夏蔚下楼回家的时候,夜已经很深了。

不足一百米的直线距离竟也能走非常非常久,难舍难分,夏蔚脑袋开始卡顿,明明是刚确认关系不久,怎么就会如此?她难以自控地从顾雨峥身上攫取能量,恨不得整个人缠在他身上不下来。

谈恋爱都会这样吗？

夏蔚实在不知。

一切只凭本能。

回了家，夏蔚躺在床上却依旧毫无睡意，兴奋使她在黑夜里睁开眼，捞来手机，给顾雨峥发消息：回去了吗？

他回复：嗯。

她又问：要睡了吗？

她紧紧盯着手机屏幕，还有自己发出的意味明显的问句，嘴唇紧抿。好在，她和顾雨峥之间好像就是有天然的默契，没过几秒，语音电话就拨了过来，夏蔚捂着嘴巴按下接听。

顾雨峥略带笑意的声音传过来，温柔的语气席卷满室寂静："再聊一会儿吗？"

夏蔚没出声，却在疯狂点头。

其实也没什么有营养的话题，可手机置于枕旁，哪怕两个人都一言不发，空气里唯余静谧呼吸交错，夏蔚也觉得这好极了。

她轻声对顾雨峥说："像不像回到高中的时候？"

那时住校，夏蔚记得宿舍里总有人在晚上熄灯后捂在被子里打电话。怕吵到室友，不得不压低声音，把自己裹成一只乌龟。盛夏的天，宿舍里闷都闷死了，更不要提那么厚的被子。夏蔚那时不理解，白天不是也可以见面吗？到底是有多少话要聊呢？现在却稍稍明白些了。

关键在于话筒那端的人。

哪怕是无声沉默，都能品味出甜味。

现在，电话想通多久都可以，不必担心宿管老师突然来查寝，手机更不会被没收。夏蔚缓缓闭上眼睛，幻想自己正躺在宿舍上铺狭窄的小床上，再睁开眼时，天花板很高，她的床很柔软宽敞，耳侧有亮光，手机通话还在继续。

一切都不是梦。

真好，真好。

夏蔚在安心中入眠，这一觉更是直接睡到了中午。

外公看她这段时日难得睡懒觉，没有喊醒她。

夏蔚醒来听见客厅电视响，外公在看午间新闻。她捞来手机看一眼，发现她和顾雨峥的语音电话于凌晨时分挂断，是她先睡着的，顾雨峥发来一句"晚安"。

再便是今天上午了。

顾雨峥问：我去公园跑步，要带外公出门吗？

她睡着了，自然没回。

再之后，他发来：醒了告诉我。

夏蔚觉得自己八成是魔怔了，只是幻想顾雨峥在行走、开车、忙碌时抽空打字，就会压不住嘴角。她很轻易地陷入想象中，在甜蜜里难以自控。

现在刚好是午休的时候。

夏蔚清了清嗓子，趴在被子上给顾雨峥拨去语音。

铃声响了几个来回才被接起。

不待顾雨峥说话，夏蔚便开口："我醒啦。你是不是只睡了几个小时？不困吗？吃午饭了没？"

一连串的问题，顾雨峥还真就一一作答了。夏蔚能听到那边原本有细碎人声，逐渐变得全然安静。

顾雨峥笑着解释："还在开会，今天有一点忙。"

回到会议室，会议刚好散场。

林知弈打了个呵欠，招呼顾雨峥："走啊，楼下随便吃一口。"

顾雨峥合上电脑："好。"

园区里新开了一家轻食。

林知弈点了份香茅鸡肉沙拉，把里面的鸡肉和鸡蛋挑着吃了："真不爱吃这破玩意儿，喂羊的这是。没办法，你嫂子说我春节胖了不少，让我减肥。"

他说起自己的烦恼。

男人行至中年，工作和家庭的高压线齐齐压下来。儿子刚进一所国际学校，在犹豫要不要出国，老婆也打算去陪读。工作这边，新手游上线后风评一般，借着新年东风，首月流水却很难看。

投资人脸色更难看。

"你最近谈恋爱了？"他看顾雨峥一直在回消息。

"嗯。"

"怪不得。"林知弈点点头，"年龄阶段不同，重心不一样，你也该有点婚恋烦恼了。"

顾雨峥却抬眼，将手机换了个方向，递给林知弈："我在看报告。"

林知弈最近被新手游分走太多精力，Realcompass 这边只能由顾雨峥顶上。他给林知弈看的是 Realcompass 新年期间的营收数据，增幅在意料之中，不算特别亮眼，但延续平稳。

林知弈翻了几页，用叉子戳那菜叶子，再抬头时，看见顾雨峥一直在盯着他。

"我又不是姑娘！别拿这种眼神看我。"

顾雨峥也笑了："我在等你说话。"

刚刚的部门会议，林知弈再一次提起上线自带属性武器的建议，顾雨峥没有当场反驳，只是暂时搁置了。

如今只有两个人，可以把话摊开来说。林知弈斟酌开口："我看出你的抗拒了，我就是想问问为什么。"

为什么要跟钱过不去呢？

"去年年终你也看了战略部的报表，Realcompass 虽然今年状态好，明年别家的几个同类型游戏一上线，还能有这么好的日子吗？"林知弈说，"国内同类型的游戏，盈利模式都是这样的，我觉得无伤大雅。"

面对林知弈的发问，顾雨峥没有回答，只是反问："如果按你说的，属性武器上了，下一步你还打算做什么调整？"

他态度始终平和："上不封底的强化系统？还是引导性的氪金礼包？"

这些东西意味着游戏原本的公平性丧失，玩家只要氪金就能有更好的打斗体验，且这种体验无上限，时间一长，零氪或微氪的玩家会渐渐跟不上游戏更新换代的节奏，失去游戏原本的乐趣。

口碑下跌是第一步，第二步便是用户流失。

"赚快钱是轻松，但你比我更清楚背后的陷阱是什么，"顾雨峥向后靠，"还是说你已经打算好了，杀鸡取卵就是你的本意？"

让 Realcompass 燃烧生命周期，赚一波大的，死掉，然后不断复制新的游戏，重复以上环节，直至盆满钵满？

顾雨峥眉心微蹙："这不是我想做的游戏，或者说，这不是我们一开始想做的游戏。"

两个男人面对面，林知弈脸色也沉了下来："你这话说的，重了。"

他们这群人当初凑在一起，谁也没想凭着 Realcompass 实现财务自由。可事情一旦起步，就有很多身不由己，既要对玩家负责，又要对投资人负责。不是几个人的小作坊，偌大公司又有多少人等着发工资交社保……

当许多人把身家性命都置于一处，这件事就注定变得沉重。

"我们现在在国内经商，就要适应国内的土壤。"林知弈说。

国内的游戏市场已经产生了路径依赖，既然有成功案例摆在那儿，别人能做，我们为什么不能做？

林知弈说着说着把自己说激动了，急需降温，可是轻食餐厅没有冰可乐卖。他猛灌一口牛油果奶昔，被那温暾的口感噎出痛苦面具："……我知道你肯定又要说我了，都拿商人自居了，可是没办法啊，我们不就是在做生意吗？"

顾雨峥不否认，做生意要赚钱。

关键是，要赚多少才满意？

Realcompass 的口碑是靠剧情和精良制作一点一点积攒下来的，继续深耕，细水长流完全不是问题。一定要这样自毁羽翼？

顾雨峥再一次想到了"初心"两个字，但他没有讲出口，因为作为团队创始人，林知弈一定比他更明白。

"行了不聊了，再议吧。"林知弈摆摆手。

成年人的世界瞬息万变，本就充斥着许多委曲求全。

"理想"这个词，势必不会再那么纯粹。

夏蔚对这句话的了解也逐渐透彻起来。

有粉丝发现她常住上海了,说她最近跑展跑得少了,接广告倒是多了。夏蔚很无奈,却想不到什么更好的解决办法。

挑了个周一,她陪外公去医院做全身体检,顺便复查。

医生说还是要继续锻炼,尤其是反应力和记忆力。夏蔚想起外公从前有织毛衣的爱好,便买了粗针、毛线和图样书回来,让外公记下图样织,顺便练手部协调能力。

还有串珠和手工编绳的小工具,像极了幼儿园小朋友的手工课程。

外公倒是不抗拒。

夏蔚只要不出差,没工作,就会坐在客厅地上,陪着外公一起。

外公团着线球,问夏蔚:"夏夏最近和小顾相处得好吗?"

"好呀。"夏蔚负责把那些线球按颜色归类。

"他挺长时间没来家里了。"

夏蔚手上的动作顿了顿,抬头,说:"外公,又记差啦?昨晚不是还一起吃了晚饭吗?"

老人脸上有迷惑,但生病的人,会看脸色。看到夏蔚的表情,外公开始顺着话茬说:"哦,对对对,我想起来了……"

言语之间的那种小心翼翼,让夏蔚心头泛起酸,她必须往下压。

"外公想他常来?"

"是啊,小伙子挺好的,但是人家工作也忙啊。"

夏蔚点点头,的确,行业原因,加班太严重,而且顾雨峥处在那样一个辛苦的位置。可饶是这样,最近这段时日他也没少抽空上门,有时是陪外公吃饭下棋,有时是和她在小区里牵手散步。

夏蔚担心他没有自己的休息时间。

他却说,这本就是一种简单的放松,而且让人内心安宁。

外公手巧,可以将细细的尼龙绳编出各种花样,一边手上动作,一边聊起顾雨峥这个人。

"外公始终觉得看他眼熟,就是想不起来在哪里见过了。"小老头笑了笑,"这记性啊。"

"医生都说了,你记许多年前的事记得清楚着呢,可能……顾雨峥是大众脸吧。"这话说完,夏蔚自己都笑了。

……哪有那样好看的大众脸?

这一天周五,顾雨峥再次加班到深夜。

快到家时,他给夏蔚发消息:睡了吗?

夏蔚只是回消息迟了一点点,顾雨峥就说了"晚安"。

"没呢没呢！"夏蔚一个电话打过去，"你在哪儿？"

顾雨峥笑："楼下。"

"等我！"

外公早已睡下。夏蔚轻手轻脚地带上门，然后飞奔下楼。

三月末，初春景，上海的夜晚已经有了些攀升的暖意，只不过雨天比晴天多，空气里总是湿漉漉。夏蔚看到顾雨峥等在楼下，穿了一件浅灰卫衣，整个人干净清隽得像是雨后树木，姿态挺拔，远处看一点瞧不出加班疲累的痕迹，只是走近了，能瞧见眼下淡淡的阴影。

夏蔚直接环抱住顾雨峥，使劲儿蹭了蹭，然后抬头："你最近是不是熬夜熬太多了？"

顾雨峥扶着她的腰，探究的目光，又靠近几分："瞧得出来？"

夏蔚点点头。

周末了，她很想放顾雨峥回去好好休息，可是一想到明天的飞机，起码几天见不到面，就又舍不得。

顾雨峥怎会不知她在思虑什么。

况且，他也想。

于是，他把夏蔚的手攥住，以不由分说的强硬力道："走，陪我加个班。"

"加班？还要继续加班？"

顾雨峥所说的加班，其实是打游戏。

夏蔚被拉去了顾雨峥的家，到书房，电脑打开，顾雨峥登录的是公司内部测试服，给了夏蔚一个账号："最近打算上属性武器，想找玩家先行体验一下，给点反馈。"

夏蔚了然："哦，我就是测试玩家。"

"你是家属。"顾雨峥笑着揉了下夏蔚的脑袋，示意她先玩。他今天淋了一点雨，得先去冲个澡，等回来的时候，夏蔚正在一个单人副本里玩得欢畅。

"很棒呢！"夏蔚目不转睛。

等副本最后的击败动画走完，夏蔚手指轻点着鼠标，思索片刻，问顾雨峥："付费道具？"

"嗯。"

"……所以 Realcompass 也终于要迈出这一步了。"她点点头。

许多同类游戏都是靠付费道具和强化系统赚钱的，大势所趋，Realcompass 做出改动也无可厚非，夏蔚其实能理解，可她余光瞥见顾雨峥坐在一旁的沙发椅上，视线落在电脑屏幕上，表情略沉重，若有所思。

"怎么啦？"

"我在想，这到底对不对。"顾雨峥说。

他终究还是听从了林知弈的意见，从更现实的角度出发，为的是营收。可归根究底，他并不看好这个选择。

这段时日纠结于此，加班倒还是小事，精神压力很大。

夏蔚是多么通透的人。

她将键盘往前推了推，直接把游戏关掉，站起身："周末了，别聊工作好不好？"

"抱歉，"顾雨峥笑了笑，"你想做什么？我陪你。"

"……看电影？"

"好。"

两个人从书房换到客厅。

顾雨峥打开投影仪。

夏蔚挑了一部很有年代感的剧情片《鸟人》，剧情稍显荒诞虚幻。电影背景设定在越战时期，讲的是一个总做梦变成鸟的少年，屡次尝试像鸟一样飞起来，却总是不得其法。

客厅灯光晦暗，投影仪反射而来的光影将人的五官勾勒得更为深邃。夏蔚捞了个抱枕当枕头，侧躺在顾雨峥腿上，看电影之余时不时悄悄观察顾雨峥的脸。

从她的角度，能看到顾雨峥线条清朗的下颌和高挺的鼻梁，还有鼻梁上架起的眼镜，点点亮透过镜片落进他瞳孔里，像星星一样。

他看电影时比她认真多了。

夏蔚的心思没在电影上。她捉住顾雨峥的手，慢悠悠地玩他的手指，又以手掌度量他的，甚至还比了比手腕。

"顾雨峥。"

"嗯。"他的另一只手抬起，帮她顺了顺头发。

"题外话，想和你聊聊天，"夏蔚说，"我们高中的那些同学，你还有没有联系啊？他们现在都在做什么？"

上次校庆，应该见了不少以前的人。

顾雨峥不知夏蔚为何突然聊起这个话题。

他高中时性格太淡，社交简单，说得上话的也就是同宿舍友，其中还包括一个没升高三就转学走了的邱海洋。上次校庆邱海洋因为有工作，没能参加。

夏蔚对这个名字有印象："我想起来了！当时和我们班冯爽有联系的那个。他后来考到哪里去了？现在在做什么工作？"

"他高考复读了一年，第一年想考的专业没考上。"顾雨峥每每想起邱海洋第一年高考失利，就哭笑不得，那时邱海洋联系他，好像天塌了一般，可得知自己最好的哥们儿考得也不是很好，竟瞬间轻松了，开开心心卷铺盖去复读了。

顾雨峥笑着说："第二年还不错，生物科学相关，现在在研究所。"

夏蔚不由自主地"哇"了一声。

她总是会对有勇气再闯一次高三的人肃然起敬。

"冯爽……我和她没有联系了。"夏蔚想了想，"我记得她很想当老师，最后去了很远的一个师范大学。"

说起冯爽,夏蔚也是印象深刻,她还记得邱海洋转学后冯爽性格的变化,从开朗变得沉闷,临近高考时更是完全不说话了,一言不发,状态很差。

后来听说冯爽爸妈想让她学会计,但冯爽坚持选了师范,还是偷偷改的志愿,冯爽爸妈知道后还去学校闹过一回。

"他们现在在一起吗?"夏蔚问。

顾雨峥摇摇头:"我不了解,只知道邱海洋现在不是单身。"

去年七夕,还见他在朋友圈里发了照片,照片里是一束玫瑰花。

夏蔚点点头,有那么一点惆怅。

想来也是,十几岁时的感情虽然真挚,但前路拐弯处太多,要想一直同路,实在太难。

相比之下,好像各自走过一段路,再在彼此成熟时重逢,反倒是更好的安排。夏蔚这样想着,也自然而然联想到她和顾雨峥,嘴角就又压不下去了。

顾雨峥手掌张开,捏住她的两颊,轻轻挤了挤。

苹果肌变成包子脸。

夏蔚伸手将顾雨峥的手扣住,十指交错,扬起更明显的笑:"讲完别人,再讲讲我?你想听吗?"

顾雨峥的种种,他早已向她剖白清楚。夏蔚忽然想起,关于自己的一切她好像还没跟顾雨峥描述过,那些在网络和社交平台无法捕捉的私人过往。

从十年前,高考结束后的分道扬镳开始讲起。

"我大学离家很近,工科,怎么说呢……乏善可陈。"

就和所有大学生一样,每天宿舍、图书馆、教学楼三点一线,唯一的社交聚焦点在社团。

夏蔚笑着和顾雨峥讲起,她第一次加入动漫社时是何种尴尬场面。动漫社是整个学校最庞大的社团,为了控制人数,筛选新成员时有严格标准,而夏蔚第一次面试因为和上课时间冲突,没能参加,被筛掉了。她不服,觉得冤枉,就天天早上在男寝楼下堵人,一定要动漫社的社长再给她一次机会。

"后来呢?"

"后来就让我进了呗。"夏蔚说起自己这颇为无赖的久远往事,眼睛里闪着调皮狡黠的光。

顾雨峥用手背轻轻拂过她耳侧,佯装严肃:"天天去堵人,还是男生?"

"是啊。"夏蔚笑。

她没敢说后续。

后续就是那社长觉得夏蔚漂亮又明媚,最关键的是骨骼清奇,脑回路蛮厉害,于是真的要追她。

/ 244

夏蔚以性格不合为由拒绝了。

她那时其实也搞不清自己喜欢什么样子的男生，唯一可参考的样本就是顾雨峥，所以理所当然地觉得，性格沉静甚至稍稍压抑冷漠的模样，就是她的菜。

可是……

现在的顾雨峥又不一样了。

他压抑冷漠个屁哦，还总这么温柔地对她笑。

夏蔚每每见到顾雨峥微弯的唇角，都会觉得脏腑之间一层厚厚的隔膜被戳破，至此身体变得混混沌沌，轻盈旋转。

在他的目光里变得无限混乱。

她抿住唇，再松开，在顾雨峥的注视中轻轻空咽了下，紧盯他的眼睛。

……这意味就非常明显了。

顾雨峥怎会不懂。

他再次笑起来，摘下碍事的眼镜。

然后俯首，亲吻。

夏蔚抬手，拢着顾雨峥的后颈，顺从他，甚至更加主动地加深这个吻。

唇舌相抵，温度在交融，夏蔚觉得自己也快化掉，她需要分一点点神才能抑制自己身体不扭动，像条毛毛虫。

说来也很不好意思，夏蔚不知道情侣之间的"进度"该是如何，至少她和顾雨峥自确认关系以来，除了亲吻，没有其他。

最最动情难抑之处，也只不过是顾雨峥的手停在她的腰侧或是肋骨，到此为止，再不会多加冒犯。夏蔚会被他指腹的温度吓到，可亲吻之时她不敢睁开眼睛，也因此无从探寻顾雨峥的态度。

扪心自问，夏蔚其实一点都不抗拒更加亲密的接触。

但顾雨峥好像始终在克制。

这一次也一样，夏蔚来时穿了一件宽大的针织上衣，散摆，顾雨峥的手此时此刻落在她的后腰，腰窝处，因为轻轻摩挲的酥痒，还有逐渐告罄的氧气，夏蔚难抑地从喉咙深处溢出一小声。

顾雨峥听到了，于是鼻息更重了些，温柔的吻最后竟变成了缠斗，夏蔚依旧不敢睁眼，只感受顾雨峥手上的动作。

……最后到底还是停了下来。

他轻轻帮她整理衣服，缓了一会儿，才站起身。

"渴吗？我去给你倒水。"

夏蔚也不得不坐了起来，拢了拢乱掉的头发。

她双手覆住双颊，感受到离谱的滚烫，然后把脑袋深深埋进膝盖。

恋爱进展顺利，夏蔚自然要和朋友们分享恋爱心得：顾雨峥大概是这个世界上最合适我的人,你们能明白那种感觉吗?

大抵是碎掉的一整块玻璃,断裂的形状恰好相接,是在人群中猝然连接上的蓝牙设备,是在一捆电线中随便一搭就亮起的灯泡,是冥冥牵绊,是灵魂之友。

夏蔚想起小时候,外公养在窗台上的君子兰,日日盯,时时盯,也不知哪天才能开花。翘首以盼也没用,说不上哪一缕春风一拂,橘红色的花苞就冒了头。

都是无法解释的事。

米盈对这种说法非常不满意:合适?我当初和邝嘉结婚,你好像不是这样劝我的吧?

当时米盈和邝嘉婚期已定,一切都准备妥当,准新娘却突然变卦,畏畏缩缩,忧虑起自己的婚后生活来。米盈妈妈便拜托夏蔚来劝解。

当时夏蔚是怎样说的?

她说,不要担心,不要害怕,婚姻和恋爱一样,又不是定下来便终身不能改,况且这世界上没有完全匹配的灵魂,大家都在磨合中渐渐修剪枝芽,变成彼此合适的模样。

怎么,如今到了顾雨峥这儿就不一样了?

夏蔚撑着脑袋,笑得莫名其妙。她也不知如何描绘这种被电流击中的感觉。

只是和顾雨峥在一起的一刻,便能想到很久很久的以后。

从珍藏瞬间,变为追逐永恒。

如果可能,她想和顾雨峥有漫长的、无可更改的未来。

黄佳韵在此刻开口:所以米盈婚礼前闹了什么幺蛾子?谁给我讲讲?

她和顾雨峥一样,都是错过了很多年的人。

夏蔚非常愿意讲故事:下周我去广州出差,一起去大排档吃夜宵吧,一边吃一边聊!

聊聊那些你未曾经历的事。

虽有遗憾,但万幸,我还有机会,亲口讲给你听。

第十六章
宇宙、岛屿和彼得潘

女朋友忙工作的日子，顾雨峥会短暂回归到单身社畜的状态。

特别是游戏行业，有无止境的加班。

林知弈下午去给儿子开家长会，晚上还有应酬，回家太晚怕吵老婆睡觉，便干脆回公司对付一宿，反正办公室里永远不缺被褥和简易帐篷。

此时已是深夜。

只剩策划部门的灯还亮着。

他绕路去工区瞄了一眼，发现顾雨峥还没下班，正站在白板前写写画画，眉头紧锁，表情并不轻松。

关于属性武器，已经在测试服收集完最后一波反馈，会在下次版本更新时一起上线。

尽管已经讨论过无数次，顾雨峥还是习惯再多想一步，比如大家都心知肚明，这次改动一定会挨骂，他便开始思索之后的玩家补偿，以及如何将负面评价降到最低。

坦白地讲，开车回家的路上，脑子里已经是一团雾，浓重得散不开。

过度思考使人头疼，是那种生理性的疼痛。而且天气欠佳，夜色并不清朗，空气里湿度很高，好像两场淋漓细雨之间的间歇。

顾雨峥喜欢雨后放晴的清晨，太阳崭露头角的那一刻，好在，如今太阳属于他。夏蔚出差，明天才能回来，顾雨峥反复查看手机日历，电梯四壁照出他的表情，抬头时，他被自己的惆怅表情逗笑了。

出电梯。

按下指纹锁。

"咔嗒"一声门开，"欢迎回家"的机械电子音响起。

顾雨峥真的大脑变钝，在听到家里有窸窣声响时还没反应过来，直到换鞋时，发现玄关处摆着一双鞋子，女生的帆布鞋，这才忽感异样。

再抬头，已经有雀跃的脚步声由远及近。

夏蔚光着脚，从书房跑到了门口，朝他扬起一个巨大的笑容："你回来啦！"

原本应该明天回来的人，于深夜忽然出现在眼前，顾雨峥惊愕的同时也察觉到身体的迅速膨胀，好像行走至游戏里的回血点，原本已经告罄的能量条被瞬间充满。

太阳提前出场。

黎明就在此刻到来。

夏蔚是扑进顾雨峥怀里的。

她的手臂圈起，紧紧环抱住顾雨峥，耳朵侧靠在他胸前，聆听心跳，调整呼吸，直到与之同频……就像之前的许多次一样，流程熟练。

她还想和顾雨峥道歉来着，关于她趁主人不在便登堂入室的无礼行为。顾雨峥曾告诉过她家门密码，她便记住了，还真的用上了。

——对不起，实在是我自控力有限。不然也不会临时更改行程，就因为想要提早一天见到你。

夏蔚的歉意没有来得及说出口。

很显然，顾雨峥也不想听这些。

他单手拥着她，另一只手捏她下巴，使了蛮力抬起，近乎凶狠地吻上她的唇。

沙漠中忍渴已久的旅人，毫不掩饰对绿洲的渴望；夜里迷路的流浪者，历经辛苦终于寻到一盏明灯。

所谓心之所向，一切凭借本能。

夏蔚还没来得及闭上眼睛，因此陡然撞进顾雨峥的目光里，那样近，好像旋涡。这也是第一次，她感悟到，原来睁着眼睛接吻会使人更加心跳难抑。

这一次是彻底的黑暗，玄关壁灯都还没有揿亮。

家中唯一的光是从书房方向投出来的，幽幽洒在地板上。

在顾雨峥回来之前，她一直在打游戏，刷论坛。

因为Realcompass居高不下的热度，新版本还没正式上线，论坛里就已经闹得沸沸扬扬，多数是阴阳怪气和谴责。虽然只是一次版本改动，但这意味着游戏核心发生了变化，已经有玩家站出来谴责Realcompass吃相难看，终究也要为金钱折腰，以后沦为流水线游戏只是时间问题。

顾雨峥最近压力巨大，夏蔚不用想也知道。

过强的同理心会给人带来额外烦恼，比如，她既能理解玩家的心情，也能明白游戏制作方的进退两难。比如顾雨峥作为制作方的重要一员，他有权利有能力对游戏做出改动，却又碍于现实因素，无法全然凭着自己的心意操刀。

比起被束缚、被捆绑，只拥有那么一点点自由，反倒更显悲哀。

夹缝生存，身不由己，总有一种被裹挟的窒息感。

以上，夏蔚都明白。

亲吻的间隙，她借着昏暗不明的光线，细细观察顾雨峥的脸色，终于在他眼中捕捉到明显的红血丝，那是最近没有好好休息的证据。

"我庆幸自己提早回来。"她笑着说。

顾雨峥挑眉询问。

"我再晚一天，你就离衰老更近一天。"她轻轻戳了戳顾雨峥的鼻梁，语气轻松，"警告你啊，男人花期很短的，过度劳累小心秃顶长皱纹，我真的会嫌弃。"

最后两个字因为不是真心的，所以要加重语气，才能使人信服。

顾雨峥到底相信与否，夏蔚不知道。

但她看见了他眼里的笑意。

两人面对面静静站立，随后，顾雨峥重新将她拥进怀里，微微俯身，埋首于她颈窝，额头抵在她的动脉。

那是一个很微妙的姿势，恰到好处地示弱，能激起人无限的保护欲。起码夏蔚的心已经软得捏不起来。

她感受到顾雨峥的呼吸，打在她皮肤上，微微震颤。

"今晚能不能不走？"

夏蔚的手原本轻轻拍着顾雨峥的背，听到这句，顿了顿。

当然可以。

反正离得这样近。

而且她是中午的航班落地，下午回家陪了外公，今晚家里还有护工留宿，无须担心。

只是……

"你应该早点睡觉。"

她不用想也知道，顾雨峥这几天熬夜是有多恐怖。

"嗯，睡。"顾雨峥说，"只是想你在旁边。"

这句话说出口时，没有任何的情和欲，只有数不尽的温情，这令夏蔚心生错觉，好像她和顾雨峥不是刚刚在一起，而是已经恋爱了许多年，自有一番默契在。

一切无须多言。

夏蔚再次确信，她和顾雨峥就是很合拍，非常合拍。

她第一次踏足顾雨峥的卧室。

意料之中，纯色的床品，简单的陈设。

顾雨峥刚洗了澡，一起和衣躺下的时候，夏蔚能闻到他发梢及身上的沐浴露香，橘子或是什么，淡淡的，有一丝清凉。

男人的身躯到底是高大，顾雨峥自身后将她拥紧，手臂横在她的腰上，如同包裹一般，然后轻轻亲了亲她的头发。

非常小心的触碰，此外再无其他动作。

夏蔚原本有点紧张，但感受到顾雨峥逐渐平稳的呼吸，自己也变得安定下来。

他没有说谎，累是真的，想她陪他，也是真的。

从他入睡的速度便能得出结论。

夏蔚却睡不着。

她精神好得跟什么似的,等适应了黑暗,还顺便好好观察了一番房间里的环境,墙壁的质感,天花板的颜色,灯具的造型,边柜上放着的水杯和睡前书……卧室终究还是和书房不一样,从某种意义上来说,这是真正的私人领地,而打破私密与边界,往往会令人兴奋。

夏蔚就是因为这个而毫无睡意。

她努力过了,却还是无用,最终只好妥协。

她小心将顾雨峥的手臂抬起,挪开,然后轻轻起床……

顾雨峥也没有睡很久。

深度睡眠往往时长有限。

他醒来时发现窗外仍无光亮,只过了两三个小时而已。

疲惫已经一扫而空。

身边的位置有些微褶皱,那是有人躺过的痕迹,可周遭一片安静,夏蔚不知所终。顾雨峥起身,打开卧室门,终于有微弱光线映入双眼。

那是投影仪的光。

夏蔚正在独自欣赏那部他们看了一半的《鸟人》。她抱膝坐在沙发一角,下巴抵着膝盖,脚趾踩在沙发边缘,目不转睛的姿态像极了森林里无知无识的小动物。

顾雨峥有片刻怔忡。

回过神时,目光移向电影,发现她连声音都没开。

大约是怕吵到他睡觉,一切都在全然静音的环境下进行。

顾雨峥想说话,可是喉咙干渴,只能勉强开口:"这样能看懂吗?"

原本聚精会神的夏蔚,被这沙哑声线吓了一跳,扭头看见顾雨峥已经醒来了,有几分尴尬:"还是吵到你了?"

"怎么会。"

"我不太困,可能是认床。"夏蔚笑了笑,心里在打鼓。

这简直是过于明显的骗人了,以她的工作性质,每年不知道要跑多少城市,要是睡觉认床的话,那还得了?能让她睡意全无的,无非是身边躺着的人。

音量稍稍上调一格,电影台词流淌出来。

"有字幕的,静音其实也能看,"夏蔚说,"不过这部电影稍微有些意识流,我已经看了两遍了。"

就在顾雨峥睡觉的时候,她循环播放来着。

顾雨峥在她身边坐了下来。

沙发微微下陷,也使距离稍微拉近。下一秒,顾雨峥便举起了左手,不是来牵她,而是将手递到她眼前,问:"这是什么?"

刚刚醒来时,他发现自己手上多了个东西。

男人冷白的腕骨上,松松挂了一根红绳。

颜色碰撞之下,那样显眼。

虽然很细、很轻，有细微的编织纹路，不算精致，但已经是夏蔚的能力极限。

仿佛做了隐秘的坏事被抓包，她只好承认，前段时间陪外公织毛衣，做编绳串珠训练，闲来无事时顺手给他编了一根红绳，刚刚趁他睡觉偷偷系上的。

只因她还记得，刚上高中的那一年，她之所以在几面之间便对顾雨峥印象深刻，除了他雨水一般的沉静气质，便是腕上的红绳了。

时隔多年，再次重逢，少年成长为男人，手腕上的红绳也早已变成了银色的腕表。

但有心之人，尚还存着记忆。

顾雨峥愣了下，沉吟片刻："哦，你说那个……"

那红绳是楼颖给他的，从所谓的"大师"那里求来的，说是能保健康平安。

顾雨峥虽不相信那"大师"所言，但毕竟是妈妈送他的生日礼物。那时经历家庭变故，他已经无法从爸妈和家庭中感受到任何温暖，楼颖愿意在他生病时找"大师"求助，这让他窥探到，妈妈仍关心着他。

年纪太小，想法难免幼稚。

后来想想，做妈妈的怎么会全然抛弃孩子。

那根红绳戴在顾雨峥腕上很多年，慢慢褪色，变得松垮。因为养成了习惯，那时他几乎忽略了自己手上还有这么个东西。

却不料想，有人看到了，便记住了。

"后来呢？丢啦？"夏蔚问。

"嗯。"顾雨峥点头，"大概是戴了太久吧，出国之前就找不见了。"

"好吧……"夏蔚小口抿着水，笑说，"原来真的是求健康平安的，我没猜错。"

顾雨峥转动着手腕，手指轻拨那根红绳："那这个呢？又是什么意义？"

夏蔚耸耸肩："一时兴起罢了，没什么特别的，就当是……补偿？"

老天把你的红绳弄丢了，于是派我来补偿你一个。

顾雨峥因为这无厘头的一句话笑起来。

夏蔚拿了一个抱枕，抱在怀里，然后将电影音量再次调高："一起看？接着上次的情节。"

顾雨峥有些担心："你真的不困？"

"不啊！"夏蔚斩钉截铁。

结果……

不出十分钟，她就脑袋一歪，靠着沙发一角睡着了。

老天不仅会补偿每一个遗憾，更会惩罚每一个口是心非的人。顾雨峥哭笑不得，有些无奈，又担忧夏蔚这个睡姿，醒来多半是要落枕。

纠结再三，他还是伸手，摸了摸她的脸。

"夏夏，"唯恐吓到她，他将语气放到最轻，"去房间睡。"

251 /

夏蔚醒来时皱着眉,眼睛眯起一条缝,先看到的是电影画面,然后才是顾雨峥的脸。

她丝毫不知自己此刻的表情有多滑稽,还有因困倦被眼泪浸润的眸子,有些许潋滟,更要命的是,顾雨峥离她这样近,她甚至无暇去检查自己有没有流口水。

顾雨峥在她的愣怔注视下,缓缓笑起来。

喜欢一个人,大概就是连对方的丢脸时刻都会尽数珍藏,你会觉得那十足可爱,值得你为其高唱颂歌,一万次。

……后来的进展就更奇怪了。

夏蔚想不通,顾雨峥为什么会在这种时候欺身吻上来。

明明这一整晚有那么多个适合亲吻的契机,为什么偏偏是现在?在她理智尚未归拢、满脸迷茫的当下。

顾雨峥扣住她的后脑,长指进入她的发丝之间,然后微微用力,将她带向自己。一开始还算温和,可随着她的手抬起,攀上顾雨峥的肩胛,这个吻就猛然变得剧烈,像是摧毁山林的烈火,漫天焦烟,无从阻挡。

背后即是沙发的死角,退无可退,顾雨峥尽数遮住了本就为数不多的光线。天地都变昏暝。

她能感觉到顾雨峥腕上的红绳摩擦她腰侧的皮肤,然后是肋骨,指腹上的薄茧滑过,带来阵阵战栗,还有微弱刺痒。她再一次被顾雨峥身上的热度感染,很快便也将自己抛于火焰之上。

但,这一次,在他即将收回手,帮她整理衣服的时候,夏蔚拦住了他。

她看着他的眼睛,轻轻、轻轻地,点了点头。

这种时刻,意味很明显。

是允许,是交托。

是褒奖,是许诺。

夏蔚觉得她可以用无数词汇来描述此刻心境,好像一切都是顺理成章。

因为她看见了顾雨峥因极尽克制而隆起的眉峰,还有眼睛里的疑惑。她的头发四散开,铺陈在靠枕上,顾雨峥的手臂撑在她脸颊两侧,显露出筋骨和脉络。

夏蔚知道自己此刻是放松的,她用手指点了点顾雨峥的眉间,然后亲了亲他的眼睛。

"夏夏?"顾雨峥的声线不似平时清澈,略沉,仿佛是在确认。

夏蔚依然执着,与之四目相对。

然后她听见顾雨峥再次开口:"……现在?你确定?"

不然呢?

顾雨峥垂首,轻贴她的侧颈,许久,像是勉强压抑住什么才敢开口,努力稳住声线的痕迹明显:"我不想你觉得,一切是在被我引导。"

他真的不知如何阐明自己。

年少的第一次动心,行于贫瘠巷隅之处的一枚指引,缠绕多年的唯一一个执念。

他的星系中心,宇宙闪烁之中,最明亮的恒星。

人如何能不向往太阳?

这种向往足以把人逼疯。顾雨峥承认,他是人,是个无法脱离欲望的男人,即便平时再压抑情绪,也总有一些时刻,一些困顿已久的东西会于深夜爆发。

特别是重新遇到夏蔚以后。

一个人的夜里,他不是没有幻想过,只是每次都会落败,巨大的自责快要把他淹没。

仿佛是一种卑劣的亵渎。

甚至于,此时此刻,他仍然要反复多次地确认,确认夏蔚的心意,是真的,不是错觉,不是他持续多年愿望的幻影。

夏蔚的笑容在他眼里明晃晃。

"顾雨峥,你好像……很紧张。"

她实在是个善良的神明,读懂信徒的心愿,还愿意助其于困顿中解脱。

最重要的,她不多问,只是用行为表达一切。

"这样吧,"夏蔚伸臂,从沙发的夹缝中捞来手机,看了一眼时间,"现在是凌晨三点四十分,你现在可以出门,去我们常去的那家便利店……"

在顾雨峥错愕的眼神里,夏蔚好像看见了完整的自己。

勇敢,还有不自量。

"我等你到四点,你大概需要思考时间,我也要。"她扶着顾雨峥的肩膀,轻轻推了下,然后坐起身,整理下自己的衣领。

"现在开始计时。"

她抬头,直视着他。

"顾雨峥,你会迷路吗?"

二十分钟,其实可以做许多事情。

比如,再去给自己倒一杯水。

比如,借用顾雨峥的浴室洗个澡,然后翻出他的一件T恤当睡衣,随便套在身上。

再比如,整理好一片狼藉的沙发,然后端着水杯,将电影剩下的几分钟安静地看完。

电影里,鸟人三次尝试飞翔,他的朋友不理解他作为一个人类渴望天空的意义。直到最后一次尝试,鸟人宛如灵魂出窍一般,与自己进行了漫长的对话。

梦想与现实的距离,究竟是不是由大地到天空?

上次来顾雨峥家,夏蔚选这部电影的理由其实很简单,她看到顾雨峥为工作烦心,便天真地想要用电影给他安慰。

说白了，这是一个讨论理想的故事，即便你的理想是虚幻的，是不被他人理解的，是注定陨落的，你也愿意奋力一跃吗？

夏蔚是有答案的。

并且她自信，顾雨峥一定会同她一起，站上崖边。

门被解锁时，夏蔚刚好关闭投影仪。

天好像亮了。

顾雨峥挟一身潮润露水而归，于朦胧晨光之中，朝她快步走过来。

她没有去看他的表情，只是低着头，起身，默默将空杯子搁在了餐桌上。

顾雨峥这一次没有任何犹豫，也未给她丝毫考虑的余地。

她被一双有力的臂膀抱起。

后背跌进卧室的松软被子里时，夏蔚再次紧紧拥住眼前的人。顾雨峥俯身，而她，抚摸着他线条明朗的肩胛，好像那里真的能生出遮天蔽日的翅膀。

火苗烘烤她的脊背，汗水蒸发。

大雨浇湿她的羽毛，眼泪决堤。

夏蔚在最难抑的时刻将头扭向一边，可顾雨峥偏偏不饶她，扳回她的脸，十足强硬地一定要让她看着他，看他眼里的爆烈与纯粹。

全程，从始至终。

神明与信徒的身份彻底反转，痴情终成空的预言被推翻。

夏蔚用力咬住了顾雨峥的肩膀，顾雨峥俯身靠近，唇擦过她的耳郭，于一层一层的波澜之中，给予她安慰。

"……我爱你。"

他说。

十指被扣起。两道脉搏之间，隔着一条细细的、粗糙的红绳，摩擦皮肉。

夏蔚觉得这是一种惩罚，惩罚她没有讲真话。

刚刚顾雨峥问她，送他红绳的含义。俗气点儿，就如传言说的那样，红绳可以带走你所有的哀愁，给予你平安与健康。

但夏蔚是有私心的。

她希望绳结能成为一种捆绑。

不是牵着他，不让他向前，而是缚住两个人的手，从今以后，不要再走散。

哪怕从崖边一跃无果，哪怕最终还是重重跌下，也愿意携手暂时逃离这现实的土壤。

她是这样的人。

顾雨峥也一定是的。

急促的一呼一吸间，夏蔚手指勾住那根红绳："跑不掉了，顾同学。"

"嗯，不跑。"

顾雨峥的汗水落下来，砸在她的耳侧，他俯身，亲吻她满是泪与汗的脸。
"我永远跟你走。"
天光大亮，再也不会熄灭。
夏蔚第一次觉得，原来"命中注定"这个词，是如此真实。
她好像于天光彼端看见了一切的前因后果，她和顾雨峥命中注定的从前，和以后。
漫漫路，万万千。

当长久以来的愿望达成，人往往会难以抑制狂热跳跃的神经，还有急遽加速的心跳。身体像被丢进榨汁机，汗水、泪水……都跟不要钱似的往外涌。
至少夏蔚是这样的。
没有什么不好意思，顾雨峥本就是她的愿望之一，得偿所愿的时刻，一切行为和反应都是自然而然的，再激动也不为过。她是咬住鱼钩被甩上滩涂的鱼，是面对风暴时抱住桅杆慌里慌张的水手。
黎明时分的房间化为冒险关卡，化为决斗场，海浪一浪高过一浪，水击礁石，听得人心慌。
顾雨峥比她好那么一点点，至少尚有余力给她一些安抚。
他紧贴她耳边低声哄，一句"我爱你"被重复了无数次。是夏蔚要求的，因她发现顾雨峥轻咬这三个字时的语气实在好听。即便心知肚明下一秒就会被海浪拍晕，仍然舍不得错过任何一个音节。
深海里的美人鱼朝她伸出手。
夏蔚彻彻底底被蛊惑了。
最后的最后，是顾雨峥的唇自她耳侧游离，到达颈边、脸颊，然后轻轻抵住她汗津津的眼皮。
对视只一刹那，就双双破功。
两个人都莫名笑了起来。
顾雨峥的额头埋在夏蔚的颈窝，笑得一抖一抖的。
老天，到底哪对情侣会给一场浪漫的交锋，安排这样一个滑稽的结尾啊？
夏蔚猜，大概也只有他们了。
洗去一身薄汗以后，重新躺回床上。
此时已是早上，窗外阳光刺目。
夏蔚提议顾雨峥请半天假，睡一会儿再去公司，请一整天是没可能了，每逢游戏版本更新的这几天，顾雨峥能睡个整觉都是奢侈。
她翻了个身，窝在他怀里，也轻轻合上了眼。
下颌被抬起。
有人像是上了瘾，不依不饶想要再讨一个吻。顾雨峥摆在浴室的牙膏是薄荷混着白茶味的，此刻他们唇齿间是一样的味道。

身躯相贴，唇舌相抵，海浪再次被搅起，简直就和呼吸一样容易。

后来是夏蔚及时喊停。她抬手，朝着顾雨峥的手背重重拍了一下："睡觉！"

顾雨峥笑了："遵命。"

夏蔚也累狠了，再也顾不上身边的人，也难以控制睡相。

这一觉很沉。

直到被饿醒。

顾雨峥早已整理好，在换衣服准备出门了，桌上有给她准备好的几样蒸点，醒来先垫垫肚子。夏蔚摇摇头，她打算一会儿回家和外公一起吃午饭。

顾雨峥背对她换衣服，肩背上有几条细细小小的红印，是某些时刻，指甲划的。夏蔚靠在门边，带着几分羞赧地把手背到了身后。

她轻咳一声，大胆地对顾雨峥的穿搭做出点评："你穿白色真好看。"

她看过顾雨峥的衣柜了，瞧得出他喜欢浅色，衣柜里只有零星几件黑色极简的衣服，其他都是白色、米色，或是柔柔的浅灰，清清淡淡的。虽然的确符合顾雨峥的气质。

顾雨峥本来穿了一件休闲款衬衫，听见这话愣了一下。

夏蔚歪着脑袋打量："好显嫩啊，哈哈。"

其实她想说的是太有少年感了，特别是顾雨峥每次穿白T恤，总会让她恍惚，仿佛回到了高中的夏天。

令她无数次心动。

手腕上的红绳占据了腕表的位置，顾雨峥花了一周时间才慢慢适应。

有时抬手想要看时间，未果，只能去拿手机。

虽然不方便，但他仍不想摘。

林知弈也发现了，他问顾雨峥："这是什么玩意儿？小孩的东西吧，我儿子周岁的时候戴这个。"

这伙人闹习惯了，顾雨峥也不恼，头都不抬："女朋友送的。"

终于，可以堂而皇之地明确这个称呼了。

工区响起一阵起哄声。

"你女朋友挺有意思，怎么总送你奇奇怪怪的东西？"上次是亚克力角色立牌，这次是幼稚的红绳，"还有什么？"

顾雨峥看着电脑，耸了耸肩，语气里竟是不加掩饰的骄傲："哦，衣服也是。"

自从上次夏蔚点评了他的穿搭以后，家里就不断收到网购包裹，是夏蔚按照自己的审美挑的衣服，美其名曰要给男友升级系统。

顾雨峥打开一看，果然，都是浅色。

林知弈仿佛被这恋爱氛围锁住喉，吼："秀什么啊？我衣服也是我老婆给我买的。"

顾雨峥转头，上下打量，又转过来，淡淡地说："嗯，挺好。"

……陷入热恋的男男女女，果真是这个世界上最讨人厌的物种。

月末，Realcompass终于迎来自游戏开服以来变动最大的一次版本更新。

说实话，所有人都很紧张，除了要迎战随时可能出现的问题，还要担忧流水增长是否符合预期。

幸好，一切都还顺利。

版本更新当天，ARPU（每用户平均收入）急速升高，财务数据增速明显。

一周后，付费用户数基本达到预期，日活跃用户数和用户平均在线时长的下跌幅度也在可接受范围内，这意味着属性武器上线被大多数玩家默许，本次版本更新造成的玩家流失不算太严重，Realcompass的流水自此会上一个新的台阶。

从增收的角度来说，这一步走对了。

林知弈重重地松了一口气。

他和每一个团队成员拥抱，然后揽过顾雨峥的肩膀，说："成了啊兄弟，我说的吧！"

顾雨峥点点头，看了下时间，关掉电脑。

对于原本就有预期的事情，他的情绪往往没有太大起伏，他只是默默在系统里提了休假申请，连着马上到来的五一一起，凑成一个长假。

从来把公司当家的人竟然主动要休假，这意味着他的体力与精力到了边缘。

林知弈原本想喊上创始团队的几个人，晚上出去聚个餐，但转念一想，还是作罢。

"行了，赶快，该回家的回家，该陪老婆孩子的陪老婆孩子，工作和生活还是要平衡下，下一步怎么办，假期结束再讨论吧。"

所谓下一步，自然是因为这次改动尝到甜头，正如之前讨论的那样，以后会在游戏中设置更多的氪金点。

顾雨峥的心情其实并不轻快，并且无处排解。

难得下班早，他在回家路上给夏蔚发消息。

很快，收到回复：快来，我和外公刚好要做晚饭，一起吃。

夏蔚这些天都没有和顾雨峥讨论游戏。

不是她对这次游戏改动不感兴趣，而是……不敢。

不用想也知道Realcompass最近营收数据应该很好看，但她平时混迹于各个平台和论坛，自然看到了很多负面的讨论，就比如前些日子登上热搜的词条——"Realcompass更新"，后面紧跟着的就是"策划三了"。

夏蔚看得心猛跳。

点进去，玩家们的讨论也都集中在对Realcompass的不满，比如有人测试过了，属性武器上线以后，愿意氪金的玩家面对团本的终局内容轻轻松松，而不研究攻略的休闲玩家则要等到至少一个月后副本难度下降才能一窥最终守关怪真容。

这意味着游戏不再拥有相对公平的环境。

"付费墙"出现。

付费与不付费的玩家根本无法获得相同的游戏体验。

夏蔚终于从外公那里学到了红烧鱼的做法，今早去超市买了鲤鱼，今天刚好拿顾雨峥"试毒"。

而顾雨峥也没有空手上门。

前几天他听到夏蔚说，外公最近晚上起夜比较频繁，摸黑去寻灯总是不方便，于是刚去买了几个感应小夜灯和背带胶贴，贴在墙壁上，有人经过便会亮起，很适合行动不便的老人家。

夏蔚简直对顾雨峥的细心叹为观止，外公则笑着招呼顾雨峥入座："辛苦小顾了，外公给你们俩添麻烦了。"

"您别这么说，应该的。"

坦白地讲，顾雨峥从未把照顾家人当成一种压力，就如同他十几岁时便能担起照顾楼颖的责任，从没叫苦，也没埋怨。

夏蔚在端菜，三个人的量，刚刚好。

顾雨峥去厨房拿碗筷。

递到外公面前时，明显察觉到外公表情迷惑。

小老头看着顾雨峥手腕上十分突兀的红绳，若有所思，然后细细端详顾雨峥的脸，最终还是笑着开口："小顾，我确实是见过你，我想起来了。"

夏蔚闻言抬头。

顾雨峥把鱼往外公这边挪了挪，他好像早有预料，但依然神色淡淡："时间太久了，您不记得也正常。"

"是，这两年忘了太多事儿了，我是看到这东西才想起来的。"外公示意顾雨峥的手，"夏夏高考那年暑假，我们见过，是不是？"

随着顾雨峥点点头，一老一少同时笑起来。

徒留夏蔚握着筷子，一脸茫然。

那一年，属于夏蔚的那个暑假，发生了太多事情。

她与许多人说了告别，也在那一年夏天，做了许多影响一生的决定。

那时外公下楼买菜，因多年风湿旧疾而摔倒在小区，被路人送去医院。夏蔚就是从那时意识到，外公年纪大了，身边离不了人，所以选了省内的大学。

但她并不知道，送外公去医院的那个所谓的"路人"，其实根本不是恰好路过。顾雨峥那天会出现，也并非偶然。

夏蔚完全不敢相信这个迟来的故事。

她草草把碗刷干净，照顾外公睡下以后，拉着顾雨峥出门。

步履飞快，态度恶劣。

她质问顾雨峥："到底还有多少事情是我不知道的？你和外公这样，显得我很呆。"

顾雨峥笑得很无奈："其实，我也快忘了。"

忘了那时的心情。

顾雨峥只记得那时他因高考失利而郁闷，再加上去广州找夏蔚，没找到，整个人都变得颓丧。

颓丧之余，不甘心，还是不甘心。

夏蔚尚在毕业旅行中，他无法临时出国，黄佳韵递来的消息里也没有提及夏蔚是哪天的机票回来。

顾雨峥想了很久。

一次，就一次，最后一次。哪怕明知这样鲁莽上门非常没有礼貌，也顾不上了。他马上也要出国读书，可能真的再没机会了。

打听到夏蔚的住处后，顾雨峥开始在小区里等待，他想着只要夏蔚回来了，只要路过，他一定会看到她。

可是等了两天，没有等到夏蔚，倒是碰到一位摔倒的老人，他将老人送去了医院。

"我那时不知道，会这样巧。"顾雨峥笑着说，"原来那是外公。"

如果不是再遇见，他大概永远无法得知，自己偶然间帮助的老人其实和夏蔚有着莫大联系。

如果外公不是恰好看到顾雨峥手腕上戴着的红绳，大概也不会联想到多年前送自己去医院的那个同样戴着红绳的少年，已经长成了如今的模样。

夏蔚还是难以相信。

她觉得一切未免太过巧合，还有点生气。

"顾同学，你傻了是不是？为什么不能找人问问我的联系方式？"

"你觉得我没有吗？"能尝试的，他都一一尝试过了，顾雨峥看着夏蔚，神色竟还有些无辜，"你没理我。"

那年夏天，毕业季，微信满天飞，平时只能偷偷用电子设备，这会儿终于能够畅快地玩手机。夏蔚不知道收到了多少来自同学的好友申请，能备注的都备注了，后来发现垃圾消息也越来越多，实在不堪其扰，就打开了拒绝添加。

如此外向开朗的一个人，就搞了那么一回自我封闭。

结果误将顾雨峥拒之门外。

夏蔚又好气，又好笑，还有点难以言说的恼羞成怒。各种心情叠加，她最终抬起手，使劲儿擂了眼前人肩膀一拳。

顾雨峥没躲。

他顺势握住夏蔚的手臂，将人带进怀里。

夏蔚的脸埋在顾雨峥的胸前，洇湿一小片。

此时，此刻。

初夏已经快到来。

同样是老小区，同样是家楼下，一个迟来的拥抱终于被兑现。

这里虽不是荣城，但命运早已设置好票价，列车乘着夜风驶过，由北向南，由远及近，在他们耳边重重鸣笛——早就告诉你啦，亲爱的乘客，有些座位，有些人，注定会被绑在一起。

你别恼，也别急。

这一路上目睹的风景，经过的站台，都会变成你们日后相认的证据。兜兜转转，他会来找你。

他一定会找到你。

当夏蔚得知顾雨峥要休假时，小小地羡慕了一把。

每逢节假日，都是全国各城市漫展活动最密集的时候，夏蔚平时尚能偷懒，但这种节日，跑行程一定会跑到昏头昏脑，一天之内换三个城市的经历都是有过的。

她蹲在客厅中央一边整理行李箱，一边假模假样地叹气，直到听到顾雨峥说："需要助理吗？"

夏蔚抬头，顾雨峥就坐在那儿，用一种微妙的表情看着她。

……鬼心思被戳穿。夏蔚先是有点不好意思，紧接着扑了过去，跨坐在顾雨峥腿上，掐住他的脖子，前后摇晃："怎么什么都瞒不过你！"

午后阳光清凌凌铺陈成一片，满室寂静，外公正在房间午睡，虽关着门，他们也不敢闹得太大声。

夏蔚只好扳过顾雨峥的脑袋，朝着他的脖颈狠狠咬一口。

像是吸血鬼在调戏人类。

夏蔚也不知道自己怎么会有这样的联想，只是听到顾雨峥吃痛的闷声，小小的、轻轻的，让她非常满意。她一抹嘴："跟我去吗？小助理？"

顾雨峥头还侧向一边，他笑着，胸腔起伏："我有不去的选项吗？"

"什么话！我还怕你给我添乱呢！"

夏蔚撇撇嘴，从他身上蹦了下来。

她当然不是一定要带着顾雨峥一起，更不是想让他帮忙拎行李箱，当苦力。只是觉得他前段时间太累了，既然是假期，没理由家里蹲，出去散散心更好。

夏蔚对漫展的看法是，奔波虽辛苦，机会却难得，能够短暂逃离现实。

现在好些了，真正从事这个行业后会脱敏，前几年，她还在上大学的时候，每次忙里偷闲去漫展，结束后的几天戒断反应都很严重。

那是通往另一个次元的入场券，是爱丽丝的兔子洞，是彼得潘的梦幻岛。

她迫不及待地拉着顾雨峥一同登上这座岛屿。

顾雨峥不会拒绝夏蔚的任何要求。

他照着夏蔚的航班和车次一一买了票。

有那么一瞬间,夏蔚觉得这不像去工作,而像一场旅行。因为有了顾雨峥的陪伴,许多劳累变得不值一提。不过,那么厉害的顾雨峥也有搞不定的事。

比如,帮她做妆造。

夏蔚为了节省成本,基本每次出角色妆造都是自己搞,偶尔需要别人帮忙。今天的造型就很复杂,尤其是一会儿还要戴假发,超级沉。她坐在镜子前,递给顾雨峥一大把黑色一字夹,告诉他,所有扎不起来的碎发都要整理好。

然后,她便看见顾雨峥面露疑惑。

那双不论做题还是敲键盘都非常好看而灵活的手,偏偏对付不来几个发夹。他按照夏蔚的示意,把那些一字夹一一"安装"在夏蔚的头上,横七竖八。

夏蔚眼睁睁看着镜子里的自己变成了一只海胆。

"……算了,我来吧。"

她放弃了。

无可奈何地把"海胆"上的"刺"一一拔下。

顾雨峥则认命般把手里剩余的夹子交了出去。

虽然没帮上忙,但没有功劳也有苦劳。

夏蔚还是没有忽略顾雨峥的"尽力"。

当天微博转发漫展场照时,她非常贴心地在摄影老师和后期老师后加了一行,妆造@Yz.。

无人知晓 Yz. 是哪位老师。

无所谓。

在夏蔚看来,只是见到他们的名字并排放在一块儿就会开心。这令她想起高中期末考试放大榜。

有种隐秘的、不可言说的小小欢喜。

夏蔚作为嘉宾,当天有主舞台表演和签售。

进场之前,她像嘱咐小孩子一样对顾雨峥耳提面命——自己去玩,但不要迷路,可以集邮,但不许搭讪。如果实在无聊,就去你们 Realcompass 的展台看看吧。

顾雨峥点点头。

出门在外,充当她的临时助理,他好像格外"乖巧"。

或许这个词并不合适,但夏蔚一时半会儿想不出其他的形容词。

总之,他秉持着绝对不给夏蔚工作添任何麻烦的理念,在整个展厅逛了几圈。

在眼花缭乱的各色角色之中,夏蔚还是能一眼看到他。

他今天背着极简的双肩包,身上穿着的白色卫衣是她买的,说俊朗有些俗了,夏蔚觉得,他看上去很清澈透亮,好像阳光下的水面。

一时不知该夸奖自己的审美,还是该夸顾雨峥是天生的衣架子。

这边的签售台已经排起队。

夏蔚赶紧进入工作状态。

只是她没注意到,绕了两圈的顾雨峥偷偷混进了队伍。

一张海报搁在她的面前,夏蔚的一句"你好"还没说出口,就猝不及防与顾雨峥四目相对。

……他乖巧个屁啊!

上一秒刚夸完他,这一秒就晃到她眼前了。在夏蔚的怔然里,顾雨峥开了口,他朝她笑:

"你好,夏夏老师,我喜欢你很久了。

"真的很久。"

多么常见的开场白,夏蔚却心尖儿一颤,不知如何接话。若是周围无人,她必定要追问一句,有多久啊?

可是不行。

她在工作。

她不敢表露出任何一点异样,勉强挤出笑容:"你好啊……签名、合照都可以哦。"

顾雨峥继续装,若无其事地耸耸肩:"签名吧,合照……以后应该还有机会。"

这么多人,这么多双眼睛,夏蔚紧张得心都快跳出来。她尽量面色如常:"那请问你叫什么名字啊?"

顾雨峥看着她,没说话。

僵持片刻。

还是夏蔚率先破功。

她才懒得听顾雨峥的回答,趁着没人看向这边,拿起笔"嗖嗖"两下,快到眼前人都没看清她写了些什么。然后,她将海报一扣,递出去,扬起一个极有职业素养的笑容:"祝你天天开心。下次见哦。"

傍晚,活动结束。

夏蔚拖着沉重的 Cos 服回到酒店房间时,几乎已经累到虚脱。

第一时间换衣服,卸妆,洗澡,随后一头栽倒在床上,脸埋进枕头里,伸出一根手指,晃了晃。

顾雨峥拧开了一瓶矿泉水,递到她的手上。

夏蔚摆手。她要的不是这个。

床垫微微下陷。

顾雨峥在她身边坐下,帮她撩起颈后的头发,然后有点笨拙地帮她捏了捏肩膀。

一点都不解压,甚至有点痒,有些想笑。

主办方帮忙订的酒店房间是双床，另一张床上已经堆满了各种化妆洗漱用品和衣服。夏蔚翻了个身，眯着眼睛，往另一侧挪了挪，示意顾雨峥躺上来。

　　调整过后，她窝在了顾雨峥的怀里，手抓着顾雨峥胸前的衣料，深深呼吸，终于得到了休憩。

　　这是一个依赖意味很强的姿势。

　　夏蔚记起，顾雨峥加班到深夜归家，也曾以类似的姿势拥抱过她，大概人类社会和动物森林没有区别，能将虚弱时刻尽数展示给对方，便是亲密关系最好的认证。

　　直到四肢与大脑都陷入休眠边界。

　　这种时候好像格外适合聊天，聊那种有一搭没一搭毫无营养的话题。她问顾雨峥，以前一个人的时候，会去漫展玩吗？

　　顾雨峥的回答是，不会。

　　"除非工作需要，比如上次周年庆，"他说，"总觉得自己不适合那里，我好像已经……"

　　"老了。"夏蔚帮他补充完这一句。

　　这个词稍有点夸张，但顾雨峥没有否认。

　　夏蔚也有同感。

　　如果像网络上说的那样，这是一个"圈子"，那以他们的职业，应该都算是在圈子中心，可不知为何，总有一些身处边缘的错觉。尤其是参加人数众多的线下活动，夏蔚有时看着满眼十几二十岁的年轻面孔，会微微发怔。

　　看着他们结伴而行，夏蔚会想起自己刚开始接触这一行的时候，那时哪有这样精致的服装和道具，大家的初衷都一样，是从喜欢一个角色，到成为这个角色。很多东西都是自己做，妆容化得乱七八糟，还自我感觉良好，因为只要和朋友们在一起，就会很开心。

　　可是……

　　当时和她一起逛漫展的人，这些年大多数已经结婚，被更多事情分走精力，慢慢在列表里沉底。

　　《魔兽世界》年初停服时，早已弃坑的夏蔚匆匆上线，跟着无数玩家在世界频道里留下一句中二的"为了艾泽拉斯！"，自此别了陪伴她最久的一款游戏，也与很久以前的自己隔空挥手，相互致意。

　　仿佛一切都在昭示着时光远走，生活变迁。

　　这些年少轻狂时的爱好仿佛成了一段段"黑历史"，再也不被提起了。

　　很难不伤感。

　　今天夏蔚还碰见了一个老朋友，是从前读大学时总一起逛漫展的学姐。

　　学姐结婚生子早，平时照顾家庭没有时间，今天难得趁着假期，带着女儿一起来逛展。她把女儿打扮成阿尼亚，漫展上的萌娃总是超可爱，吸引了很多摄影师。

不知怎的,夏蔚在旁边看着,眼泪都快下来了。

她问顾雨峥:"你明白吗?"

顾雨峥说:"当然。"

人们总是容易被一些瞬间所感动,眨眼即逝,而恰好同时捕捉到这些瞬间的人,往往拥有相似的灵魂。

"你说,我们还能不务正业多久?"

顾雨峥沉吟片刻,没有正面回答,而是引用了书中的一句话:"只要孩子们是欢乐的、天真的、无忧无虑的,他们就可以飞向梦幻岛去。"

人一定要长大吗?

一定要成为普世概念里的大人吗?

时间它随意飞行,但在彼得潘的梦幻岛,我们永远可以心怀理想。

幼稚,但可贵。

夏蔚忽然笑起来,这一刻,她觉得自己不能更喜欢顾雨峥了,好像开水沸腾,温度已经到了极限。他到底为什么这么好?为什么能这样懂她?

她努力仰头向上,亲了亲顾雨峥的下巴。

又觉不够,再次往上挪了挪。

那张签了名的海报就放在床头柜上,夏蔚的笔触飞扬——

To my Peter Pan

(致我的彼得潘)

她喃喃着,轻轻咬住他的唇瓣。

第十七章 ★
信笺、愿望和孔明灯

郑渝好像有事求助顾雨峥。

两个人最近总在微信上嘀嘀咕咕，夏蔚发现了，忍不住好奇。

顾雨峥便递来手机给她看。

聊天界面上，郑渝发来一连串的文件和压缩包，除了上次约好的采访提纲，还有简历和作品集。

夏蔚眨眨眼："他……要换工作啊？"

顾雨峥点点头。

再往下，是郑渝给顾雨峥发来许多卖萌猫猫头表情包，各种套近乎：老同学，咱俩也是喝过酒的交情，你帮一次也是帮，帮两次三次也是帮，我也就不要脸皮了。

他竭力解释：不瞒你说，我投你们公司美术岗不是一次两次了，每次都是简历初筛就刷下来了。我虽然不是专业出身，但我自娱自乐也画了这么多年了，有作品集啊，你帮我内推一下，起码给我个进面的机会，行不行？

……美术，作品集。

哦。

未来之星。

如果不是郑渝自己说，夏蔚早就忘了这一茬。

她曾借给郑渝一盒彩铅，也因此相识。郑渝喜欢画画，从那时便开始给绘本和杂志投稿，就为这可能影响学习的"兴趣爱好"，不知挨了爹妈多少顿揍。

后来，离家出走去艺考，壮志满怀，又理所应当地落败。

再后来，选了个看上去靠谱的专业和工作，安安稳稳。

夏蔚以为，这人总该消停了？

然而，没有。

临近三十岁的郑渝仍旧不忘高二那年除夕夜，爸妈在家里和亲戚打麻将，他百无聊赖，就着一阵阵高声笑闹和哗啦啦的洗牌声，给夏蔚发消息。

他们那时的话题是梦想。

——夏蔚，我的梦想就是做视觉设计，画师，比如那种游戏原画师，很厉害的。

——你打游戏不？

——哦，那你一定懂。

——你觉得我能行不？

夏蔚那时的回答是：你行，你一定行。

作为朋友，她在鼓励对方。

但郑渝是真的相信自己行。

以至于这么久过去了，他已经在职场混迹了多年，啤酒肚见证时光，也早就明白了工作不过是为了获取生活成本，所谓梦想只不过是挂在年轻人眼前的胡萝卜，但还是愿意试一试。

他一直没停止过画画。

从给杂志和出版社投插图稿件，到加入小工作室、在网上接私单……郑渝犯了轴病，就偏得尝尝那胡萝卜是个什么味儿。

未来之星，前途可期。

夏蔚躺着，举着手机一张一张地翻，许久，蓦地笑出来："顾雨峥，我们还真是不务正业。"

你，我，我们这群人。

相似的人才能做朋友，或是爱人。

顾雨峥没有回答，他正在整理另一张床上夏蔚的衣服，挨件叠好，放回行李箱。

"你会帮忙吗？"夏蔚问。

"会。"

这又不是什么困难的事，递个作品集而已，能不能到面试那步，还是要看郑渝自己。顾雨峥还开玩笑说："他来晚了。"

不怕笑话，早些年，Realcompass还是个小作坊的时候，各个部门都极度缺人手，若是碰到郑渝这种自带作品且不用画饼就斗志昂扬的，巴不得恭恭敬敬抬着轿子请人加入。

只不过那时，他和郑渝还并不相识。

中间的桥梁是夏蔚。

晚了吗？

好像也不算太晚。

夏蔚找了个舒服的姿势，窝进顾雨峥怀里："问你一个问题。"

"嗯。"

"我们高中那会儿，你有什么梦想吗？"她环抱住顾雨峥的腰，上瘾似的深吸他身上的味道，鼻尖蹭着衣料，"我记得很清楚，我那时没什么梦想，对于自己想考什么大学，想去哪个城市毫无概念，后来想去北京，一是因为大城市滤镜，二是因为，我以为你会去清北，我想和你一起。"

顾雨峥的手一顿。

夏蔚的脸埋在暗处，他瞧不清她的表情，也因此更加困惑——她是怎么能把这么令人震撼的话，以这么白开水似的语气说出口的？

他听见自己略微飘忽的声线:"所以,我可以这样理解,你十八岁的梦想和我有关?"

"对啊。"夏蔚很坦诚。

隔了一会儿,她又补充一句:"顾雨峥,你不知道那时我有多喜欢你。"

顾雨峥此刻清楚地体会到什么叫如鲠在喉。

我知道,我当然知道。

他在心里说。

完全无须换位思考,我对你的喜欢,绝不会比你少分毫。

而且,最难以表述的其实是当下的心情,他低头看见夏蔚合着眼睛,微垂的睫毛在颤,这一刻便足以令他感恩上天,感恩全世界。曾经他需要小心翼翼去窥视和追随的女孩子,此刻就躺在他的怀里。

他们可以亲吻,可以拥抱,可以做尽这世上一切亲密的事,互相给予和索取,向着颠覆之境携手逃亡。

他们终于可以肆无忌惮,聊起甘苦参半的从前,不必沮丧,因为所有遗憾都有机会被一一填满。

顾雨峥不止一次觉得,命运待自己不薄,尽管行过低谷,度过湿淋淋的雨天,但终究没有让他一直困顿。最重要的是,当他艰难攀缘而上后,等待他的是晴天,是一个巨大的奖赏。

她对他说,顾雨峥,你不知道,我有多喜欢你。

顾雨峥俯首,鼻尖相触,然后贴合夏蔚的嘴唇,更正她的说法:"喜欢好像不够。"

"我爱你。"他再次申明。

夏蔚睁开了眼睛,又缓缓闭上。

像是给这三个字盖章。

所谓梦想,似乎是十八岁这一年的简要主题,盛夏限定。每个人都是如此。

六月初时,高考前夕,夏蔚正在家里做饭,收到了荣城一高的微信公众号推送。

是一则长达十分钟的短视频,祝福集锦,是去年百年校庆时,学校邀请回校的往届毕业生们一起录制的,不论年龄,大家都以学长学姐的身份祝福本届高考生。

夏蔚还找到了自己。

她站在操场一角,指挥台下,那是她曾无数次踮脚张望学年大榜的地方。面对镜头,她笑着说了很多吉利话,比如,祝大家不负努力,得偿所愿,前程似锦……

比起金榜题名,一举夺魁,好像还是这些比较实在。

毕竟金榜那么窄,状元也只有一个。

但人生很长,草木无涯,迈过这一道关,以后尽是天高海阔。

夏蔚很想以自身以及身边人的经历告诉所有学弟学妹,虽然他们在高考时不是最优秀的,但并不妨碍多年过去,他们都变成了很好很好的大人。

就如外公从前教她的那样，人生是段过程，根本没有终点可言，那么我们只看风景就好。

总有层云尽散时。

上海的夏天，远比荣城热得多。

在这一年的盛夏快要走到尽头的时候，Realcompass创始团队爆发了最严重的一次争吵。争吵的内容依然围绕游戏的营收和战略规划，矛盾中心聚焦在顾雨峥和林知弈之间。

此时距离Realcompass上一次版本更新已经三个月有余，流水增长有目共睹，尝到了甜头的林知弈有些心急，决定在游戏里增加PVP（玩家对战玩家）竞技场的新玩法。

这相当于间接逼迫玩家提高角色练度，要想在新玩法中拿满奖励，大概率要花更多钱。

林知弈的目的其实很简单，就是让顾雨峥在设计玩法时，卡一个比较微妙的数值。不氪金的玩家倒也不是玩不了，只是比氪金玩家要艰难许多。这也是绝大多数游戏公司正在做的。

虽然林知弈也很无奈，但这已经是他权衡之后的最优解，最大让步。

顾雨峥脸色却越来越沉。

他在会议结束后单独留下，和林知弈吵了一架。

林知弈蒙了。

从来不发火的人，冷不防发作起来，出乎意料。他起身去给顾雨峥拿水："你有话好好说行不行？"

顾雨峥想起夏蔚给他的建议，有情绪尽量不要压着，该释放就释放。他倒是真的遵循了建议，目前看上去，震慑人的效果显著。再联想到夏蔚出的角色，不知亲爱的执法官对他今日表现作何评价，会不会表扬他。

想到这里，顾雨峥摸摸鼻梁，又笑了起来。

"……不是，一会儿骂人一会儿笑，你有毛病你。"

顾雨峥肩膀松弛下来，接过瓶装水。

"我知道你想说什么。"林知弈坐在对面，"我可以跟你保证，Realcompass是我亲手做大的，跟个孩子没什么两样，我也不希望它毁在我手里。"

顾雨峥沉沉地看着他，一时没有说话。

游戏做到这个规模，要毁掉，回到原点，也不是一件容易的事。只是上次上线属性武器后，玩家评价已经出现滑坡。

大家都能预判到下一步的走向，无非是一个原本有情怀的游戏向市场妥协，这种剧情简直太常见了。

林知弈很坦白，游戏改动这件事，开弓没有回头箭。他试图说服顾雨峥："初心，情怀，我没有吗？"

刚开始做游戏的时候，大家的想法都一样天真莽撞，是想打造一个真正能为人利用、供人短暂逃避现实世界的"避风港"，起码现实生活里的某些残酷规则，比如花钱便能享受优待，不会在游戏中出现。

但，脚下路和苦衷，一时一变，谁能预料？

公司规模越来越大，财务压力也随之上升，要想把游戏推向更高的位置，势必要牺牲一些所谓的情怀，一刀下去，疼，但这一步一定要走。况且市场上其他游戏都做出了选择，我们负隅顽抗是为了什么？

取与舍，是个永恒的话题。

顾雨峥不是不食人间烟火。

他也试图和林知弈一样，在其中找一个平衡，至少，保留最初的心愿。

权衡利弊大概是成年人的必修课，或早或晚罢了。

林知弈说："说真的，我也不知道 Realcompass 最后会变成什么样子，但我会尽力，你也一样。"

顾雨峥却很果断，那份果决和笃定在林知弈看来，好像是提前很久便思索好了的。此刻心情已经平静，他看向林知弈，缓缓开口："我会给自己定一个时间节点。"

"什么意思？"

"一年时间，"顾雨峥将眼镜摘下，握在手里，"一年时间，用来找一个平衡。如果我们与市场的协调能力不济，最终还是无法控制游戏的发展，继续朝着自毁的方向走，那么我觉得，我在这个团队里的意义并不大。"

这话一出，林知弈诧异了。

他想说你没事儿吧？至不至于？

整个团队最难的时候，都没人轻言退出，现在天下打完了，眼看该分肉了，你要撤出？

况且，"自毁"这个词太严重了，重到林知弈觉得他担不起。说破大天，只是发展方向不尽如人意，而已。

"你想得太严重了。"

林知弈有些坐立不安，与之相对的，顾雨峥却始终未动，像是平静到底。

"没什么，看法不同罢了。"他说。

每个人心里的度量衡都不统一，究竟什么应该被看重？什么可以被放弃？人人答案都不一样。

谈话的最后，林知弈再次提醒顾雨峥，现实人生又不是游戏一场，All in（全押）是傻子才做的事。

"要想活得游刃有余些，真的不能太追求纯粹了。"

顾雨峥没有回应，推门，走了出去。

这一年的十一假期,夏蔚仍然行程排满,但即便分身乏术,她还是抽了一天时间,回了一趟荣城。

参加婚礼。

严格来说,挺不好意思,夏蔚没有直接收到邀请,请柬上只有顾雨峥的名字,她是作为"家属"出席的。

作为新郎邱海洋的同学兼多年好友,顾雨峥还被要求当伴郎,结果毫无意外,被拒绝了。邱海洋笑说你以为真是让你当苦力来的?为了帮你介绍女朋友!别身在福中不知福。

顾雨峥一本正经地说:"好意心领了,不过这是谁的误传,说我是单身?"

邱海洋大惊:"藏得这么深?那就一起来参加婚礼啊!国外认识的?你在荣城读高中,这也算你第二故乡了吧,顺便带人家逛一逛。"

顾雨峥只笑:"那倒不用,说起荣城,她从小在这里长大,比我熟得多。"

"啊?"

夏蔚和邱海洋并不相熟,只能算是高中一起春游过的泛泛之交。所以当顾雨峥提出带她一起去参加婚礼时,她先是疑惑。

顾雨峥则说:"我只负责传话,邱海洋听说我们在一起,叮嘱我务必带你出席。"

"可是会不会尴尬?"

"不会。"

顾雨峥安抚她,新郎你不熟,但新娘,应该还算熟悉。

当晚,夏蔚就收到了一条微信好友添加申请,从对方附言的语气便看得出,新娘因为即将到来的婚礼而欢欣雀跃:

夏夏,你快通过一下,我是冯爽,还记得我吗?

直到婚礼当天,夏蔚都没有缓过神来。

她从其他宾客的口中得知,冯爽研究生毕业后当了高中老师,这些年一直和邱海洋在同一座城市。因为双方父母长辈都还在荣城,所以回来办酒席。

邱海洋比读书时沉稳了许多,但婚礼司仪很会搞气氛。仪式中问及新郎新娘恋爱几年了,在众人拥挤的宴会厅,数双眼睛的注视下,邱海洋反手握住冯爽的手腕,攥得紧紧的,像是怕人跑了似的,"嘿嘿"一笑:

"我想想哈……大学四年,然后继续读书、工作……到现在,差不多十年了。"

台下,邱海洋的朋友们已经爆发出欢呼和掌声。

冯爽脸颊涨红,不得不半个身子躲在邱海洋身后,用手捧花去挡脸。

夏蔚想,她大概是患了一种看到别人幸福自己也会流眼泪的病。

前晚冯爽和她聊天聊到凌晨,冯爽说起自己高中的后半段,过得很煎熬,压

270

力很大。邱海洋转学前,曾和她约好考同一所大学,一个看似玩笑般的约定,却成了支撑她整个高三的动力之一。

等到高考结束,好不容易松快了一些,却得知邱海洋复读了。

她不好打扰。

这一来二去、阴错阳差地,是第二年秋天,邱海洋来到她学校找她,两个人才正式在一起。

因为高中时的小插曲,冯爽爸妈对邱海洋颇有微词,因此冯爽不敢堂而皇之地介绍男朋友给家里人认识。她还勒令邱海洋,要严格保密,不能透露一点蛛丝马迹,所以这么多年,知晓这段恋爱的人少之又少。

如今,一切尘埃落定。

邱海洋终于可以大声宣称,他喜欢冯爽很多年了。

十七八岁的年纪,我不会思虑任何,金钱、家庭、地位,这些我统统不在意,我只知道每每看你一眼,都会让我心动。

我想和你有一个光明的未来,并且愿意为此,蛰伏漫长黑夜。

这,怎么不算是爱情的轮廓呢?

一阵暴烈的掌声里,许多宾客都为此落泪。

台下,双方父母也终于一笑泯恩仇,相互举杯。

爱情从来就不是瞻前顾后,而是将一颗心毫无保留地顺风送出,任由它四面八方地闯荡。若最终无处可寻踪,算我愿赌服输。但若最后,它终究落于你的手心,我便立誓,自此将"爱情"两个字奉为终身信仰。

这世上还有什么东西,比爱更神奇。

婚礼结束的当晚,送走长辈们,年轻人聚在一起,开启第二场。

夏蔚喝了点酒,回去的路上脚步有些打晃。

自从带外公去了上海,近一年时间,这荣城的家里再没住过人,打开门,没有灰尘,却有木头家具的潮湿味道。

夏蔚将水电检查了一遍,然后开窗通风,明天的飞机,今晚就在家里睡。

顾雨峥来过小区里找人,却还是第一次真正走进夏蔚的家。

和上海的住处不同,这是她从小生活的地方,有太多太多细微之处,充斥成长的痕迹,这让顾雨峥有些神经紧绷。

特别是看到夏蔚的卧室。

很小的一间,东西很多,虽近一年没有打理,但干净整洁,电脑蒙了防尘罩,书架上的东西排列整齐,上层是漫画和小说,中间有几个和爸爸妈妈的合照相框,下层则是读书时没舍得丢掉的一些工具书和教材。

墙壁泛着一种时光铺陈的微黄,白色底的卡通图案窗帘,挽成一个结,月光堂堂顺窗洒落。

夏蔚换了一套床单和被子，再去客厅和卫生间，检查许久未曾打开的电视和热水器。

她看出顾雨峥有点不自在，于是让他自便，不要拘束。

顾雨峥本想拉开椅子暂坐，可一个巨大的毛绒熊赫然占据位置，没办法，他只得侧身到一边，垂手而立，浏览夏蔚书架上的一排排书脊，权当打发时间。

家中电器都还能用，一切如常，只是储水式热水器，里面的水存了太久，需要打开水阀完全换新。

夏蔚费了点力气终于搞定热水器，洗了个热水澡，将体内残余酒精代谢掉，回到卧室时，看到顾雨峥正站在书架前翻看着什么。

还以为是什么漫画。

走近才知，是相册。

巨大一本，里面存着夏蔚从小到大的所有照片，记录她成长的每一个时间点，从出生、满月、一周岁、幼儿园、小学、初中、高中……

小时候，都是外公去照相馆把照片洗出来，然后由夏蔚亲自按顺序排好，作为多年后的某一项回忆，某一种证明。

集体照除外。

集体照是学校拍的，学校发的，所以当顾雨峥看见相册里夹着一张理科火箭班的高中毕业照时，他迟疑了。

这张照片摸上去质感和其他照片有所不同，边缘粗糙，洗印的清晰度也不高，他并不知道这是夏蔚的自制版本，赝品，就是为了留一张他的照片，仅此而已。

她那时以为，她和顾雨峥再也不会见了。

此刻隐秘往事被戳破，尴尬程度不亚于校服事件。

夏蔚伸手便将相册抢过来，"啪"地一合，恼羞成怒："别碰！"

"我以为你允许了。"顾雨峥颇为无奈，"而且这照片上面有我，我为什么不能看？"

偶尔，顾雨峥也会摒弃君子端方，沾染点浑蛋气质。他拉住夏蔚的手臂轻轻一拽，把人拽离书架，轻托臀部把人抱起，挪几步，让夏蔚坐在了书桌上。

吻落下来，进无可进。

离开前，夏蔚把家里的每一处角落都录了视频，回到上海后，给外公看。

是想让老人放心，家里都很好，虽然房子没人住，但只要稍加打理，一切如常。

人上了年纪，怎么会不念家。

夏蔚后来有些后悔，因为外公明显没有转过来弯儿，打乱了原本的一套思维。他问夏蔚，家里的君子兰呢？厨房阳台怎么空了？

夏蔚哑然。

那些君子兰，早在前几年就送人了。

小老头又糊涂了。

晚饭时,夏蔚问外公,觉得这里好,还是家里好?

外公答不上来。

夏蔚又换了个说法,上海好,还是荣城好?

这下外公思绪再次飞远,反反复复和夏蔚讲起自己在荣城一高当老师时的故事,讲他带过的每一届学生,讲学校哪里种着玉兰,哪里养着兔子和野鸭。

外公讲,夏蔚便听,也不打断。

直到外公问她:"咱们这是在哪儿?"

然后起身去穿鞋子,要回家。

夏蔚是从这一天开始,萌生了带外公回荣城的想法。

原本带外公来上海,是为了看更权威的医生,也方便照顾,现在病情稳定,虽然时不时糊涂,但这避免不了,身体其他检查也没有大问题,已经很幸运了。

夏蔚询问了医生,医生的答复是,都可以,以老人的意愿为准。他觉得在哪里住着舒服,那就去哪里。

她有些混乱,需要好好捋一捋思绪。于是和顾雨峥一起,做了个简单的表格。两侧分别是"回到荣城"和"留在上海"的优劣点,一条条列出来,可视化比较,更能帮助她做决定。

留在上海的便利之处很多,比如更好的医疗资源,护工更专业,夏蔚出差更方便,有更多的工作机会。而且有顾雨峥在,许多事情可以帮上忙。

至于回到荣城,除了生活成本稍低一些,其实没有什么太大的优势。

顾雨峥看向夏蔚:"你怎么想?"

而夏蔚看向了房间里正在午睡的外公。

其实,也没必要想那么多,理智的人总会拥有更多无谓的烦恼。

外公自然是想回荣城的。

年纪大了,落叶归根,老有所依,是中国人刻在骨子里的认知。从这些时日,外公屡次提起"回家"两个字,便可见。

既然如此……

夏蔚看了看电脑上的表格,缓缓点下叉。

"决定了?"顾雨峥问她。

"嗯。"夏蔚点头,"我要带外公回家。"

所有的优劣对比,所谓的理性决断,都敌不过由心而起的选择。

夏蔚的工作性质,就是要天南海北到处跑的,回到荣城,意味着会更辛苦些,但,没关系。

顾雨峥看着夏蔚的侧脸,许久,只是淡淡说好。

他没有任何异议,甚至连询问都没有,只是帮夏蔚计划起接下来的行程。

"我以为你会试图说服我。"夏蔚戳了戳他的手背。

273 /

"不会。"顾雨峥说，"你想好了，做就是了。这件事又没有对错之分。"

况且，人生如此漫长，不是所有事情都能用天平称重的，这世上总有更重要的东西，占据绝对位置，无可动摇。

总有一些时刻，我们会为了这些东西，推倒所有筹码，心甘情愿。

顾雨峥想起林知弈说的那句，全情投入的人生是愚蠢的，太过纯粹的人，不适合生存。

但……

夏蔚合上电脑，就看见顾雨峥似笑非笑："你傻乐什么呢？"

"没什么，"他收敛嘴角，"不要担心，我也会常回荣城。"

"真的？"

"真的。"顾雨峥看向她，"虽然刚开始恋爱就要异地，我有些郁闷——这是实话——但是这些可以克服，对吗？"

夏蔚也笑了："当然。"

毕竟，全情投入、不计后果的人生真的很酷。

权衡利弊并不适用于一切，总有一些例外。

值得我们为其燃烧小宇宙，付出全部。

这一年的初冬，郑渝打包了行李，将房子退租，买了去上海的机票，单程，自此多年北漂变沪漂。

他还特骄傲，在四人群里发长语音："今天我站在这里，首先要感谢我的爸爸，还有我的妈妈，以及我的群友们，你们知道的，我从小家庭就……"

米盈迅速发了几个表情包，把语音条刷上去了。

郑渝："从你回复的速度来看，你根本就没有把我的获奖感言听完。"

米盈说："是的，我不想听。"

"我们都不想听。烦死了。"

郑渝："本来也不是让你听的。"

然后他艾特夏蔚："您的恩德我永志不忘，夏女士，我愿意以后当牛做马报答您。"

夏蔚笑死了，说："不用，我养不起，你那体格看上去要吃好多草料。"

"还有，从顾雨峥的工作强度可知，游戏公司可能非常忙，非常辛苦。你要注意健康，如果有余力，记得健身，减减肥。"

郑渝受到人身攻击，却并不恼。

他顺利进入了Realcompass的美术部门，这份狂喜的心情，夏蔚和米盈便是再怼他几句，也无妨。

没一会儿，他就私聊夏蔚："等我到了上海，请你和顾雨峥吃饭。"

"不用了，你知道的，他最怕这个。"夏蔚回，"况且你找到心仪的工作，全靠你自己，和我们有什么关系？"

顾雨峥反复强调多次了，他只是帮忙内推并递作品集而已，一共三面，都是郑渝自己努力的，大概是美术部门老大看中他的诚恳和认真。不过因之前没有游戏行业的背景，不能直接进原画组，恰好UI（用户界面）缺人，就先顶上。对此郑渝表示，无所谓，慢慢来，这已经是一次前所未有的事业突破了。

他对夏蔚说："你不知道，我以前看你能把爱好当饭吃，做着自己喜欢的事情养活自己，我有多羡慕。"

现在，他也终于可以。虽然绕了点路。

"等我到了上海，务必给我个机会，请你俩吃顿大餐。"郑渝说。

"那可能真的没机会，你和顾雨峥单约吧，"夏蔚笑，"我要带我外公回荣城啦！"

她时常感慨，好像随着年龄的增长，空间概念变得越来越抽象，难以笼统归纳。比如，从前觉得遥不可及的距离逐渐变得抬腿即达，可一群人想要一个不落地聚齐，却变得越来越难。郑渝要来上海工作了，她却要离开上海了。

逼近而立之年，大家都有各自的事要忙，不同的人生轨迹很难编织起来。

"错过"这两个字，变得这样常见。

对此，顾雨峥表示，常见，但也容易弥补。

总不会像从前那样，错过一次，便要再等许多年。

一句俗气的话：岁月不负有心人。

物色了一个护工，很快上岗。

荣城毕竟是小城市，护工这个行业不是很规范，从业人员良莠不齐。夏蔚面试了很多位，最终定下了一位阿姨年纪的人，对方有资格证，且家中就有患阿尔茨海默病的老人，照顾起来有经验。

夏蔚开出了远高于市场价的工资，并提了一个要求："如果我忙工作，出差不在家，你一定要二十四小时陪护，一步不离。家中监控我会一直开着，请谅解。"

她被去年外公走失的那次经历吓怕了。

阿姨说："没什么谅解不谅解的，不要紧张，也不要有心理负担。你外公的病况较我之前照顾过的老人已经很好了，情绪稳定，穿衣吃饭都整洁，看得出你孝顺，平时一定是精心照顾的。"

夏蔚只是笑了笑，并没有应下这句夸赞。家人之间相互付出，是最天经地义的事。

春节前，她还去了城郊的公墓，看望外婆和妈妈。

她带了几道自己做的菜，擦拭墓碑，坐了一会儿，和妈妈聊了会儿天。

晚上回家，夏远东打来视频电话。

夏蔚举着手机凑到外公面前，笑着示意："外公，你看这是谁？"

小老头正在吃饭，闻言放下勺子，还不忘擦擦下巴，眯起眼睛看向屏幕里的人，辨别许久："……远东啊？"

"哎！爸！"夏远东很高兴，"认出我来啦？"

小老头笑呵呵地说："这是什么话，怎么能连你也认不得？"

外公有时会糊涂，认不出家人，或者说，认得出，只觉眼熟，却对不上号。上一次和夏远东视频时，就是一脸茫然。

医生说，老人状态时好时坏都是正常的，家属心态要放平。

夏蔚举着手机，扭过头，用手背按了按眼睛。

距离春节还有两天的时候，孙文杰上门来送年礼，和外公聊天，竟也故意开起玩笑："老师啊，你看看我，知道我是谁不？"

"兔崽子，没大没小。"外公扔了个砂糖橘过去，正砸在孙文杰怀里。

今天的状态就很好。

孙文杰和夏蔚商量，想带外公出去吃个饭。正逢年关，还有外公从前的几个学生，大家一起聚一聚，保证外公的安全。

夏蔚没有异议。

她给外公找了一件暖和的外套，然后蹲在外公面前，给他戴定位手环，穿袜子，穿鞋。

孙文杰看完全程，竟一阵眼酸："不知道我小孙子以后能不能这么对我。"

夏蔚一愣。

她印象里的孙大大还是那个负手站在教学楼前，没日没夜抓纪律的年级主任，可事实是，孙文杰已经头发花白，去年更是升级当了爷爷。

"你这孩子，过日子过傻了，"孙文杰笑，"我都快退休了！"

时间从来都是这样迅猛，不言不语。

除夕当天，米盈在群里发了全家福。

生完宝宝的第一年，她仍未达成回娘家过春节的心愿，因为孩子太小，不适合长途奔波。若是扔下孩子，她和邝嘉两个人回荣城，心里又难免记挂着，遂作罢。

夏蔚看着照片里戴着福字虎头帽的小宝宝，再看看米盈，总觉米盈当妈妈后平和了许多。想起米盈刚得知怀孕时焦躁又崩溃，抱着她哭，洒下的那些眼泪，好像是上辈子的事。

"我以前看到过这样一句话，人只有当了爸妈之后，才算真正的长大。"米盈说，"可能太片面了，'为母则刚'这四个字太绑架人了，我不喜欢，但我的确是当了妈妈以后，突然开始明白我妈的不容易。"

别的不说，就说整个孕期，米盈妈妈去了广州常住，一日三餐亲力亲为照顾米盈起居，家里的什么火锅店什么连锁餐厅，全部撂挑子不管了，天塌了也没有女儿重要。再加上气候不适应，上火，满嘴都是燎泡，却还天天泡在厨房里，不重样地给米盈煲汤。

/ 276

"以前心眼窄，有些事总看不开，现在想想，好像没那么重要。"
因为生命里有了更重要的东西。

夏蔚第一次和顾雨峥的妈妈见了面，视频通话。
楼颖主动打招呼："你好，夏夏。"
夏蔚吓了一跳。
她终于知道顾雨峥的气质是随谁了。视频里的楼颖就是一派沉静温柔，看人的时候眸光清淡，但并不令人反感，或让人觉得被轻视。
挂断电话，她问顾雨峥："你都和你妈妈说我什么了？"
"说你是我喜欢了很多年的女孩。"
夏蔚怔住。尽管这话听过很多次，她还是会脸上发热。
"我妈以为我骗人。"顾雨峥沉吟片刻，还是说出了口，"她曾经猜测，我大概一辈子不会恋爱。"
夏蔚竟不知怎样答话。
其中缘由倒是可以理解，她明白，无非是顾雨峥经历了父母不幸福的婚姻，亲眼看见了所谓爱情和家庭的脆弱，自此再无法全情投入，也是情理之中。
但事实上，顾雨峥不是这样的。
他看上去性格内敛，喜欢什么不喜欢什么从不表露，喜怒哀乐也不会放在脸上，从没有大起大落的失控时刻，永远以静制动，像是无声的雨水。夏蔚从前觉得这雨水是用来浇灭原野上的火星，后来才发现，这一场雨，其目的是冲刷。
冲刷掉所有不堪与晦涩，露出其灿烂热烈的本心。
他从未对这世上所有温暖热烈的东西失去信心，仍然愿意去追求。
即便经历了雷电不断的黑夜，仍期待雨过天晴的黎明。
孙文杰说，这是因为内心沉稳、内核稳定，是很珍贵的品质。
郑渝也回荣城过年了，不过家远，而且事情太多，挤不出时间请夏蔚吃饭，于是在群里提议："明年挑个假期吧各位，我们出去旅行？"
他说得有理有据："高中毕业的那场旅行，黄佳韵不在，人不齐，到底是有点可惜。现在四人小队终于到位，且恋爱的恋爱，结婚的结婚，还有了新成员，是不是也该聚齐一下？"

四人群计划的旅行，在这一年的四月得以实现。趁四月，傣历新年，到西双版纳过泼水节。
一切都完满得像梦一样。
但细细想来，他们只是顺从了人生，顺从了冥冥之中的缘分，是上天仁慈，才让他们这群人相遇、分开，再相聚。
订的民宿就在景洪，傣楼错落，背山面水，抬头便是芭蕉树的宽大叶片，还有游泳池和吊床。

几个女孩子出去逛夜市,直到深夜才回。

夏蔚推开房间门,顾雨峥还没睡,在桌前处理工作,电脑屏幕的光折射在镜片上,瞧不清眼色。

热带季风滚来,席卷出一个烘热的夜晚,夏蔚身上穿着在夜市买的傣族元素服饰,抹胸加长裙,故意在顾雨峥面前晃一圈:"好看吗?"

顾雨峥只抬头,扫了一眼,便又将视线回归到屏幕:"嗯,好看。"

装得无比镇定,但敲键盘的手指许久没有按下一个键。

逗顾雨峥简直太有趣了。

夏蔚在夜市买的东西,几只袋子,此刻都被归拢好,放在桌子上,其中有一只红色的孔明灯,红色塑料所制,折叠起来,轻飘飘的。

"我做了攻略,明晚澜沧江边有庆祝活动,万人齐放孔明灯,我们去凑凑热闹吧。"她说。

这是每年傣历新年的传统,意为驱散厄运,许愿祈福。

夏蔚还和顾雨峥说起高中毕业旅行,他们那时决定去泰国,其实也是想去看天灯节来着,想还原电影场面,因为国内允许大规模放灯的地方不多。可惜,那次他们没有提前查时间,去清迈扑了个空。那里也不是一年三百六十五天都允许放灯的,只有节日期间才可以。

"所以这一回,算圆梦吗?"顾雨峥问。

"算,也不算,"夏蔚笑,"这不是我第一次看放灯了,郑渝他们都不知道,其实我大二那年,自己一个人,又去了一次泰国。"

那次看到了。

漫天灯火。

顾雨峥笑:"执念这么深?"

"不是的。"夏蔚摇头,"我只是想去许个愿望,如果不那么做,我始终心有不甘。"

顾雨峥看着她:"什么愿望值得你去了一次又一次?"

"也没什么,希望我外公身体健康,希望我自己暴富,希望遇到真爱,希望……"

夏蔚顿了顿,终于在顾雨峥似笑非笑的眼神里破了功,"扑哧"笑出来:"好了好了,愿望里有你,行了吧?"

她上大二那年,顾雨峥早已经远赴英国。那时高中同学之间,偶尔会聊起各自去向,有人讲起顾雨峥,满眼羡慕,说顾雨峥学习好,高考考得好与坏也无所谓,反正家里有条件送他出国读名校,人比人真是气死人。

夏蔚不是这样想的。

顾雨峥是否拥有锦绣前程,在她心里一点都不重要,她那时的想法偏到天边去了。她想,那是英国哎,不是出了名的多雨天气差?顾雨峥去了,岂不是每天都不开心？那样厚而低的云层，怕是令人透不过气吧？

原本就性格压抑不懂排解的人，那样日复一日地生活，会不会非常难过？

她被自己的幻想裹挟，担忧起顾雨峥的种种。

也是自那时起，夏蔚终于明白，霎时心动与深刻喜欢之间的差别，前者是即行即止，而后者，是即便我们此生再也无缘相见，我仍希望你过得好。

夏蔚说完这些。

顾雨峥始终深深地看着她，许久。

最终，他只是轻轻亲了亲她的额头。

疲惫过后，睡得就沉，夏蔚比顾雨峥入睡更早，中途被耳边的小飞虫侵扰，朦胧半醒，好像听到顾雨峥起身的声音，她没有在意。

直到第二天一早。

手机响起，是米盈她们："起床没啊！出去吃早餐啊！"

夏蔚应了一声，手臂往身旁一搭，却搭了个空。

以为顾雨峥是醒得早，殊不知，他是一夜没睡。

夏蔚撑着身子坐起，视觉清晰起来的那一刻，被眼前的景象吓了一跳——偌大房间，满地都是彩色。

顾雨峥昨晚趁她睡着，出了门，在夜市收摊前买下了摊位所有的孔明灯，红橙黄粉，铺了满满一房间。

顾雨峥背对她坐在桌前，埋首写字。

夏蔚光脚跳下床，捡起地上的一盏灯来看，轻盈的塑料纸，上面笔迹却遒劲有力，每一盏上面的祝福都不尽相同，行行句句，好似真诚的信笺。

不是自毕业分别伊始，而是将时间线前推，自他们高中开学，以他们相见的第一面作为开端。

顾雨峥用一夜，补上了他们十年之间，未能说出口的每一句话。

——同学你好，我是今天与你在网吧偶遇的人，谢谢你的推荐，我虽然没怎么看《海贼王》，但听了你的介绍，很感兴趣，你愿意多说几句吗？祝你开心。

——夏蔚你好，用这种方式打听到你的名字，不够体面，很抱歉。我看到了学年榜单，你的数学满分，我很羡慕，有空可以一起刷题吗？祝你期末也有好成绩。

——夏蔚，圣诞快乐，新年快乐。我收到了你的苹果，很甜，可我没有勇气回你一个礼物，请原谅我的胆怯，祝你新的一年健康平安，一切都好。

——夏夏，这也是你的名字吗？春游时我听到你的朋友们这样称呼你，或许有些冒犯，我就在这里悄悄喊你的名字吧，祝夏夏同学以后的每一天都是晴天。

哦对了，你穿裙子很好看。

　　——夏蔚同学，见信安。我不是故意偷听到你的成绩，也不是故意撞破你的独处时刻。看你掉眼泪，我有些难过，却不知为什么。看到你的成绩了，我想说，一次考试而已，不要太在意，你是我见过最厉害的女孩子。祝你下次考试旗开得胜，我们成绩榜首页见。

　　——夏蔚，好久不见，我最近过得不大好，家里事情有些复杂，火箭班的气氛比想象中还要压抑，但我还能坚持一下。运动会上看到你了，你不认识我，没关系，我们还有很多时间，对吗？祝你不被烦恼侵扰，晚安好梦。

　　——夏蔚同学，高三了，日子过得很快，我看了十二班走廊上贴着的座右铭，很巧，你喜欢的那句话，我也喜欢。你想考去北京，我也一样。祝我们都能成为英雄，加油，天就快亮了。

　　——夏蔚，马上就要高考了，你剪了短发，我在食堂碰见你，险些没有认出。别误会，不论什么样子的你都很可爱。如果我在高考后贸然站到你面前，做个自我介绍，你会不会觉得奇怪？希望你放松心情，高考顺利，祝你，也祝我们。

　　——夏蔚，我常想，大概自己一辈子的好运气都用在了高考这天吧——做对了最后一道导数大题，还恰巧和你坐在同一间考场。阳光透过窗帘缝照进来一条明晰的线，越过你的后背，落到我的手臂。数学考试紧锣密鼓两小时，我却为此大脑空白三十秒。可惜你并不知道。还好，你并不知道。这一条祝福送给我自己，我希望我能够再勇敢一些，我正在去往广州的飞机上，等我，拜托。

　　——你好，夏蔚，很久没有联系了。此时此刻，我在伦敦，这边下雨了，所以我想起了你……好吧，我在说谎，我常常想起你，几乎每天。你过得好吗？有没有考上理想的大学？祝你得偿所愿，我最近心情有些乱，抱歉。

　　——早，夏夏，我在同学的朋友圈里看到了你的动态，你还是很喜欢动漫和游戏是吗？那我是不是有资格向你吹嘘，我最近也在接触这些，我还打算和一位学长一起做电脑游戏。我觉得我可以，因为记得你很热爱这些，我会更有动力。祝你大学生活精彩，万事顺利。

　　——夏夏老师？是不是应该这样称呼你？我偶然间刷到了你的社交账号，很巧，但我又觉得，不仅仅是巧合。我们的职业冥冥之中有了关联，我不是一个喜欢表露情绪的人，但不得不承认此刻激动的心情。我现在在上海，我要思考一下怎样才能礼貌地认识你。祝你工作顺利，祝我们早日相见。

——今天是Realcompass的周年庆，我知道你来了，我本想采访结束便去找你，没想到还是你率先闯入我的视线。幸亏你吸引了所有镜头和目光，否则大概会有许多人拍到我在台上傻笑。我仍旧没能成为完美的人，但至少当下的我，有勇气站到你面前了。你好，夏蔚，我终于能够说出这句话。祝我们，不要再迷路了，可以吗？

…………

满地都是炫目的颜色。
字里行间漫灌的，是长达十年的思念和心绪。
夏蔚使劲儿揉了一下眼睛，可是，没用的，新的眼泪很快就涌上来，手里的孔明灯轻飘飘的，但那些字很重，那些想念很沉。
她深深呼吸，回头，朝着顾雨峥的肩膀使劲儿擂了一拳："你有毛病吧！夜市卖这个好贵！我刷到网上有人说，今晚去江边买只要五块一个！"
……她必须要用这种强行插科打诨的方式转移话题，不然眼泪要流成河。
顾雨峥写完最后一盏灯，放下笔，起身，按住夏蔚的后颈，把她锁进怀里。
"这些，补给你。"
从前，以后，我的每一个祝愿，都送给你。
这样能否原谅我？
原谅我们错过的高中三载，错过的毕业旅行，错过的众多风景，错过的这些年？

入夜，澜沧江边，人声鼎沸。
每年的今天，此处飞机禁飞。
不愧是万人齐放孔明灯的场面，比夏蔚从前在清迈看过的还要壮阔，抬头，远眺，满眼都是粼粼灯火，灼灼烈烈，铺陈如河。
人们的愿望徐徐升空。
夏蔚拎了一个大大的袋子，把顾雨峥写的那些灯全部拿了来，她要一个不落地放到天上去。
顾雨峥要帮忙，她不让。
"你写，我来放，这很公平。"火苗蹿起来，烤着眼下的皮肤，夏蔚又有点想哭了。
米盈去了高处大桥边拍照，那里视野好，黄佳韵则在另一边，和一个卖水灯的商贩讨价还价。
"你别插手！"夏蔚再一次警告顾雨峥，"孔明灯一定要亲自放才灵验，你给我的,那就属于我,我有支配权。"

顾雨峥无奈地笑笑,只好一根根帮她递火柴。

不远处有两个小姑娘,看上去是学生,打火机不好用了,怎么都点不着,环顾四周,大概是看夏蔚亲近,于是向夏蔚求助,顺便拜托她帮忙拍个合照。

夏蔚把剩余的灯往顾雨峥怀里一塞,跟着去了。

她扫了一眼她们的孔明灯,上面用黑色马克笔写着大大的"高考顺利",这才意识到,这是两位高三生。

"哇,现在已经是四月了……"她自言自语。

两个妹妹面面相觑,那表情把夏蔚逗笑了。

她才不要当无趣的大人,说一些"马上要考试了还跑出来玩"之类的扫兴话。

她只是将双手轻轻拢起,为那摇曳的火苗挡住四面夜风。

"好好享受剩余的高中生活吧,不要留遗憾。"她说,"……有遗憾也没什么,人生好长好长呢,有许多机会弥补,勇敢一点。"

红色灯盏缓缓上升。

夏蔚的视线也不自觉地跟着走,无数光亮落入眼中,她忽然觉得,这每一盏灯,都好似一段前尘旧梦。

等人来释怀,等人来圆满。

江边观礼台太拥挤了。

只是目送了一会儿,身边人就换了一拨。

夏蔚这才想起她把顾雨峥丢下了,急急回去找,可一转头,便撞上一个胸膛。

顾雨峥笑着低头瞧她:"……我就知道。"

"嗯?"

"有人扬言自己再也不路痴了,可人多起来,还是会迷路。"

他朝她伸出手。

这一刻,夏蔚眼里只有顾雨峥一个人。

贯穿她整个青春的少年,白色的衣角被江风荡起。他的身后,是万千灯火连天,夜空被点亮,煌煌如昼。

人海茫茫。

她猜,一定是他们多年的愿望上达天听,这才有了重逢一刻。

我们一定会有再见的那一天,一定会有。到那时,炽热光亮尽数落于肩膀,那是爱与坚持的表彰。

爱会赋我做梦的勇气,带我突破重围,为我指明正确的方向。

灯火与日月,皆为证。

爱会把我带回你身边。

番外一 / ★
理想、热血和好奇心

　　漫天灯火的这一晚，顺利跻身夏蔚心中的"最浪漫夜晚排行榜"。
　　顾雨峥问她，这是什么榜？
　　夏蔚笑笑，说："当然是自己排的榜单，排榜依据全凭主观，目前，西双版纳的这个夜晚在排行榜上排第二。
　　"第一是？"
　　夏蔚闭了嘴，做了一个给嘴巴上拉链的动作。
　　"保密。"
　　都说异地恋很辛苦，但夏蔚觉得还好，一是因为顾雨峥常常回荣城，二是因为上海漫展那样多，她也可以借着工作，去住几天。
　　顾雨峥的住处有了越来越多她的痕迹，比如，洗漱台上各式各样的护肤品，门口鞋柜里的毛毛拖鞋，那个由她亲手做的陶艺笔筒也在桌子一角，如今再次派上用场，重新用来搁置她的眉笔、眼线笔和化妆刷。
　　她还霸道地将顾雨峥书房里的耳麦和鼠标都换成了粉色，透明机箱里，内存条设置成变幻的光，显卡上面摆着手办。
　　有一次周末，夏蔚白天去工作，晚上回到顾雨峥家，霸占他的电脑，戴着耳麦打游戏。顾雨峥则抱着笔记本在一旁的沙发上开临时会。林知弈耳朵尖，听见了机械键盘敲击的声响，于是问："你家里有人啊？"
　　顾雨峥看了看全然没察觉的夏蔚，笑了笑："嗯，我女朋友在。"
　　"她在干吗？打游戏？"
　　"对。"
　　"打什么？不会是我们的游戏吧？"
　　林知弈从顾雨峥的只言片语里大概推测出，顾雨峥的女朋友应该是个性格开朗、很好相处的人，却并不知，还是个资深二次元，网瘾少女。
　　听到顾雨峥这么说，他好奇心达到顶峰，一定要见见真人不可。
　　结束会议，夏蔚这边团本也刚好打完，没刷到想要的装备，空车了，十足气恼，把键盘重重往前一推。
　　顾雨峥摘下眼镜，搁在桌上，走过去将键盘归位，以玩笑的语气说："采访一下，我们的重度玩家，又对游戏有什么意见了？"

夏蔚还生着气呢，于是冷言冷语，指着游戏界面："这个掉率太低了，玩家不是很高兴。"

"哦。"顾雨峥很配合，"那怎么办？"

"你坐这儿，今晚刷不到这把武器，就不要下线。这是你作为策划，设置这种低到离谱掉率的惩罚。"

她起身，把位置让给顾雨峥，自己则去客厅玩"动森"了。

还是休闲游戏比较解压。

玩了一会儿，消气了。

她探头看看顾雨峥，还乖乖坐在电脑前刷本。

她穿上拖鞋，去浴室。

等洗完澡出来，路过书房，顾雨峥还是没动。

夏蔚去冰箱拿了一罐苏打水，打开放到电脑桌旁，指甲在顾雨峥后颈处的皮肤上轻轻地滑过，意味明显："喝水。"

"谢谢，不渴。"顾雨峥做苦恼状，"还不能休息，我正在接受惩罚。"

夏蔚简直快要笑死了，她从前没发现顾雨峥有这样耍宝犯贱的一面，怎么说呢，很可爱，可爱得她想原地旋转，揉他脑袋一万遍。

这一年的七月，Realcompass 的周年庆规模巨大，不仅体现在版本更新内容、活动持续时长，还体现在线下展会的场面。网上早有爆料，会展中心的几个馆厅一周前就开始布置，活动持续周五、周六、周日三天。

夏蔚照例受邀当嘉宾，出席其中一天的活动，有舞台表演。剩下的两天她也去了，只不过原皮逛展，混迹在人群里，沿着现场互动区的路线做小游戏打卡，拿了很多小礼品回来，杯垫、钥匙扣等等。

因为是周末，小助理顾雨峥限时返场，被拉着一起去玩，一起发疯……当然，真正发疯的只有夏蔚，他还是充当拎包递水的角色，或者在夏蔚和人接力跳舞机的时候，帮她擦擦额角的汗。

不是普通的跳舞机，是一个巨大比例的人造草坪，复刻了游戏中的某个野外场景，上面划分九个格子，每个格子上都会投射不同的角色信息，需要参与的玩家根据角色信息做出角色动作，并大声说出台词。

……有的台词，还真挺中二的。

对于社恐人士来说，这是地狱难度，但对夏蔚来说，简直易如反掌。游戏是规定时间内计数取胜，她把碍事的发箍往顾雨峥怀里一扔，头发高高扎起，紧了紧，每亮起一个格子便飞奔而至，快似一阵风，每句角色台词都喊超大声，还加动作的那种，完全没包袱。

周围有人小小地"哇"一声，悄悄表达赞许："好牛。"

十分钟后，夏蔚抱着奖品抱枕，满头大汗地朝顾雨峥飞奔。拥抱隔着抱枕，抱得不严密，顾雨峥甚至还没来得及抬起手臂回抱，夏蔚就松开了。

"帮我拿着，下一项是……"

顾雨峥拍了下她脑门："还玩？"

"玩啊！"夏蔚看看他，"我不累，你累了？"

顾雨峥摇摇头。

"那走。"

下一个游戏貌似是数学计算，总算不用又跑又跳了，十人一组，可不知为什么，场面相较之前几个游戏稍稍冷清。夏蔚见这一组刚好少两个人，便拽上了顾雨峥一起。

没想到，屏幕跳出第一道题，夏蔚就蒙了——"请问Realcompass开服至今，所有男角色数量减去所有近战武器数量，再加上所有坐骑数量，等于多少？请回答准确数字。"

原来是这种数学题？

怪不得没人来玩呢！

顾雨峥就在夏蔚旁边。

夏蔚手按在抢答键上犹犹豫豫，余光瞥见他安静站着，一点不像在思考，于是轻轻喊："哎！答题啊！"

主持人注意到这边的动静，提醒："每组奖品只有一个哦，请大家独立思考，不要讨论，想好了就可以按键！"

每场一共二十道类似的题，组组不重样，后来夏蔚才知道这是Realcompass提前一年找玩家征集的。这样刁钻又稀奇古怪的题目，题库里有上千道，玩家智慧无限，到头来都是折磨自己人。

夏蔚最终答对了六道，竟已经是本组内得分最高的一个，拿到了一个游戏联名款的超大鼠标垫。

这场游戏，顾雨峥全程当陪玩，一次按键也没按过。

夏蔚抱着奖品问原因，却得到顾雨峥若无其事的回应："我答，算作弊吧？"

哇！好装！夏蔚在顾雨峥身后，狠狠戳了他后背一下。

换来顾雨峥轻轻一笑。

跟现场的市场部同事给林知弈发来活动照片，林知弈眼尖，在某一个小游戏互动区看见了顾雨峥，于是问他："你自愿加班去了？回头我在周会上宣传宣传，瞧瞧这工作精神！"

顾雨峥回："陪女朋友来玩，勿扰。"

林知弈心说有病，又秀，我有老婆有娃的，又不比你差。

再翻翻现场照片，把顾雨峥出现的那几张放大放大再放大，然后锁定了顾雨峥身边的女孩子，正在场上做游戏，几张抓拍都快出残影了，光看这又跑又跳的

285 /

精力,像是个大学生。

他又问顾雨峥:"你不是说你女朋友是你高中同学?"

顾雨峥这次回了个问号。

林知弈提议:"择日不如撞日,今晚展会结束也算是了了桩事,就我们自己人,一起吃个饭?带上你女朋友啊!"

林知弈对夏蔚的好奇心简直太旺盛了。

他就是想了解一下,到底是怎么个人,能让顾雨峥有所变化,从冷淡到底,变得稍有温度。

这不是他一个人的感悟,顾雨峥从未当众提过自己的感情状况,但莫名其妙地,整个策划部的同事都知道他们老大谈恋爱了,且目前感情稳定。

夏蔚爱凑热闹,有聚会,又专门邀请了她,没有理由不去。

晚饭就约在林知弈家里。

夏蔚在上门前买了甜点和酒,挑贵的,尽管顾雨峥再三强调他们这群人很熟了,不必客套,但夏蔚还是执意要买。

见面后,反而是林知弈先怔住。

他觉得面前人眼熟,在脑海中迅速检索,无果。

直到夏蔚把礼物送上,非常郑重地道谢,并自来熟地攀谈:"来的路上知道要见的人是你们,所以不能太草率啦。我欠你们一句感谢,那年春节。"

这么一提醒,林知弈才猛然想起来。那年春节,顾雨峥给他打电话,说是自己的一个朋友遇到些麻烦,家里老人走失了,想请他多拉几个人帮忙找一找。

"啊!一面之缘!"林知弈终于认出来了,他和夏蔚握手,却没收下夏蔚的那句感谢,"说谢谢就见外了,那天大晚上的,怪我,没看清弟妹长什么样。"

他又转头冲顾雨峥使眼色,意思明确——你那会儿光说是朋友,也没说是女朋友啊?

顾雨峥把酒放进林知弈家的酒柜,随口答:"没骗你,那时确实不是。"

夏蔚竟也跟着帮腔:"对,我提过好几次要请你们吃饭,都被顾雨峥拦回来了。他转告你的原话,说朋友之间就是要相互帮忙的,当作人情往来就没劲了……"

林知弈挠挠头,这话是他说的没错,可"朋友"跟"女朋友"能一样吗?早知道就狠敲顾雨峥一顿竹杠了。

顾雨峥似知道林知弈在想什么,路过夏蔚身边,拉着夏蔚的手,把人拽走的同时,还对林知弈扬扬眉。

就是这个似笑非笑的表情让林知弈觉得,对了,这就是了。

要么怎么说顾雨峥谈恋爱后"像个人"了,就是变得有情绪了。

喜怒哀乐,都不再压抑,轻盈了许多。

虽然看着真欠揍,但不得不说,作为朋友,他很乐意见顾雨峥有这样的变化。高兴、生气、难过,就是要表现出来,特别是在亲近的人面前。

很快，林知弈就知道，顾雨峥为什么会有这样的变化了。

他这个女朋友真是……挺厉害的。

先不说她自来熟的本事，迅速和来聚会的所有人打得火热，难得的是她本身的性格和气场，亮眼却又柔和，令人联想到眯起眼瞧太阳时，太阳边缘一圈毛毛的模糊光环。

说话玩笑待人接物，既真诚自然，又能保持分寸，给人一种亲近感，不让人感到反感。

林知弈不知道怎么形容夏蔚。

但他知道怎么形容顾雨峥。

一个短句足以概括，大概就是陷进去了吧。

晚饭是大家一起做，很多食材堆在岛台，夏蔚说她负责几道凉菜，一边和其他人说说笑笑，一边塞了一袋番茄到顾雨峥怀里，说："把它们切成薄片，好看一点，可以做到吗小顾同学？"

大家都熟得不能再熟了，因而爆发出一阵起哄声，学着夏蔚的语气："小顾同学！"

顾雨峥没理，只是微微蹙眉，抛出一个番茄，再接住："要多好看？"

"大概和你一样好看就可以了。"夏蔚说。

顾雨峥点点头，去厨房了。

身后，更大的起哄声漾起来。

吃完饭，收拾完餐桌，战场挪到客厅。

一群人美其名曰，聚会是为了给周年大版本庆功，其实就是凑到一起胡侃瞎闹。林知弈妻儿都不在家，独享客厅外一个超大露台，孤独又奢侈，那就别浪费。

这群人离开了公司便再也不想和自家游戏打交道，看了会儿夜景，竟纷纷拿出手机相约手游，夏蔚被赶鸭子上架。有人问夏蔚会玩什么。

夏蔚说："都可以啊，消消乐我也玩的。"

于是凑齐五个人，打开了某MOBA游戏，夏蔚补位打野，聚精会神地盯着屏幕，手指动作飞快，频繁报点带节奏。

看上去战况顺利。

几局之后，终于忍不住了。她揉了揉僵直的脖子，把手机丢给了顾雨峥："替我一会儿，累死啦！"

林知弈一直在旁边刷手机，这下终于找到机会，趁顾雨峥无暇顾及这边，朝夏蔚招了招手："哎，夏夏，来，来。"

夏蔚也不怵，直接走过去，坐下："怎么啦小林哥？"

林知弈被这称呼闹了个大红脸。

多年前在学校总有人这样喊他,因他是团队领头,又是学长,还乐于照顾别人。可如今,"小林"变"老林",亲近的人叫他大名,公司里的人叫他"林总",这称呼很久没人喊了。

林知弈大笑:"顾雨峥怎么什么都跟你说?"

夏蔚也笑:"当然是我问的呀,他哪里会主动说。"

其实,她不仅问了林知弈的事情,还有在场的每个人。

这些都是顾雨峥多年的同学、工作伙伴和朋友,在顾雨峥孤身一人的那些年,是他们相伴左右。夏蔚相信顾雨峥,自然也相信这些人。

她甚至很想和这些人做朋友。

在来林知弈家的路上,她勒令顾雨峥,从网盘里翻出了一张多年前的照片,合照,摄于顾雨峥大学毕业的那一年,毕业典礼。

因为顾雨峥是整个 Realcompass 团队里最年轻的一个,所以轮到他毕业时,林知弈搞了个大的,喊了团队所有人来帮他庆祝。

那一日,难得出了好太阳,礼堂外的地面还是湿漉漉的,泛着光。顾雨峥被一群朋友夹在中间,他是主角,却数他最局促,且表情严肃。

夏蔚也是第一次见穿着学士袍打着领带的顾雨峥,既有男孩的少年气,又有男人的成熟感,很微妙地集于一身。

夏蔚觉得新奇。

她的记忆里,仅有高中时的顾雨峥,和此时此刻。而照片里定格住的时光罅隙是一段空白,幸而有照片。

顾雨峥曾在她的房间里看到过一个相框,里面是她大学时的单人照。如今,夏蔚也算是得偿所愿了,她终于也瞧见了分别的那几年,顾雨峥的模样。

她在顾雨峥的介绍下,一一认清照片上的人,记住他们的名字,知道他们在团队里负责的业务,甚至还问清了每个人的口味喜好。

比如有个姐姐不能吃辣,她就在端菜的时候,将几道辣的菜推远,把自己最拿手的"火山飘雪"摆在了她的近处。

再比如,主管运营部门的那位,因为身体原因餐前要打胰岛素,还要等药效,她就特意问明了打针的时间,和大家一起加快做菜的速度,尽量让他不必等待,能和大家一起吃饭。

其实都是很小的事,大家彼此也都足够了解。

但夏蔚是第一天融入,就能注意到这些细节,足以证明她的细心。

林知弈到这会儿总算明白,夏蔚此人,带给人的暖意和亲近不是浮于表面的,真诚是种品质,坚持一天两天很容易,但坚持一辈子很难。

这样的人,怎么会不招人喜欢?

林知弈笑问夏蔚:"我还以为你会觉得我们这群人……太闹了。一个个都三十多岁了，还不像样子。"

他抬抬下巴，示意露台上玩闹的人。

"这有什么？我觉得很好啊！"夏蔚是真心的，她觉得顾雨峥有这样一群朋友是幸运，他们的相处模式，也是她所喜欢的，"我和我的朋友们也一样，找个由头一起熬夜，一起聊天聊到天亮。"

人要是永远都有这样的精力和心气，该多幸福啊。

三两好友一喊便能聚齐，爱人也常伴左右，有值得坚持一生的爱好和事业……夏蔚实在想不到还有什么，比这更幸运了。

林知弈点点头，沉吟片刻："我也希望能一直这样。"

后面紧跟着的一句，夏蔚没有听清。

他说的是："我希望自己，别让他们失望。"

林知弈加了夏蔚的微信，给夏蔚发了一张照片，也是在顾雨峥毕业典礼那天拍的。

同样是一群人，却做着各种各样的鬼脸和搞怪表情。

林知弈说，那天他们逼迫顾雨峥，一定要留下点特别的合影，于是有了这一张。做鬼脸的顾雨峥看上去也很局促，放不开，只是皱眉，吐了吐舌头。

夏蔚笑出声，原来喜欢一个人，不论男女，最高的评价并非漂亮或帅气，而是"可爱"。

她快要被顾雨峥融化了。

不远处，当事人还在和朋友们打游戏。

手肘撑着栏杆，手机屏幕光照出他的侧脸，眉头紧锁，几个人疯狂对信号，给位置，一局排位赛，硬是打出了世界杯的架势。直到水晶推倒，顾雨峥肉眼可见地松了一口气，深深吸气又吐出，略微孩子气的动作，被夏蔚和林知弈同时捕捉到，两个人一起笑起来。

林知弈说："夏夏，顾雨峥是和你在一起以后，才像个活人的。"

没有夸张。

只有这样有血有肉，有笑有哭，活色生香，才算生活。

夏蔚却说，不是的。

这不能草率地归功于我。首先，顾雨峥本就是这样情感浓烈的人，他只是不表现出来而已；其次，是因为这群朋友，你们这群同样真挚的人，找到他，陪伴他，挖掘出他的另一面，就比如……夏蔚晃了晃手机，那张毕业典礼的合照。

她实在不想再用"缘分"这样俗气的词了，可除了这个，却也想不到其他。

林知弈看着粗糙直男一个，其实内心也软得像泥塑，再加上喝了点酒，很容易就被这场面和三言两语打动，向后靠去："真是……哎呀……不知道怎么说了……"

"说什么？"

顾雨峥走了过来，他身后是温柔的夜色和喧闹不停的朋友，眼睛看向的和脚步朝向的是夏蔚。夏蔚本想起身抱住他，可碍于旁边还有人，只能作罢。她递给顾雨峥一瓶矿泉水，拧开的。

顾雨峥仰头喝了一口，手掌揉了揉夏蔚的脑袋。

"正在说你菜，打游戏没你女朋友厉害。"林知弈说。

"哦。"顾雨峥丝毫不觉伤自尊，反倒微挑眉，扬起一点笑，"这就对了。"

他的女朋友，他的夏夏，当然是最厉害的。

"……我真服了。"林知弈受不了这场面，起身走了，加入了不远处的游戏队伍，"带我一个！"

番外二 / ★
试卷、火焰和命中人

周年庆宏大的场面过后，关于 Realcompass 的热搜和玩家论坛出现了新的话题点。

评论区高赞一是，Realcompass 今年没少赚。

高赞二是，放弃"原则"了，来钱就快了。

自属性武器和 PVP 竞技场上线以后，林知弈又陆陆续续添加了一些新的内容和游戏功能，目的非常明确——为了抬流水。就财务状况来看，目的达到了。至于玩家的意见和抱怨，林知弈不是看不见，而是选择性忽略。

他也不想，但只能这样。

他反复跟顾雨峥强调的一点是，做一件事，不能既要又要，我们这个阶段营收压力大，那就势必要牺牲一些口碑。这是个老生常谈的取舍问题，已经讨论过无数次了。

"我不是个坏人，我也有理想和底线。"林知弈这样说。

出乎意料地，顾雨峥没有任何反驳，只说，我明白。

投资人的建议，以及会议上通过的所有决策，他尽数去完成。

网上一浪高过一浪的关于游戏的讨论，他尽量屏蔽。

不知不觉，之前和林知弈敲定的一年之约也到头了。

坦白地讲，当顾雨峥提出离开的时候，林知弈没有惊讶，他甚至觉得自己预见到了。当一个理想主义者维护的信仰有所改变，自然，也就没有了坚持的理由。

最后一次谈话，很平和。

顾雨峥给出的理由很简单、很直率，甚至在某种意义上来说，称得上鲁莽幼稚。

他说，"Realcompass 是我无比珍视的东西，从名字开始，我在这个行业里所有的心血，都搁置其中。我热爱它，但很遗憾，它已经不再是我想做的游戏了。"

深夜。

走空了的公司，寂静的会议室。

明亮的灯。

两个男人席地而坐，就坐在地毯上，手边搁着电脑和啤酒罐。

一切好像都回到了原点，当初林知弈邀请顾雨峥加入团队，也是这样的场景。

林知弈抹了把眼:"什么事儿啊这叫……"

他屡次自省自警,不能让这些跟着他一起创业的自家人失望,可到头来,还是没能避免。

相较于林知弈的懊丧,顾雨峥反倒很轻松,因为决定不是一天做出的,当Realcompass的发展路径发生转变的那一刻,有些东西就已经注定了。

他笑着和林知弈举杯,肩膀松弛:"我没有埋怨你,只是我们对未来的规划不同。"

"那你告诉我,你下一步想做什么?"

林知弈没有和顾雨峥碰杯,也没有问顾雨峥想做什么样的游戏,因为凭借多年了解,他心里再清楚不过。

他只是好奇顾雨峥下一步的规划。

顾雨峥思索片刻:"做独立游戏吧,商业游戏……大概真的不适合我。"

"独立游戏,就像我们当初那样,一切卷土重来?"林知弈苦笑一声,"我是不是该说你,有福不会享?"

顾雨峥悠悠与之对视:"你觉得呢?小林哥?"

这一句称呼忽如其来。

把林知弈搞破防了。

很久。

他摆了摆手:"罢了罢了,随你吧,道不同不相为谋。"

顾雨峥也笑了:"别这么伤感啊。"

林知弈眼圈红了:"神经病!神经病!疯子!"

顾雨峥不得不再开一罐啤酒给他,帮他深呼吸,平静心情。

林知弈猛灌一大口:"你的股份……"

"先放着吧。"

顾雨峥开玩笑说,若是哪天他做独立游戏快要饿死了,起码,Realcompass会给他一口饭吃。

此话一出,林知弈又是一顿疯狂输出,破口大骂。

这次不是上级对下级,而是学长对学弟,前辈对后辈,以多年朋友的角度,诚恳提醒:"真不是我说你,顾雨峥,你还年轻,还没成家,也没孩子,你不知道这些有多重要。"

很现实的问题,很现实的考量。

林知弈曾不止一次和顾雨峥分享自己的心得,他已经迈入了人生的下一个阶段,一个男人,上有老下有小,要养家,要养孩子,这个时候,安稳成了人生首选,所谓的理想,优先级会慢慢往后放。

"你和夏蔚说了吗?她怎么想?"

顾雨峥笑了笑,没说话。

"不是吧?她跟你一起疯?"

林知弈看着顾雨峥,无论如何都放不下心,于是就当着顾雨峥的面,给夏蔚拨去了电话。

电话响了两声后,被接通。

林知弈示意顾雨峥闭嘴,别出声,然后尽量言简意赅地和夏蔚表述了情况,换来的却是夏蔚轻松的语气:

"我知道呀!我和顾雨峥讨论过了,我支持他。"

林知弈几乎无语,他想说妹妹你是真的年轻啊,不考虑现实的吗?

夏蔚却在此时敛去了笑。

话筒里,她的声音变得认真:"考虑过了,正因为考虑过了,才做了这个决定。"

"太极端了,你们两个。"林知弈说。

而夏蔚,似乎早已预判到了林知弈劝解的话,于是提前截断:"小林哥,这世上,总要有人做疯子吧?"

极端的,纯粹的。

在这荒谬的世界里,舍生忘死的。

人活一辈子,只有选择的不同,却没有对错之分。

林知弈沉默了。

就在这漫长的沉默里,夏蔚清了清嗓子:"可是……"

希望的小火苗又蹿起一点苗头。

林知弈目光灼灼,刚直起身,随即就听到夏蔚的下一句:"可是,小林哥,你不能因此就不认顾雨峥这个朋友了,他很看重你们的感情,你们都认识这么多年了,不能因为工作就闹掰了吧……"

手机开着外放,就这么搁在地毯上。

一字一句,顾雨峥全部听见了,也因此难掩笑意。

夏蔚在反向劝慰林知弈的同时,还不忘维护他们男人之间的友谊。

挂断电话。

林知弈平静许久,抱臂打量顾雨峥:"你小子,到底哪里交到的好运?"

顾雨峥笑着点点头,表示认同,然后再次举起了那罐啤酒。

金属相撞,坦荡又响亮。

大千世界,行驶在路上的每一个阶段,有人加入,有人退出,但幸运的是,一直拥有同伴,有人陪你一起发疯,一起向着未知狂奔。

顾雨峥觉得,这足以令他感恩一生。

夏蔚回忆起上学时看过的一篇文章,大概是在大学生职业发展与就业指导课上,老师带领他们阅读并探讨,关于工作与生活的平衡。

课上出现的两种看法,一种是,工作本就是生活的一部分,不该对立,不该割裂,应该适应和接受；另一种说法是，工作，只是获取生活成本的方式，即为了换取更高的生活品质，就必须忍受工作的痛苦。

当时夏蔚便琢磨，人究竟能不能既做自己真正想做的事，又游刃有余地在社会中生存呢？

她毕业以后鲁莽地选择了自由职业，之后的一路经历也算是身体力行地证明了，这条路可行，只不过会更加辛苦，还要积极调整心态，不和身边人比，只专注于眼前。

毕竟比较是痛苦之源。

回想当初，好像没有人支持她。

外公知道她是顾念家里，因而自惭，觉得自己拖累了孩子。

夏远东离得远，插不上手，只能反复在电话里劝说："女孩子还是安安稳稳找个大公司上班比较好。若实在不舍得外公，不想离开荣城，那回家考公考编行不行？"

至于孙文杰，得知夏蔚既没有考研或留学的打算，也没有找实习的准备，气得火冒三丈，指责她，不像话，对自己的未来不负责。

八个字总结：赌徒心理，大逆不道。

夏蔚也不知怎么解释，她不是赌徒，说她对自己不负责，也实在是太冤枉人了，只是出发点不同，目标不同，做出的取舍也不同。

如果一定要笼统概括，大抵是在大学期间已经有了些收入，算是一只脚迈入了这个行业，稍稍有了些底气。

再加上她本身就是个不怕走错路，更不怕绕路的人吧。

顾雨峥静静地听着夏蔚讲故事。

听她讲述关于自己上大学、择业以及工作后的种种，态度认真，语气诚恳。

漫长的故事结束，顾雨峥斟酌地提问："所以我可以理解成，夏夏老师是在鼓励我？"

夏蔚思索："是鼓励，也是安慰，看你怎么理解吧。"

顾雨峥选择离开自己投入了无数心血的游戏，孤身一人重新开始，夏蔚觉得，他是需要安慰的；不想蒙住眼睛赚钱，执拗地做自己真正想做的游戏，夏蔚也觉得，这是需要鼓励的。

她不好意思和顾雨峥说，她甚至还查了查自己的银行卡余额。

在游戏制作和发行方面，夏蔚终究还是个外行，她对于顾雨峥接下来的职业发展路径一知半解，但她想着，创业不容易，如果做独立游戏很烧钱，如果他需要，她可以稍稍帮助一些，稍稍。

说这话的时候，她正在和顾雨峥通视频电话。

因为手机拿得比较高，从顾雨峥的角度，只能看到她光洁的额头，于是笑着用手指叩了叩前置镜头："原来你有这方面的担忧。"

"可能只是杯水车薪，但，重在参与嘛！"夏蔚抬起了头，露出弯弯亮亮的一双眼。

"那可能要拂了夏夏老师的好意了，暂时不需要帮忙……"顾雨峥故作沉思，而后挑挑眉，"我应该足够支撑自己，鲁莽一次。"

难得看顾雨峥露出这样调笑的表情，又有几分孩子气般的骄傲，怪好玩的。夏蔚也轻松下来，十分夸张地捂住嘴巴，卖力演出："哇，这么厉害。"

顾雨峥笑一声。

他告诉夏蔚，自己离开林知弈的团队，并不是心血来潮，就和她大学毕业时的选择一样，是有过考量的，包括自己的年龄、行业资源、资金等等。

所以，不必担心。

夏蔚躺在床上摊大饼，听到顾雨峥这样说，忽而想起外公很久前说过的话——棋风能看出一个人的性格。

她和顾雨峥都是喜欢兵行险着的人，但相较于她的锋芒毕露，抓住一点点机会便会咬死，乘胜追击，顾雨峥是在隐忍之下，守势稳健，只有在大体确定胜局的情况下，才会展露棱角。

当时她和外公开玩笑："到底谁更亲近啊？怎么还踩一捧一呢？"

外公却说："性格又没什么优劣之分，怎么做，怎么选，都是有道理的。"

小老头有阵子没下棋了。

最近睡眠时长变得更少，虽然老人上了年纪都会这样，但得不到充分休息，会影响病情。夏蔚有时加班剪视频到凌晨，看到外公醒来，一个人坐在床沿发呆，小夜灯亮了又灭，灭了又亮，心里酸涩得要命。

"我最近打算带外公复查一下，顺便看看要不要更换药，或者调药量。"她说。

"好，我回去。"

夏蔚赶紧拒绝："不用呀，只是复查而已，你回来做什么？"

顾雨峥笑笑："我回去，陪外公下棋。"

两个人在一起，很难不侵入对方的生活。

好像一把云子拂向桌面，黑白交织，错落无序，你中有我，我中有你，偶尔还会迸出几颗，掉在地上，清脆响动，也算是生活的调剂。

夏蔚游刃有余，能轻松融入顾雨峥原本就不大的社交圈。

顾雨峥就没那么幸运了。

因为夏蔚的朋友着实有点多。

郑渝先不论，是最先和顾雨峥称兄道弟的，自上回西双版纳之行后，也勉强算是和米盈、黄佳韵熟络起来。

秋天时，夏蔚恰好到大学所在的城市参加商展，也借此机会，带顾雨峥见了如今在大学当辅导员的自己最要好的大学室友。

夏蔚问顾雨峥："你会不会不自在？"毕竟不是所有人都把社交当成生活必需品。

顾雨峥却说："我应该见见他们。"

他的措辞是"应该"，这让夏蔚有些困惑。

顾雨峥则牵着她的手，亲了亲她的手背："因为我想拿满分。"

我要让你所有的朋友，都为我盖章。

存在感这东西，顾雨峥誓要刷满。

夏蔚"扑哧"笑出来，紧扣他的手指，又用力了几分。

她喜欢看顾雨峥下棋，他的手那样好看，手指修长，执白子时尤其显得干净，阳光一照，便是一幅画。

外公在午睡，趁顾雨峥收棋盘时，夏蔚没忍住，拉住他的手臂，踮起脚亲他脸颊，轻轻的。

顾雨峥以眼神示意，怎么了？

"小顾小顾，你怎么会这么好？"

照顾我的家人，走进我的生活，认识我的朋友们。

夏蔚拉着顾雨峥走出外公的卧室，轻掩上门，狭小而安静的客厅里，冬日阳光拖着长长的尾巴，在地砖上游走。

顾雨峥将她抵在墙壁，俯首亲吻。

老式石英钟就挂在头顶上方，秒针一跳一跳，夏蔚被亲得颈侧酥痒，只好笑着别开脸，又不敢出声，便拧顾雨峥的腰侧："……你还想干什么？"

当然，不是说此时此刻。

她想问，顾雨峥这样"急功近利"地潜入她生活的每一个边边角角，接下来，是要做什么？

她的额头抵着顾雨峥的下颌，能感受到他微微震动的声线。

"……明知故问吗？"他说。

一个凡事都会规划到尽善尽美的人，自然不会允许自己的爱情没有落脚点。他垂眸看着夏蔚，试图捕捉眼前人的每一丝表情变化："可不可以给我画个考纲重点，夏夏老师。"

夏蔚自然疑惑，她考顾雨峥什么了？

不一直都是顾雨峥自己给自己出考题，不停超越自我吗？

"我想知道，你是否有迈入下一步的打算？需要一个怎样的求婚？以及，在什么时候？"

顾雨峥神色平淡，好像真的是在解一道题，严格按照步骤，一丝不苟。

但夏蔚看得到他清澈的眼睛里，有光在跃动。

虽然有心理准备，但还是被吓到了。

"或许你觉得太早，也没关系，我也需要准备时间，并不一定是现在。"顾雨峥顿了顿,"我应该先征求外公的意见,还应该正式和叔叔见一次面。如果你对我接下来的职业规划有所顾虑,我也可以尽快取得你想要的结果,然后再……"

夏蔚急忙抬手,比了一个暂停的手势。

"等一下,这和我想的不一样!"

顾雨峥蹙眉:"所以你的想法是?"

夏蔚坦言,在她看来,婚姻,就应该和心动、拥抱、接吻一样,是顺其自然、不知不觉的,并不需要多么深刻的思考和安排。

这样一点都不浪漫了。

应该是,今天早起,我听到一声啁啾鸟鸣,看到枝梢绽了一朵花,尝到一块美味的蛋糕,忽然就想和你步入婚姻。

这样才对。

片刻后,顾雨峥低头笑了起来。

"笑什么?"

"没什么,"他说,"我早该想到的。"

夏蔚其人,怎么可能走寻常路。

"可是这样,我该怎么把握机会?"他顺着夏蔚的话往下说,"比如,哪一种鸟,哪一朵花,什么样子的蛋糕?可以给我一个提示吗?"

"完全没必要!"夏蔚大笑,双臂抬起,拢着顾雨峥的后颈,唇挨上他的,喃喃,"到了我心里的那个时刻,我会向你求婚的,顾同学。"

坦荡如夏蔚,从不会认为求婚就该是男人主动。

她亲亲他的唇角:"所以请你,时刻准备着。"

番外三 / ★
婚礼、冒险和大西洋

夏远东对顾雨峥的考验也很快到来。

很显然,面对宝贝女儿的择偶大事,再心宽的人也会焦虑,也会闹脾气。但夏蔚未曾想到,夏远东听说夏蔚有了稳定的男朋友后,会直接从国外杀回来,直飞上海。她刚在另一个城市赶完一场拍摄,闻言急匆匆赶去,脚上还穿着毛茸茸的棉袜和洞洞鞋,头发随便用抓夹抓了下,看到早已落座的顾雨峥和夏远东,当即瞳孔地震。

两人都穿得无比正式,夏远东尤甚,甚至穿了羊绒大衣和皮鞋,里面是衬衫,袖口挽得整整齐齐。

夏蔚挠了挠脸,一时间不知如何做开场白。

她没等顾雨峥起身,下意识地拉开他身边的椅子,可屁股还没落下去,夏远东就装模作样地咳嗽了一声。

夏蔚无言,只得灰溜溜地拐了个弯,坐到了老爸身边。

"小顾是吧?"

夏远东率先开口,摆出一副泾渭分明的模样,准岳父架子端得特足,先从年龄、职业、家庭状况开始盘问,事无巨细,就差问问高考分数多少了。

夏蔚完全插不上嘴。

从她的角度,倒是可以看到老爸耳朵边上的短发茬,说不定是重视这次见面,先去理了发。

她没忍住,笑了一声。

她找服务生借了一支笔,连同一张纸巾一起,递给夏远东:"来,老爸。"

"干吗?"

"给小顾打分啊!"夏蔚笑,"放心,这位小顾同学从前就学习好,做什么都喜欢拿满分,你可以尽情地为难他。"

"谁为难人了?"夏远东脸上挂不住了,佯装生气,扬起手,作势要拍夏蔚的脑袋,"找打呢?"

夏蔚十分配合地缩脖子,又朝顾雨峥挤了挤眼睛。

是想让他不要紧张。

夏远东擎在半空中的手,最终落在了夏蔚的背上,轻轻拍了拍,又叹了口气:

"……二十多年了，老爸什么时候舍得打过你？"

"打过！"夏蔚反驳，"你都忘了？"

"什么时候？"

"幼儿园啊！"夏蔚不信夏远东真的忘了，反正她是记得清清楚楚，正因为从小到大就挨过那么一次揍，所以印象深刻。

她和顾雨峥复述那天的经过："幼儿园开学第一天，我爸把我送过去就走了，我特别害怕，以为自己被卖了，所以就抱着旗杆哭，院长阿姨和两个老师都拽不动我。"

后续是，夏蔚哭着哭着，忽然看到了夏远东。原来夏远东一直就没走，悄悄藏在不远处的车后，暗中观察呢。

她又哭又号，拔腿朝夏远东追过去。夏远东这时再跑再躲已经来不及，怎么哄夏蔚也没用，情急之下，打了闺女屁股两巴掌。

然后，就被记了这么多年。

夏蔚后来懂事了，再回想那日场景才记起，那天其实不仅她在掉眼泪，夏远东眼圈也红了。

当爸爸的，第一次送女儿去幼儿园，怎么会舍得呢？这宛如一种仪式，代表着孩子要迈出闯荡世界的第一步了。夏远东是个感性的人，不肯让孩子看见自己失态，背过身，便是鼻涕一把泪一把。

"胡说。"这时候了，夏远东还嘴硬，"我可没哭，你看错了。"

"哦，那可能是吧。"夏蔚厚脸皮地笑着，然后亲亲热热地挽上老爸的手肘，"反正肯定是打我了，我要记一辈子的。"

气氛被夏蔚这么一闹，瞬间轻松下来。

夏远东也是后知后觉，夏蔚是故意给对面那小子解围呢，不由得感慨一声"闺女大了"，又叹一口气。

有夏蔚在，起码场面不会冷，不会尴尬。夏远东也不再用一些刁钻的问题考验顾雨峥了。

饭桌上的交谈还算和谐友善。

坦白地讲，夏蔚并不担心顾雨峥的临场表现，他性格如此，冷静、内敛、不张扬、懂分寸，这些都是长辈们喜欢的特质。

一问一答中，夏远东的面色也逐渐缓和了，只是谈到目前的工作和对未来的打算，夏远东有些不明白——什么是独立游戏制作人？

顾雨峥尽量用简单的语言解释了一番。

夏远东看了看顾雨峥，又看了看夏蔚，表情有些迟疑。

那表情背后的含义，夏蔚懂，夏远东大概是在腹诽，现在的小年轻怎么一个个的，都不想找个稳定的工作呢？

并非他思想古板，也不是老教条，只是天下当父母的无一例外，真切盼望的永远不是孩子大富大贵，而是无灾无难，安稳一生。

偏偏夏蔚不是个贪图安稳的性子。

找了个男朋友，好像也……

席间，只有逢年过节才沾一点酒的夏远东破了例，和顾雨峥两个人你来我往地喝上了。

酒品如何，是否抽烟，生活习惯，谈吐见识……夏远东通通要在顾雨峥身上试个遍，仿佛唯有如此，才能稍稍放心。

夏蔚悄悄对顾雨峥说："体谅一下，我爸这些年一直觉得对我有亏欠，他很怕我所托非人，所以……"

"我明白，"顾雨峥说，"我很庆幸。"

庆幸能被你坚定地选择，也庆幸，能被你的家人施以这些考验。至少证明，我有被认可的机会。

"夏夏，我从来不怕被考验。"顾雨峥这样说。

迄今为止，他也只失误过那么一次考试，令他错过自己心爱的女孩子，那么多年。

这种失败，一次就够了。

绝不会有第二次了。

夏蔚咻咻笑着，双手覆盖住顾雨峥的耳朵，然后往上凑，轻轻亲亲他的鼻尖。

她张口，说了一句。

可是顾雨峥没有听见。

"你说什么？"他挣开她的手。

夏蔚对他笑，笑得那样真诚："至少在爱我这件事上，我给你打满分。"

在我这里，你永远不会失败。

知道夏远东的顾虑，夏蔚做了一个决定。

她要带老爸一起拍一次 Vlog，逛一次漫展。

了解了她的职业和工作日常，有些担忧才能消除。

夏远东第一次去到全是年轻人的场合，目光所及全是鲜艳热烈的打扮，极其不自在。

很多长辈会以"奇装异服""不伦不类"来形容这群混迹于二次元的小屁孩，但夏远东没有。他就按照夏蔚给他的路线，背着手，老神在在，一个摊位一个摊位地逛，时不时还会询问那些和夏蔚差不多甚至比夏蔚年纪还小的年轻人，某个角色是出自哪里、有什么背景故事。

当然，得到了详尽热情的解答。

夏蔚表演和签售时，他会站在台下鼓掌，然后拍照发朋友圈，配文：我闺女太漂亮了。

夏蔚和夏远东拍了一张合照后，还现场教学，带着老爸去集邮。

夏远东从一开始的一惊一乍，逐渐适应，后来甚至还会主动自我介绍，对着那位超级高大的机甲挥挥手："你好！我陪我女儿来玩的，我是个现充，能合个影吗？"

夏蔚笑得假睫毛差点掉下来。

夏远东是信任夏蔚的。

这种信任来自血缘，还有多年历经的大事小情。夏蔚从未让爱她的人失望过，也正因如此，夏远东看顾雨峥都觉顺眼了几分。

真正令夏远东打消顾虑的，是他回到荣城探望老人，顾雨峥和夏蔚随行，他亲眼见到顾雨峥是如何亲力亲为照顾夏蔚外公的，至此，再无任何不满。

中国人言传身教的东西，无非是成家立业，对爱人要照拂，对家庭要负责，对长辈要孝顺。特别是在听说了顾雨峥年少时的经历和家庭变故后，夏远东越发觉得，或许这小伙子还不错。

夏远东在家里住了几天，很快又要回国外去。

去机场的那天，他揽着夏蔚的肩膀，悄悄叮嘱，如果有一天真的谈到婚姻大事了，务必提前和他通个气。

夏蔚笑问，是不是还对她选的男朋友不放心。

夏远东撇撇嘴，说自己要提前减肥，还要定做一套最帅的西装，来参加女儿的婚礼。

夏蔚笑起来，她无视机场来来往往的人，把行李箱往顾雨峥那边一推，然后给夏远东一个大熊抱："我爸最帅了。"

夏远东脸红，眼睛更红。

父女俩都是无比感性的人，这种时刻，都在为对方着想。夏蔚借着去卫生间的由头，悄悄闪人了。

知道夏远东大概有更多话想和顾雨峥说，于是故意给两人留下空间。

她就站在值机柜台的拐角悄悄看着。

忽然有种错觉，好像和幼儿园的时光悄然对调，同样是送别，同样饱含离别的不舍，只是这次躲在暗处的人成了夏蔚。其实面对分别，不论多少次，不论站在明处还是暗处，都是一样苦涩。

直到夏远东拎起行李箱，消失在安检口，夏蔚才敢走出去。

因为不想搞得太过伤感。

顾雨峥瞧见她眼里一弧水光，把人按在怀里："……又不远。"

是啊，小时候觉得国内国外的距离简直是天堑，现在想想，世界根本就不大。人与人的距离，其实全凭心意。

"……我爸都和你聊什么了？"

顾雨峥牵她的手："讲了一些很久以前的事。"

他没打算瞒着。

作为父亲，夏远东竭尽真诚，甚至不惜揭开自己的伤疤，只为给女儿的男朋友一些切实的劝告。

话题中涉及夏蔚的妈妈。

夏远东刚刚提起此事时，变得严肃："我和夏夏妈妈是高中同学，也是大学同学，更是彼此的初恋。大家常说初恋大多是遗憾，我们倒没什么遗憾，只是有后悔，我一直后悔，直到现在。"

夏远东和夏蔚妈妈，两个人都是学建筑的，毕业后又一同进了研究院。

有着相同的事业，有着相似的爱好和梦想，原本是一段神仙眷侣般的爱情，可天底下哪有"完美"二字，两个人也常常因为一些小事意见不合而争吵。

最后一次吵架，是因为夏远东负责的一个建筑项目被取缔了，这意味着他长达两年的付出全部化成泡影。他一时间难以接受，也因此，和夏蔚妈妈发了一通脾气。

情绪总是会在最亲近的人面前爆发。

尽管那本身毫无恶意。

可当晚，夏蔚妈妈因为突如其来的急性病发作，先是进了抢救室，随后很快传出噩耗。

虽然突发疾病与白天的争吵毫无关联。两个人甚至已经和好，约定周末一起带夏蔚去公园喂鸽子。

夏远东懊悔、自责，他怎么也没预料到，在爱人的生命即将走到终点时，他竟然还和她吵了架。

自此夏远东辞了职，再也不肯从事和建筑相关的任何工作，甚至宁愿远走他乡，漂泊海上。

海员的工作很危险，很辛苦，但薪资尚可观。夏远东一是为了赚钱养女儿，二是因为出一趟船便要在海上漂很久，这让他有足够的时间，面对漫无边际的大海，放空自己。

其实也是存了几分自惩的心思。

"我现在看到你们俩，会想起她妈妈。"

同样是年少时相互倾慕，同样是历经千帆最终走到一处，同样是三观相契，爱好相合。

夏远东也知自己没什么资格在感情上给人讲道理，但他还是给了顾雨峥真诚的忠告，还有身为父亲的劝诫：

"年轻的时候都有梦想，看到你和夏夏这样合拍，我高兴。但有一点你要记得，如果有一天，你，或者夏夏，你们的梦想受挫了，也不要因此迁怒对方。
"永远不要把负面情绪留给最亲近的人。"
别忘记出发的理由，也别忘记那时幼稚但真挚的一份心。
既然当初信誓旦旦携手，那么在面对人生沟坎时，就更要把手攥得紧一些。

夏蔚与顾雨峥十指紧扣，并排站着，目送夏远东的背影消失在人群里。
夏蔚其实知道这段往事。
但她没有想到，夏远东会把这段故事讲给顾雨峥听。
"你怎么回答的？"
她幻想顾雨峥在夏远东面前诚恳发誓的模样，就觉得滑稽。
"没什么。"顾雨峥笑了笑，"我和叔叔保证，永远不会在你和梦想之间作取舍，更不会因为暂时的不顺利，而让你承担压力，不论是生活上，还是情绪上。"
他说："我一定做到。"
哦。
夏蔚不由得笑着打趣："是因为你天生情绪稳定，对吧？"
"不对。"顾雨峥低头看着她，良久，"你，还有所谓梦想，我其实分不太清。"
大概是因为，你就是梦想本身。
我的所有，都因你而来。
顾雨峥有时候会觉得，这场追梦之旅对他来说，是拨雪寻春，烧灯续昼。他追了这么多年的光亮，有朝一日落于掌心。
怎么可能再放开。

没有哪个女孩子没幻想过自己的婚礼。
夏蔚和顾雨峥的恋爱、求婚还有婚礼都顺理成章，随性如他们，没有刻意去许下什么恋爱几年就结婚的诺言，一切就像吃饭喝水一样自然。就是一个雨后的早上，夏蔚醒来，看着外面初夏时节嫩芽萌发的树梢，阳光罩在上面，有半圈浅浅的弧，她忽然和顾雨峥说："小顾同学，你想不想结婚呀？"
顾雨峥看了她许久。
然后，莫名其妙地，双双笑起来。
作为理想主义者，婚礼仪式的流程夏蔚也要牢牢把控，她和好朋友们以及婚礼策划师一起设计，亲力亲为，并严格贯彻保密条款，在此之前，未向顾雨峥透露任何一丝风声。
婚礼策划师问夏蔚："您是希望婚礼现场比较欢乐，还是比较温馨感人？"
夏蔚很果断，当然要欢乐些。
她并不想搞哭任何人。
包括她自己。

可是这不容易。

婚礼伊始，身为伴娘的米盈就哭得上不来气，害得黄佳韵一边抱歉地和周围客人解释，一边使劲儿掐米盈后腰，压低声音怼她："你有病啊？人家结婚，你哭成这个样。我数三个数，你给我憋回去！"

米盈哭得更凶："我憋不住……"

第一个环节就花了很多心思，餐厅幕墙的投影仪上，缓缓放出一张照片。

确切地说，是一张截图。

来自某地图软件推出的"全景时光机"功能——用户可以搜索到几年前的实景地图，很多人借助此功能，找到了多年前的亲人或自己的身影。

照片时间显示十年前，地点在荣城一高校门口。恰逢周五傍晚，放假回家，数不清的学生拥挤着，自校门跑出。

繁杂的画面被慢慢聚焦，放大。

最终定在了人群中几张年轻面孔上。

都是熟脸。

照片里，黄佳韵走在最前面，书包背在胸前，一边走一边翻，好像是什么东西找不到了。

米盈和夏蔚走在后面，夏蔚正低头看手机，米盈则在环顾四周，似在放风，观察周围有没有抓手机的年级主任。

走在最后的是郑渝，他又高又壮，人群中露出一颗毛寸脑袋，最搞笑的是，他和绝大部分男生一样，走路不老实，原地踮脚，手高高举起，做了个投篮的动作，莫名其妙的。

……十年了。

谁都没有想到，这一幕恰巧被当时经过的采景车捕捉到，成了定格。

米盈一边补妆一边哭，脸都花了。她问黄佳韵："你当时找什么呢？"

"好像是找书。"黄佳韵眼睛也发烫了，但她不想让米盈瞧见笑话，于是把头扭到一边，"在心宜书店借了一本书，忘拿了，迟了一周还，还扣了我三块钱。"

"记这么清楚。"

黄佳韵没说话，仰起头，眨了眨眼。

很多记忆只需要牵起一个线头，故事就如同绑成一串的星光，蜿蜒铺陈，满目闪烁。

以为记不清了。

只是以为而已。

幕墙上的照片开始变幻了。

由实景，变成了线条勾画的漫画风格。周围的人群慢慢淡去了，只剩他们四个。

再后来，整个画面只剩下了夏蔚自己。
一个漫画版的夏蔚，穿着校服，背着书包，开始东张西望。
这个环节的设计者是郑渝，动画的每一帧都是他和美术部门的数位画师一起手绘的，最终制成了一段动画短片。
郑渝因为巨大的工作量而抱怨，但凡夏蔚再早一些通知结婚的计划，这动画就能再精致些。
这可是他从业以来做的第一个动画作品，送给了夏蔚。
动画里，一直在还原各种高中场景，高中时代的夏蔚在校园中穿梭、行走、忙碌。
天蒙蒙亮，她咬着包子从食堂往教学楼狂奔。
站在队伍里做课间操，女孩时不时要拽拽校服下摆。
体育课偷懒，夏蔚坐在操场指挥台下的阴凉处躲太阳，皱着眉头看单词小本。
晚自习结束，左手书包，右手暖壶，回宿舍抢水龙头。
秋天，栽在校门口的无患子树还是幼苗，尚未结果，纤弱的枝丫在秋风中摇晃，树梢之间露出楼顶荣城一高四枚大字。
严冬，操场蒙了一层刺目的白，一段广播过后，很多学生疯跑出教学楼玩雪。
夏蔚穿着冬季校服棉袄，把自己裹得严严实实，然后堆了一个和她一样高的雪人，又把自己脖子上的红色马海毛围巾摘下，给雪人围上。
逢春，落了一场雨，雨水把教学楼每一扇窗玻璃都冲刷得清澈发亮，晚自习一盏盏灯光亮起，映透墨蓝的夜。
夏日，楼前小花园的紫藤花架变得茂密。夏蔚不想回宿舍午休，干脆躺在紫藤花架下的长椅上，阳光从花藤中穿过，纤细而柔软，落在她微合的眼睛上。

动画演绎的全程，顾雨峥始终站在幕布前，安静观看。
直到画面里，也出现了他自己。
每一帧，每一幕，他和夏蔚同时漫步在场景中，穿着校服的少年和女孩，他们几乎每天都会擦肩而过，却没有一次目光交集，更没有一次停下脚步。
来参加婚礼的夏蔚的朋友们，有些人是知道这段爱情故事的，一段起始于高中的漫长暗恋，所以看到此处时，大家已经纷纷左右张望，开始找寻新娘。
毕竟从婚礼仪式开始到现在，夏蔚还没有露面。
顾雨峥也试图寻找，却被主持人林知弈出言阻止。
"你不许动。"林知弈笑着指了指顾雨峥站着的位置，"继续看，动画还没完呢。"
顾雨峥摸摸鼻梁，低头笑了笑。
他猜到这是夏蔚设计的小环节，或许是个小惊喜。
需要他耐心一些。

客人们的喧闹声逐渐高亢起来。

因为幕布上的场景再次变幻了。

依旧是漫画风格，但线条变得更加细腻，颜色也更鲜艳。动画里的女孩一觉醒来，窗外阳光洒进窗，那是她的小小卧室。

已经不再是十几岁时稚嫩的面孔。

这是此时此刻的夏蔚。

她伸了个懒腰，下床，光脚走到衣柜前，打开柜门，一袭白裙端正悬挂着。

画面一转。

女孩换好了裙子，对镜打扮。

再转，女孩随手拎起客厅玻璃花瓶中的花束，甩甩水珠，深吸了一口气，然后带着那束花，出了门。

街上很拥挤。

车流，人群，均从女孩身侧汹涌而过。有人撞到了她的肩膀，有车蹭过她的裙摆。

而女孩似乎迷了路。

她站在十字路口犹豫着，努力辨别方向，无果，试图选择行人最密集的那个方向努力奔跑，但很快被横亘在路中央的幢幢建筑所阻拦。

换个方向，好像也有障碍。

不论她朝东南西北哪个方向，总是走不出脚下的迷宫。

风景在簌簌变幻，女孩的表情也变得越来越迷茫。

"哎，你淡定点。"林知弈握着话筒，朝顾雨峥笑。

他瞧出顾雨峥眉头越皱越紧，脸上开始浮起担忧。

"动画而已，先看完嘛。"

只是一段动画，对吗？

顾雨峥被勒令站在整个幕布的正前方，宾客们凑近了，围拢在四周。大家都在屏气凝神，观看接下来的剧情。

幕布之上，穿着婚纱的女孩似乎已经尝试过所有道路，只剩一条，这条路的尽头，是肉眼可见的乌云和雷雨，仿佛下一秒就要袭来风暴。

女孩脚步迟疑了下，却没有停留很久。

她似乎飞速下定了决心。

提起裙摆，撩起头发，她深深呼吸，而后坚定地，朝着那风暴中心狂奔。

……乌云随着女孩的步伐，竟然缓缓散开了。

雨停了。

光芒从云层之间投下来，在大地勾画出象征方向的线条轮廓。勇敢的女孩终于得到了指引，她再也没有任何犹豫，再次迈开步子。

此时很多宾客都已经注意到，动画上的街景，正是婚礼现场附近。

女孩分明是朝着婚礼现场奔跑。

"顾雨峥！"林知弈再次出声提醒。

他想告诉顾雨峥，不要动。夏蔚在设计这个环节时千叮万嘱，一定要让顾雨峥站在原地，这样才有效果。

可此刻，顾雨峥怎么可能无动于衷。

他的爱人，他的女孩，正在冲破风雨，朝着他而来。

他无心再看幕布上的内容，在宾客的起哄声和林知弈的阻拦声中，转过身。

几乎是同一刻，婚礼现场那扇古旧的木门，自外被推开。

一道白色的影子，闪电似的，轻盈雀跃，踏了进来。

夏蔚穿着白色的裙子，蓬松飘逸，和动画中别无二致，前短后长的裙摆和平底的黑色皮靴，更利于奔跑。

她手上还攥着一束花，即便那花梗已经被攥得险些折断。

终于，她来到了他面前。

这一秒，动画中的人，变成了现实。

夏蔚仿佛真的是历经千难万险，才跑到了婚礼现场。

她胸口起伏着，宴会厅中，所有人都在欢呼。她与顾雨峥四目相对，还没有缓过神，顾雨峥就已经大踏步，走到了她面前。

"我来啦。"夏蔚轻轻说，"我没有迟到，对吗？"

她把手中的花塞给顾雨峥，而后踮脚，贴近他的耳侧："我不会永远迷路的。"

你瞧，只要足够坚定，即便世界如迷宫一般，我们还是能跨越一切，击碎万难。

我一定会站到你的面前。

婚礼宾客们自然没有听到夏蔚在顾雨峥耳边轻声的话语，从大家的角度，只能看到顾雨峥的反应。

一向镇定自若的人，从来都内敛含蓄的人，竟在所有人的注视下，落了泪。

顾雨峥向前一步，攥住夏蔚的手腕，用力一拉，将她按在了怀里，用了最大的力气。

他埋首。

也正因如此，夏蔚感觉到有滚烫的眼泪自她肩颈滑下。

"我爱你。"顾雨峥声线闷着、哑着。

夏蔚也在一浪高过一浪的欢呼和掌声里红了眼圈，她拢住顾雨峥的背，将他平整的衬衫抓出了褶皱。

"我也爱你。"她轻声，却好似千钧重，"从前，现在，还有以后。"

夏蔚不想让任何人在婚礼上哭鼻子。

最终未能成功。

毕竟包括新郎新娘在内，许多宾客都在悄悄擦着眼泪。或许正因为真情稀少而珍贵,所以当亲眼看见时,人们会感同身受,情不自禁。

夏蔚本人,甚至哭了全程。

顾雨峥在她面前落泪的举动过于让人心下柔软,随后,外公上台,她更是双手死死揪住裙摆。

在夏远东的搀扶和帮助下,外公打开了从早上出门便一直握在手里的一卷红纸,平整铺开,竟是亲手写下的婚书。

夏蔚没有安排传统婚礼的环节,更遑论婚书这样极富古典仪式感的物件,外公什么时候写下的,她都一无所知。此时想起前些日子顾雨峥回荣城,每每都要和外公两个人关在房间里很久,这才后知后觉。

是在后来,顾雨峥在夏蔚的逼迫下说了实话,外公因为手抖,且很多次记不住要写的内容,一张婚书,练习了不下几十份。

最终呈现在夏蔚手里的这一张,红纸墨书,洒金钩印。

夏蔚看到自己的名字和顾雨峥的名字并排书写在一处,经外公圆润而稳重的笔锋勾勒,竟第一次,体会到了所谓"山海共渡,天地并行"的重量。

古人对于婚姻的看法其实也很浪漫。

两人一旦携手,便不能轻易放开,那是经世间万物见证过的感情,越是经飞沙走石、千辛万苦,便越是历久弥坚、意义非凡。

婚书也可为证。

夏蔚在林知弈说串场词的时候,一直盯着顾雨峥的侧脸看,直到顾雨峥注意到她的目光,以眼神询问。

夏蔚笑着,向他的方向挪了一步,然后直接抬起手,钩住了他的脖颈。

林知弈为了当好这个婚礼主持人,精心准备了一箩筐的词儿,瞬间被众人的欢呼和尖叫淹没了。

顾雨峥也没有任何不自然,只是笑着揽住她的腰,低头,将这个吻加深。

婚礼结束后,夏蔚几乎没有任何休息,就拉着行李箱和顾雨峥出发了。

米盈很气:"我参加了你的婚礼,你不来看我的店开业?"

米盈的第二次创业,比起第一次,做了非常多的研究和准备,她信心满满。一家小小的面包店,满是黄油与牛奶的甜香,这也是米盈对人生的盼望。

生活就该是甜的,偶尔火候大了,有些焦糊,或是面团没有发酵好,有些酸涩,都无所谓。赖于她最好的朋友夏蔚曾传达给她的潇洒人生观——最美味的面包,永远是烤箱里正在焙烤的那一个。

夏蔚给米盈发了个开业大红包,嬉皮笑脸地耍赖:"我们机票都订好了,回来给你带礼物哦!"

她把自己做的那只陶瓷笔筒加工了一下,变成了一个签筒,里面的木签写着全世界各地地名,均是她想要去旅行的目的地。她打算得不错,有空和顾雨峥出远门了,就摇一摇,摇到哪里去哪里。

作为一个资深二次元,自然最想去日本秋叶原,可是婚后的第一次旅行,没摇到。

掉出来的木签上写着的是特内里费岛,位于西班牙。顾雨峥说他读书时曾去过那里,岛上有一座休眠的火山,有非常壮阔的熔岩景观。

他举着那枚写着秋叶原的木签:"给你一次机会反悔?"

夏蔚把木签夺回来,扔回了签筒:"才不,我总会去的,不急于这一次。"

人生还有很长很长,很多事情都不用急。

他们牵着手,在特内里费岛的海滩,观赏了一场盛大的日落。

橘粉色的日光缓慢融入海平线,海风吹拂着头发,夏蔚拍了视频,发给了外公和夏远东。

"爸爸,大西洋。"

你看过的风景,我在今日,看到了。

这世上的万里风光,永远都是为勇敢者准备的。

"冷不冷?"

海边入夜,岛上有许多人在等待,等星星登场。晚间星河也是这里的景色之一,顾雨峥给夏蔚披上一件外套。

夏蔚其实一点都不冷。

她万分兴奋,靠着顾雨峥的肩膀:"我觉得今晚,应该是我人生中第二浪漫的夜晚。"

"第一是什么?"

夏蔚坦白:"怪不好意思的,我心里的最浪漫夜晚,其实是很多年前,高考结束的那一晚。"

倒是和顾雨峥关系不大。

夏蔚记得,高考结束的那天晚上,企鹅和微信一直在响,大家甫一放下重担,都很亢奋。夏蔚只和好朋友们聊了几句,便关了手机。

她打开窗,席地而坐,靠着书架,在房间的那个角落,刚好能望见荣城小小的一角夜空。

那天下午起了风,到了晚上,风把云彩吹散了,反倒天晴了,天上也有星星。

夏蔚至今依然认为,那是她人生中,最放松、最快乐、最平和的一个夜晚。

尚没见识过人生的晦暗,对未来的一切都满怀期望。人生广阔,只待启程。

年轻浪漫的十八岁,夏蔚将其奉为终生信仰。

不过今天,她忽然有了不一样的感受,其实哪里的星星不是星星呢?何时的夜空不璀璨?哪处的晚风不温柔?

她迈出了普世意义上"青春"的年轻范畴,但不代表就该丧失那些属于"青春"

的宝贵珍藏，比如，纯粹的感动，天真的无畏，单纯的理想，痛快的眼泪。
她见到了更多风景，就更该珍惜这些，把它们放进行李箱，一路随行。
"顾雨峥，我们会这样一直到老，对吧？"

海风险些吹熄桌上朦胧的橘灯，但那火焰晃了晃，终究还是顽强地站立。
"会的。"顾雨峥低头，嘴唇贴上她的手背。
夏蔚控制不住地傻笑。
她此刻忽然觉得，所谓最浪漫的夜晚，应该空着才对。
因为人无法预知未来，四季翩跹，快意长歌，最精彩的永远在明天。
她可以确定。
她始终确信。
这场以爱为名的浪漫冒险，永远不会靠岸。

番外四 / ★
初夏、校服和日不落

　　夏蔚和顾雨峥的婚礼过后，朋友们再次相聚，是在第二年的夏天。

　　说来很巧，是因为赶上了端午节的假期，否则论起如今几个人各自的忙碌程度以及天南海北的地理距离，想要见一面，齐齐整整搞个聚会，简直难如登天。

　　顾雨峥离开 Realcompass 后专注于 RPG（角色扮演游戏）独立游戏，进展顺利，目前在手游端发力。在国际服上榜后，许多玩家难以相信这是单人开发者制作，也有人顺藤摸瓜搞清了顾雨峥的身份，正是去年闹得沸沸扬扬的"Realcompass 主策划离职"热搜的主人公。

　　策划团队是一个游戏公司的命脉，向来策划换血背后都有利益瓜葛，往往撕得头破血流，但顾雨峥在一场游戏行业线下论坛里与林知弈偶遇，两人勾肩搭背，看得出感情很好，网上谣言不攻自破。

　　顾雨峥与林知弈，是校友，是师兄弟，也是至交，即便在对游戏未来的规划上有分歧，也不妨碍他们对游戏行业的热情。用心深者难免痴傻，夏蔚如此评价顾雨峥和小林哥。

　　顾雨峥唯有的几次喝醉都是和林知弈在一块，林知弈一上头，就要拽着夏蔚一起打游戏，还邀请夏蔚入职宣发部门，被夏蔚轻飘飘地躲过，往两个醉男人手里各塞一杯蜂蜜水，笑嘻嘻地说："不行哦小林哥，你们公司太小，我怕不够我施展的。"

　　"嘿！什么话！"

　　顾雨峥笑着揉了揉夏蔚的脑袋，对林知弈解释："她还是喜欢自由职业。"

　　自由职业，重点在自由。夏蔚如今仍然跑漫展，拍视频，抽时间照顾外公，除此之外，她不再满足于在动漫和游戏行业里打转。她把和顾雨峥的婚礼和蜜月旅行做成 Vlog 发出去以后，竟然收获了一大波流量。评论区如山倒一般羡慕她视频中所展现的生命力，夏蔚干脆就把旅行视频变成了固定栏目，反正她每年国内国外要走那么多地方，不缺素材。

　　林知弈被这两口子惊到了，都结婚了，日子还能这样过。

　　"那你呢？"他问顾雨峥。

　　"我随她。"

　　反正他如今单干，在哪里都能敲代码，都能画图，跟着夏蔚走，轻松又自在，一些灵感往往也在此时迸发。读万卷书不如行万里路，古人诚不我欺。

端午节前，他们刚从非洲回来。

倒不是为工作，纯粹是夏蔚贪玩，看到最近炒得火热的动物大迁徙，说什么也要去坦桑尼亚转一圈，趁着工作淡季，办了签证拎包就跑。这下可好，旅行视频是拍回来了，但两个人都晒得黑了不止一度。米盈见着夏蔚都没敢认："你这是……做美黑去了？"

夏蔚素着一张脸，头发在脑后扎得光溜溜的，笑起来仍洋溢："你不懂，这叫亲近大自然。"

米盈哂笑，嫌弃的表情压不住。

"夏夏、小顾来啦！"米盈妈妈从后厨走出来，看见夏蔚和顾雨峥也吓了一跳，赶紧招呼两人坐下。

米盈妈妈早些年开店失败过，如今再做餐饮生意简直如有神助，火锅店已经开成了规模不小的连锁店。恰巧端午节新店开张，更巧的是，新店选址就在荣城一高附近，所以几个人来捧场，顺便蹭饭。

米盈妈妈将生意经传授给米盈，米盈却不屑。她在广州的烘焙店如今也不错啊，找了很多探店博主做宣传，据说碱水面包球特别好吃，生生成了标杆。

这母女俩是令人艳羡的，米盈从小到大都如公主一般，正应了郑渝的那句，傻人有傻福，一路上有疼爱她的爸爸妈妈，有如夏蔚、黄佳韵这样的多年好友，如今大公主又添小公主，她忙里偷闲回荣城，孩子就交给邝嘉和公公婆婆，真真是一点心都不操。

现在又有了自己的事业。

米盈把朋友圈背景图改成了某日剧的台词——"人生，易如反掌。"

"没天理。"郑渝吐槽，"在座各位也别闲着，假期都没事儿是吧？帮我加加班。"

郑渝想往原画部门调动，假期后就要做述职报告，已经拽着顾雨峥帮忙过了好几遍内容了，这会儿还在忙，走到哪儿都电脑、绘板不离身，闻此言，一桌人全部转移话题。

"这个锅底好香啊。"

"这个毛肚能再上一份吗？"

"哇，这个冰粉好好吃……"

"来来来，动筷子动筷子。"

郑渝白眼要翻到天上去，满桌损友，没一个做人的，还是黄佳韵主动递了一盘子肉过来。郑渝感激涕零，可紧接着便听黄佳韵说："哦，麻烦你帮我们下肉，辣锅在你那半边呢。"

一桌人笑得东倒西歪。

门口玻璃门一开一合,进来了五个穿着荣城一高校服的学生,有男生也有女生。

夏蔚的目光率先被吸引,然后便是循她目光望去的顾雨峥,米盈和黄佳韵也一起回头,郑渝先往嘴里塞了一大口肉,觉察到桌上安静了,也转过头去,一时间竟忘了咀嚼。

看着那身蓝白相间的校服,大家都安静了。

"阿姨,今天团购能用吗?"开口的女孩子怯怯的,"我看上面写着节假日除外,我们今天刚放假,要是不能用的话……"

"能用能用,团购上是随便写的。"米盈妈妈赶快把几个孩子引到座位上,原本就吵嚷的火锅店更热闹了。

最后进来的那男生手里拎了个小蛋糕,似乎是要给朋友过生日。

荣城一高的校服到底还是改版了,虽仍是蓝白配色运动服,但细节处终究不一样。夏蔚看着几个学弟学妹聚头讨论这顿火锅每人该平分多少钱,热热闹闹,欢声笑语,一时间有点惆怅。

不止她,在座的人都被吸引了注意力。

米盈妈妈会做生意,不仅让这群学生用了团购,还送了长寿面和酸梅汤。

"想到什么了?"顾雨峥贴着夏蔚的耳边,轻轻开口。

"明知故问。"她放下筷子,在桌下与顾雨峥十指紧扣,"我们从前是不是也这样?"

一样,却也不一样。

过去太久了,距离夏蔚的高中时代已经十年了,校服变了,连高考政策都从正常的文理变成自选了。

但若说一直延续的……

米盈当了妈妈后格外容易感动,她在火锅辛辣的雾气里擦了擦眼角,问黄佳韵:"你还记得吗?高二我过生日,你送了我一个好丑的帽子。"

黄佳韵睃了她一眼:"什么记性,那是圣诞节。"

啊?是圣诞节吗?米盈真的记不清了。但她能记得那时的心境,高压学习之中,忙里偷闲,和好朋友们出来逛书店,吃好吃的,还有什么比这更值得被纪念。

当时只道是寻常。

"哎,这会儿学校没人了,学生放假了,我们要不要进学校看看?"

"进不去吧?"黄佳韵说。

"试试。"

郑渝心思活泛,这十年过去,学校中也不是全无熟人了,学校后门的门卫大爷竟还是他们上学时的那一位,一直没换过。只是大爷已然白发满头了。

说走就走,几个人吃完饭,直接往荣城一高去。

临走前，米盈让妈妈帮忙给那桌学弟学妹免单，过生日嘛，撞上了就是缘分。

郑渝则更有主意，他包里刚好有速写本，便借了一支笔，画了一幅速写，撕下来，送给了他们，落款——明日之星。

他拍着胸脯和人自我介绍，特烧包："学弟学妹们好哇，我是你们学长。"惹得一桌人都笑起来。

至于那幅速写的内容，夏蔚看到了，正是几个穿校服的男孩女孩，并排走在路上，他们的背影披着初夏的夕阳，青春正好。

夏蔚觉得画得很好，很像他们。

……也很像他们。